U0755706

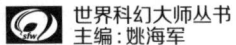

世界科幻大师丛书
主编：姚海军

BEGGARS
AND CHOOSERS

乞丐与选民

[美]南希·克雷斯 著 鲍敏 朱梅 赵朝俊 译

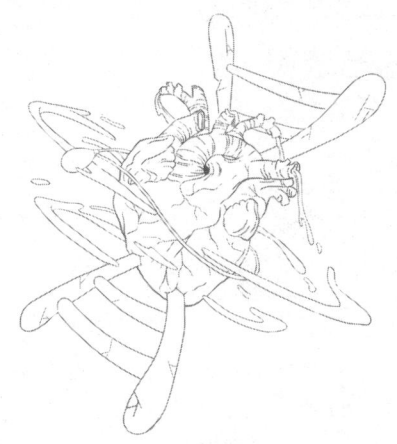

四川科学技术出版社

BEGGARS AND CHOOSERS

Copyright © 1994 by Nancy Kress

This edition arranged with The Lotts Agency Ltd.

through Andrew Nurnberg Associates International Limited

Simplified Chinese edition copyright:

2023 Sichuan Science Fiction World Co., Ltd.

All rights reserved.

图书在版编目(CIP)数据

乞丐与选民 / [美]克雷斯 著；鲍 敏 等译.

--成都：四川科学技术出版社，2007.8（2023.7重印）

（世界科幻大师丛书）

ISBN 978-7-5364-6292-2

Ⅰ.①乞… Ⅱ.①克… ②鲍… Ⅲ.①科学幻想小说 – 美国 – 现代 Ⅳ.①I712.45

中国国家版本馆CIP数据核字(2007)第106037号

图进字号：21–2021–62号

世界科幻大师丛书

乞丐与选民

SHIJIE KEHUAN DASHI CONGSHU
QIGAI YU XUANMIN

丛书主编　姚海军
著　　者　[美]南希·克雷斯
译　　者　鲍　敏　朱　梅　赵朝俊

出 品 人　程佳月
责任编辑　程蓉伟　姚海军
特邀编辑　汪　旭
封面绘画　李凌蕊
封面设计　姚　佳
版面设计　姚　佳
责任出版　欧晓春
出　　版　四川科学技术出版社
　　　　　成都市锦江区三色路238号　邮政编码 610023
　　　　　官方微博：http://weibo.com/sckjcbs
　　　　　官方微信公众号：sckjcbs
　　　　　传真：028-86361756
成品尺寸　140mm×203mm　　　印　张　14.5
字　　数　270千　　　　　　　插　页　2
印　　刷　四川南方印务有限公司
版　　次　2007年8月成都第一版
印　　次　2023年7月成都第三次印刷
定　　价　50.00元

ISBN 978-7-5364-6292-2

邮 购：成都市锦江区三色路238号新华之星A座25层　邮政编码：610023
电 话：028-86361770

■ 版权所有·翻印必究 ■

目 录

序　幕　……　1

第一卷　……　5

第二卷　……　121

第三卷　……　249

第四卷　……　415

序　幕

2106年

　　紧急呼叫的铃声在空荡荡的后台化妆室内突然响起。这里只有德鲁·阿伦一个人。他把头伸向化妆桌边的全息终端，屏幕扫描核实了他的视网膜之后，蕾莎·卡姆登的脸立即显现在上面。

　　"德鲁！你听说了吗？"

　　这是个坐在动力轮椅上的男人，虽然双腿瘫痪，但上身肌肉相当发达。他转回头，继续往眼睛上涂抹化妆品，然后将身子凑向梳妆台的镜子，审视着自己的面孔，同时问道："听说什么？"

　　"你看了六点新闻吗？"

　　"蕾莎，我十五分钟后要上台演出，没有时间听任何东西。"他听到自己的语调有些粗声粗气，不过希望她没有注意到。

　　"米兰达和那些无眠者……米兰达……德鲁，他们居然造了一座岛屿,就在墨西哥海滨附近。他们利用纳米技术和海水中的原子,几乎在一夜之间便造出了那座岛!"

"一座岛屿?"德鲁重复道。他对着镜子皱起眉头,一面擦拭脸上的化妆品,然后又伸手涂抹了更多。

"并不是漂浮的建筑,而是一座真正的岛屿,岛身与大陆架相接。你知道这件事吗?"

"蕾莎,我十五分钟后有场音乐会……"

"没错,我知道你有演出。可你肯定知道米兰达在搞什么名堂,你为什么不告诉我?"

德鲁把自己的动力轮椅转了个方向,面对着蕾莎。金色的头发、碧绿的眼睛、被基因改造过的完美肌肤,蕾莎看起来三十五岁光景,但实际上她已经九十八岁高龄了。

他说道:"为什么米兰达没有告诉你呢?"

蕾莎的表情镇定下来,"你说得对,确实应该由米兰达来告诉我这件事。但是她没有,她有很多事情都没告诉我,不是吗,德鲁?"

德鲁沉默良久,然后才轻声说:"想置身于变故之外绝非易事,对吗,蕾莎?"

她以同样轻柔的语气说:"你终于等到时机来跟我说这话了,德鲁。"

他转开目光。在这空旷的大屋子里,什么东西在角落发出沙沙声,可能是老鼠,或是某个出了毛病的机器人。

蕾莎说："他们打算搬到那座岛上吗？所有那二十七个超级无眠者？"

"没错。"

"就连科学院里也没人知道纳米技术能达到这样的水平。"

"别人也没办法把纳米技术提高到这种水平。"

蕾莎说："他们是不是不打算让我也到岛上去？"

他听出了她的言外之意。蕾莎在无眠者中是第一代，他们这代人都无法掩饰自己的情感，不像米兰达那一代，可以掩饰所有想掩饰的东西。

"是的，"德鲁说，"他们没打算请你去。"

"他们打算用特里·姆瓦卡贝的发明来构建岛屿的防御系统，在所有的非超级无眠者中，只有你一个人有机会知道他们要在那里干些什么。"

他没有回答她。一个负责演出的技术人员从门口探出脑袋，"还有十分钟了，阿伦先生。"

"好的，我就来。"

"今天晚上观众很多，都挤得水泄不通了。"

"好的，谢谢你。"

那个技术人员把门关上了。

"德鲁，"蕾莎说道，她的声音有点颤抖，"我把你当作自己的儿子，同样，我将米兰达视为自己的女儿……她究竟打算在那个岛上做什么?"

"我不知道。"德鲁说道。他这是在撒谎,"蕾莎,九分钟后我就要上台了。"

"我知道,"蕾莎不耐烦地说道,"我知道,你是清醒的梦想家①。"

德鲁又凝视着她的全息影像:永葆青春的容颜,碧绿而又带着疑惑的眼睛。在他的世界中,她曾是最重要的人;在外面的大千世界里,她照样卓尔不凡。但现在,她不知道,她已经跟不上时代了。

"是的,"他说道,"你说得对,我是清醒的梦想家。"

全息控制台的图像消失了,他继续为表演做准备。

---

①又称"清明梦幻家",意思是在梦中可以保持清醒、并且知道自己正在做梦的人。

第一卷

2114年7月

"对人类自身及命运的关注，必将成为所有技术事业的主要关注内容。关心怎样组织人的劳动和产品分配这样一些尚未解决的重大问题，用以保证我们的科学思想成果会造福于人类，而不致成为祸害。"

——阿尔伯特·爱因斯坦
于1931年在加州理工学院的演讲

第一章 黛安娜·科温顿：旧金山

对于我们当中的许多人来说，无论拥有什么都不能使自己满足。这句话可以从两个方面来理解，不是吗？当然，在这里，我的意思并不是说一无所有反而会让我们心满意足。甚至连生活者都对生活心怀不满，他们一直在抱怨自己过着的"优哉游哉的贵族生活"实际上是多么悲惨。"是的，非常正确。所有人对此都再明白不过。"我们这些顽固者总是能随时随地对事情感到不满。每天照镜子，我们就感叹：

我的智商不如保罗那样高，那样有潜力。

我的父母不如亚伦的父母有钱，可以负担起他那样的基因改造的开销。

我的公司不如克伦的那间规模大。

我的皮肤不如吉娜的细腻好看。

我的选区中的选民要比卢克的支持者更难伺候。难道那些吸血鬼一样的选民觉得我是由钱堆起来的？

我为宠物狗做的基因改造不如斯蒂芬妮的好。

实际上，确实是斯蒂芬妮的狗让我下定决心改变自己的生活——我知道这听起来有多荒谬。不过，这倒与我去基因标准事务局工作无关。为什么不从斯蒂芬妮的狗开始讲起呢？这肯定能给故事增添一些讽刺色彩，作为我几个月的谈资。

不过，当然还要看是不是还有人会和我一起出去吃饭。

而无论故事多么可笑，最后总会变得索然无趣……

七月一个周日的上午，斯蒂芬妮把她的宠物狗带到我在"湾景"安全小区的公寓来。周五的时候，我从奥克兰生物市场买回许多盆鲜花，它们的枝叶像瀑布一样从六楼屋顶的扶栏上优雅地垂落下来，炫目的蓝色变化多端，有深蓝色、淡蓝色、海蓝色、天蓝色、青蓝色、亮蓝色、蔚蓝色……我靠在屋顶平台的躺椅上，吃着茴芹饼干，欣赏眼前的花朵。基因天才们对这些植物进行了改造，使每朵花都变成了一个柔软的棒状物，这些骚动不安的小棒末端呈半球形，而且花朵的花期很长，这让我的阳台仿佛布满了一根根植物的生殖器，松弛疲软，泛着蓝色。大卫搬走了，就在一个星期以前。

"黛安娜，"斯蒂芬妮在门外唤道，"开门，开门。"我那两扇敞开的法式门之间，Y能量防护场还在起着作用。

"你怎么进到我公寓来的？"我问她，心里感到有些恼火。我并没有把我的安全钥匙给她，对于她这个人，我还没有喜欢到任其登堂入室的程度。

"我破译了你的安全钥匙的密码。我想你应该知道吧,警署的保安网络里有每一家的密码。"斯蒂芬妮是一个警察,不过不是和那些生活者一起做地区巡警那样又累又脏的活儿,我们的斯蒂芬妮可不是这样简单的人物。她拥有一家公司,专门提供巡逻机器人,用于保卫小区安全——机器人是她自己设计的。她的公司业绩相当优异,和旧金山市内难以数计的小区都签订了商业合约,不过不包括我所在的小区。从她口中得知,我的密码保存在机器警察的监控网络里,这确实对我有所刺激;但她的所作所为却显得不那么光彩,因为我这个小区的保安机器人并不归她的公司管辖。

我仰靠在躺椅上,伸手去拿饮料。离我最近的花朵似乎有点不安分,它急切地等待着我手指的触碰。

"你让它们勃起了。"斯蒂芬妮边说边穿过法式门走了进来,"哈哈,茴芹饼干! 不介意我给卡特思喂一片吧?"

一只狗跟在她后面,正从公寓的荫蔽处走出来,眨巴着眼睛,适应着明亮闪耀的阳光。很明显,这条狗接受了非法基因改造。基因标准事务局可能允许对花朵进行异想天开的修修补补,但肯定不准对比鱼类更高级的动物进行基因改造。有关的条款非常严密,许多法庭案例都可以证明法律是多么难以通融。在这些案例中,违法的不轨之徒都被处以高额罚金,使得法令愈加彰显严明,令人不敢越雷池一步。任何基因改造都不得带来伤痛,不得用于制造武器,"不能改变生物的外部特征,也不能改变基本的内在功能,不能使该生物明显有别于其同门同类的其他品种。"对于斯蒂芬妮养的这条柯利牧羊犬来讲，它可以慢慢踱步，也可以单腿跳跃，这都不违法，但它看起来得同神犬拉茜①一个模样才行。

同时，基因改造永远、永远、永远都不得具备可遗传性，没有人希望再看到和无眠者类似的事件发生。就连我的花都是不会繁殖后代的。而接受基因改造的人类，也就是我们这些顽固者，都是被后天单独改造的。只有这样，才能保证我们这个有序的世界正常运转。最高法院执行长官理查德·J.米里奥在论述大众对林贝克夫的基因标准事务局的观点中提到过这一点：人类不能被改造得超过人类对自己的认知，失去我们认为是人所具有的基本属性。两只手、一颗头颅、两只眼睛、两条腿、一颗起重要作用的心脏，必须要呼吸、吃喝拉撒，这些都是人永恒的本性。拥有这些，我们才之所以为人。

然而在此刻，斯蒂芬妮——按理说她是一个执法者——竟然和一只粉红色毛皮的小狗一起站在我公寓的平台上。那畜生的模样严重违反了基因标准事务局的《基因法》，足以为主人招来牢狱之灾。卡特思有四只招人喜欢的粉色耳朵，每只都耸得高高的；一小截兔子尾巴似的粉色尾巴，一双巨型棕色眼睛，身材大概是普通牧羊犬的三倍。公正不阿的米里奥如果看到这只狗肯定会愁得不得了。可悲的狗。但它太招人喜欢了，看起来又是那么脆弱，易受伤害。我还是想踹它一脚。

---

①热播同名电影及电视剧中的主人公。

或许它的创造者正是想把它弄成这副可怜相——这种想法也是违法的,任何改造都不能给被改造者带来伤害和痛苦。

"我听说大卫搬出去了。"斯蒂芬妮边说边弯下腰,给那只打着战的粉皮狗喂茴芹饼干。听她提到大卫,我的心不禁一颤,但我还是暗自劝解自己:得了,这算不了什么。要知道,我的生活中从不缺少这样的刺激。斯蒂芬妮和卡特思,只是一个女孩和她的狗——一只经过非法基因改造的宠物。我不知道斯蒂芬妮是否明白"卡特思"在阿拉伯语里的意思是猫,当然,我想她应该知道的。

"大卫是搬走了,"我点头,"我俩分道扬镳,各走各的路。"

"那么以后的路上,又会是谁陪伴你呢?"

"没有谁。"我没有理会斯蒂芬妮,轻轻啜饮了一口饮料,"我想独居一阵子。"

"真的吗?"她抚摸着一朵碧绿色的花,松软的花轴和花瓣轻轻缠绕着她的手指。斯蒂芬妮微微一笑,"真令人遗憾啊。对了,上次在保罗的派对上,有个经销软件的德国人同你聊了很久,你觉得他怎么样?"

"你的狗很有意思呢!"我意味深长地说,"你是个警察,养的宠物却如此不合法。"

"但是它太可爱啦!卡特思,跟黛安娜说'你好'。"

"你好!"卡特思说道。

缓缓地,我把杯子从嘴边移开……

狗是不能说话的,它们的发音器官不足以使它们具备这个能力。此外,法律也不允许把它们改造成会说话的动物。然而,卡特思却异常清晰地在我耳边说出了"你好"。

卡特思可以说话。

斯蒂芬妮靠在法式门旁,得意地看着我被她这只狗的噱头惊得目瞪口呆。如果可以,我肯定会装得若无其事,继续刚才无聊乏味的谈话;但是我做不到。

"卡特思,"我对那只狗说,"你多大了?"

那只狗用它巨大无比、带着一丝忧郁的眼睛凝视着我。

"你住哪里呢?嗯?卡特思?"

没有回答。

"你是被基因改造过的吧?"

还是没有回答。

"卡特思,你是狗吗?"

它那棕色的眼睛里似乎闪过一丝伤感的困惑。

"卡特思,你快乐吗?"

"它的单词量只有二十四个。不过它能听懂的词语比能说出口的多……"斯蒂芬妮回答道。

"卡特思,你想来一块茴芹饼干吗?茴芹饼干哦!卡特思!"

它摇晃着那条滑稽的短尾,欢喜地抬起前腿站了起来。它的脚趾上没长着利爪,"好啊,饼干!请给我来一块吧!"

我伸出手递给它一块普鲁斯特专卖店特供的茴芹饼干,这可是绝妙的食物,用料极佳,新鲜、酥脆,散发着茴芹的清香味儿,黄油味很足。卡特思用没有长牙的牙龈衔过饼干,"谢谢你,女士。"它说。

我转过身看着斯蒂芬妮,"它都不能保护自己——它没有牙齿,而且看来脑筋也不灵活,虽然足够聪明,能够开口说话,却不能了解它所处的世界。这有什么好呢?"

"那你的花又有什么好?上帝啊,它们个个好色无比,是大卫给你的吗?它们简直棒极了!"

"不,不是大卫给我的。"

"那是你自己买的了?我猜他搬走以后,这些就算是一种安慰和替代品。"

"是用来提醒我男人有多么不可靠。"

斯蒂芬妮大笑起来,她知道我是在撒谎。和大卫住在同一个公寓,他从不让人缺乏安全感,也没有其他什么不好。他的离开是我的错。我不是一个容易相处的人,我喜欢挑刺,喜欢窥探他人的隐私,常为琐事争执不休,到处指责别人的短处来平衡自己的弱点;更糟糕的是,我从来都是事后才承认自己的过错。我的视线越过斯蒂芬妮,从花丛的缝隙中眺望旧金山海湾,双眼木然无神,手中的饮料异常冰冷。

我想,这大概是我性格中的一大缺陷:我完全受不了和斯蒂芬妮这样的人在同一个屋子里待上十分钟。她很聪明,事业成功,风趣,有胆识。男人都为她倾倒,不只为她那张被基因涂改修补过的脸蛋、红色的头发、紫色的眼睛、修长的双腿,更不只是为她那被基因技术提升过的智商——不,她对那些为事业疲于奔命的男人有一种致命的吸引力:她是个没心没肺的人,在男人看来永远都是一个挑战,变化无穷,始终花样翻新,令人垂涎,无法割舍。但是,她不可能真正陷入情网,也从来不会受伤,因为她不在意是否被爱或者受到关怀。冷漠,配上那双美腿,简直是让人无法抵挡的诱惑。在她面前,每个男人都会认为自己与众不同,虽然事实并非如此。她的那张脸蛋也会像特洛伊的海伦一样让千艘战船扬起风帆吗?没错,她绝非等闲人物,而世界上总会有人为红颜而搏命。如果信息素的基因改造不是非法的话,我发誓斯蒂芬妮肯定会加以利用,令自己风情万种,令男人难以抗拒。

嫉妒,大卫总是说,会腐蚀一个人的灵魂。

我总是回答他,斯蒂芬妮是个没有灵魂的人。二十八岁,比我小七岁,这意味着她所享受到的人类技术成果要比我的先进七年。这七年间,技术突飞猛进,硕果累累。她的父亲是哈维·布奈尔,布奈尔能源公司的总裁。他对这个独女疼爱到了极致。他给她买尽了市场上所有的基因改造技术,其中一些甚至还未来得及合法化。斯蒂芬妮·布奈尔象征着美国科技、权势和价值观的第二大成就。

而最高成就便是卡特思,斯蒂芬妮仅次于它。

她摘下一枝生殖器状的蓝色花朵,在手中把玩。她这是在逗引我,她知道卡特思让我好奇得要命。"那么,你和大卫之间真的都过去了?很凑巧,昨晚我还在安娜的宴会上看见他,不过距离很远,当时他正在外面欣赏睡莲的叶子呢。"

我轻描淡写地问道:"哦,和谁在一起?"

"很孤单,一个人,看起来好帅。我猜他的发型又改了吧,现在是金色的鬈发。"

我伸了伸懒腰,打了个哈欠,感觉脖子上的肌肉僵硬无比,"斯蒂芬妮,如果你喜欢大卫,就去追他,我不会介意的。"

"你不介意?那么,如果我打发你那个老掉牙的家用机器人再去取一壶饮料来,你也不会介意吧?看来即使没有我相陪,你也能把这一壶喝个精光。尽管这机器人相当原始,可它至少还管用——我那些机器警察的故障率又在急速上升了。如果不是我最要好的朋友掌握着机器人部件的生产特权,我肯定要说,是一帮骗子为我制造了这些破烂。你的机器人叫什么名字?"

"赫德森,"我回答道,"再来一壶。"

一旁的赫德森悄然退出去。卡特思用惧怕的眼神警惕地看着四周,同时退到了阳台的一个小角落里。它那条看起来极其荒唐的短尾巴扫到了一枝垂落的花朵,花茎立刻围着那条尾巴缠绕起来。卡特思歇斯底里地尖叫着,猛烈地向前扑跳。

我不禁问道:"一只基因改造过的狗,拥有一些自我意识,却让它惧怕花朵,这是不是有点残忍了?"

"我们打算把卡特思做成养尊处优的小宠物。事实上,它是一只供测试用的原型狗,这个品种将出口国外市场。《经济复苏特赦法》的第14章C款——名为'用于出口的非农业用动物'——允许进行此种科研开发。"

"我怎么记得总统还没有签署这个特赦法呢?"我回答道。国会对此法已经争论了数周。这个议题涉及经济危机、贸易逆差、基因标准事务局所采取的严格管制、我们的生活所面临的威胁——尽是些老生常谈的话题。

"他下个星期就会签署。"斯蒂芬妮说道。看来她肯定有个情人能对国会施加影响,"我们不能不签署这个法案。这几个月来,支持基因改造的议员游说团变得越来越强有力了。想想欧盟和南美的那些富婆吧,她们就喜欢那些看似可爱,实则令人恶心、脆弱无助而又没有破坏力,通人性、有感情、短命无牙,并且还昂贵无比的观赏狗。"

"短命? 没有牙齿? 基因标准事务局的繁殖规范里面清楚地规定——"

"繁殖规范对出口用的动物并无限制,而且,我现在只是帮一个朋友为这条狗做一下测试。噢,赫德森来了。"

我的机器人端着一壶伏特加,轻轻地穿过法式门走进来。卡特思仓皇逃开,头上的四只耳朵不住地颤抖。它慌不择路地跑到花丛一侧,所有花朵都急切地想包裹住它,将卡特思围了个水泄不通,还有一片已经枯萎的花瓣轻轻停在了它的跟前。卡特思狂吠不止，拼命挣扎着想要逃脱，眼神显得无比慌乱。它不顾一切地朝阳台另一端飞蹿而去。

"救命啊！"它哭喊道，"救我啊，救救卡特思！"

在阳台外侧，我在栏杆之间浅浅的花池里种了一些月亮粉尘花，这样便构成了一道低矮的屏障，而且不会在我欣赏海湾风景时挡住我的视线。受到惊吓的卡特思到处乱蹿，一不小心踏入了月亮粉尘花传感器的感应范围，传感器立即喷出一团气味甜香的烟雾，其中密布着粉尘花的蓝色纤维。这只可怜的小狗吸入了一些纤维烟雾，又开始狂吠。一瞬间，那阵尘雾变成了半透明的、馥郁芬芳的云团，将狗儿那双惊恐万分的大眼睛笼罩其中……卡特思在粉尘里毫无方向感地打转，然后又盲目地上蹿下跳。它奋力一跃，一下子冲过间隔很大的栏杆间隙，从阳台跳了下去。

它砸落在人行道上的声音从楼下传来，引得赫德森将自己身上所有的传感器都转向了那个方向。

斯蒂芬妮和我迅速冲向阳台栏杆。感应到我们的到来，月亮粉尘花传感器在我们脚边又喷出了一团云雾。只见卡特思狼藉的尸体正躺在六层楼下的人行道上。

"妈的！"斯蒂芬妮狂吼道，"这只试验狗可是花了研发中心二十五万啊！"

赫德森开始报警，"刚才楼下入口处传来一种不明声音，是否需要通知安全处？"

"我现在怎么向诺曼交代？我跟他发誓要好好照顾它，保证它的安全的。"

"重复一次，刚才楼下入口处传来一种不明声音，是否需要通知安全处？"

"不，不用，赫德森。"我回答道，"不用采取什么行动。"我转身看着那堆沾满血的粉色尸体。悲伤和作呕的感觉同时涌上了我的心头，我为卡特思的胆小害怕而悲哀，同时对斯蒂芬妮和我自己感到无比厌恶。

"这下可好了。"斯蒂芬妮说道，她完美无缺的嘴唇嚅动着，"可能这只狗的智商确实需要改进。大概近期你就可以看到生活者的小报标题这样写道：蠢狗跳楼身亡——被生殖器花惊吓所致。"她扭过头大笑起来，红色的发丝在微风中摇摆。

反复无常，大卫曾经这样评价斯蒂芬妮，她拥有迷人而又反复无常的性格。

从个人角度而言，我从不和其他人一样觉得生活者小报的标题荒谬可笑。

斯蒂芬妮耸耸肩，离开栏杆，"我猜诺曼大概只需要重新做一只。以研发中心现有的实力，再做一只新的，应该不至于让他们破产。或许他们还可以一并把税也逃掉。你听说了没有？吉恩·克劳德已经通过国税局勾销了自己应缴的税款，就因为他和妻子利萨最终决定不把胚胎移植到代孕人身上。他放弃了所有的胚胎，而作为这个选择的代价，他在七年内都不得进行胚胎储备——他把自己未来的继承人也算作了长期战略计划的一部分，而国税局的审计员居然让他过了关。他那九个受精胚胎都做了昂贵的基因改造，但最后他和利萨却决定不要孩子了。"

我凝视着那从阳台笔直坠落在人行道上的粉色肉团，又抬起头，目光望向远处，遥望宽广的蓝色港湾。就在那一刻，我拿定了主意——这个决定如此匆忙而又缺乏理性，和我这辈子所做的大多数决定一样。

"你认识科林·科沃斯科吗？"我问斯蒂芬妮。

她略微地思考了一下，她有着极强的记忆力，"是的，我想我认识他。几年前，在一家剧院，萨拉·高曼介绍我和他相识。那人似乎是高高的个子，头发呈棕色的波浪形？只做了很少的基因改造，是吧？我记忆中的他一点也不帅。怎么了，难道他是你的大卫的替代品？"

"不。"

"等等，他是不是在基因标准事务局工作啊？"

"是的。"

"我刚才告诉过你了吧？"斯蒂芬妮的语气显得很生硬，"诺曼的公司拿到了专门许可证，有权对卡特思进行测试。"

"不，你没有告诉我这些。"

斯蒂芬妮咬着她那完美无缺的下嘴唇，"事实上，那个许可证马上就可以拿到了，黛安娜——"

"不用担心，斯蒂芬妮，我并不是想去打你严重违规的小报告。我刚刚只是想到你可能认识科林，他现在正在筹办一个极其奢侈的国庆派对，我可以帮你拿到请帖。"我说道。看到她如此不安，我感觉很开心。

"我看算了吧，廉政公署的特工主持的派对让我提不起兴致，太乏味了。派对上的那些家伙披着爱国主义的古板外衣，骨子里强硬而又僵化，从不知自己看起来就像一根巨型木棒。打着虚伪的爱国主义幌子来打击革新，还是免了吧。谢谢你。"

"你认为爱国主义是虚伪的？"

"大多数爱国主义者要么很虚伪，要么就是多愁善感的生活者。上帝啊，这个国家唯一能够让人忍受的就是基因改造技术可以带给我们的东西。大多数生活者看起来就像一坨屎，行为举止极差。你自己也说过，你不能忍受和他们待在一起。"

我的确说过这些话。这个社会里有太多人，我是无法忍受和他们相处的。

斯蒂芬妮的言谈举止显出一副政治家的做派，她这副模样可绝不会在竞选中派上用场。"如果没有了顽固者，没有了我们这些接受过基因改造的智囊阶层，这个国家就只剩下一堆低能儿，他们连基本的生存都不能维持。"

我小心翼翼地说道："我是否曾经跟你提过，我的母亲就是一个生活者？她在一次战争中身亡，她是一位军士长。"

事实上，我的母亲在我两岁时就去世了，我对她几乎没有任何记忆，但斯蒂芬妮却显出一副难堪的神情，"你没有说过。你应该早点儿告诉我——在我没向你发表刚才那段言辞激烈的长篇大论之前。不过，这并不能改变任何东西，你还是一个顽固者，你被基因改造过，你做着有意义的工作。"

她最后这句话不是真正的宽宏大量，便是有意暗藏恶毒的嘲讽。我做过各种各样的工作，却没有一个是长久而有意义的。关于一辈子不停更换职业的人，我已琢磨出了一套理论。非常凑巧，这套理论同样适合于那些终生不断更换情人的人。每当你不可避免地步入低谷，或是职场上就会遭遇波折，你自己也要承受打击。这是因为，每一个新的情人或者新的工作都会暴露出你身上一些从未发现过的内在缺陷。某个情人或是工作会让你发现自己生性懒惰，而另一个情人或是工作让你明白自己凶悍暴躁，再碰上别的什么人或是差事，则会令你狂乱急切，充满野心，要去弥补自己那些可悲的不足。过多的工作，或者过多的情人，产生的效果全都一样——带给你一个又一个的人生低谷，令你不可避免地消沉沦落，无所作为。你所有的弱点尽显无余，如果一个职业或是情人没能暴露你的缺陷，那下一个会让它们——现形。

最近十年，我曾在安全部门，还有娱乐全息电视台、县区政治部、好几家家具制造厂、机器人执法部门、公共餐饮部门、教育部门、卫生部门工作过。我没冒过什么风险，也没有什么损失。情人也换了一个又一个，克劳德、尤金、雷克斯、保罗、安东尼、拉塞尔，最后是大卫，大卫可从来都没有说过我"反复善变"——这肯定说明了什么问题。

我没有回应斯蒂芬妮的讥讽，所以她又重复了一遍，然后坏笑起来，"你是一个顽固者，黛安娜，你做着有意义的工作。"

"我马上又要做有意义的工作了。"我说。

她给自己又倒了杯饮料，"大卫会出席科林·科沃斯科的派对吗？"

"不会，我敢肯定他不会去的，但他应该会参加萨拉在周六举办的竞选基金筹备活动，几个星期前我们就接受了邀请。"

"嗯，你现在还想去参加吗？"

"不了。"

"我能够理解。如果大卫和你之间真的已经结束了的话——"

"去追求他吧，斯蒂芬妮。"我说话的时候没有看她的脸。大卫搬走之后，我减了七磅[1]，失去了三个朋友。

那么，好吧，我是因为被情人抛弃而加入基因标准事务局的。我嫉妒，并且厌恶斯蒂芬妮，厌恶她所代表的一切。我在最无聊的时刻对自己的生活感到厌倦；我要寻找新的刺激、新的快乐——全

---

①一磅等于零点四五四千克。

是一时冲动。

"我打算离开小镇一段时间。"我说。

"哦？你打算去哪里？"

"我还不确定，要看具体情况。"我从阳台栏杆向下望去，最后看了一眼那条跌落在地上、曾经半解人意、可怜兮兮、造价昂贵的狗。那是美国技术和价值观最高成就的体现。

看来，我应当是一个爱国者吧。

第二天早晨，我驾飞行车前往科林·科沃斯科位于城西政府办公楼里的办公室。从空中望去，楼群和宽阔的飞行器着陆空地构成了一个几何图形，四周是一排排恣意蔓生的树木，色彩鲜艳明亮，挂满了黄色的花朵。我猜想那些树已经过基因改造，一年四季都会开出花朵。树木和草坪连同建筑物都被覆盖在 Y 能量场的防护穹顶之下。在防护罩边缘那道神奇的能量圈外面，丛生着一片片灌木，一些生活者正在那里举行摩托车比赛。

从我的座舱往外望去，可以看到整条赛道。那是一条闪闪发光的 Y 能量黄线，大概一米宽，蜿蜒曲折，约五英里长。一辆摩托车从始发点飞快地蹿出，车上是一个红色的身形——那摩托车速度极快，而我尚在高空中，因而看上去他只是一道模糊的虚影。我以前也参加过车赛。摩托车的引力装置经过设定，能让车身刚好悬浮在赛道上方六英寸高的空中，而车底板下的 Y 能量场圆锥形喷嘴将决定车子的速度:锥形喷嘴与能量赛道之间的夹角越小,车子的速度越快,当然也就越难控制。驾驶者只能使用单只手柄控制,外加一个鞍桥,那鞍桥仅容车手弯下一只膝盖。那种感觉一定就像侧身骑马,而行进速度为每小时六十英里①。当然,并不是每一个生活者都明白什么叫作侧身骑马。生活者们从不学习历史,也不学习其他任何东西。

　　观众都坐在赛道旁的长椅上,不时喝彩尖叫。当那名车手完成大约一半路程的时候,第二位车手便冲出始发点,向他追来。此时,政府的保安能量场准许我的飞行车着陆,而后我的飞行控制被全部锁定,在自动程序的引导下进入着陆区。我把座椅转了个方向,以便能继续看到摩托车赛道。现在随着飞行高度的降低,我能够更清楚地分辨第一位车手的模样。虽然这部分赛道极为粗糙不平,但他还是加大了摩托车的倾角,驾车在坑坑洼洼、沟壑起伏的路面上飞驰,在一块块岩石上方迂回折转。我很纳闷,他怎么知道后面的车手正在渐渐逼近呢?

　　我看到前面的这个车手急速飞驶,朝一块半露出地面的巨石冲去。赛道的黄线从巨石上蜿蜒划过。那车手猛地把身体的重心挪向摩托车正中,试图让车速减下来,但他迟疑得过久,只见车身突然跃起,偏离了赛道,而后翻滚起来。车手朝地面急速撞下去,他的脑袋以每分钟一英里的速度撞到了那块大石头上。

---

　　①一英里等于一点六一千米。

一瞬间，第二辆摩托车从尸体的上方疾驰而过，车身下的能量喷口保持着完美的六英寸高度，掠过了那颗撞碎的脑壳。

我的飞行车掠过树梢，徐徐降低高度，落在了两座花坛之间，花坛中种满了明艳的基因改造过的鲜花。

眼前这座大厦的门厅颇具新赖特①风格，涂刷成令人心情压抑的灰色。科林·科沃斯科正在那里等我，"老天，黛安娜，你的脸色很不好。怎么回事？"

"没什么。"我答道。摩托车手的死亡事件时有发生，没有人想到要去整顿车赛，甚至连那些付钱给车手来拉选票的政治家也袖手旁观。举办车赛有什么意义？生活者们总是选择一些很愚蠢的死法。他们尽干些蠢事：吸毒，酗酒喝得脑子里一片空白，浪费自己卑微的生命去乡下搞破坏、让机器人忙不迭地赶在后面清理烂摊子——只要资金充足，环卫机器人通常能派上用场。斯蒂芬妮说对了一件事：我并不在意生活者们在干些什么。我为何要在意呢？无论我母亲四十年前有过什么作为，在当今这个时代，生活者们在政治、经济上的作用都是可以被忽略掉的。他们无处不在，却被完全忽略。我只是以前从未这么近地目睹一个赛车手死掉罢了。他照样可以被忽视；那颗被撞得粉碎的头颅还不如一朵花有价值。

"你需要新鲜空气。"科林说道，"我们出去走走，散散步吧。"

我有些吃惊，问道："出去干什么？"我刚刚才呼吸了新鲜空气，

---

①赖特（1869～1959），美国著名建筑学家。

现在只想坐下来休息。

"以你现在的身体状况,难道医生没建议你去散步吗?"科林抓住了我的胳膊,这次我还算理智,没有脱口而出:"我有什么不妥?"过去受过的训练让我很快反应了过来——科林是在担心这座大厦并不安全。

这样一座有着最大规模的Y能量防护罩的政府楼群怎么会不安全? 这个地方应该是受到多重保护,并且设置了很多关卡,可以随时进行安全搜索的。只有一帮人稍有可疑,就是那些能将监视器设计得令人无法察觉的家伙——

想到这里,我不禁大吃一惊——心脏也随之一颤。显然,除了我自己之外,还能有别的事情让我产生兴趣。

科林陪我穿过一个景色迷人、格外幽静的花园,来到一片开阔的草坪。我们步伐缓慢,就好像我的身体真有什么不妥。天知道我得了什么病。

"科林,亲爱的,我是不是怀孕了?"

"你患了格万森氏综合征,是两周前约翰·C.弗里蒙特地区医院根据你反复发作的眩晕症状确诊的。"

"我的病历里面从来没有这方面的毛病。"

"现在有了。过去四个月一共犯了三次。一次被误诊为多发性硬化症。大卫·麦迪逊之所以要离开你,你的病症也是原因之一。"

听到"大卫"这个名字,我不由得畏缩了一下。同时,他的话让我脑海中浮现出某地的景象：一幢幢闪烁着微光的摩天大楼林立密布，建在贫瘠而又岌岌可危的地面上——日本就是这个样子。而后眼前又出现了一块有如伊甸园一般神奇的地方：草木茂盛，温暖和煦，生机勃勃，色彩斑斓，但这里只能造就苦难。为什么会这样？这是谁的错？显然，是曾经栖居在伊甸园内的人类的过错。他们罪有应得，他们曾享受过的美好童年理应被上帝剥夺。人们知道自己能重新拥有伊甸园，却用核弹将它变成了炼狱，这是莫大的痛苦。罪魁祸首正是人类自己。

科林和我越走越远。防护罩下气候非常温和，空气清新，却没有风。科林挽着我的胳膊，让我觉得安稳快乐。斯蒂芬妮错了：虽然这个男人的面容并没有经过基因改造，但他很英俊。浓密的棕色头发，高高的颧骨，结实强壮的身板。不足之处就在于他总是一本正经。他对自己的职业有着宗教般的狂热，虽然他那份差使的确值得付出；而且，对于性爱来讲，他的敬业精神一定会让人大倒胃口。我可以想象，科林会按照基因标准事务局的规章对自己赤裸的情人进行检查，看看她的基因改造是否有违条例，然后才会同她上床。

我对他说："你做得有些过头了吧，亲爱的。为什么要伪造我的病历？我没说过自己愿意加入行动。"

"我们需要你，黛安娜。你来找我正是时候。华盛顿将我们的资金又削减了十个百分点——"

"行了，省省劲儿吧，不要给我做政治演讲了。科林，你需要我做什么？"

　　他看起来有点恼怒。一个正经八百的人。很显然，他的资金确实被削减了；每个人的经费都被削减了。华盛顿是个二进制系统——挣钱和花钱，而且支出总是多于收入，多很多。美国已经不再像从前一样拥有对廉价Y能量的专利专有权，养活整个国家的生活者是件非常艰难、花费昂贵的事情。除此之外，老化的工业机械设备长期都在修修补补，现在正在以越来越快的速度报废。连无比富有的斯蒂芬妮都在不断抱怨，国家的各个部门肯定会感到更大的压力。近一个世纪以来，在政府财政出现赤字的情况下，任何浪费性支出都是非法的。难道科林认为我连这个都不知道？

　　他的语气显得十分生硬，"我不是要给你做演讲，我只是需要你来执行监视任务。你受过训练，但没有任何记录，谁也不会用电子设备跟踪你。一旦真的被人注意到了，格万森氏综合征将会是掩护你的最好借口。"

　　他的话倒是一点不假，我确实受过训练。十五年前，我参加过一个不被记录在案的培训项目。这项培训是严格保密的，参加培训的特工都不曾受命执行任何别的任务；或者说，至少我是什么行动都没有参加过。但后来，没等培训结束，我就退出了，因为我结识了男友克劳德，也可能是另一个情人，我记不清了。科林·科沃斯科也参加了这个培训项目，而这标志着他的政府工作生涯的开始。我没有任何记录，是因为有关这个培训项目的信息从未在任何数据库中出现过。无论哪里都没留下一丝痕迹。

但是科林似乎对我有所隐瞒,他的言谈举止显得有点不对头。我问道:"对手是什么人? 说清楚点,我要避免引起什么人的注意?"但我想自己已经知道答案了。

"无眠者。但不是庇护所里的人,而是绿蛋上那帮家伙。我是指,那座小岛。"

"绿蛋",在西班牙语里是"绿色的鸡蛋"的意思。我弯下腰,假装整理凉鞋,以此来掩饰自己脸上的笑容——我从未听说过无眠者居然富有幽默感。

我愈加兴奋起来,问道:"为什么格万森氏综合征可以给我提供完美的庇护? 格万森氏综合征到底是什么病?"

"一种头脑混乱病症。它能引起极度的不安和兴奋,还能引起内心骚动。"

"啊,所以你立刻就想到我了。谢谢啊,亲爱的。"

他看起来像是被惹恼了,"你总是扯到毫无关系的话题上去,黛安娜,这可不是开玩笑的事情。你是我们的最后一名潜伏特工了。当庇护所在他们严密防范的轨道站里培育出所谓的超级无眠者之前,我们确信你的资料还从未在任何电子档案中出现过。不过,现在无眠者严密防范的巢穴已经不复存在了。基因标准事务局的人员已经抓到了他们的蛛丝马迹,并将他们的实验室彻底拆除,庇护所肯定再也无法玩弄那套危险的基因改造把戏了,而且,那个反叛者詹妮弗·沙里夫和她的同伙永远都不可能从监狱里跑出来重见天日。"

科林看似轻描淡写的一席话让我十分震惊：好一番特别的灰色论调，就像政府发布的报告一样轻松写意。他所说的詹妮弗·沙里夫"那套危险的基因改造把戏"指的是一次恐怖主义行动，恐怖分子试图用致命的变异病毒来劫持五个城市作为要挟。这种难以置信、胆大包天、丧心病狂的恐怖主义行径是为了迫使美国政府允许庇护所独立。庇护所没能达到目的的唯一原因，是詹妮弗·沙里夫的孙女米兰达。天知道为了什么缘故，她竟然不顾家族的政治立场，背叛了那些恐怖分子，倒向美国联邦。这些都是十三年前发生的事情了，当时米兰达·沙里夫只有十六岁。她，还有另外二十六个一同倒戈的孩子，好像都接受了特殊的基因改造，令他们的思维方式不同于人类。完全是一个新物种。

他们恰恰就是基因标准事务局要防范的目标。

就在我脚下的这片土地上，二十七个超级无眠者活生生地存在过，但是现在他们已经不在这里了。几年前，那些超级无眠者全都搬到了一座小岛上——他们在尤卡坦半岛附近的海上建造了那座小岛。没错，是他们"建"起了那个小岛。一个月前那里还是一片汪洋大海，什么都没有，但一个月之后，那里就出现了一座真正的岛屿。它不像人工群岛那般漂浮在海上，而是由岩石构成，一直向下延伸到大陆架上，值得注意的是，那个地点可不是浅海。没人知道超级无眠者怎样开发出了建造这座岛屿的纳米技术。很多人都急于知道这个秘密：现阶段，纳米技术尚未成熟，科学家通常只能利用纳米技术来分离物质，却无法将物质构建到一起。显然小岛上已经解决了这个难题。

《国际法》规定，如果一座岛屿先于能够创造它的人出现在世上，便属于自然产物。岛屿可不像一艘船或者一座轨道站，它不受2050年颁布的《人工建筑税制改革法》的制约，也不由国家政府进行审批。一个国家可以声称对它拥有主权，它自己也能自立为一个国家，或是由联合国指定为某国的属地。那二十七个超级无眠者和他们的追随者在那个岛屿上定居下来——岛的形状就像两个交叠的椭圆。美国声称小岛为自己的领土，因为超级无眠者的企业可以让政府获得数额巨大的赋税。然而，联合国却把这个岛屿分配给了二十英里外的墨西哥。联合国的成员国普遍对美国没有好感，由来已久的国际成见让他们心怀敌意。墨西哥现在很乐意坐收钱财，而作为回报，小岛上的居民可以丝毫不受管束。

超级无眠者在有史以来最尖端的能量场保护下造出了自己的作品，他们的防护层简直无法穿透。很显然，这些超级无眠者拥有难以想象的异常发达的大脑，他们不仅是基因改造方面的天才，还能将卓越的聪明才智融会贯通到一切事物之中：Y能量、电子学、重力加速度技术。他们为自己的岛屿起了一个正式但缺乏想象力的名字："岛"。他们从岛上向全球各地出售专利，而在整个世界市场中,美国只能以夸张的高价提供陈旧过时的再生产品。

美国要养活一亿两千万不劳作不生产的生活者,小岛上却没有一个生活者。我从来没有听说过,无眠者的栖身之地竟然叫作"绿蛋",翻译过来就是"绿色的鸡蛋",不过在西班牙俚语中,它也有"绿色的睾丸"的意思。生殖能力强大旺盛的睾丸。科林知不知道另外这层含义?

我弯下腰,伸手摘了一片被基因改造过的碧绿草叶,"科林,你难道没有想过,如果超级无眠者想让詹妮弗·沙里夫和另外那些祖辈反叛者出狱,他们就一定能把犯人们救出来。很显然,岛上那些本领高强的反动分子不想让老家伙们重回故乡。"

科林脸上的表情显得愈加不快,"黛安娜,那些超级无眠者并不是神,他们不可能控制所有的一切。他们也只是人类。"

"我想基因标准事务局会认为他们不是人类。"

他没有理会我的话,也可能是有意避而不答,"你昨天告诉我,说你认为我们应该取消一切非法的基因改造实验。据我们所知,那些实验能够让人类发生无法挽回、不可逆转的变化。"

我的脑海里回想着卡特思摔在人行道上的情形;斯蒂芬妮在楼上大笑,"饼干!请给我来一块吧!"我确实曾经告诉过科林,我赞成取消非法基因工程,但原因不像他所说的那么简单。我并不反对让人类发生不可逆转的变化,事实上,我常认为自己就该发生些不可逆转的变化。如果人类永远都一成不变,那么"人"这个字眼便根本无法让我怦然心动,但是,我对人类将采取的改变方式没有任何信心。我怀疑的是那些做出选择的人,而不是选择本身——我们已经沿着斯蒂芬妮这类人的方向走得太远了。他们觉得感性的生活方式可以像用过的厕所草纸一样被随意扔弃。今天被丢弃的是一只狗,明天便是一个没有劳作能力但耗费财资的生活者,后天会是谁呢?我猜,只要能够达到目的,斯蒂芬妮将不惜施行一场种族灭绝。我猜很多顽固者都和她一样。很多次,我自己也曾这样想过,尽管那些时候我并不当真。这个下意识的念头让我大吃一惊,我拿不准科林能否理解这一切。

"没错,"我承认,"我希望能取消一点,取消非法的基因改造实验。"

"我想让你知道,我完全明白,尽管你表面上轻率浮躁,但实际上你是一名认真而又忠诚的美国公民。"

噢,科林,他不必动用卓越的智商便能领会这个世界。这个世界并不像二进制那么简单:接受/拒绝,好/坏,开/关……现实要复杂得多,而且,还不止这些。他在跟我撒谎。

我很擅长察觉别人是否在撒谎,我的这个能力比科林掩饰的能力强多了。他并不打算把这次行动中任何重要的部分交给我。我的加入太仓促、太轻率、太不可靠。还有,十五年前我在训练结束之前就离开,也证明我并不可靠,不忠诚,不适合委以重任。政府里的那些死脑筋全都会这么想。或许他们的看法没错。

无论科林派给我什么样的监视任务,他肯定已经做了二手准备,而且一定有相当多的特工在做这同一件差事。关于监视工作有一种说法:消耗低廉,限定任务,不加约束。这个说法原本只是一套适用于机器人工程学的理论,但没过多久,它便在警探行业中普及开来。如果在行动时为每一名探员都安排限定好具体任务,然后许多人分头行动,这样,他们就会从各自不同的角度出发,对自己正在寻找的答案提出各种相当成熟的观点。这样一来,他们可能会有完全出乎意料的发现。科林想让我随意出击,出奇制胜。

我倒不在意这点。至少这个工作可以让我离开旧金山。

科林说:"近两年来,那些超级无眠者开始潜入美国,单独潜入或者两两结伴,采用化装术和电子手段乔装改扮。他们到处游荡,前往生活者居住的城镇或是顽固者居住的地区,然后又回到他们自己的地方——那座岛上。我们想知道他们为什么要这样做。"

我小声说道:"或许他们也患了格万森氏综合征。"

"抱歉,刚刚你说什么?"

"我刚刚问,在打入绿蛋内部方面,你们可有什么进展?"

"没有。"他说。即便取得了进展,他也不会告诉我。"打入绿蛋内部"——他完全没有意识到我问话中的调侃之意。

"那么我要监视谁呢?"我的喉头涌动起一丝兴奋感,这真令人惊讶。长时间以来,我的生活中没有什么可以给我带来刺激。当然,除了大卫——他用性感的臂膀、迷人的话语和独特的优越感拥抱着你，却随时准备将你猛然丢下，然后出现在另一个女人的生命中。

他说："你的目标是米兰达·沙里夫。"

"哦。"

"我为你准备好了全套的身份证件和用具，存放在引力火车车站的一个储藏箱里。你的新身份是一个生活者。"

这话暗含羞辱——科林是在暗示我的模样不够体面，没有长着一张显然经过基因改造的面孔。算了，随他去吧。

科林说："我们认为她只离开过那小岛一次。她再次离开绿蛋的时候，你就跟着她。"

"你们怎么能肯定谁是她？如果那些无眠者既使用化装术又采取电子手段易容，她看起来可能就会完全不同。五官、头发，甚至大脑的扫描投影都会大变样。"

"你说得没错。不过，他们的头稍微有些畸形，比常人稍大一些。这一点很难掩饰。"

我当然知道这个，每个人都知道。十三年前，当超级无眠者第一次从庇护所下来时，他们的大脑袋就为他们招来了无数恶意的讥笑。其实，他们快速的新陈代谢和脑部的化学变化还导致了其他多种畸形；人类的基因改造一直就是件非常复杂的事情。超级无眠者们并不算长得好看的一类人，至少在我的印象中是这样。

我答道："他们的脑袋并不是十分大，科林，有时单凭头颅的大小可能很难说明问题。"

"还有办法,他们身体的红外线扫描记录都已登记在册,就连实验阶段的资料都有。不管怎样,谁也无法挪动自己肝脏的位置,也不能改变十二指肠的消化速率。"

这些检测方法都太简单了。在法庭上,红外线扫描记录可算不上有效的身份证明,这玩意儿不太可靠,但总比什么资料都没有要好些。

至少他们还留下了这些记录。大卫离开我时没有留下任何东西。斯蒂芬妮也是一样。而卡特思只留下了一句话:"谢谢你,女士。"

科林说:"现在离开绿蛋潜入进来的超级无眠者越来越多了,他们一定在计划什么。我们需要调查清楚里面的名堂。"

"好的,长官!"我开玩笑道,他却一点表情都没有。

这时,我们已快要走到安全罩的最外围。闪烁着微光的安全罩外面,一具运尸吊舱正停在那个摩托车手的尸体旁。尽管我的视力经过基因改造获得了提高,但这段距离也已达到我的视力极限,我只能看到一些生活者正把尸体装到吊舱里,他们在哭泣。吊舱载上尸体后,便顺着赛道行驶起来,但刚走了十五英尺,随着一阵突如其来的摩擦声,吊舱停了下来。生活者们使劲儿推着,但那个吊舱就是纹丝不动。丧葬机械,也像近来其他一些重要设备一样,纷纷报废失灵。

生活者们站在一旁盯着它,茫然无助,不知所措。

我和科林走进了 G-14 号大楼,感觉昏头昏脑——格万森氏综合征的患者有时就是我现在这副模样。

第二章　比利·华盛顿：纽约东奥兰塔

当我搞清楚那只患了狂犬病的浣熊是怎么回事时,我做的第一件事就是直奔小餐馆去告诉安妮·弗朗思。我一路狂奔,脑子里只有一个念头:莉齐或许已经安全了,此刻正和安妮待在厨房;或许莉齐并不在树林里。或许如此。

"快跑,老头!快跑,你个老家伙!"一个小孩在旅馆和仓库间的小巷里大吼。那些跳顿足舞的家伙都站在巷子里;每逢天气晴好的时候,他们就会在那儿。今天天气不错,但我忘了他们的习惯。或许我应该绕道而行,顺着河边走那条远一些的路。好在今天下午他们太懒了,也可能是因为意见不统一,所以没像往常那样追我。我可没跟他们提过浣熊的事情。

在小餐馆的服务入口——那是一条专供机器人进出的通道——我用尽全力敲着门,同时大吼:"安妮·弗朗思,快让我进去!"

我右侧的矮灌木丛在沙沙作响,有动静,我吓得差点儿跌倒在地。肯定是那些浣熊过来找吃的了，它们总爱捡食送货机器人掉下来的食物。但那只是一条蛇，虚惊一场。"安妮！是我，比利！快让我进去啊！"

小门摇摇晃晃地打开了，我双手和膝盖着地，连忙爬了进去。是莉齐开的门。她知道如何开门，不必像机器人那样发送开门的信号就能打开服务入口。安妮可没有这个本事，她只知道种花种草。

母女俩都在厨房里：安妮正在削苹果，莉齐则在修理那个本该用来削苹果的机器人。这个机器人已经坏了一个月了，莉齐没办法修好它。她很聪明，但只有十一岁。

"比利·华盛顿！"安妮说道，"你在发抖！发生什么事了？"

"患了狂犬病的浣熊！"我喘着气说道，心脏怦怦乱跳，"有四只，区域监控器已经发现了它们。就在河边，就是莉齐……莉齐常去玩的河边……"

"嘘嘘嘘，"安妮说，"嘘……亲爱的，莉齐不是在这里吗？她现在很安全。"

安妮用她的手臂搂着我，我气喘吁吁地坐在地板上，就像一头驼背的狗熊。莉齐那双漆黑的大眼睛注视着我，瞪得圆圆的，闪闪发光。她大概还以为得了狂犬病的浣熊是什么有趣的东西。她从来没有亲眼见到过浣熊，而我见过。

安妮——一个身材高大、肌肤柔软的棕色皮肤女人，有着一对枕头般松软的乳房——她从来不告诉我她的年龄，而我所能做的就是到餐馆和旅店,从服务终端里查询她的年龄信息:她三十五岁了。莉齐一点也不像她妈妈,她肤色白皙,瘦骨嶙峋,红头发紧紧地编成两条辫子。她的胸部没怎么发育,也没有翘翘的臀部。她特别聪明,可安妮为此很担心。这位妈妈不记得了,从前我们都是普通的人类,不是生活者,可我还记得——到了六十八岁,你自然会记得许多事情。我还记得过去那段日子,换作那时,安妮或许会为莉齐聪明的小脑袋感到自豪的。我记得那个时候的情景,记得一个像安妮一样的女人抱着我,那时我可不像现在这样心脏衰弱,气喘吁吁。

"你还好吧,亲爱的?"安妮说着,松开了搂着我的手臂。这双臂膀刚一离开我的身体便令我茫然若失。我真是个老傻瓜。她说,"跟我们讲讲吧,慢慢说。"

我终于喘过气来了,"有四只浣熊。那个区域的监控器拼命尖叫报警。它们一定是从山上下来的,监测器显示它们已经到了河边,正向镇子靠近,生物警报灯闪着深红色的灯光。然后监控器就发生了故障,这次无论如何也没办法重新启动了。杰克·萨维克踢了监控器几脚,我也踢了好几脚,但根本没用。马上就会到处都是浣熊了。"

"那个执勤机器人怎么没在监控器出问题前就派出去干掉那些浣熊呢?"

"执勤机器人也出问题了。"

"妈的!"安妮做了个鬼脸,"下次选举时,我再也不会投塞缪尔森的票了。"

"你觉得那会有什么用吗？那帮候选人全都一样。不过你必须得把莉齐保护好，一直等到有人解决掉那些浣熊。莉齐你要好好待在家里，听到了吗？"

莉齐点点头。不过她是个聪明的孩子，她马上问道："但还会有谁呢，比利？"

"'谁'？你要问什么？"

"如果执勤机器人都坏掉了，那么谁会出来整治那些浣熊呢？"

没有人回答。安妮又拿起她的水果刀，继续削苹果。我靠着墙，换了个更舒服的姿势。这里没有椅子：只有机器人才会待在餐馆的厨房里。去年九月份，安妮闯了进来。她并没有打扰机器人的正常工作，它们都在忙着为食物传送带准备待送的食物。她只是一会儿跑到这边抓一点儿白糖，一会儿跑到那里取一些合成大豆，又从服务箱里拿了些新鲜水果，就这样做了点儿吃的，非常可口的食物。没人能有安妮那样出色的厨艺，光是看着那些水果拼盘就够让你垂涎三尺了。肉块辣味十足，饼干松软香脆。

她把做好的食物放在食物传送带上的小盒子里，送到了餐馆的用餐区，等待食客们动筷子来消灭它们。那些傻瓜或许根本就不会意识到，同从前通过传送带送出的垃圾食物相比，今天的菜不知好吃多少倍。当然，餐厅里的全息终端总是隆隆作响，和着演奏的舞曲声，就算安妮和莉齐在那间破厨房里闹翻了天，也没有人会听到。

安妮很喜欢做饭,她自己这么说过。她喜欢一直忙忙碌碌。有时候我会想,安妮拼命把莉齐养大,让女儿成为一个优秀的生活者,这位母亲可真有点像个顽固者了。当然,我从来没有跟她提起这个,只是心里这样想想。

安妮一边削苹果,一边轻声哼着小曲儿。不过莉齐并没有放弃那个问题,她继续问道:"到底谁会出来整治那些浣熊呢?"

安妮皱了皱眉头,"等有人来修好执勤机器人的时候吧。"

莉齐那双大大的黑色眼睛眨都不眨一下。真怪,她是怎么办到的呢——眼睛一眨不眨,却还能凝神注目这么长时间?"没人会来修理削果皮的机器人,也没人会来修理餐厅里打扫卫生的机器人。你昨天说过,就算烹饪生产线上制作合成大豆的机器人出了故障,那些顽固者也不会派人来修理。"

"我不是那个意思。"安妮说,她削苹果的速度更快了,"我是想说,如果真的听任那个机器人坏掉,镇里的人就没东西可吃了。"

"大家可以互相分享啊。那些在食物传送带出故障前就拿到食物的人,可以把东西拿出来和大家分着吃啊。"

安妮和我面面相觑。以前我见过一个小镇餐馆的设备出了故障,最后有六个人送了命。而当时他们的引力火车的运作还很正常,他们本可以离开那里,前往其他城镇。

"是的,亲爱的。"安妮说道,"大家可以分享彼此的东西。"

"但是你和比利都认为,人们不会拿出自己的东西同别人分享。"

安妮没有回答，她不想对莉齐撒谎，于是我开口道："没错，莉齐，很多人不喜欢与别人分享。"莉齐转动她那又黑又亮的眼睛，看着我，"他们为什么不愿意？"

我说道："因为他们已经没有分享的习惯了。现在他们只想获取，而他们也有权获取——他们投票选举政客就是因为这个。那些被选上的顽固者政客要付出代价，他们要纳税，而他们缴纳的赋税就用来建造和经营餐馆、货仓、医疗机器人，还有澡堂——靠这些东西，生活者们才能维持生活。"

莉齐说道："但是，比利，在你年轻的时候，人们不是比现在分享更多的东西吗？那时他们可以分享很多东西。"

"有时确实如此。当时大部分人都有工作，用劳动换来自己想要的东西。"

"够了。"安妮突然开口道，"别把她的脑子塞满那些过时没用的东西，比利·华盛顿，她是一个生活者。听听你说话的口气吧，就好像你是个顽固者！还有你，莉齐，以后不要再谈论这些事情了。"

但是莉齐一打开话匣子，没人能让她停下来。她就像一列引力火车，启动起来便很难刹住。说到引力快车，自打去年起，这玩意儿就已经不存在了。"学校说我很幸运，因为我是生活者，我过着贵族一样的生活，而顽固者则要一直不停地劳作。顽固者为生活者服务，生活者拥有权利——选举权。但既然我们拥有权利，为什么没办法让人把那些清洁机器人、切削机器人和执勤机器人修好呢？"

"你什么时候去上学了?"我开起了玩笑,想转移莉齐的话题,不让安妮更恼火,"我还以为,你只是到河边去和苏茜·玛思特、卡列娜·特雷尔一起玩了呢。你要记住,你是个名副其实的生活者!"

她看着我,那眼神就像我是一个出了故障的机器人。

安妮立即说道:"没错,你很幸运,因为你是生活者。无论谁问你,你也一定要这样说——告诉他们,作为一个生活者,你很自豪。"

"谁会来问我呢?"

"任何人都有可能。不管怎样,你不该总往学校跑,也不要和其他孩子来往过多。你想变成一个怪物吗?"安妮板着脸。

莉齐转向我,"比利,如果没人来修理执勤机器人,咱们就没办法整治那些可怕的浣熊了吧?"

我瞟了安妮一眼,随后喘着粗气站起身,"我不知道,莉齐。以后就待在屋子里,好吗?"

莉齐说道:"但是如果一只浣熊咬伤了人,那怎么办?"

我想自己还是不说话为妙。沉默片刻后,安妮说道:"医疗机器人还能正常工作。"

"那要是它也出故障了呢?"

"不会的。"

"但如果发生了呢? 我是说万一……"

"不可能!"

"你怎么知道?"莉齐问道。我慢慢发现,母女之间的对话就像是一场暗暗较量的摩托车赛。尽管我不太明白她们为什么要这样，但还是感觉到莉齐占了上风。小姑娘又问道："你怎么知道医疗机器人不会出故障？"

"因为一旦它出了问题，兰德女议员会派人来修理的。医疗机器人归她负责。"

"可她没派人来，没人修理清洁机器人、切削机器人，还有——"

"医疗机器人可不一样！"安妮呵斥道，小刀重重地砍在苹果上，一片果肉从餐桌上飞了出去。那张桌子还是我从餐厅里偷来送给她的。

莉齐继续追问："为什么医疗机器人不一样呢？"

"因为它就是不一样！如果连医疗机器人都出了问题，那么人们就不能看病，只能等死。没有任何一个政客会让生活者死掉，因为这样一来，就再没人推选他们当政了。"

莉齐认真地思考着。我猜，这场赛事应该结束了吧。我松了口气。近段时间，她们似乎对每一件事情都争论不休。莉齐正在一天天长大，可我不喜欢她长大，那样我就更难保证她的安全了。

她说道："但是人们也会因为被患了狂犬病的浣熊咬伤而死掉。所以你的话有问题——既然你说过地区监察官塞缪尔森不会派人来修理执勤机器人，那么兰德女士怎么会派人来修理医疗机器人呢？"

我不由得笑了——她太聪明了。安妮对我板起面孔，我马上后悔自己的失态。安妮突然呵斥道："好了，可能我说得不对！或许会有人来修理执勤机器人！我什么都不懂！你问够了吗？"

莉齐平静地说道："比利也说过没有人会来修理。比利，你怎么能说——"

我说道："因为就连顽固者也缺钱，他们没办法缴足赋税。现在很多东西都瘫痪、报废了。他们要做出选择——到底该修理其中的哪一样。"

莉齐问："那为什么顽固者政客们没钱缴税？为什么越来越多的东西出了故障呢？"

安妮把削好的苹果重重地扔在传送带上的盘子里，然后把泥巴似的面团堆在果片上。

"因为另外一些国家现在也可以生产出便宜的Y能量了。二十年前，只有我们国家才能生产出来；现在不是了，而机器设备也开始报废——"

安妮彻底爆发了，她怒吼道："你当真相信那些善于言辞的政治家们所说的谎话？兰德、塞缪尔森、德林克沃特？他们说的全是空话、废话！全都是骗人的！无论什么时候，他们一张嘴就是在撒谎！他们就是在想办法逃脱应缴的税款！那些我们用选举换来的税款！比利·华盛顿，我告诉过你，不要往孩子的脑子里灌输那些奸诈的顽固者的谎言！"

"那可不是谎言。"我说道。我不愿看到安妮生莉齐的气，但更不愿让她对我火冒三丈,这会伤透我的心。我真是个老傻瓜。

莉齐明白这一点。她总是这样:先是不停地逼人发疯,但马上就变得甜蜜可人。她伸出胳膊搂住我,"好啦好啦,比利,她没有生你的气,没人生你的气。我们都很爱你的。"

我抱着她,就像捧着一只小鸟——我的手能感觉到她瘦瘦的骨架和搏动的心脏。她闻上去有一股苹果的清香。

我那已经过世的太太罗丝和我从来都没想过要孩子,我真不明白我们当时是怎么考虑的。

但我只是大声说:"你不要到外面去,听到没有?要等到有人把那些患病的浣熊干掉才行。"

安妮瞪了我一眼。整整一分钟之后我才明白,她这是怕我引得莉齐再次发问:谁会去干掉那些浣熊呢,比利?不过莉齐没有重新提起这个话题,她只是用乖巧可爱的声音答道:"我不会的,我会乖乖待在屋子里。"

可是现在轮到安妮重提旧话,我真没法理解这些当妈妈的。安妮说道:"这阵子你也不要去上学了。莉齐,你不是顽固者。"

莉齐没有回答。

安妮只想为莉齐好,这我知道。莉齐今后要住在东奥兰塔,栖身在公寓中,参加摩托车比赛,在餐馆四周闲逛,在这里选择自己的爱人,生儿育女。安妮希望莉齐能在这里安身立命,像一个上进的生活者那样生活,而不是变成人人讨厌的怪物——怪异的"伪顽固者"。每个母亲都是这样想的。尽管安妮偷偷溜进女议员珍妮特·凯罗·兰德的餐馆里来帮厨,但她仍是个生活者,始终如此,不曾改变。

莉齐却不是。

很久以前,当我还在上学的时候,这个国家可不是现在这样子。那时我学会了一个词,尽管它现在已变得模糊不清,但却一直在我的脑子里徘徊不去。早在顽固者和生活者出现之前,它就已经存在了。那时还没有餐馆、货仓,也没有什么政客缴税为我们提供消费品,而是我们向政府缴税。那时人们还在制造无眠者,大家可以从报纸上读到关于他们的消息——当然,那个时候还有报纸。我学会的那个词与基因改造有关,但它指的是某种不同于基因改造的东西——那种东西是自然产物。莉齐在学校学到的,是顽固者低人一等,因为他们只有经过基因改造之后才能胜任工作,为生活者提供日常所需的一切。不过这个词并未说明为什么我们这些生活者会优越于顽固者。它意味着一种本质,这种本质会自然而然地让你不同于身边的其他生活者。这个词可以解释为什么莉齐会问那么多顽固者才会提出的问题,她并不是顽固者,她也没有接受过顽固者的基因改造,但这个词的含义就深藏在她的基因之中。怎么会这样呢?我曾经说过,这个词的概念已在我的脑中变得模糊不清,我也不知道它的用法。但我记住了它。

这个词是:返祖。

　　我看见莉齐正专心地注视着母亲把苹果拼盘放到食物传送带上。传送带载着它从快速加热器下面滑过,然后通过墙上的一处开口进入餐厅。有些人会选择这道菜——只要凭参议员马克·托德·因格思提供的就餐卡,他们就能享用这些食物。安妮接着制作其他食物。莉齐坐在地板上,出了故障的切削机器人的零件堆在她身旁。她的母亲没空搭理她的时候,她就仔细研究每一个零件,琢磨着怎样才能把它们组合在一起。有时她对我咧嘴笑笑,那双忽闪忽闪的黑眼睛像星星一样明亮。

　　那天晚上,人们在餐馆里开了一个会,讨论浣熊的事情。不包括孩子,我们一共有四十个人。就在镇子临近河边的那一侧,在州参议员詹姆斯·理查德·兰顿的摩托车赛道附近,保罗·塞温诺亲眼见到了一只得病的浣熊,那畜生的两条后腿不住地抽搐,嘴里还吐着白沫。有人提议把凳子围成圈,说这样才有开会的样子,但是没有人照做。在餐厅的另一边,全息终端仍然开着,舞曲声震耳欲聋。没人跳舞,只有终端显示出来的全息影像晃来晃去——影像由光线构成,如真人一般大小,像顽固者一样漂亮。我不喜欢它们,从来都不喜欢。这都是些边缘透明的幻影。

　　"把音乐关了,我们才能安安静静地说话!"保列大叫道。大家都懒散地待在传送带边的桌子旁,连头都不抬一下,甚至都不抬眼看别人。他们像是过足了毒瘾,谁也不动弹。保罗走过去,关掉了吵人的音响。

"诸位，"杰克·萨维克说，"我们该怎么对付那些生病的浣熊呢？"

一两个人在窃笑，而他们可算是今天最沉默寡言的人了——别人都在大声喧哗。安妮说得没错，尽管主持会议应当是顽固者的事情，但现下总得有人出面才行。杰克是我们的市长，他也是不得已而为之。东奥兰塔是个小地方，不配拥有一名由顽固者出任的常务市长——没有一个顽固者住在这里，而我们也不希望他们住在这儿。所以我们就选举了杰克，他也只好履行这个没办法推卸的职责。

有人提议："咱们可以通过公务终端呼叫县区的立法委员德林克沃特。"

"对！找那个总是放空炮的家伙！"

"执勤机器人应该由地区监察官塞缪尔森负责。"

"那咱们就找塞缪尔森！"

"对！在找他们的时候，咱们还应该发起一次全镇的抗议活动：那该死的货仓根本无法正常分配物资。现在一星期只分发一次配给！"说话的是塞林·凯恩，她总是怒气冲冲。

"没错。就连鲁特格角那个镇子，人们还能一周两次领到分配物资！"

"我现在只能一连两天穿同一件夹克！"

"我生病了，错过了物资分配，现在我们的草纸都用光了！"

下一次选举,地区监察官亚伦·西蒙·塞缪尔森肯定会成为众矢之的。不过,杰克·萨维克深谙主持会议之道。

"好了,大家都不要说了,现在咱们讨论的是那些讨厌的浣熊,不是什么仓库物资分配问题。我现在就跟我们的顽固者联系。"

杰克走到餐厅一角,打开了装在那里的公务联络终端。他拉过椅子,凑到机器跟前,大肚子几乎压在了自己的双膝上。一帮在街头跳顿足舞的家伙大摇大摆地走进来,每个人手里都拿着木棍。他们拥向食品传送带,一面狂笑一面互相拍打——这帮家伙已被兴奋剂搞得神魂颠倒。没有人让他们闭嘴,谁也不敢这么做。

"开启终端。"杰克说道,他并不介意在我们面前像顽固者那样说话。我才不会去讲他们那种虚伪的废话,当然也根本无法让机器执行我下达的命令;我是个货真价实的生活者。但杰克需要顾全大局,他是个恪尽职责的好市长。

我很小心,并不打算把自己的想法告诉他。

"终端已开启。"终端的提示音说道。一时间我有些担心,如果这个东西也像安妮的切削机器人一样坏掉的话,我们该怎么办?

杰克说道:"向地区监察官亚伦·西蒙·塞缪尔森发送信息,同时抄送几份,分别发给县区立法委员托马斯·斯科特·德林克沃特、州参议员詹姆斯·理查德·兰顿、州代表克莱尔·阿米莉娅·佛芮思特、议员珍妮特·凯罗·兰德。"杰克舔了一下嘴唇,接着说道,"优先级:二级。"

"一级!"塞林·凯恩叫道,"你应该要求一级优先级才对,你这个蠢货!"

"我不能这么做,塞林。"杰克说,他是个很有耐心的人,"一级优先级只适用于突发性灾难,比如Y能量工厂受到袭击、发生火灾或是水灾。"这让我们觉得很好笑,一个Y能量工厂怎么可能着火呢?在顽固者的重重保护之下,它不会出现任何故障。任何东西都无法潜入其中,而能够从里面出来的也只有能量。不过,塞林·凯恩是个根本不会笑的人。她的父亲道格·凯恩老爹是我最好的朋友,他对这个女儿一点办法都没有。即便她还是个小孩子的时候,老头也奈何不了她。

"现在已经是一场灾难了!你这个笨蛋!一只浣熊害死了我的一个孩子。我要把你撕成碎片,杰克·萨维克!"

"嘿,塞林,大家应该团结才对!"保罗·塞温诺说。有人在一边低声骂了句"婊子"。这时,门开了,安妮牵着莉齐的小手走进来。食物传送带旁边的那些家伙还在喊叫着推推搡搡。

终端回答:"请稍等。正在接通地区监察官亚伦·西蒙·塞缪尔森的移动通信装置。"一分钟后,一个全息影像出现在大家面前。与全息终端上显示出的真人大小的影像不同,公务终端上显示的人形只有八英寸①高——塞缪尔森正坐在他的书桌前,穿一身蓝色的制服。他看起来有四十岁左右,不过由于他接受了顽固者的基因改

---

①一英寸等于二点五四厘米。

造,你是永远看不出他的真实年龄的。一头浓密的灰发、宽宽的肩膀、周围爬满皱纹的蓝眼睛——他看上去英俊不凡,和其他顽固者一样。有些人换了一下姿势,挪了挪脚。如果选举者们不看顽固者的视讯频道,那他们平生所能见到唯一不穿夹克的人,就只能是塞缪尔森派来一周两次在仓库分配物资的技师了——不,现在一周只有一次了。

突然间,我感到有些怀疑,眼前这个是塞缪尔森本人吗?或许这只是录制在磁带上的全息影像。或许此刻真正的塞缪尔森正身着盛装在参加派对;或许也穿着夹克——如果顽固者也穿夹克的话;或许他光着身子,正在听别人报告什么废话呢——这个想法太奇怪了。

"您好,萨维克市长,"塞缪尔森说道,"我能为您做点什么?"

"监察官,在东奥兰塔至少有四只患狂犬病的浣熊。或许还有更多。我们本地区的监控器在出故障前探测到了它们的踪迹。我们在镇子里也看到了浣熊,它们很危险。另外,我在两星期前就跟您提到过,我们的执勤机器人出故障了。"

塞缪尔森答道:"执勤任务由塞里卡公司专门负责,长官,我在接到您的通知后马上通知了他们。"

杰克并没有理睬这番废话,就像我说的,他是一位出色的市长,"我们不管这件事应该由谁来负责,监察官,您的职责就是解决这个问题。正因为如此,我们才选举了您。"

塞缪尔森仍旧不动声色,因而我断定,这个人肯定是录像带上的影像。"我很抱歉,市长。您说得非常正确,这是我的职责。我会立刻处理的。"

"两星期前,执勤机器人刚刚坏掉的时候,您就是这样说的。"

"是的,长官,最近资金有点——是的,您是对的。我很抱歉,这次不会再拖了,长官。"

旁观者们彼此点头示意:这样才对! 保罗·塞温诺在我后面低声道:"大家对付这些顽固者的态度要坚决点。应该让他们记住,当选就得付出代价。"

杰克接着说:"谢谢您,监察官。还有一件事——"

"嘿!"在餐厅的另一头,一个跳顿足舞的家伙惊叫起来,"食物传送带不动了!"

餐厅里立刻变得死一般寂静。

全息终端里的塞缪尔森连忙问道:"怎么回事? 出了什么问题?"现在他说话的口吻听上去才像个真正的活人,而不是录制在磁带中的幻影。

那个跳顿足舞的小子又开始尖叫:"这破玩意儿停止运行了! 我刚把就餐卡塞进去,它就停下来了! 装食物的小方盒根本没打开!"他拉扯着所有塑料餐盒的小门,但它们都纹丝不动。不过,如果你不把就餐卡插进卡槽里,任何一个餐盒的门都不会打开。那家伙用木棒拼命敲打着餐盒,还是没有用,合成塑料坚不可摧。

　　杰克跑到餐厅那头,他的大肚子在红色夹克里上下颠动。他把自己的就餐卡插到卡槽里,然后按下一个小盒上的按钮。餐卡不见了,而餐盒并未打开。杰克又跑回通信终端旁。

　　"那个东西坏了,监察官。那该死的传送带坏了!它吞下了餐卡,却不能提供任何食物。您真得立刻采取措施,这可等不了两个星期!"

　　"当然不用等那么长时间,市长。不过您知道,餐馆不属于我的职责范围,应该由议员兰德女士负责它的运转资金和维修保养。但我会转告她,立即转告。一小时内会有技师从阿尔巴尼赶去修理。等待一个小时是不会饿死人的。萨维克市长,请您让您的选民们保持冷静。"

　　塞林·凯恩尖叫着:"修理?执勤机器人等了多久还没有修理?如果我的孩子挨饿,哪怕就一天,你这个蠢驴王八蛋——"

　　"闭嘴!"保罗·塞温诺把声音压到最低,对她叫道。保列不忍心看到顽固者如此难堪,他常说那帮家伙也是有感情的。

　　"一个小时之内,"杰克说道,"谢谢您的帮助,监察官。通话完毕。"

　　"通话完毕。"塞缪尔森答道,还冲我们笑了笑,他的表情就像在竞选广告里一样:扬起下巴,双眼闪闪发亮,眼角堆起了皱纹。那个全息影像按了一下自己桌上的按钮,画面消失了。不过那边肯定出了什么问题,因为声音并没有同时消失,只是音调有所改变,还是塞缪尔森的声音,但与我们在竞选活动时听到的截然不同:"老天——下面该接谁的电话了? 这些蠢货和白痴——我简直被弄得要——哦!"终端尖啸一声,然后完全关闭了。

远处一张桌子旁边的女人发出一声尖叫—— 一个拿着大棒的阿飞抢了她的食物,大吃起来。杰克和保列,还有诺木·弗雷泽立刻朝那小子冲了过去,而那流氓的同伙也纷纷赶来助战。桌子顷刻间被撞得粉碎,众人开始四处乱跑。有人刚刚换了全息终端的频道,一场亚拉巴马州的车赛正在轰然上演,赛车手的影像都如真人一般大小,在纷乱的人群中飞蹿。我抓住安妮和莉齐,把她们朝门口推去,"快出去,出去!"

餐馆外面,Y能量路灯把大街照得如同白昼。我可以听到自己的心在"怦怦"狂跳,却丝毫不敢停下脚步。处于愤怒状态的人是没有理智的,什么事情都可能做出来。我在安妮身边大口地喘气,她飞跑着,丰满的双乳上下晃动。莉齐跑得很快,轻盈从容,就像一只小鹿。

到了安妮在杰伊大街的公寓,我整个人瘫倒在了沙发上。这沙发并不舒服,跟我记忆中的沙发全然不同——我年轻时坐过的沙发全都柔软舒适,尺寸也更大些,足够容纳一个成年人的身体。

不过,现在这种合成塑料制成的沙发绝不会滋生害虫。

莉齐眨着明亮的双眸,说道:"你认为一个小时后会有顽固者来修理传送带吗?"

我仍喘着气，"莉齐……安静，不要说话。"

"如果一个小时后顽固者还不来，那该怎么办？"

安妮说："你安静点，莉齐，不然你就等着顽固者来修理你吧！比利，今天晚上你最好待在这里，不知道餐馆里的那些傻瓜会干什么蠢事。"

她给我拿了条毯子。她用从仓库搞来的亮色纱线给好多毯子绣上了图案，这便是其中一条。墙上挂着更多的刺绣，上面点缀着汽水罐的碎片——小姑娘们总爱用这东西制作珠宝。织物上还装饰有碎布条和安妮能找到的另外一些闪闪发亮的小东西。杰伊大街上所有的公寓看起来全是一个模样，都是在大约十年前同时建起来的——当时一些议员刚刚开始参政，需要卓越的政绩来加强自己的竞选声势，于是便建造了这片居民区。公寓的房间都很狭小，墙壁用泡沫塑料板制成，里面是仓库配发的合成塑料家具，但安妮把自己的这套房子弄得与众不同，在我看来绝对像个真正的家。

安妮打发莉齐上床睡觉，然后走过来，坐在沙发旁的一把椅子上。

"比利，你刚才注意到餐馆里的那个女人了吗？"

"哪个女人？"她坐得这样近，感觉真好。

"就是站在后面墙边的那个，穿着一件绿色的夹克。她不是东奥兰塔的居民。"

"那又如何？"我舒服地蜷缩在安妮这条漂亮的毯子下面。我们这个镇子不时有来访的客人,虽然因为引力快车已不能正常运行的缘故,来访者的数量不如以前那么多了。就餐卡在我们这个州的任何地方都能通用,它们是由联邦的议员提供的,使用地点并不局限于当地。而且,过去要搞到一张州际通用的就餐卡并不是件难事。或许现在也不难。我不知道,因为我并不常出门。

"她看起来有点儿怪。"安妮说。

"怎么个怪法?"

安妮抿紧了嘴唇,仔细思考。她的双唇涂成深色,闪着黑莓一样的光泽。她的下唇尤其丰满——安妮抿起双唇,让它显得更加鲜润可爱。我不得不从她脸上挪开视线。

她慢慢答道:"就像顽固者一样怪。"

我立刻从沙发上坐直身体,毯子滑落到地上,"你是说她接受过基因改造?我可没注意到。根本看不出来。"

"嗯,当然,基因改造并没有让她变得更漂亮。她的个子很矮,五官轮廓突出,眉毛很低,头有些大。不过,她是个顽固者,这点我肯定。比利,你觉得她会是联邦调查局的间谍吗?"

"在东奥兰塔怎么会有这种人?我们又没有什么地下组织。说到不良分子,这里只有那些堕落的、跳顿足舞的家伙,他们总想把咱们的生活搞糟。"

安妮仍然抿着嘴唇。

县区立法委员托马斯·斯科特·德林克沃特负责我们这里的警

务。他和一家公司签下合同,由他们提供机器人和顽固者警官。但我们不常见到他们:他们既不维持治安,也不制止盗贼,总是聚在仓库里。不过如果我们遭遇了袭击、遇上了抢劫,或者发生了谋杀案,他们还是会出面的。就在去年,弗莱格老太太死于非命,指纹基因鉴定报告证实埃德·詹森是凶手——这家伙在狂野的公寓舞会中变得神志不清,失去控制后犯下了命案。于是他落入法网,被押解到阿尔巴尼,判入狱二十五年。但是两年前,山姆·塔加特在镇外的树林里中箭身亡,却没人因此吃官司。我想这并不奇怪,只不过是因为现在的执法机构与过去不同罢了。

但联邦调查局就完全是另外一回事了。联邦的所有机构都一样:如果不是因为顽固者受到威胁,他们绝不会到生活者这里来,但他们一旦来了,便不会善罢甘休。

"反正,"安妮固执地说,"我只知道,她是一个顽固者。我闻都可以闻出来。"

我不想和她争论,也不想她为此担心,"安妮,联邦调查局不会无缘无故就派人到东奥兰塔来。而且,顽固者也不会长着大脑袋和轮廓突出的五官,他们谁都不想生出那模样的孩子。"

"唉,我希望你是对的。在东奥兰塔,我们可不需要顽固者来访。让他们待在自己的地方,而我们待在这里,彼此相安无事才好。"

我一时控制不住自己,轻声对她说:"安妮,你听说过伊甸园吗?"

　　她知道我所指的并非《圣经》中的伊甸园——我的语气不同寻常，她冲口说道："不，我从未听说过那个地方。"

　　"不，你听说过，从你的声音里可以听出来。你听说过伊甸园。"

　　"就算我听过又怎样？那地方根本不存在！"

　　我不放过她，"为什么说它不存在？"

　　"为什么？比利，你想想，天下怎么会有顽固者不知道的地方？就算是山里也不可能。顽固者的势力遍及四方，山里也一样。他们有飞行车和飞机，可以侦察任何地方，发现任何东西。总之，怎么可能会有个地方，那里连一个顽固者都没有？在那个地方，谁来干活儿呢？"

　　"机器人。"我回答道。

　　"那么机器人是谁制造的？"

　　"可能是我们这样的生活者吧？"

　　"生活者居然做起了工作？看在老天的分上，为什么？我们才不会工作——顽固者会为我们做一切。我们有这个权利让他们和机器人为我们服务——是我们选举出了那些政客！我们怎么可能会去一个没有公仆的地方？"

　　她太年轻了，没有旧日的记忆。那时，全息终端上还不曾播出竞选投票的实况，生产廉价机器人的专营工厂还没有出现，"为神圣的生活者效劳"的口号也还没有响彻各地。人们为所有的教堂捐赠大量的资金，终日探讨《圣经》中的典故：田野中的百合、欢乐中蕴含的神性,还有上帝赐予马利亚和马大①的荣光。安妮也不会记得:各式各样的民主团体后来纷纷开始为人们展示民主主义的真谛——平民大众是真正的贵族,是政府公仆的主人。学校在呼吁民主;美籍爱尔兰人在呼吁民主;印第安纳州人在呼吁民主;黑人也在呼吁民主:我搞不懂那是怎么回事。机器人承担了所有艰苦的工作,我们都欢欣快乐,庆幸自己终于能够安享清闲了。政客们开始谈论人民的生计和娱乐,尊称投票者为"先生""女士",还建起许多餐馆和仓库、摩托车赛场、住宅楼。安妮不会记得那些事情。她喜欢做菜、缝纫,不像有些人那样,把自己的时间都花在车赛、派对、舞会和情人上面,但她也从未挥起过斧头或是锄头、短斧和榔头。她早已失掉了劳动的记忆。

而突然间,我意识到自己真是个老傻瓜,我的想法真是大错特错。我曾经挥舞过笨重的工具,那是在乔治亚筑路队里,那时的我只比现在的莉齐稍大一两岁。我能记得,每当像牛马一样干完了一天的工作,脊背就疼得像要断掉,皮肤则被灼热的太阳烤出了水泡,被蚊蚋叮得皮开肉绽的伤口招来更多的吸血昆虫。到了晚上,我又累又疼,只能把脸埋在枕头里哭喊着"妈妈",避免让旁边的大人听到。我曾做过工——组装顽固者的机器人,那可是又脏又累的活计。我还记得自己的恐惧,生怕丢掉那令人恶心的工作的恐惧——那个时候还没有议员珍妮特·卡罗尔·兰德的餐馆,没有参议员马

———————
①二人均为《圣经》中的人物。

克·托德·因格思提供的就餐卡,没有参议员加尔文·盖伊起的杰伊公寓。那种恐惧就像一把刀子,时刻逼在你的身后,让你总是提心吊胆。说不定哪个周五,工头会走过来说:"够了,你不用再来干活儿了,华盛顿。"那时你想做的只有一件事——从身后抓过那把刀子,狠狠地刺穿对方的心脏,因为那意味着你将没钱吃饭,付不了房租,无法活下去。我想起了往日的辛酸,深感懊悔,就在一秒钟之前,我竟然口无遮拦地对安妮说漏了嘴。

"你说得对。"我说道,眼睛看着别处,"根本没有伊甸园供我们容身。现在我得回家了。

"留下来吧。"安妮温和地说道,"拜托了,比利,万一餐厅那边发生什么事情呢?"

难道真会有人破门而入,闯进这座泡沫塑料板搭成的公寓吗?一个不中用的老头子能对她和莉齐有什么帮助呢?但我还是留了下来。

在黑暗中,我可以听到安妮和莉齐在卧室的动静。她们四处走动,然后躺下来,翻动身子,最后安然入睡……夜里不知什么时候,屋内的温度降了下来,我听到了Y能量暖气突然启动的声音。我听着她们的呼吸声,一个女人和一个孩子的呼吸声,不久就睡着了。

但我却梦到了那些危险的浣熊,令人恶心,充满了死亡的气息。

第三章　德鲁·阿伦：绿蛋

　　我从来都不能容忍那些看不到色彩和图形的人。不，我说得并不准确，他们能够看到色彩和图形，但无法在心中领会其中的含义。有些人对色彩和图形没有任何感觉，无法在头脑中生成色彩和图形，无法通过色彩和图形领会真实的世界——而世界在我的头脑中总是幻化成各种色彩和图形，我能通过表象发掘到其中的真谛。

　　但凡事都不能两全。

　　对我来讲，词汇是一种很难掌握的东西。

　　我想，在我通过手术成为清醒的梦想家之前，词汇就已令我头疼万分了。

　　在我的头脑中，图形才是一清二楚的东西。

　　我能看到自己十岁时的样子：肮脏、愚笨、饥饿，孤身一人穿越了大半个国家前去拜见蕾莎·卡姆登，世上最有名的无眠者。我端详着她的脸庞，请求她使我"成为一个人物"。我看着她的眼睛，口吐狂言:"终有一日,我会拥有庇护所。"

庇护所是所有无眠者自我放逐的栖身之地,只有蕾莎·卡姆登和凯文·贝克不曾居住在轨道站上。我的祖父,一个哑巴劳工,便是在修建庇护所时死去的。十岁的我心中只有可怜的傲慢自大,当真认为自己能够拥有它。我想,如果自己能学得像无眠者一样讲话,像他们一样为人处世,像他们一样思考问题,那么就一定能得到他们所拥有的一切:金钱,权势,机会。

现在我回忆童年,头脑中的图像全都清晰而又微小,如同将望远镜倒转过来所看到的情形一样。那些图像显得暗淡无光,全没有记忆中夏日晨曦的金色光芒。

米兰达·沙里夫将在她的无眠者双亲去世后继承庇护所的控股权。当然,这要等到他们真正死去时才行。"属于我的东西也属于你,德鲁。"米兰达说。她说过好几次这样的话。米兰达,一个超级无眠者,常常为我解释许多事情。她非常耐心。

但即使听了她的解释,我还是不明白米兰达和超级无眠者正在绿蛋搞什么名堂。八年前,当这个岛刚建好的时候,我以为自己明白他们的工作。不过自那以后,他们的一大堆词汇让我全然摸不着头脑。我能重复那些词,却不能领会它们的意思,它们无法在我的头脑中成形。那些无形的词令人难以捉摸:营养缺陷体,变构性交互作用,纳米技术,光合磷酸化,劳森转换公式,新矩阵辅助进化。大多数时候,当我听到这些古怪的名词,只能点点头,傻笑一下。

但我是个清醒的梦想家。每当我迈步轻轻登上舞台，让一帮吵闹的生活者听众沉迷在恍惚之中，将他们引入清醒的梦幻奇境，音乐、话语和思想中的浮光掠影便从我的潜意识中奔涌而出。通过我那台由无眠者设计的超级设备，我轻轻触摸着他们头脑中的某些神秘之地，而他们原本并不知道自己的大脑深处还有如此隐秘的角落。随着我对他们心灵的触碰，他们的感受变得愈加深切，心中便愈加快乐，而自我则更加完善。

不管怎样，至少在音乐会演出的这段时间内，他们得到了最大的享受。

当音乐会结束的时候，我的听众会发生微妙的变化；他们也许并不会意识到这点。那些付钱请我表演的顽固者也不会意识到这点，他们只把我的神奇本领当作笼络人心的娱民手段，以为它没有实际的用途。蕾莎也意识不到。不过，我自己知道，我控制了我的听众，也改变了他们。我是世界上唯一一个有这样能力的人。绝无仅有。

和米兰达在一起的时候，我总是努力提醒自己这一点。

蕾莎·卡姆登坐在桌子对面，问我道："德鲁——你知道吗，他们在绿蛋搞些什么名堂？"

我呷了一口咖啡。盘子里盛的是经过基因改造的新鲜葡萄和樱桃，还有精致的黄油饼干，散发着柠檬和姜汁的清香。旁边是用来调配咖啡的新鲜奶油。我们所处的这间图书室位于蕾莎在新墨西哥州的宅第中,房间里清风徐徐,天花板高居头顶,室内明快而质朴的色调映衬着大窗子外面新墨西哥沙漠的风光,显得极为协调。在一台台显示器和一座座书架之间,竖立着质朴而典雅的雕塑,它们出自一些我闻所未闻的艺术家之手。空中回荡着优美的音乐,颇具怀旧风格。

我问道:"这是什么曲子?"

"克劳德·科思的作品。"

"我从未听说过他。"

"应该说是'她'。她是一位十六世纪的琵琶曲音乐家。"蕾莎不耐烦地说道,这只能表明她非常紧张——她在我头脑中的形象总是一丝不苟,线条分明,严肃坚定,光彩照人。

"德鲁,你没有回答我:米兰达和那些超级无眠者在绿蛋搞些什么呢?"

"八年来我一直都在回答你这个问题——我也不知道。"

"但我不相信你。"

我看着她。她在去年修剪了头发——在一百〇六年的生命里,日复一日地呵护自己的长发,肯定令这位女士感到厌烦了。她看起来仍像个三十五岁的人。无眠者是不会衰老的,到目前为止,他们没有一个人自然死亡,除非是发生了意外事故或者遭遇谋杀。他们的身体能够重生,这是他们奇异的基因工程所产生的意想不到的附带作用,而且,与米兰达这代人不同,第一代无眠者并未接受过复杂的改造,外貌和体形仍受良性基因控制。蕾莎至死都会永葆美丽的容颜。

她把我养大,针对我的智力水平给予我良好的教育。我的头脑曾经非常平庸,完全不能同经过基因改造而智商卓越的顽固者相比,当然就更不要说和无眠者做比较了。我在十岁的时候,由于一次离奇的意外事故,双腿落下残疾,蕾莎便为我买了我的第一部动力轮椅。蕾莎在我还是孩子的时候就带给我爱和关怀,又在我成长为一个真正的男人后拒绝了我的爱,并将我赐给了米兰达;或者说,把米兰达赐给了我。

她将双手平放在桌上,身体前倾。我意识到她接着要做什么了:蕾莎是一个律师。"德鲁——你不认识我的父亲。当我还在法律学院读书的时候,他就去世了。我非常崇拜他。在我认识米兰达之前,他可是我见过的最固执的人。"

听她提起自己与米兰达的相识,我的头脑中又浮现出令人痛苦揪心的图像。十三年前,米兰达从庇护所出来后,找到了蕾莎·卡姆登。在所有的无眠者中,只有蕾莎不会令米兰达在经济和道德这两个方面感到约束,不会让米兰达把她当作一个可怕的老奶奶。她向蕾莎寻求帮助,想开始一种新的生活,就像当年的我一样。

蕾莎接着说:"我父亲倔强而又耿直,总认为自己始终正确。他有着用不完的精力,并且能够以令人难以置信的毅力克制和约束自己,狂热地相信意志可以决定一切。当他想做某件事的时候,便会完全陷入对目标的痴迷追求之中。无论在前进的过程中遇到什么权威律条,只要妨碍他达到目的,他都会置之不理。但他并不是个专横的暴君,他只是不愿安于现状,时刻都雄心勃勃。这听起来是不是很像一个你认识的人? 像米兰达吗?"

"没错。"我应道。我心中很是纳闷:蕾莎、米兰达,还有其他的所有人,他们是如何想出这些描述他人的词汇的? 不过这些词汇都很恰当,"听起来就像是在描述米兰达。"

"我父亲还有一个特点。"蕾莎接着说道,双眼直视着我,"他总是在折磨别人。他的两任妻子和四个生意伙伴都被他折腾得进了坟墓。到最后,他自己的心脏也不堪折磨,停止了跳动。他有一种本领,便是亲手毁掉自己的钟爱之物,而原因就在于,他总是将自己那绝不可行的标准强加在对方身上,硬逼对方达到自己的要求。"

我放下了手中的咖啡杯。蕾莎的手掌仍平放在桌上,身体前倾。

"德鲁,我最后一次问你:米兰达究竟在绿蛋做什么? 你得知道——她让我很担心。米兰达和我父亲有个非常重要的不同之处——她不是个孤僻的人。她对社交活动热衷得要命,她在庇护所就是这样长大的,而詹妮弗·沙里夫又是她的祖母……那是不是个问题,谁也说不准。她渴望远离自己的身世和过去,重新开始生活,但这不可能。她自己也知道这些。她把自己的祖母和那帮人送进了监狱,这使得她被无眠者排斥在外。然而相对于顽固者,她又显得格外卓越,令那些人根本无法接受。对他们来说,她简直就是个威胁。于是,她转而试图寻找与生活者沟通交流的方式,这念头显得荒唐而又可笑:他们之间不可能有共同语言。"

我小心翼翼地移开目光,转向窗外,看着外面的沙漠。外面的天空如水晶一般澄澈。在其他任何地方,你都不可能看到如此明净的光线。它就像空气一样,纯净饱满而又全然透明。

蕾莎说:"米兰达所拥有的,除了你以外,就只有另外那二十六个超级无眠者了。仅此而已。你知道怎样才能成为一名革命者吗,德鲁?首先就是做一名旁观者,虽置身局外但洞悉事态,满怀理想主义的雄心,立志创造一个真诚而公正的社会,而且要坚信自己一定能够成功。不过,真正的理想主义者并不能成为革命者。他们只能成为改革者,就像我。改革者认为,事物只需要些许改善,因为基础结构依然是完好的;而革命者认为,既成之物都应被一扫而光,一切都应从头再来。米兰达是一个革命者,她有一群智商超群的追随者,掌握了不可思议的先进技术,拥有数额巨大的资金,而且满怀激昂热烈的理想。你明白吗?正因如此,我才提心吊胆。他们在绿蛋做什么?"

我无法直视蕾莎的眼睛,太多的话、太多的辩词、太多复杂的定义从她的口中喷涌出来。在我头脑中浮现出的一个个图形都显得阴暗、混乱、愤怒,后面拖曳着不祥的坚硬如铁的缆索。但它们并不是蕾莎所描述之物的形状,而是我自己臆造出来的。

"德鲁,"蕾莎说,语气变得温柔和缓,这个遁世者在向我恳求,"求你告诉我,她正在做什么?"

"我不知道。"我撒谎道。

两天后,我乘坐快艇在辽阔的海面上飞驰,朝绿蛋驶去。墨西哥海湾上的阳光让人目眩。一个我以前从未见过的孩子送我过海,他大约十四岁,满脸雀斑。对他这个年纪的孩子来讲,在水面上飞掠而过绝对是一桩乐事。他把快艇的前端向下一压,正好触碰到海面,蓝白色的浪花便四处飞溅开来,他咧嘴笑了。他第二次玩水的时候,猛地转回头,看看坐在快艇后部动力椅上的我是不是被弄湿了身体。显然,他刚刚玩得忘情,已把我忘在了脑后。他露出歉疚之色,扭头望着我,这让他的面孔变得熟悉了许多。现在我认出他了。他是凯文·贝克的曾孙。

"我身上一点儿都没湿。"我说道,那个孩子又笑了。当然,他是一个无眠者。现在,我在自己的头脑中可以看到他的形象:结实小巧,色彩亮丽,生机勃勃。他生来就是为了拥有这个世界。当然,他不会对绿蛋的安全构成任何威胁。

与之相反,有了这些孩子的保护,绿蛋再也不会有任何危险。就算基因标准事务局的执行官派间谍前来探岛,也无法达到目的。

我费了九牛二虎之力才弄明白环绕绿蛋的三重防卫体系。

第一层防护是柔光闪烁的半透明光罩,从海面上巍然耸起,将小岛及其周边四分之一英里的海域全部覆盖在内。它是一个球体，表面一直伸展到水下，穿透了作岛屿基座的岩石。它就像是一只将一切都包容在内的巨蛋。特里·姆瓦卡贝，无眠者中最另类的天才发明了这个防护层。世界上绝无第二个这样的东西存在。它可以对试图穿过光罩的生物进行DNA扫描，任何未被列入数据库的生物都无法过它这一关。不管是海豚、蛙人、海鸥，还是漂浮的海藻，都将被这道由光构成的铜墙铁壁拒之门外。

向内一百码处是第二层护罩，它针对的是非生命体——任何非生命物质对应的DNA如果没有在数据库中存档便会被阻挡在这里。因此，装载着传感器、炸弹或是细菌孢子的船只，即便是无人驾驶或由机器人驾驶，都不可能穿过这个防护层。不管来访者有多小，如果护罩探测不到已注册的DNA，便根本不可能通过。我们的快艇高速穿过防护层，似乎那淡蓝色的微光层只是一个肥皂泡。

第三层护罩安装在码头上，由人工控制，并由操作人员通过肉眼来监视。要过这一关，携带已备案DNA的生物必须是活的，而且能够讲话，这样才能进入护罩。但我不明白，这道防护层能将瘾君子隔离开来吗？接受检查时，没有任何物质接触我们的身体，至少我什么都没有感觉到。这也是特里·姆瓦卡贝的设计。岛上的所有成员分成几个班组，轮流对这层护罩进行监控。米兰达像个偏执狂，总是谨慎而又多疑。她不像自己的祖母，她并不希望无眠者永远脱离美国。不过和她祖母一样的是，她也修建了一座防御避难所，令政府官员无法插手其中。这是另一个庇护所；只是，她比詹妮弗·沙里夫做得更好。

"请求准许靠岸。"那个雀斑男孩严肃地说道，然后半开玩笑般地敬了一个礼，咧开嘴笑了。对他来说，这一切就像是个冒险游戏。

"嗨，詹森。"克里斯蒂娜·德米特里厄斯说道，"你好，德鲁。快进来。"

詹森·雷诺兹——这个小孩的名字，现在我记起来了，他母亲是凯文的孙女亚力山德拉。我的记忆中，某种与他有关的东西正在费力地挣扎扭动——那是一个紧张不安而又跃动不已的图形，形状就像一串珠子。但我想不起来那究竟是什么。

詹森熟练地停靠好了快艇——无眠者无论做什么都非常专业——然后，我们一起上了岸。他轻快地蹦蹦跳跳，我则坐在动力轮椅里。

眼前是一百英尺宽的绿化带，由经过基因改造的花草、灌木和树林构成，这也是岛上工程的一部分。这些植物一直长到水边。当海水将要朝岸上扑来时，一层 Y 能量防护罩就被打开，在它的保护之下，即便是最柔弱的基因改造玫瑰都可免受飓风的摧残。穿过这个花园后，一道道复合墙突然出现在眼前，墙体纤薄如纸，却比钻石还要坚硬。米兰达曾经告诉我，这种墙只有若干个分子叠加起来那么厚，是第二代纳米机械的杰作——第二代纳米机械是由第一代改造而成的。在我的头脑中，我能看到那些墙闪耀着洁白的光泽，灰尘根本无法沾附在它那光滑的表面,而它内部蕴含的巨大能量,就像灼热暗红的岩浆,凝重而且势不可挡。

在这个地方,任何东西的前进都是无法阻挡的。

"德鲁!"米兰达向我跑过来。她穿着一条白色短裤和一件宽松的衬衣,浓密的深色头发用一根红丝带束在了脑后。她涂了红色的唇膏,看起来更像十六岁而不是二十九岁。米兰达伸开双臂紧紧抱住了轮椅中的我,我的面颊能感到她的心脏在急促地搏动——无眠者的新陈代谢比我们的要快得多。我亲吻了她。

她吻着我的头发,轻声说:"这次你离开得太久了,整整四个月时间!"

"但这次旅行非常棒,米兰达。"

"我知道。我在视频网络上看了你的十六场演出,而且演出的分析结果看上去很出色。"

她坐到我的腿上,詹森和克里斯蒂娜很知趣地避开了。此刻,在这座新修建的色彩鲜艳的花园中只剩下我们两个。我轻抚着她的长发,并不打算听她讲什么演出分析结果。

米兰达对我说:"我爱你。"

"我也爱你。"

我又一次吻她,并有意将目光避开。她目光中充溢着灼热的爱意,令我目眩。每当她看着我,我总会有这样的感觉。从来都是。十三年了。蕾莎曾讲述过她自己的父亲——他是个做事迫不及待

的人,不顾一切地沉迷于自己的理想,而米兰达和那老人非常相像,
她也是个能把别人消磨殆尽的人。

"你不在的这段日子里,我好想你啊,德鲁。"

"我也很想你。"这是真的。

"我希望这次你能多待些日子,不要只待一个星期。"

"我也希望如此。"这不是实话,不过我不知道自己该说什么。
她看着我,端详许久。她的目光深处发生了某种变化,而后从我腿
上起身,动作非常小心,以免弄疼我残疾的双腿。她伸出双手,微笑
着,"来看看实验室的工作吧。"

我心中非常明白:米兰达将她最美好的东西给了我,那是世上
最珍贵的礼物——爱,那便是她的馈赠。对于这份感情,我并不能
完全理解,却不顾一切地渴望能将自己融入其中,因为如果不这样,
我的一切都会变得微不足道,毫无意义。她所给予我的,是我最需
要的。

我不能有负于她。

我把她拉回腿上,在内心说服自己伸出双手,抚摸她的酥胸,
"等会儿再去吧,我们是不是可以先……"

她的面容洋溢着快乐,亮丽得无法用任何色彩来形容。

同小岛上的其他卧室一样,米兰达的卧室布置得非常简单。房
间里面只有床、衣柜和终端机,还有一幅椭圆形的地毯,由萨拉·塞
瑞利发明的某种柔软材料织成。衣柜上有个绿色的陶瓷花瓶,里面

插着一束经过基因改造、芳香扑鼻的鲜花，我不知道那是什么品种。岛上的这些人本可以随意享受一切奢华，但他们几乎从不放纵自己。米兰达唯一戴过的珠宝饰物是我送给她的一只戒指，纤细的指环上镶着几粒红宝石。我从来没有见过其他无眠者佩戴首饰。米兰达曾告诉我，他们所有的奢侈都体现在精神上。房间中，即便灯光也极为普通，没有任何绚丽之处。

我想到了蕾莎在新墨西哥州家中的那间图书室。

米兰达解开她的衬衣纽扣。那对乳房看上去仍和她十六岁时一样：丰满，白皙，耸翘的乳头四周是淡棕色的乳晕。她脱下了短裤。她的双唇圆润饱满，腰身结实有力……

"德鲁，我好想你啊……"

我从动力轮椅里支起身体，挪到了她狭窄的小床上，然后把她拉到我身上。她的双乳顶着我的胸膛，柔软的肌肤压在我结实的肌肉上。平时不管是否外出，我一直在疯狂地锻炼自己的上半身，以此来弥补双腿瘫痪的缺陷。米兰达很喜欢那种感觉——我的双臂紧紧抱住她，将她紧贴在我的身体上。我试图让她再次享受美妙的感觉，但这一回我无能为力。

她狐疑地看着我，将散乱的黑发向脸颊后拂去。我转开目光，躲开她的注视。

这种情况以前只发生过一两次，而且都是在最近。米兰达的爱抚越来越猛烈。

"德鲁……"

"请等一下，就一分钟，亲爱的。"

她的微笑让我感到难以捉摸。我尽力集中精神，但无法如愿。

"德鲁……"

"嘘……一分钟。"

我的头脑中，失败感油然而生，像灰色的怪影在张牙舞爪。

我闭上眼睛，把米兰达拉得更近，心里却想着蕾莎。站在新墨西哥州熹微的暮色中的蕾莎，在夕阳的映衬下，化为一个暗淡的金色身影；唱着歌谣哄我入睡的蕾莎，那时我十岁；奔跑着穿越沙漠的蕾莎，身材修长，身姿敏捷。那次她不小心踩进一个鼠洞，绊倒后扭伤了脚踝，是我把她背回了家中。在我十八岁的双臂中，她轻盈的身体显得无比娇美。还有参加艾丽斯葬礼时的蕾莎，泪水让她的眼睛失去了所有的光彩，只剩下悲伤；裸露着身体的蕾莎，虽然我从未见过她那样子……

"啊啊……"米兰达低沉地呻吟着，饱含胜利的快感。

我抱着她翻过身，这样我就在上面了。米兰达喜欢这样。我奋力向前推进着，越来越用力。她喜欢这种狂暴的方式。我感到她在我身下颤抖，自己也达到了忘我的境界。

之后，我静静地躺着，闭着双眼。米兰达蜷缩着靠在我身上，头枕着我的肩膀。一瞬间我突然想起，十年前我们俩是多么地彼此爱恋啊。那时，我们刚刚开始相爱，就连轻轻碰触她的手，都会让我浑身颤抖,无比兴奋。我努力让自己不要再去回想,不要再在脑海中勾勒出任何图形。

然而让脑子空空、什么都不想是不可能的。我忽然记起了那个一直在我头脑中萦回不已的詹森·雷诺,凯文·贝克的曾孙。去年,这个孩子差点溺水身亡。他当时驾着一艘快艇出海,在墨西哥湾遇到了菊里奥飓风。凭借特里·姆瓦卡贝研制的高深莫测的定位仪器,绿蛋才找到了他。但特里的定位仪在研制出来之后还未经过全面测试,而詹森之所以能死里逃生,竟然全要归功于这套雏形产品发挥了作用。

詹森醒来后,承认自己知道飓风即将来临,但他并非要去自杀。他说这话的时候很坦诚。所有人都相信他,无眠者是不会自杀的,他们对自己的头脑太热爱了,根本不会想到去终结自己的性命。当时,詹森的父母、凯文、蕾莎、米兰达还有克里斯蒂娜和特里,几乎所有人都围在他床边。他小声地告诉大家,他不知道大海竟然如此变化无常,瞬间便狂暴无比。他只是想感受一下船只在风浪中上下颠动的感觉;他只是想看看寥廓、发怒的天空,感受暴雨淋在身上的滋味;他,一个无眠者,只是想去感受一下危险。

米兰达悄声说:"没有人像你这样,让我有如此美妙的感觉,德鲁。没人能像你一样。"

我仍闭着眼睛,装作睡着了。

下午晚些时候,我们到了实验室。萨拉和乔纳森正在那里工作,两人都穿着短裤,打着赤脚。项目有一项明确要求:工作环境必须保持绝对洁净。

"你好,德鲁。"乔说,萨拉朝我点点头。他们专心工作的样子让我头脑中浮现出了一连串神秘而又模糊的图形,这说明我根本无法理解他们在做什么。

实验室的工作台上有一只浅浅的敞口盘,里面放着一块鲜活的生物组织,摆放了细长的管子和更为细长的线缆与旁边的机器相连。房间四周一圈显示屏,有数十个。屏幕上显示的那些东西,我一样也不明白。盘子里的生物组织是鲜红的肉色,略带点浅褐,但形状并不规则。看上去它似乎能够改变外形,慢慢变成另外一种东西。不过我上次来的时候,米兰达已告诉我,它并没有变形的神通。没有一个无眠者是神经质的胆小鬼,我不是无眠者,可也决不胆小,但当我看着这个东西时,脑子里像是有很多图形在爬进爬出。这些图形苍白暗淡,满是斑点,似乎又湿又黏,边缘却像琢磨过的钻石一样整齐规则。每当我看到绿蛋四周用纳米技术修筑的防护墙时,也会生出同现在一样的感觉。

我傻乎乎地说了句:"它还是个活物。"

乔笑了,"噢,是的,不过它并没有知觉和感情。至少没有……"他的声音慢慢变小,我知道他找不到一个合适的词语。他想通过这个词来让我明白他的意思,但不行,他找不到合适的词,他所找到的

任何一个词都显得过于简单,过于片面,无法完整地表达他的想法
——但对我来讲,他的那些词还是太难理解。米兰达曾经跟我说,
乔的大脑用数学模式来思考一切问题,在这方面,他仅次于特里·姆
瓦卡贝。不过对我来讲,超级无眠者全都很奇怪,就连米兰达也一
样:她的语速总是比常人慢四分之一。一个月前,我突然发现自己
也在像她那样说话——我那时在和凯文·贝克的曾孙谈话,那孩子
只有四岁。

米兰达试着解释:"德鲁,这块生物组织其实是由有机物构成的
一部宏量级计算机,已安装了特定的器官仿真程序,因此具备神经、
心血管和胃肠系统功能。我们又在机器中增加了斯特莱泽斯自我
监控回馈电路和亚分子自我再生单臂装配器。它能……它能亲身
体验程序设定好的生物过程,并且每分钟做一次报告。不过它既没
有知觉,也没有意志。"

"哦。"我应道,对这番解释全然不懂。

那个东西在盘子里动了一下。我转开目光看向别处。当然,米
兰达肯定注意到了我的反应——她对任何事情都明察秋毫。

她不动声色地说:"我们正在逐步接近成功。肯定不会有错。
自从上次在细菌视紫红质①方面取得突破之后,我们就一直在向成
功迈进。"

我克制着自己,回过头又看了看那个东西。在它的表皮下面,

---

①类似于视紫红质的亲盐杆菌属,发生在细菌细胞膜上的紫色素,它把阳
光直接转变成化学能。

纤弱的毛细血管正微微颤动。在我的脑海里,灰暗而又潮湿的图形又开始蠕动,就像蛆虫在岩石上爬过。

米兰达说:"如果我们在盘子里倒入混合营养液,它可以有选择地吸收并且分解其中的营养成分,以此来获得能量。"

"什么样的混合营养液?"上次来访时我毕竟学到了一点东西,所以现在还能如此发问。

米兰达做了个鬼脸,"葡萄糖和蛋白质,这是营养液的主要成分。对此我们还需要做进一步研究。"

"你解决了那个从空气中直接获取氮的问题了吗?"我还记得这个问题,它在我头脑中构成的图形显得微小虚空,可米兰达的脸上仍挂着灿烂的笑容。

"是的,不过还没有完全成功。我们对其中的微生物进行了改造,但生物组织对空气成分的接受能力还是建立在特勒·希伯特因式之上,特别是表皮原纤维的接受能力。在氮吸收的受体介导的内吞作用①方面,还是没有进展。"

"哦。"我点点头。

"我们会解决的。"米兰达用她那慢了四分之一拍的语调说道,"只需设计出合适的酶就可以。"

萨拉说:"我们为盘子里这东西取了个名字,叫作格拉瓦特。"她

---

①一种特殊类型的内吞作用,主要是用于摄取特殊的生物大分子。大约有五十种以上的不同蛋白,包括激素、生长因子、淋巴因子和一些营养物都是通过这种方式进入细胞的。

和乔笑了起来。

米兰达快速地补充道："你大概能猜到，这名字源于'加拉提亚'①，还有艾林·戈尔维②、约翰·格特③——那个小说里的主人公，总想去关掉驱动世界的发动机。当然，还有沃思敦④，他们公司的物质转移方程式……"

"当然。"我答道——我从未听说过加拉提亚、艾林·戈尔维、约翰·格特或是沃思敦。

"加拉提亚源于一个希腊神话，一个雕塑家——"

"现在，让我看看我的演出统计结果吧。"我说道。萨拉和乔交换了一下眼色。我笑了笑，然后向米兰达伸出手。她紧紧地握住我的手，我感觉她在颤抖。

（我的头脑中充满了飞舞闪动的图形。它们像纸一样纤薄，只有十二个分子加起来那么厚。它们落在一块岩石上，那石头就像大地一样粗糙、坚硬、古老。图形舞动得越来越快，轻灵纤薄的纸片样物体变得通红灼热，石块訇然碎裂。只见岩石中心是冰冷的乳白色，纤弱的毛细血管正微微搏动。）

米兰达说："你不想去看看尼克斯和艾伦最近在细胞清理方面的工作吗？他们的进展比这边要快多了！还有克里斯蒂娜和小村

---

① 希腊神话中的人物。
② 美国二十世纪九十年代电视连续剧女主人公，是一位出色的游泳运动员。
③ 美国科幻作家安·兰德的作品《地球战栗》中的主人公。
④ 美国一家生物化学公司。

俊雄,他们在蛋白质组合程序设计的纠错方面有了很大突破——"

我打断她,"现在我想看看演出的分析结果。"

她点了点头,一下、两下、四下,"分析结果看起来不错,德鲁。不过,在音乐会第二乐章的数据曲线图上,出现了一个有趣的锯齿状缺口。特里说,你在那个地方应该稍做改变。说起来有些复杂。"

"那么就请你为我解释一下。"我很平静地回答道。

她的微笑令人炫目。萨拉和乔再次对视一眼,没有说话。

米兰达第一次向我展示无眠者之间是如何交流的时候,我简直无法相信。那是十三年前,就在他们刚刚从庇护所下来的时候。她把我带进一个房间,里面有二十七张桌子,上面各摆放着一台全息控制终端,分属于岛上的二十七个岛民。每一台终端都已设置好程序,可以"讲"一种与其他终端不同的语言。这二十七种语言均以英语为基础,但已根据自己主人的思维模式进行了改变。米兰达当时才十六岁,正给我解释她自己的思维模式。

"咱们来举个例子吧。你跟我说一句话,随便说一句就行。"

"你的胸部很美。"

她的脸一下子红了,深色的皮肤上泛起了栗色的红晕。她确实有一对漂亮的乳房,还有一头飘逸的头发,这些稍稍弥补了她的欠缺之处:大脑袋、双下巴、走起路来动作笨拙。她并不美丽,但聪明睿智,绝不会自欺欺人。我只是想让她觉得自己是美丽的。

她说:"换个其他的句子。"

"不，就这个。"

她默许了，然后对着电脑说了这句话，全息控制终端便开始根据句中的词汇生成了一个三维图形，由文字、图像和符号组成，它们之间被闪亮的绿线连接在一起。

"看，现在显示出来的就是我的头脑产生的思维关联，是根据我过去的思维模式生成的。只需不多的几个词，这台机器就能对人的思想进行推断、预测和模拟。其实，这个程序的名字就叫作'思维模拟'。它能够捕捉到我全部想法的百分之九十七，而模拟的成功率为百分之九十二，而后由我把剩余部分补齐，这样便形成了我的模拟思维。而它的最出色之处——"

"难道你所说出的每一句话都是这样想出来的吗，每一个句子？"全息终端上显示出的某些思维关联还算明白易懂，比如："乳房"关联到一个待哺的婴儿。但为什么这个婴儿又关联到了某个叫作"荷比的常量"的玩意儿？为什么罗马的西斯廷教堂也会出现在这一串关联之中？而且还有个我不认识的名字：戚帝欧克·迪伯尼？

"是的，"米兰达说，"而它的最出色之处——"

我又打断了她："你们全都这样思考？所有的无眠者？"

"是的，"她静静答道，"但特里、乔和鲁迪主要通过数学模式来思考。他们比我们这些人更年轻些，你知道——他们代表着新一轮智商再造的成就。"

我盯着眼前那些复杂的图形，它们便是米兰达的思想和反应：

"你的胸部很美。"

我决不会知道,在眼前这一层层图形和线条的包裹之下,我说的话对她真正意味着什么。对于我曾说过的任何一句话,她究竟是如何理解的? 我不知道。

"你是不是被吓住了,德鲁?"

她不动声色地看着我,但我能感觉到她心中的恐惧,还有坚定。那一刻对我来讲极为重要。一个念头在我的头脑中慢慢生长,变成了一堵赫然耸现的白墙,任何东西也无法吸附在上面。直到我找到正确的答案,它才会安宁下来。

"当我思考每一句话的时候,脑子里出现的都是图形。"

她的微笑让面孔变了样,变得开朗亮丽。我没说错话。我看着全息显示器上那些闪着绿光的复杂图形,它们组成了一个缓缓转动的三维球体,里面塞满了微小的图形、等式,而其中占绝大多数的是词汇。那么多,全是复杂的词汇,令我无法理解。

"这么说,咱们两个的思想都是一样的。"米兰达欣喜地说道,我没有纠正她。

"这个程序的最出色之处就是,"米兰达此时完全放下心来,继续侃侃而谈,"当我的思维关联被推断出来之后,经过必要的调整,主程序便将它翻译成其他每个人特有的思维模式,然后在全息控制台上显示出来——在二十七个终端上同步显示。这样,我们不必交谈就能更有效地获得每个人的全部想法,从而在彼此间进行交流。

对了,我不应该说是'全部想法',在翻译的过程中免不了丢失些东西,特别是在翻译给特里、乔和鲁迪的时候。但这种精神沟通要比语言交流好得多,德鲁。同样道理,这就像是——你的音乐会引领人们进入神奇的梦境,要比人们自己做白日梦好得多。"

白日梦。

在我出现之前,超级无眠者的一切梦想都是白日梦。

当无眠者在做着清醒的白日梦时,他们的梦和生活者是不一样的,甚至和顽固者也不一样。生活者和顽固者晚上可以做梦,他们的梦是无意识的,而我引导梦,让梦给予人们宁静的心境,让梦给予人们激励。神游在这种清醒的梦境中时,他们才第一次感觉到生命的完整。我一路引导着他们。以往,人们在清醒的时候,似乎隔着一层面纱,无法认清自己,而我要做的就是让他们去发现真正的自我,将他们引入最美好的梦境。

不过,无眠者是不会在晚上做梦的,对于他们而言,通往无意识的通道已从遗传基因上被阻断。米丽告诉我,当无眠者做着清醒的白日梦时,会产生平时所不具备的洞察力,他们在无边的词语的丛林中探索,从白日梦中醒来后,直觉和灵感令许多难题迎刃而解。米丽说,天才们常常在睡梦中获得灵感。米丽曾给我举了一些伟大科学家的例子,只是他们的名字我已记不清了。

看着米丽对全息图像进行复杂的语音设计,我的心里产生了某种感觉,这种感觉的形状就像一块没有任何特点的灰白石头,凉凉的。米丽永远也不可能看到我头脑中的那些图形，更糟糕的是，她永远都不会知道自己看不到它们。在她看来，我们都以与顽固者不同的方式看待事物，所以我们是一样的。

我一直都想成为绿蛋的一分子，从一开始我就知道，绿蛋工程将改变整个世界。任何人，即使并非这个绿蛋工程的参与者，也将受到它的巨大影响。

"是的，米丽，"我笑着对她说，"我们都是一样的。"

在另一个实验室的工作台上，米丽展开了一份专门为我打印出来的音乐会效果统计表，超级无眠者一向是直接在电脑或者全息屏幕上进行数据分析的。我不知道，为了我的缘故，这里面被删掉的东西有多少。特里·姆瓦卡贝，一个皮肤黝黑、个子瘦小、留着长发的男人，一动不动地静坐在窗沿上，在他的身后，深蓝色的海水在渐暗的天色里闪着波光。

"看这里，"米丽说，"在你的《鹰》演奏到一半的时候，观众的注意力陡然上升，演出刚结束时，观众的冒险心理达到了最高点。此后的统计数据表明，在一个星期之后，与你的其他曲目相比，这首曲子使得观众心态产生的变化更为明显；可是一个月后，几乎所有的效果都消失了。"

我在音乐会上进行表演时，他们让志愿者佩戴上测试机器，测量他们的脑波、呼吸和瞳孔变化——测试很多东西。在音乐会前后,以虚拟现实的方式对志愿者进行倾向性测试。那些志愿者会得到一些报酬,但他们并不知道测试的目的和谁是测试的主持者。一切都是借助凯文·贝克设计的许多复杂且不易被破解的软件进行的。测试结果被传送到绿蛋的主计算机上,而我则根据测试结果调整演奏的内容和方式。

我已经不再称自己为艺术家了。

"《鹰》还不行,"米丽说,"特里想知道,你是否能谱写一首不同的曲子,可以对潜意识中的冒险心理产生影响的曲子。他希望下一个周日就能演出。"

"也许让特里替我写就行了。"

"你知道的,我们对音乐都一窍不通。"她目光炯炯,而后语气又缓和下来,"你是清醒的梦想家,德鲁,我们当中没有一个可以做到你能做到的事情。我们是不是……对你干涉太多?不过这都是因为绿蛋工程的需要,这个工程不能没有你。"

我对她笑笑。她是如此专注,对工作充满热情和不可动摇的决心。蕾莎曾经说过,她的父亲会扫除任何出现在他前行道路上的障碍。

她说道:"你知道你对我们有多重要吗?德鲁?德鲁?"

我说道:"我知道,米丽。"

她的脸庞焕发出的光芒一直照射进我的心中,"那你会开始创作新曲子吗?"

"是的,这支曲子将以冒险为主题,"我说道,"要令人感到惬意,富有吸引力,而且充满了紧迫感。好吧,下个周日。"

"必须这样,德鲁。实验室样品才能还得几个月完成。不过这个国家……"她拿起另外一些打印资料,"看,上个月,百分之八的引力火车瘫痪了;通信委员会收到的通信中断的报告增加了三个百分点;破产率上升了五个百分点;主要食品的运输效率下降了十六个百分点;工业指标以同样令人沮丧的速率下降;选民的信心已降到最低谷;还有,查找耐久性合金分解酶源头的事情也让人担忧。"

她的声音不再像平时那么不紧不慢,"看看这些图表,德鲁!在用劳森换算公式对数据进行处理时,我们甚至不能确定耐久性合金出故障的源头,没有一个'震中'。"

"是的。"我说,我不想提这个劳森换算公式,"我相信你,一切都在恶化,而且每况愈下。"

"糟得不能再糟了,也许这是天意吧。"

这时,在我的脑子里,一道无法穿透的屏障后面,是深红色的熊熊火焰和深蓝色的闪电,簇拥着一朵晶莹剔透的水晶玫瑰。米丽从小在庇护所长大,生来就没有衣食之虞;对于每一个超级无眠者来说,生活必需品从来就不是一个需要考虑的问题。米丽不懂得许多东西是人类生存必不可少的。和我不一样,她从未见过这些景象:婴儿因被抛弃而夭亡,妻子被因绝望而醉酒的丈夫凌辱,一家人靠着无滋无味的合成大豆过活,卫生间一连多天无法使用。她连人类生存必不可少的东西都不懂得,又如何能领会什么天意呢?

不过我没有把心里想的这些说出来。

特里·姆瓦卡贝从窗台上跳下来,我们在屋里的这段时间,他一言未发。米丽曾说过,他的脑子里全是一串串的等式。不过现在他开口了,"该吃午饭了?"

我情不自禁地大笑起来,午餐!唯一能将特里·姆瓦卡贝和德鲁·阿伦联系在一起的就是食物。站在这个房间里,讨论着这个项目……还有午餐!即使是特里和米丽也一定明白这很可笑。

不过,他们谁都没有笑,我可以感觉到他们的困惑在我的大脑里形成一些泪珠似的小滴,飘洒在所有东西的上面,飘洒在我的心头,像雪一样,轻柔,寒冷,压抑。

第四章　黛安娜·科温顿：堪萨斯

以前的一个晚上（现在想起来真是恍若隔世），尤金——那个在雷克斯之前、克劳德之后的男友——问我美国会让我联想起什么。尤金总爱问这类问题，引得你做些夸张的比喻，而他反过来再对你的回答奚落一番。我回答说，我一直觉得美国就像一头强壮有力却天真无害的野兽，尽管外表华丽威猛，但它的脑容量同一只头脑简单的鹿没什么区别。它在阳光下舒展开健壮的筋肉，高高跃起，优雅地奔跑，眼前却是一列迎面驶来的火车。这样的回答虚浮空泛，却不能说它不是事实。

引力火车开过落基山脉，速度降至平时的四分之一，生活者乘客可以欣赏沿途引人入胜的景致，绵绵群山雄伟壮观，一片苍翠之中却也留下了人类乱砍滥伐后的满目疮痍。但几乎没人往窗外看，只有我目不转睛地盯着车窗外，冥想着人类在对大自然的敬畏之中，也不乏愚蠢的优越感。

在堪萨斯花园城，我换了车，火车以每小时二百五十英里的速度穿越在美丽的乡野上，通过生活者破落的小城镇时放慢了速度。

"为什么不直接飞往华盛顿?"科林·科沃斯科问道，话语里带着怀疑，"你不应该假扮成生活者的。"我告诉他，我想看到真实的生活者城镇的样子——那些我正保卫的东西。显然，他并不喜欢我的解释，就像以前的克劳德一样。

窗外，满目疮痍的风景再次映入眼帘。

每个城镇看起来都一样:道路从引力火车站向四面延伸开去，还有各种房屋，有的是纯泡沫塑料，有的是泡沫塑料和旧式砖瓦结构相结合，甚至还有木结构的。泡沫塑料五颜六色，十分花哨，有粉红色、金盏草色、钴蓝色和非常流行的绿色。生活者过着贵族般的悠闲生活，却没有与之相谐调的贵族品位。

每个城镇都有一个公共餐厅——大小和飞机修理库差不多，一个食品仓库，各式各样的住宿楼群，一个公共澡堂，一个旅馆，一些运动场地，还有一个样子破败的学校。每个地方都挂有全息标牌，如:监察官S.R.伊莱克密属下之仓库，参议员弗朗西斯·费家族之餐厅。过了城镇，从引力火车上隐约可以看到一些Y能量工厂，都由机器人管理操作着。当然，还有致命的摩托车道。

在堪萨斯某处，有一家人登上了火车，在我对面的座位上坐了下来，嚷嚷个不停。他们是爸爸、妈妈带着三个小生活者，其中两个孩子还流着鼻涕，看上去都像没吃饱并且缺乏锻炼似的——他们都需要食物和运动。那位生活者妈妈淡黄色的夹克下有许多赘肉在颤动，眼珠子转来转去地扫视着我。

"嗨!"我招呼道。

妈妈板着脸，用手肘碰了碰爸爸，爸爸看着我，不过没有拉长脸。其他小孩都静静地凝视我。有个男孩大概十二岁，长得很像父亲。

科林警告过我不要试图伪装成生活者，他说我骗不了无眠者。我说我并不想骗过无眠者，我只想混到当地的生活者中间去。他说这不可能。显然他是对的。那位生活者妈妈看着我基因改造过的身体：修长的双腿、改造过的脸和脖子——这是父亲花了点信托基金为我做的。她一定看出了我不是生活者，虽然我身上的绿色夹克、苏打水罐做成的饰物(非常流行的自制饰物)和她的并没有什么不同。父亲和儿子似乎没看出什么来，但他们也并不真的在意；他们在意的只是女人胸部的大小，而不是内在的基因。

"我叫达拉·琼斯。"我欢快地说。我有一麻袋不同名字、不同身份的芯片，有些是基因标准事务局给我提供的，有些连基因标准事务局的人也不知道——让这个机构给你提供所有假身份的做法是愚蠢的，有时候你得连他们也瞒着。虽然我所有的身份信息都在联邦数据库中有存档记录，但那些记录很久都没有人查过了。这要感谢我一位能干的朋友，基因标准事务局对他一无所知。

"我要去华盛顿。"

"哎,"那个男人似乎有点焦急,"这火车像是快停下来了吧?"

"还没停,"我说道,"不过,快要停了。"

"那怎么办?"

"没办法。"

"哎,"那个生活者妈妈突然开了口,打断了我们友好的谈话,"到这儿来,坐这儿,这里还有空位。"她看我的眼神足以将合成塑料都烤焦。

"这里有好多空位呢,亲爱的。"

"回头见。"我说,他们走开了,那个女人低声嘀咕着什么。这条母狗。我真应该让无眠者把她的后代都变成长着四肢、没有尾巴的看门狗,或者无眠者可以想象得出来的其他任何东西。我把头靠在椅背上,闭上眼睛。火车开始减速,快到下一个生活者城镇了。

就在火车将这个城镇甩在后面的时候,那个最小的孩子回来了。这是一个五岁左右的小女孩,像只小猫一般蹑手蹑脚地穿过走廊。她长着一张活泼的小脸,一头棕色的头发脏兮兮的。

"你的手镯真好看。"她好奇地看着我手腕上苏打水罐头做成的饰物,它是用很轻的金属做成的,叮当乱响,可以像烤热的蜡一样被任意弯曲。是一些愚蠢的选民送给戴维的,一起送给他的还有耳环,当时戴维正在竞选州议员。他收下了这件礼物,只是因为觉得很好笑。

我从手腕上取下手镯,"你想要吗?"

　　"真的可以吗?"她脸上露出兴奋的表情,从我手上一把抓过手镯,飞快地顺着走廊跑了回去,蓝夹克的下摆一甩一甩的。我咧开嘴笑了。

　　一分钟后,生活者妈妈出现在我面前,"留着你的手镯吧,苔丝德蒙娜①自己有首饰!"

　　苔丝德蒙娜,生活者怎么会起这样的名字?

　　那些摩托车赛道上是不可能上演莎士比亚戏剧的。

　　这女人用恶狠狠的眼神盯着我,"听着,你的东西你自己留着,我们的东西我们留着,不要送来送去,你明白吗?"

　　"是,太太。"我说。我用基因修改过的紫罗兰色的眼睛平静地凝视着她,双手交叠,放在膝上。

　　她口中喃喃着走开,我听到了几个字,"这些人……"

　　"如果我不能被人当作生活者,"我告诉科林,"至少也能让人看成是一个想装扮成生活者的半疯狂的顽固者,我不会是第一个走进生活者中间的顽固者。你知道的,劳动阶层的人也极想被人看作贵族。"

　　科林耸耸肩,我想,他大概已经后悔派我出来了。不过接着我就明白了,他的本意是希望我不会引起别人的注意,不想让别人看出我们是直属华盛顿的基因标准事务局特工。我的目的地,"联邦科技论坛",一般被称作"科学法庭",正在举行第1892－A号产品请

―――――――――

　　①莎士比亚戏剧《奥赛罗》中的女主人公。

求获准销售的听证会,与第1号到第1891号产品的不同之处在于,它是由绿蛋公司提交的。十几年来,超级无眠者第一次向美国政府申请一项基因改造发明的销售许可权。当然,他们不大可能获得批准,但申请本身还是显得非常有意思。为什么选择现在?他们在寻求什么?那二十七人中的某一个会不会亲自出现在科学法庭听证会上呢?

如果其中一个确实出现了,我们有没有办法监视他或者她呢?

我凝视着窗外,田野里长着麦子、大豆,还有其他看不出是什么的庄稼。现在田里的活儿都是机器人在干。十分钟后,苔丝德蒙娜又回来了,她穿过满是尘土、泥巴、食物残渣和垃圾的地面,从座位底下爬过来,小脑袋悄悄地从我伸出的双腿间钻出,直起了小小的身子,一只黏糊糊的手支在我的座位上以保持平衡,另一只手向我的手镯靠近。

我取下手镯,重一次递给她。她的蓝夹克脏兮兮的。

"火车上没有清洁机器人吗?"

她一把抓过手镯,咧嘴笑了,"坏了。"

我也笑。一分钟后,引力火车突然出了故障。

我被甩到地板上。我双手双脚撑地,等待火车停稳。火车尖啸着停了下来,还好,没有翻车。

"妈的!"苔丝德蒙娜的父亲怒吼道,"又坏了!"

"我们能有冰激凌吃吗?"一个孩子哼哼唧唧的,"我们又停下来了。"

"这个星期是第三次了！去他妈的顽固者的火车！"

"我们从来都没有吃到过冰激凌！"

火车并没有翻车，我也不会死；显然机器出故障是常有的事情。我跟着其他人一起下了火车，走进田野里。

热风吹过广阔的草原——风是热的，轻轻拂过，令人陶醉。我惊讶于天空的宽广：头顶是一望无边的湛蓝天空，脚下是绵延不断的金色田野。热风轻抚着一切。万物沐浴在阳光下，田野散发着芬芳。我，一个都市人，以前对这一切全然没有概念，全息图像也从没告诉过我这些。我抗拒着一个疯狂的念头：脱掉鞋子，把脚趾伸进黑色的泥土里。

我最终没有那么做。我跟着那群牢骚满腹的生活者沿着铁轨走到火车头前面。人们都围在全息投影图像旁边，那是一位工程师的影像，每一节车厢都在播放他的讲话，在车上就可以听到。全息图像上的工程师"站立"在草地上，巨大的全息图像看起来很有威仪感。我的一个朋友相信，七英尺高、黝黑皮肤的男人形象最适合出现在全息图像上。

"不用惊慌，故障只是暂时的，请回到舒适安全的车厢里去，供应的食物和饮料很快就会送来。铁路部门的技师马上赶到，没有必要惊慌……"

苔丝德蒙娜用脚踢着全息图像，她的脚从全息图像上工程师的身体里穿过，她傻傻地笑了，却笑得很美。全息图像里的人低下头看着她,"不要这样做,小朋友——听到我说话了吗?"苔丝德蒙娜的眼睛睁得大大的,迅速地跑开,藏到她母亲身后。

"不用害怕,这只是个交互式的全息图像。"生活者妈妈猛然说道,"放开我的腿!"

苔丝德蒙娜闷闷不乐地盯着我。我朝她眨眨眼,她笑了,快活地拨弄着手镯。

"请回到您舒适安全的车厢,食物和饮料很快——"

更多的人向火车头这边拥来。大伙都在大声抱怨,只除了两个人。一个是穿着整齐的女人,看起来年纪不小了,个子挺高,相貌平平,方形脸。她没有穿夹克,而是身着一件纱线织成的暗绿色束腰外衣,质料不太平整,不像是机器织的,绿宝石耳饰则显得很质朴——我从没见过哪个生活者有如此品位。

另一个不合群的是个矮个男人,一头丝般柔滑的红头发,白皙的皮肤,还有与身体不成比例的大脑袋。

我的脊背一阵发凉。

车厢里,服务机器人纷纷从储物室里走出来,分发着一盘盘新鲜的合成大豆快餐和各种饮料。"州参议员塞西莉亚·伊丽莎白·道斯向大家问候。"广播一遍又一遍地播放着,"感谢大家乘坐本次列车。"人们只安静了半个小时,然后又都走出车厢继续抱怨起来。

"这年头享受到的就是这样的服务吗?"

"下次选举,我一定选别人,任何人——"

"这只是暂时的故障。请您回到舒适安全的——"

我走过灌木草丛，到了农田边。那个稍做打扮的超级无眠者站在那里观察着人群，就像我一样，装出一副心不在焉的样子。到目前为止，他并没有注意到我。农田边上围着一圈低低的 Y 能量围栏，大概是为了不让农业机器人跑出去。这些小机器人在一排排金黄的麦子间徐徐前行，做各种各样的农活。我跨过围栏，看着其中一个呈球形的机器人。它发出轻轻的嗡嗡声，有着许多灵活的触角，在它的底部有一个标签，上面写道：洛杉矶堪科机器人公司。堪科公司上星期上了《华尔街杂志》的网络版。他们遇到了麻烦，所有该公司的农业机器人突然在全国范围内同时出现故障，因此他们将失去特许经销权，面临破产的境地。

温暖的风拂过麦田，沙沙地，如耳语般，阵阵麦子的清香散发出来。

我盘腿坐在地上，背靠着围栏。大人们在我身边坐下，有的玩纸牌，有的掷骰子；孩子们则到处嬉戏追逐，尖叫玩耍；一对年轻夫妇从我身边走过，隐没在麦田地里，眼中闪着爱意；一位老妇人独坐着看书，一本真正的书，我不知她从哪里弄来的这书；还有那个大脑袋的超级无眠者——如果他真是超级无眠者的话——此刻正舒展身子平躺在地上，闭着眼睛，佯装睡觉。我扮了个鬼脸。我从不喜欢自我嘲讽，在别人面前更不会这样。

两个小时后，那些服务机器人又一次拿出食物和饮料。"州参议院议员塞西莉亚·伊丽莎白·道斯向大家致以问候，感谢各位乘坐本次列车。"生活者的引力火车可以装载多少合成大豆？我不知道。

夕阳投下长长的影子，我漫不经心地走到那位正在看书的老妇人身边，"什么好书？"

她抬起头，打量着我。科林派我去华盛顿的科学法庭的同时，肯定还会派出其他几名特工。如果那个大脑袋家伙确实是超级无眠者，一定会有专人跟踪他的。然而，在这个看书的女人身上，总有什么东西让我确信她不是间谍——不仅仅是因为她没有经过基因改造。

众所周知，有些顽固者家庭也会拒绝基因改造，虽然他们完全符合进行改造的条件，这导致他们成为孤立的一小群人，生活在社会的边缘。但她似乎也不是那种人。她应该属于另外一种情况。

"一本小说，"女人平静地说，"简·奥斯汀写的。你是不是很惊讶，生活者还能看书？或者你也想读？"

"是啊。"我似笑非笑。她只看了我一眼，就又接着读她的小说了。一个叛逆的顽固者既没有引起她的轻蔑、愤慨，也没有引起巴结讨好的情绪。她完全不在乎我，这使我心中不觉对她产生了敬意。

显然，生活者中也有各式各样的人，他们并不完全像我想象的那样。

落日的美景迷住了我。天空变得清澈而又变幻莫测，接着又染上了淡淡的色彩，色彩慢慢变深，又渐渐消失，最后天色变冷、变暗。苍穹中这短短三十分钟的日落，多像我和前几任男友短暂的交往，从克劳德到尤金、雷克斯、保罗、安东尼、拉塞尔，一直到大卫，一段变幻的爱之旅程。

修理技师一直没有出现。草原上的温度在迅速下降，我们重新爬上火车，车厢里的照明和暖气都已打开，我不知道这些系统或者服务机器人也坏掉的话会有什么后果。

有人在说话，声音不大，像在自言自语。

"我的就餐卡上个季度很晚才从首府送来。"

一阵沉默。我坐直了身体。我以前没听到过这个人的声音，他不像是在抱怨，话语中暗藏着另外某种意味。

"我们的城镇已经没有多余的夹克储备了。管理仓库的顽固者说，现在全国都缺货。"

又一阵沉默。

"我们坐这趟火车是要到密苏里州接我的老母亲的，她房子里的暖风机坏了，也没有其他人愿意收留她。她到现在都没有取暖设备。"

还是一阵沉默。

有人说："有没有人知道离下一个城镇还有多远？或许我们可以走过去。"

"我们可不打算走路！他们应该把这破火车修好！"那个生活者妈妈突然怒气迸发，唾沫四溅。

一个声音轻轻地附和道："对！对！我们是选举者！"

"我的小孩不可能走路到下一个城镇！"

"你算什么？一个他妈的顽固者？"

我看到那个大脑袋男人在人群中巡视着，从这张脸看到那张脸。

那个个子高高、肤色黝黑的工程师的全息图像突然又出现在车厢走廊中间，"女士们、先生们，莫里森引力火车再次因火车故障未能及时得到维修表示歉意。为了让你们的等待过程更加愉快，我们给你们放映一个新节目——它都还没在全息频道上正式播放呢，并向大家转达国会议员韦德·基斯·芬利的致意，现在请看德鲁·阿伦——清醒的梦想家的最新音乐节目《武士》。请向引力火车的左边窗户看过来。"

生活者们互相看了看，立时，欢快的叽喳声代替了先前愤怒的声讨。显然，在火车出故障时，这是个给大家解闷的新鲜办法。我计算了一下，要想投射出足够大、足够清楚的全息图像，而且还能让整列车的乘客都可以看到，这就需要价格不菲的便携式全息投影机；另外，放映当红的生活者艺人尚未正式播出的节目，还要付出更昂贵的代价。这一切的花销同派出一个火车维修小组的费用相比，总显得有什么地方非常不对劲。我对好莱坞一无所知，但是一场尚未公开表演的德鲁·阿伦音乐会一定价值百万。如果目的只是为了避免生活者旅客过于躁动不安,为什么引力铁路非要把它拿来当作应急的娱乐消遣呢?

那个大头男人静静地看着他身边的人,乘客们纷纷将头转向左边的窗子。

一根长长的杆子,从我们后面那节位于列车中部的车厢顶上蜿蜒伸出,随后慢慢抬起,与地面形成了一个钝角,同时继续向前延伸,几乎探进了麦田。长杆末端的光线成扇形向下投射,形成一个棱锥形的光圈。所有人都惊叫起来:"哇!"便携式全息投影机并不能提供稳定清晰的图像,不过我想这些观众是不会在意的。德鲁·阿伦的全息图像出现在棱锥形光圈的中心,大家又一次发出惊叹:"哦!"

我悄悄溜出了火车。

黑暗中,距离又如此之近,全息图像看起来非常奇怪:一个十五英尺高、轮廓模糊的男人,正坐在动力轮椅里,背景是绵延数英里的黑黢黢的草原;头顶上是深邃无边的星空,清冷的星星闪闪烁烁。寒意袭来,我从夹克口袋里拿出一件塑料质夹克抖开。

这个全息人影开口说道:"我是德鲁·阿伦,清醒的梦想家,我要让你们的梦想成为现实。"

我曾经在现场观看过阿伦的表演,那是在旧金山,和一群朋友在一起。在国会议员保罗·詹宁斯·梅苏的音乐厅中,只有我一个人没有被他的音乐影响，那是因为我天生就对催眠术具有抵抗能力。医生说，我的大脑不能发生一些对于催眠过程来说必不可少的细微的生化反应。

他问我："你晚上能做梦吗？"

我从来都不记得做过的梦，一个也记不起。

环绕在阿伦四周的棱锥形光圈开始奇怪地闪动，出现了各种图形；在人们的潜意识里，这些图形慢慢组合成复杂的形状。阿伦的声音响了起来，低沉而具有亲和力，他开始讲述一个故事。

"曾经有一个男人，他心怀抱负，手中却无任何权力和资本。当他还年轻的时候，他想要一切东西：他想要力量，这样其他所有的男人都会尊敬他；他想要性感，这样可以让他的肉体感受到销魂蚀骨的快乐；他想要爱情，想要兴奋，想要每一天都充满挑战，而那些挑战只有他能获胜。他想要——"

啊，拜托，这样粗俗地谈论人的基本愿望，可一些顽固者还称其为艺术家。

不过，那些图形却是非常引人注目的。它们滑过阿伦的动力轮椅，层层叠叠，变幻莫测，有的很清晰，有的却只在意识能感知的边缘处闪烁。我可以感觉到血液在肌体脉络中流动得更加有力，生命中突然迸发出一种冲动，就像春天到来或者挑战来临时的感觉。我对潜意识没有免疫力，这真是一种绝妙的感觉。

我向引力火车车厢里窥视，生活者们一动不动地站着，每张面孔都对着窗户。苔丝德蒙娜看得出神，嘴张得大大的，就像一个小小的粉红色袋子。甚至在那个生活者妈妈的脸上，也出现了几十年前某个已经被遗忘的夏日夜晚留下的痕迹，那时的她还是一个小女孩。

我将头转向阿伦，他还在继续编织着他单调乏味的故事，声音像音乐一样悦耳动听。一个差劲的民间故事，没有精妙之处，无法引起共鸣，没有情节，没有讽喻，没有艺术。那些词语只是骨架，骨架上面环绕着闪烁图形构成的肌肉，从观众被催眠的大脑里呼唤出真实的自我意识。曾经有人告诉我，每个人在德鲁·阿伦的音乐会中体会都不相同，取决于各人心中存留的童年记忆，这些记忆被唤起并且释放，形成一些象征性的图形符号。有人告诉我这些，但我一直心存疑虑。

我在车外漫步，走过一节节车厢，在黑暗中扫视着车窗里面生活者们的脸。有些人脸上已被泪水浸湿，不管他们正在体验的感受有多么不同，都比我在西斯廷教堂的旧金山贝多芬交响音乐节上的感受要强烈得多，这感受比阳光更猛烈，荡涤着人的灵魂，让人的精神亢奋直至高潮。

没有人来限制这种清醒的白日梦之类的表演，于是阿伦便有了许多拙劣的模仿者，不过他们都只如昙花一现。德鲁·阿伦所做的，世界上唯有他才知道其中的奥秘。许多顽固者对他不屑一顾，认为他只是一个试图用骗术控制别人的艺人，是在亵渎真正的艺术，就像在有关宗教活动的全息录像里,圣母玛利亚突然"显灵"的故事一样……

"……离开他爱的家园,"阿伦低沉悦耳的声音继续说道,"一个人远走他乡,来到了一片隐秘的树林……"

全世界都知道的,德鲁·阿伦是米兰达·沙里夫的情人。他是睡眠者中唯一可以在绿蛋随意进出的人。基因标准事务局的人一直在注意他;当然,还有一大群足以淹没一个小城镇的记者在注意他。唯有他的音乐会,基因标准事务局的人并不把它当回事。

我又顺着引力铁轨往回走,重新回到我的车厢。那个大脑袋男人是唯一没有把脸朝向左边窗户的人。他舒展开身子躺在没人坐的椅子上睡觉,或者只是佯装睡觉,这样他就可以不被催眠,并能更好地观察阿伦的表演所产生的影响了吗?

音乐会还在继续,像通常的冒险故事一样,武士经历艰险,赢得胜利,然后便是欢呼雀跃。故事简单,却能抓住人心。音乐会结束了,人们激动地互相拥抱,开心地大笑,伤心地哭泣,然后拥出车厢,向着投射在寒冷草原上的德鲁·阿伦的十五英尺高的全息图像奔去。一个相貌英俊、但腿跛了的男人,坐在动力轮椅里,朝他的崇拜者微笑。环绕在他周围的图形都消失了,但有可能还在人们的潜意识中闪烁。少数几个生活者把手伸进全息图像里,想要去触摸那个没有实体的身体。苔丝德蒙娜在金字塔光圈里欢欣起舞,她的脑袋后面是覆盖在阿伦膝盖上的羊毛毯。

那个生活者爸爸突然说："我打赌，我们可以走到下一个城镇。"

"没错……"有人说，另外一些声音也附和着。

"如果我们顺着铁轨，一起走——"

"看看那些车顶灯是不是便携式的——"

"应该留一些人下来，照顾那些老人。"

那个大头男人仔细地观察着。这一刻，我确定，在这个维修人员无法及时到达的地方，引力火车的故障完全是有人预先策划好的，是为了评估阿伦音乐会的效果。

这是怎么回事？又是谁一手策划了这个事件？

不，不对，不应该这么问，应该这么说：阿伦的音乐会的效果究竟怎样？

"你待在这儿，埃迪，和老人们在一起。你，卡西，告诉其他车厢的人，看看他们有谁想和我们一起走，塔莎——"

他们用了十分钟时间争论，然后达成一致。他们把六节车厢的便携式车顶灯撬下来，留下来的人把多余的夹克给了准备走的人。第一批人开始顺着铁轨向前走去，不一会儿，我听到了飞机的声音。

所有的生活者都安静下来。

飞机只送来了一名引力铁路修理技师，还有两个保安机器人，它们都带有个人防护屏障和武器。大家静静地张望，这个技师长得很英俊，只是被基因改造过的脸看上去有些紧张。技师本就是一个奇怪的群体：有着基因改造的外表，但是智商和能力却没有经过基因修改,那是他们父母的经济能力可望而不可即的。他们修理机械,为仓库货物的分配工作奔忙,维护看护机器人和保姆机器人。技师们当然不是生活者,但尽管他们住在顽固者小区,也还算不上真正的顽固者,这一点他们自己也很清楚。

"女士们,先生们,"那个技师一脸沮丧地说道,"莫里森引力铁路合资公司以及参议员塞西莉亚·伊丽莎白·道斯为修理延误给大家带来的不便向你们道歉。发生的情况超出了我们的控制——"

"我们参加选举为的是什么,嗯?你这垃圾!"

"最好告诉那个参议员,她已经失去选票了,就在这里,在这列火车上!"

"我们应得的服务——"

技师步伐坚定地低着头走向火车头,身边的机器人和他同步向前。他走过去的时候,我看到了Y能量场发出的微光。六七个沿着铁路行走的生活者消失在夜风习习的黑暗中,他们的眼睛闪着光,我敢说,他们一定有些后悔。技师只花了十三分钟时间就修理好了引力火车。没有人找他麻烦,他坐飞机离开了。火车重新启动。生活者们继续玩骰子,抱怨,睡觉,照顾他们调皮的小孩。我穿过车厢,寻找那个大头男人。我在观察生活者们对那个顽固者技师的反应时,他就不见了。我们把他独自留在了后面,抛在那个起风的草原上。黑暗隐藏了所有的一切。

第五章　比利·华盛顿：东奥兰塔

每过一阵子，我就要到树林里去一趟。以前我没有告诉过其他任何人，不过现在，每年有那么两三次，当我去树林的时候，我要告诉安妮，然后她会在厨房里给我准备一些食物，如苹果、土豆，还有合成大豆等生的食物。我将独自一人在野外待上五六天，远离一切——餐厅、仓库、全息格栅上的舞蹈节目、嘈杂的音乐、仓库分配物资、拿着棍子或是Y能量椎的流浪艺人。我自己生火做吃的。有些人二十年都不曾离开过东奥兰塔，除了坐引力火车去另外一个城镇，和我们这里一样的城镇。我猜想，对于某些人来说，进入那些浓密的树林，就好像到了中国那么遥远的地方，他们一定觉得离开熟悉的地方是件很可怕的事情。

在餐厅厨房设备出故障、大家通过办公室终端和地区监察官塞缪尔森通话交涉的那天早晨，我就打算出发去树林的。可安妮和莉齐没有一点食物，我不能就这样走了。再说，还有患狂犬病的浣熊出没,机器人又出故障,我哪儿也不能去。

莉齐穿着睡衣站在我睡的沙发边,"比利,厨房修好了没有?"

安妮从卧室里出来,穿着合成材质的睡衣,还在打着哈欠,"让比利休息会儿吧。莉齐,你饿了吗?"

莉齐点点头。我坐在沙发上,用一只胳膊挡住从窗口照进来的清晨的阳光,"听着,安妮,我一直在想,如果他们真的把厨房修好了,我们应该将食物取回来,存储一些,以备不时之需。我们可以按就餐卡上的限量拿取食物,莉齐和你,还有我,都好长时间没有拿够每天的定量了,有时候我们只是从厨房拿些生的食品,像土豆什么的。"

安妮紧抿着嘴唇,她不是习惯早起的人。当我醒来时,发现自己正躺在她的公寓里,这种感觉真好。她说道:"食物两三天就会坏掉,我才不想让这里堆满腐败的东西,太不卫生了。"

"那就把它们扔了,然后再重新拿一些。"我态度温和地说。安妮不喜欢打破常规。

莉齐说:"比利,你认为餐厅厨房的设备都修好了吗?"

我回答道:"不知道,宝贝儿。我们去看看吧。现在快穿好衣服收拾一下。"

安妮说:"她必须先去洗个澡,她身上都有味道了。我也是。你和我们一起去吗,比利?"

"当然。"我这样一个糟老头能对付患了狂犬病的浣熊吗?不管怎样我也得陪着安妮过去,她害怕那些患病的浣熊,在她看来,它们如魔鬼一般可怕。

莉齐说:"比利,你认为厨房设备修好了吗?"

靠近澡堂的地方没发现浣熊。男浴室里只有一个老得大概都忘了自己叫什么的克勒先生,还有两个小男孩。小孩子不应该单独待在这里的,但他们正享受着泼水的乐趣,我喜欢看着他们这个样子,这让清晨的气氛变得活跃起来。

克勒先生告诉我厨房已经修好了,我于是陪着安妮和莉齐去吃早餐。沐浴后的她们散发出清甜的气息,就像晨露中的草莓一般清甜。餐厅挤满了人,不只是生活者在用餐,还有一些顽固者正在制作国会女议员珍妮特·凯罗·兰德的全息图像。

是她,没错,不是在录像带上看到的她,而是活生生地站在食物传送带前面。传送带上还是那些平时供应的食物:合成大豆制成的鸡蛋、熏肉、谷类食物,还有面包,外加一些基因改造过的新鲜草莓。我不喜欢基因改造过的草莓,它们可以一连数星期都保持新鲜,不过吃起来却和那些六月里长在山坡上的野生小草莓完全不一样。

"……她将全心全意为公众服务,无论有何需要,无论何时。"

一个英俊的顽固者对着摄像机器人说道:"珍妮特·凯罗·兰德随时准备为东奥兰塔服务,随时准备为您效劳。她是一位优秀的政治家,完全配得上《圣经》中那句令人难忘的褒奖:'干得好,善良而又忠实的仆人!'"

珍妮特·凯罗·兰德是个美人,像那些已经不再年轻的顽固者女性那样,她有着细致柔嫩的肌肤,粉色的嘴唇,漂亮的银色波浪形头发,就是太瘦了。她和安妮不一样,安妮总爱抿着黑樱桃般的嘴唇,就像要用双唇把苹果榨出汁来似的。

珍妮特·凯罗对着那个英俊的男人说道:"谢谢你,罗伊斯。正如你所知道的,餐厅是任何贵族城镇的心脏。这就是为什么当餐厅出现故障时,我会动用一切力量尽快让它恢复正常。东奥兰塔所有善良的市民都能见证这一点。"

"我们过去和他们聊聊。"罗伊斯满面笑容地说道。他和兰德走到一张餐桌前,杰克·萨维克坐在那里,有些无奈的样子,"萨维克市长,您觉得国会女议员兰德对这个城镇提供的服务如何?"

在旁边一张餐桌吃早餐的保罗·塞温诺抬起头,和他在一起的还有塞林·凯恩。安妮的下嘴唇颤抖着,露出似笑非笑的神情。

杰克的脸上露出痛苦的表情,他说:"我们非常高兴,食物传送带修好了,而且我们——"

"他妈的,你们什么时候才打算把那些狂犬病浣熊宰了?"塞林大吼。

罗伊斯的表情凝固了,"我想——"

"你最好好好考虑一下,好好想想那些浣熊,否则你和你那个国会女议员就要考虑换个什么新工作了!"

"住嘴!"罗伊斯说道,"不用担心,珍妮特,录制的东西还要经过剪辑处理。"他的脸上堆起笑容。我看着他的眼睛,又把视线移开——我不再像以前那样争强好胜,除非是为了安妮或者莉齐。

罗伊斯拉起国会女议员的手臂,带着她穿过人群往门口走去。塞林尖叫道:"我是说真的,已经好一阵子了,你们这些浑蛋都是吃屎的!什么'公仆',你们什么都没有做!"

"塞林!"杰克和保罗同时叫道。

珍妮特·凯罗挣开罗伊斯的手,转过身,面对着塞林,"你对自己城镇的安全担忧是很自然的,女士,然而执勤机器人或者其他任何患病的野生动物都不在我的管理范围内,它们归地区监察官塞缪尔森负责。不过等我回到阿尔巴尼,我会尽我的能力解决这个问题。"她直直地看着塞林的眼睛,眼神非常坚定。现在轮到塞林移开了视线。

塞林不再说什么,珍妮特·凯罗微笑着,转身向她的随从说道:"事情都做完了,罗伊斯,我在外面等你们。"她向门口走去,挺直了后背,头高高地昂起。我就站在门边,在安妮所在的位置和发生冲突的地方中间,所以以上发生的一切非常事件我都看得清清楚楚。女议员到了门口,微笑着,仿佛是一个漂亮自信的政治家。然后,她走出了大门,这一瞬间又成为一个眼神显得很疲惫的女人,非常非常疲惫。

我看了一眼安妮,想看看她是否也看到了我所目睹的一切,结果发现她正朝塞林·凯恩咯咯笑着,她内心对糟糕的公仆们并无好感。他们作为顽固者,却无所作为,我常听她说这样的话。

莉齐以她少年的清脆嗓音说道:"那个国会女议员回阿尔巴尼之后,真能想办法把执勤机器人修好吗?还是只是在这儿做做样子的呢?"

"噢,嘘——"安妮说道,"你什么时候才能学会在不该说话的时候把嘴巴闭好。"

大家在屋里待了整整两天,阿尔巴尼还是没有派技师来修理执勤机器人。我们组织了一个狩猎队——经过好几个小时让人发晕的争论才总算组织起来。生活者本来是不应该有枪支的,没有一个仓库存有地区监察官塔拉·埃莉诺·施密特的来复枪,也没有任何一次政治竞选活动会发给大家一把参议员詹森·霍华德·亚当斯的霰弹猎枪,或是县区立法官特里·威廉·莫纳汉的手枪。不过我们有自己的枪。

保罗·塞温诺把他祖父的霰弹猎枪挖了出来——猎枪装在一个合成塑料盒子里,埋在学校后面的地下。合成塑料可将周围环境中的一切不利因素阻挡在外:泥土、潮湿、锈蚀、虫子。埃迪·罗林、吉姆·斯威克哈德和道格·凯恩找到了他们父亲的来复枪。苏·罗林和她的妹妹克思托·曼迪说她们可以合用家里的一把枪,我不明白那怎么能行。另外两个我不认识的男人有鸟枪。阿尔·劳伯有把手枪。两个十来岁的流浪歌手也参加了，他们只是咧着嘴傻笑，没有武器，不过我们需要这样的人。

狩猎队一共大概二十个人。

"我们分开行动，两人一组，分成十组从餐厅出发。"杰克·萨维克说道。

"你听起来像个他妈的顽固者。"埃迪·罗林反感地说道。两个流浪歌手笑了起来。

"那你有什么更好的方法？"杰克说，他拿起来复枪，把它紧紧地贴在鼓鼓囊囊的绿夹克上。

"我们是生活者，"克思托·曼迪说，"想怎么干就怎么干。"

杰克说："那如果有人中弹，你们希望警方来调查我们吗？"

埃迪说："我只想狩猎浣熊，就像一个贵族那样，不用你对我呼来喝去的，杰克。"

"好，"杰克说，"那你就去吧，我再不会说他妈的一个字。"

吵吵嚷嚷十分钟后，我们一对对分组出发了，分成十组一直向前走。

我和道格·凯恩——就是塞林的父亲—— 一组，我们两个老人走起路来慢慢吞吞，一脚高一脚低的，不过我们知道如何在林子里不发出声音。我们右边有人咳嗽、大笑。是那两个流浪歌手中的一个。不一会儿，声音渐渐远去，消失了。

树林里凉飕飕的，味道很好。头顶浓荫蔽天，地上的植物都被遮挡住了。像莉齐一样苗条的白桦树被风吹得沙沙作响。树下长着深绿色的苔藓,在阳光能照射到的地方则长着雏菊、毛茛科植物和黑眼苏珊花。一只斑鸠发出鸣叫,打破了周围的寂静。

"太美了。"道格说。林子里静极了,一只兔子迎风站着,长长的耳朵纹丝不动。

快到中午时,前面林子里的树木变得稀疏起来,树下的草丛则浓密了许多。不知从哪里飘来一阵黑莓的香气,让我想起了安妮。我计算了一下,我们从东奥兰塔出发到现在,至少走了六英里了,途中见到的都是兔子、母鹿,还有许多无毒蛇,就是没见到浣熊。就算有患了狂犬病的浣熊在这样远的地方出现,杀不杀它们对镇子也没有多大影响,已经这么远了,它们已经威胁不到我们了。该是返回的时候了。

"我们坐会儿吧。"道格说。

我看了他一眼,不由得浑身发冷。他的面色像白桦树皮一样苍白,眼皮像蜂雀的翅膀一般不停地扑腾,来复枪从他手里滑落。这个老傻瓜,枪的保险是打开的,子弹走了火,打进了树干里。道格抓着胸口,往下滑倒,我只顾呼吸林子里的新鲜空气,欣赏林子里的花朵,完全没有注意到他犯了心脏病。

"坐下,坐下!"我把他拽到一块长满地衣的空地上,让他躺得舒服些。道格侧身躺着,艰难地呼吸,呼噜呼噜直喘气,右手在空中胡乱拍打,但我知道,他现在什么也看不见了,他的眼神是茫然的。

　　"安静地躺会儿，道格！你不要动！我去找人帮忙，我让他们把医疗机带来……"

　　呼噜，呼噜，呼噜……然后呼吸声停止了。我心想，他完了。但他瘦骨嶙峋的胸脯还在微微起伏，目光涣散。

　　"我去找个医疗机来！"我又大喊道。我转过身，结果差点儿摔了一跤，一只患了狂犬病的浣熊在离我不到十英尺的地方盯着我。

　　如果你有机会看到患上狂犬病的动物，你就永远都不会忘记那个情形。浣熊嘴边都是一块一块的白沫，树间投下的阳光照在那些白沫上，像玻璃一样闪亮。那只浣熊露出牙齿，对着我发出"嘶嘶"声，我从没听到过其他浣熊发出这样的声音。它的后腿和臀部颤抖着。它快要死了。

　　我举起道格的来复枪，但我知道如果它向我猛扑过来，我的动作再快也来不及阻挡它。

　　浣熊抽搐着向我扑来。我猛地举起来复枪，但没等我把它举到肩膀处，一束光从我身后某个地方投射过来，不，那不是光束，而是像光束的其他什么东西。正往前扑的浣熊突然朝后一仰，倒在地上，死了。

　　我慢慢地转过身——即使看到了一个天使，都不会比现在更让我吃惊。

　　一个女孩站在那里，个子矮矮的，头很大，黑色的头发用红头绳扎在脑后。她的衣着不适合在林子里行走，看上去傻里傻气的：白短裤、薄薄的白衬衣、脚穿凉鞋——她好像不知道我们这里的林子里有鹿扁虱、墨蚊和蛇一样。女孩眼神忧郁,看着我。几分钟后,她说:"你还好吧?"

"是的,女士。不过躺在那儿的道格·凯恩情况不太好,我想他的心脏……"

她朝道格走过去,跪下来,摸他的脉搏。她看着我,"请你做点事情,把这个扔到那只死浣熊身上,放在尸体上就可以了。"她递给我一个光滑的灰色圆盘状物,大小和一枚硬币差不多,我想起了以前用过的硬币。

她的眼睛一眨不眨地一直盯着我,我转过身背对着她,站在她和道格中间,照她的话去做。事后安妮问我为什么这么做,我也回答不出来。可能是那个女孩凝视着我的眼神让我那么做的。她是顽固者吗?好像又不是。她不会像珍妮特·凯罗·兰德那样,面对着摄像机说些什么为民服务、忠诚仆人之类的话。

那个灰色圆盘状的物体一碰到浣熊潮湿的皮毛,就粘住了。它闪着微光,一瞬间,那个浣熊就被封在了一个外壳里,并往地下陷入了大概一英寸深。这也许是什么 Y 能量装置,也许不是。一片叶子被风吹到那个外壳上,然后滑落下来。不知从哪里来的勇气,我碰了碰那个外壳,它很硬,像泡沫塑料铸件,不知这个外壳是从哪儿冒出来的。

当我转过身的时候,那个女孩正在把什么东西往她的短裤口袋里塞。道格的眼神变得清澈起来，开始喘气。

"暂时不要挪动他。"女孩说道，还是没有笑容，她似乎并不喜欢笑，"去找人帮忙，你回来之前他都是安全的。"

"你是谁，女士？"这一切发生得太突然了，"你对他做了什么？"

"我给他用了些药，就是医疗机通常给病人用的那种药。不过需要担架把他抬回你们城镇。去找人帮忙，华盛顿先生。"

我朝她迈了一步，她站起身来，似乎并不害怕，仍用那双不会笑的眼睛看着我。刚刚看到了那只浣熊的外壳，现在我觉得她也有个外壳——不像那只浣熊的那么硬，也许那个外壳与她的身体形影不离，就像戴着透明手套一样。不过，也许就是因为这个，她才敢在树林里穿着短裤凉鞋，不怕被墨蚊叮咬，也一点都不怕我吧。

我说："你……你是从伊甸园来的，是吗？就在这附近，在这片林子里，真的就在这里……"

她脸上现出古怪的表情，我不知道是什么意思。我觉得她的这个表情似乎在说，想知道她是什么人，还不如去猜一只患狂犬病的浣熊在想什么更好些。

"去找人帮忙，华盛顿先生。你的朋友需要帮助。"她停顿一下，又说，"请你不要将这事告诉镇上的任何人……尽量不要再去想这事。"

"但是，女士——"

"啊……"道格呻吟着，不像是因为痛苦，倒像是在梦呓。

　　我以最快的速度跌跌撞撞地回到东奥兰塔,觉得自己都要犯心脏病了。在摩托车道前,我遇到了杰克·萨维克和克思托·曼迪,他们二人都汗流浃背,落在队伍后面,正往城镇赶。我将凯恩心脏病发作的事告诉了他们,于是他们立刻动身:杰克往树林里赶,除了我,他是东奥兰塔另外一个对树林很熟悉的人;克思托则跑去找医疗机,找更多的人来帮忙。我坐下来,喘口气。毒辣辣太阳此刻正照耀着空旷的场地,城镇外的湖水在阳光下闪着点点金光,而我的心一直无法平静。

　　或许我永远都无法得到平静,那天以后,所有的东西在我看来都不一样了。医疗机的传感器在空气中探察着我和道格气味的踪迹,很容易就找到了道格·凯恩,有四个人跟着医疗机,他们抬着凯恩回了家。那个时候,道格的呼吸已经平稳下来。晚上,城镇里所有的人都在餐厅里聚集起来,大家跳着、咒骂着、喊叫着,热闹极了。没有人打到浣熊,埃迪·罗林射到一只鹿,本·芮迪生的枪走火打到了保罗·塞温诺,还好,保罗伤得不重,就是胳膊擦破了点皮,医疗机很快就给他包扎好了。我去看了道格·凯恩。

　　他躺在合成塑料的睡榻上,枕头垫得高高的,盖着绣有花边的毯子,就像安妮织的沙发套那样的花边。道格很高兴我这样关心他。我非常小心地问起在树林里的事,并没有直接提到那个女孩,只是旁敲侧击地暗示了一些,但他对犯病后的事情全然没了印象,也不记得树林里的那个女孩。把他送回家的几个人谁也没提到被封在硬壳里的浣熊,我猜想一定是被女孩带走了。

　　整件事我只告诉了一个人,那就是安妮,而且是在确信莉齐不在的情况下说的。刚开始,安妮怎么也不相信我,但后来还是信了,因为她想起了两天前的晚上,她在餐厅看到了一个穿绿色夹克的大脑袋女孩。我描述的这个女孩也有个很大的头颅,这让安妮觉得我的故事是真实的。我告诉安妮不要跟城镇的其他人说,她之后再没有提起,甚至跟我也没再提。

　　但我对安妮说了这事之后,她颇有些焦虑不安,这让她想到了一些事情:一些奇怪的顽固者带着他们的基因改造机器住在树林里,并管那个地方叫作"伊甸园"。这太亵渎神灵了,伊甸园是《圣经》里的,不应该在其他地方出现。安妮不再去想这个问题,不过我却一直在思考,想了很多。很长一段时间,除了这个,我什么都不能想。之后我慢慢恢复,重新回到了平常的生活中,但那个大头女孩还是停留在我的脑子里。

　　整个夏天和秋天,我们都没有遇到其他的麻烦和威胁,也再没出现过患狂犬病的浣熊,所有的困难就这样突然消失了,永远地消失了。

　　不过,各种机械设备还是在不停地坏掉。

第二卷

2114年8月

"不愿意采用新的补救方式就会产生新的邪恶,因为时间是最伟大的改革者。"

——弗朗西斯·培根《论改革》

第六章　黛安娜·科温顿：华盛顿

在科学法庭上，我看到的第一个人是蕾莎·卡姆登。保罗——我的男友，在安东尼之前、雷克斯之后——常喜欢和我进行智力和知识方面的辩论。他喜欢辩论是因为他总赢，我也喜欢辩论是因为他能赢。当然这些都是发生在我对自己真正了解之前，原来的我一直不知道，想输的欲望竟然深植于我的心中。我们那时争论的东西似乎都很有趣，一些论点甚至非常大胆。认识我和保罗的人都觉得以这样的形式争论一些抽象问题是非常没劲的。经过基因改造的顽固者对于自己的智商都非常自信，不想让自己显得无知可笑：炫耀自己的智商，就像炫耀人可以走路一样。

有天晚上，保罗和我——两个大胆的、不遵奉英国国教的新教徒，开始争论什么人才最有权掌控激进的新技术，是政府、技术统治论者、科学家和工程技术人员（这最有可能，因为他们是最懂技术的一部分人）、自由市场，还是人民大众？那个晚上过得很糟糕。保罗比平时更加争强好胜，而我因为在前天晚上的派对上，和一个金色眼睛的放荡女人发生了些不愉快，也不像平日那样愿意认输。世事总是这样，令人尴尬的东西挥散不去。大家的脾气都上来了。记得我的祖父有张柚木书桌需要一块新镶板，但总找不到可以相配的材料。智力辩论和匹配家具一样，很难让人有满意的结果。

潜意识里，我把保罗和我的分手归咎于无眠者。尽管这不是直接的原因，但却像是一个出了问题的小程序，最后往往会使一个超负荷的系统全线崩溃。不过，近一百年来，我们不也是把所有问题都归咎于无眠者吗？甚至连科学法庭的诞生也和他们有关。一百年前，没有人会认为对人类胚胎进行基因修改、使之成为无眠者能够被社会接受，但基因修改公司就这么做了。在基因标准事务局成立之前，没有相应的基因修改管理法规，于是，就像进行胚胎的其他基因修改一样，无眠者被创造出来了。你想要一个七英尺高、紫色头发、有音乐天赋的孩子吗？没问题，你还可以得到一个能打篮球、会拉大提琴的孩子。

这样就有了无眠者。他们理智，总是处于清醒状态，聪明，非常聪明。还有长寿，这是一个意外的收获——最开始没有人知道睡眠和细胞再生有关联，没有人将它们联系起来。太多的进化优势都集中在了这批人身上。

可是，这是在美国，不是十六世纪的君主专制国家，也不是二十世纪的极权主义国家。政府并不直截了当地宣布激进的基因改造为不合法,而是讨论个没完。

联邦科技论坛遵循着特定的程序,陪审团由科学家和辩论双方组成,经过反复辩论和论证,形成同意或者不同意的最终书面裁决。裁决没有强制执行权,只有建议权,不做任何决策,不能告诉任何人该做什么或不该做什么。

不过国会、总统,或者基因标准事务局委员会采取的措施,和科学法庭的提议没有一次相悖。一次都没有。从来没有。

在我和保罗辩论蕾莎有没有弄坏家具的那个晚上,我宣称政府应该控制对人类基因的修改,保罗希望完全由科学家来控制(他自己就是一位科学家),就现状来说,我们说的都不无道理。当然,现实不是关键,理论依据也不是,我们真正想要的就是争论本身。

蕾莎·卡姆登是否弄坏过家具,或用自己的拳头对着墙敲打,或者摔碎过古董?看着她走进坐落在宾夕法尼亚大街上由白色柱梁装点的联邦科技法庭大楼时,我可以确定她没有。八月的华盛顿极其炎热,蕾莎穿了件白色的无袖装,淡金色的头发烫了漂亮的短波浪。她看起来美丽、冷静,让我想起斯蒂芬妮那条遭受无妄之灾的小狗,她唯一缺少的是一对粉红色的巨大眼睛——这么对比对蕾莎来说也许是不公平的。

技术小组鱼贯入场时,一个工作人员大声地说道:"请大家静一静,嘘——"

八人陪审团里有三个是曾获得诺贝尔奖的科学家:芭芭拉·朴

卢克思,生物化学家,娇小的女人,一双眼睛极其敏锐;伊莱亚斯·马雷克,医学家,神态庄严;马丁·戴维斯·埃克思福特,分子物理学家,他看起来更像一个年龄过大的芭蕾舞演员。当然,没有遗传基因学方面的专家,美国已经有六十年没在这个领域获奖了。

参加小组辩论的成员由双方推举产生,辩论者的立场应该是不偏不倚的。我坐在新闻记者席。来了很多新闻记者,有自然人,也有机器人。实况将在顽固者的各个全息新闻频道中现场直播。

那些专家都入座之后,我还在站着,试图在观众群里寻找生活者。走廊里似乎有一两个,然而室内人太多,很难分辨出来。"请坐下。"椅子发出悦耳的声音,"您会挡住别人的视线。"这话我相信。我穿着颜色鲜明的紫色夹克,佩戴着苏打罐头制的饰物,在记者席上是很显眼的。

大厅最前面,一排低低的古色古香的木栏杆和肉眼不可见的Y能量安全防护罩后面,坐着辩护律师、专家证人、全体陪审员和特邀嘉宾。蕾莎·卡姆登坐在米兰达·沙里夫身旁,天知道米兰达是从什么地方冒出来的,她突然出现在华盛顿,并不是直接从绿蛋过来的。多日来,新闻媒体都在热切地关注着这个小岛,其热切程度不亚于月球基地上的居民随时监测着穹顶,看是否有泄漏。

米兰达是从地球的哪个角落突然出现,来参加这场为她公司产品举行的科学辩论会的呢?她拒绝了一位职业律师为她的官司进行辩护,甚至拒绝了蕾莎·卡姆登。蕾莎·卡姆登想为她作辩护的举动在记者席里引起了一阵窃窃私语，显然，他们认为一个无眠者是没有资格为他们自己人发明的技术进行辩护的，这无法让人信服。

我一直非常惊讶于那些与我同类的、经过智商增强的顽固者的愚蠢。我仔细地看着米兰达：个子矮矮的，大脑袋，眉骨很低，浓密蓬乱的黑发用红头绳束起来，扎在脑后。虽然穿着严肃而讲究的黑色套装，但她看起来既不像一个生活者，也不像顽固者。我看到她悄悄地在衣服边上摩挲着宽大的手掌，一定是出了汗。我以前看过臭名昭著的詹妮弗·沙里夫的照片，祖母詹妮弗的冷静、高挑身材和出众的美貌，米兰达都没有遗传到。我一直在猜测她自己是否在意这些。

"今天，我们在这里——"调停官森塔·杨格思博士开始讲话，一副老态龙钟的模样，不过一口完美的牙齿却可与全息屏幕上的明星媲美，"——来判定关于1892-A号申请案的一些事实。我想提醒在座的每一位，这次评审有三重目的：第一，对这项科技专利，双方就一致认同的事实进行认定，包括其性质、具体实施方案等，但不限于此；

"第二，对这项科技专利申请案的不同意见和观点进行讨论和辩论，并录制下来，以供进一步研究；

"第三，为了满足国会新技术委员会、联邦药物管理局和基因标准事务局共同提出的一项请求，我们将为这项已获得专利权的1892-A号专利申请出具一份建议书，同意或者拒绝颁发该专利在美国境内的许可证。我想提请各位注意的是，进一步的研究将确定是否允许专利开发者为这项专利招募志愿者进行β测试实验。许可证一经颁发，便等同于联邦政府已准许该产品进入市场。"

为了强调问题的严重性，杨格思从眼镜镜片上面严肃地环顾整个房间——顽固者的视力全都完美无缺，他们戴上眼镜只为了作态。她的态度非常明显：诸位，你们还是快点把这个1892-A号申请案丢到一边去吧；但那副神情好像在说，这里没有一个明白人能意识到这一点。

我转过头，看到米兰达·沙里夫手里拿着一本厚厚的黑色封面的打印手册。显然，无眠者是与顽固者和生活者完全不同的，我这么说是因为很多人并未认识到这一点。那个册子里面的内容惊人地复杂，但毫无疑问，米兰达全懂。那是属于她的领域，至少，她参与了其中的一部分设计。她或许同时也能理解我的领域里所有重要的东西（无非是些厨艺、园艺之类的），再加上艺术史、法律学、早期儿童教育学、国际经济学、旧石器时代人类学。对于我来说，所有这些使得我们和他们成为完全不同的种类。顽固者能适应生活的需要，就和古生代剑龙一样，而我眼前的这个女人却几乎是无所不知、无所不能的。

坐在我前面的一个新闻记者轻轻打了个响指，指挥着他的自动摄像机将镜头对准大厅圆屋顶上的几个大字：人类必须掌握科学技术。真是漂亮的新闻宣传手段。

"1892-A案的主要提起者，"调停官杨格思继续说道，"是米兰达·沙里夫，她来自专利的拥有方——绿蛋公司；主要反对方是约翰·霍普金斯大学的客座教授李畅博士，他是基因标准事务局高级遗传基因学家。下面的条例是由双方达成一致的，详情请参见提供的书面文本、大厅前面的大屏幕或政府网站'1640论坛'。"

"提供的书面文本"有四百页，包括细胞图表、方程式、基因图表、化学反应过程，以及许多报刊文章摘引。最前面一页是专门为此次媒体报道准备的概况介绍。我敢用我的紫色夹克打赌，一大摞资料被简化成了一页纸，肯定会令那些技术专家激烈地争论上好几个小时，他们可不想为了让别人能够看懂而歪曲如此宝贵的事实。不过在这里，为了简便而对事实歪曲进行正对新闻界的胃口。这里可是华盛顿。

"由双方事先达成一致的，"调停官杨格思读道，"有如下九条意见：

"第一，1892-A号专利描述的是一种纳米装置，通过注射方式进入人体血液循环系统。该装置由数种结构非常复杂的蛋白质构成，而这些蛋白质经过基因改造，已有了自我复制的功能。本品的制造权属于绿蛋公司。该纳米装置由发明者命名为'细胞清洁机'，该名称已注册商标，使用时必须明确标明。"

将商业背景先讲述出来总是没错的，我看了看那些诺贝尔奖获得者的脸，他们一点表情都没有。

"第二,在实验室条件下,细胞清洁机可像白细胞一样,具有离开血液、穿透人体组织的能力;在实验室条件下,细胞清洁机可以像病毒一样穿透细胞壁,但不会对细胞本身造成损伤。"

毫无疑问,甚至连我都知道,获得食品及药物管理局批准的一些药物已具有这样的功能。我调整了一下微型摄像机的镜头,看到米兰达·沙里夫的手紧紧地攥着蕾莎·卡姆登的手。这个举动太糟糕了,每一个新闻记者和在线观众都可以看得清清楚楚——难道米兰达除了向对手示弱之外,就没有更好的表现了?那她当初是怎么击败庇护所那个伪政府的呢?

"第三,在实验室条件下,细胞清洁机的体积还不到普通细胞的百分之一,细胞清洁机以细胞自身的化学反应作为其工作动力。"

杨格思暂停片刻,环视大厅四周。我不知道她为什么这样做,难道她希望我们中有人去挑战那些科学家吗?

反对者将在哪一点上提出反对意见显然已经清楚了。

"第四,在实验室条件下,细胞清洁机复制的速度略慢于细菌繁殖的速度,大概每一次完整的分裂需要二十分钟;在实验室条件下,利用人体组织中固有的化学物质,以及注射针剂中所包含的化学物质,该复制过程可持续几个小时;在实验室条件下,该复制过程在几个小时后停止,以后只在细胞受损的情况下进行复制。"

细胞清洁机可以一直这样复制下去,到达一个预定的终点,可惜人类还不能完全做到这一点。否则,过去一个世纪的人类历史可能会完全不同了。上帝忘记了那个"关闭"开关，但绿蛋公司没忘。

"第五，细胞清洁机所包含的技术在1892-A案例中被称作'生物力学纳米计算技术'。在实验室条件下，该技术能从各种功能不同的细胞中鉴别出七个具有同样功能的细胞，并可对这七个细胞进行DNA比对，以确定这一类细胞的标准DNA编码。此外，据说细胞清洁机可以进入新生成的细胞，并将其DNA结构与标准DNA结构进行比较。"

如果这是真的，那无疑非常惊人，但是只要有一点小小的疑点，也不可能被反对方通过。地球上没有其他任何一种生物技术可以做到这点。不过，我注意到一个谨慎的措辞——"据说可以"。这份报告的各个条款叙述的应该是明确无误的事实。但第五条的最后一段话仅仅是在描述绿蛋自称取得的成果。这样的条文为什么能获准列入正式文件呢？只有一种可能：绿蛋自称取得的成果已经成为必要的先决条件，足以生成某种已被证明的技术。

"第六，在实验室条件下，细胞清洁机能够摧毁任何与标准编码不匹配的细胞。"

瞧，这一点才是关键。甚至连那些记者看起来都兴奋不已，毕竟这里是华盛顿嘛。

"第七，在实验室条件下，细胞清洁机具有清除后来生成的异常细胞的能力。这些异常细胞包括：增殖的癌细胞、癌症前期出现的异常结构细胞，以及动脉壁沉淀物质、病毒、感染性细菌、有毒成分和化合物、由于病毒活动而导致DNA结构发生变异的细胞。此外，在实验室条件下还证明，这些非正常细胞都可以通过正常的人体代谢机制处理掉。"

癌症、动脉硬化、水痘、疱疹、铅中毒、腹泻症、膀胱炎，还有普通感冒，所有这些病痛都可以不治自愈了，让那些小小的纳米清洁小姐将病痛作为废物全部清除出去。我感觉有点晕眩了。

不过所谓的"实验室条件"又是怎样的呢？

下面的听众发出一片"嗡嗡"声，相互大声地讨论着。调停官杨格思瞪着大家，直到大厅里重新安静下来。

"第八，在实验室条件下，细胞清洁机还能避免摧毁某些细菌的细胞，虽然它们的'基因指纹'和宿主身体组织的DNA并不匹配。这些细胞包括但不限于：通常在人体消化管道、阴道、上呼吸道发现的细菌细胞。绿蛋公司将细胞清洁机的这种有选择性地处理非标准DNA的能力归结于这样一项技术：通过对纳米计算机预编程序来识别共生细菌的DNA。"

杀掉有害的，留下有用的，绿蛋向世界贡献了有史以来第一个免疫增强系统：将达尔文主义计算机化，或者以"正确才能生存"来代替体现亚瑟王精神的名言"强权即公理"。

我的脑海里突然出现由细胞清洁机组成的古罗马军团，士兵身穿银白色的盔甲，闪着光亮。我一定是偷笑起来了，坐在我旁边座位上的记者斜眼看了我一下。

"第九,一些重要的研究还未开展,比如:细胞清洁机在功能健全的人体中的性能以及效果。"

问题来了,不可避免的缺陷。没有对细胞清洁机在人体上的效果和影响进行长时间的观察研究,绿蛋就无法向市场推出1892-A号产品——这并不比推销磨成粉的麒麟角更容易。就算科学法庭准许进一步进行研究,近期内我也不打算购买细胞清洁机。

我静静地坐着,心里盘算使用那个玩意儿是个什么滋味。

另一阵"嗡嗡"的讨论声在观众中响起:是不满?满意?愤怒?似乎三者都有。

调停官杨格思提高了嗓音,接着说:"以下是有争议的意见。"大厅立刻安静了。

"就这一点进行辩论:细胞清洁机不会损害健康的人体细胞、组织和器官。"

她停了下来,脸上的表情清楚地表明,尽管有争议的只有这一点,这却是最关键的一点。有谁需要一具干干净净、但却死气沉沉的躯体呢?

"第一轮公开辩论将由反对方开始,李博士?"

李博士也准备了一套书面文件对自己的观点进行了概括,每一句陈述后面都跟着一大堆的证据、限定条件以及方程式,显然所有这些都令他倍感荣耀。技术小组专家仔细地听着,不时记录笔记。其他人都在翻看着手中的书面材料,那上面简要地列出了李博士的观点。

有争议的观点："细胞清洁机不会损害健康的人体细胞、组织和器官。

反对方的观点：无法保证细胞清洁机不会损害健康的人体细胞、组织和器官。

●实验室测试未必能预见生化物质对有生命的、功能健全的人体所造成的影响。——参见68164号CDC超文本文件

●没有任何一项局部人体实验研究曾验证过细胞清洁机对大脑的影响，而大脑的化学性质与身体的其他器官组织有着重大差异。——参见68732号CDC超文本文件

●在申请方所递交的长期效应研究报告中，只注明了细胞清洁机在两年之内对人体产生的效应。很多生物化学物质的副作用都要经过更长的时间才会显现出来。——参见88812号CDC超文本文件

●在申请方那份所谓的"共生细菌的DNA预编程清单"中，列出了细胞清洁机不会摧毁的DNA细目。但这份清单有可能并不完备，无法将有生命的、功能健全的人体中一切有益的外来有机生物一一列明。人体内包含有数十万亿种蛋白质，它们以非常复杂的方式发生交互作用，其中还涉及了成千上万不同的分子，某些分子目前还未能完全为人类所了解。所谓的"预编程清单"可能会漏掉重要的有机生物，细胞清洁机可能会摧毁它们，并引起严重的人体功能紊

乱,甚至导致宿主死亡。

●假以时日,细胞清洁机本身在自我复制方面也有可能产生问题。因为它是将一种在本质上具有竞争性的 DNA 引入到人体内,具有人为诱导癌症的潜在可能。——参见 4536 号 CDC 超文本文件

让我感到奇怪的是,打印出来的书面文件里把"癌症"这个词打成粗体字,和其他的文字区分开来。

上午余下的时间都被李博士用来完成他的论述。他诚恳的态度毋庸置疑,他的论据似乎是这样:在功能健全的人体上进行的实验,没有至少十年的时间跨度,是无法证明细胞清洁机的安全性的。(我不想去查看那些"部分机体"上的研究结果,我也不想知道。)然而,让活人去做这样的实验,实在是太不人道了。但除此之外,细胞清洁机的安全性根本就没办法证实。如果它确实不安全,那它所带来的潜在的普遍性灾难将是非常严重的,在那个打印文本里的措辞就是,"多种功能紊乱,包括死亡。"

因此,反对方建议不要给细胞清洁机颁发许可证明,也不要批准其在美国境内的进一步研究,并将其列入国际基因修改咨询委员会的禁止清单中。

显然,法庭已经过了事实例举阶段,进入到实质性的推荐建议阶段了。事实澄清之后,就要作出最终的行政决定,行政决定以事实为基础。

差五分钟就到十二点的时候,李博士结束了论述。调停官在座

位上将身子前倾,"沙里夫女士,现在快到午饭休息的时间了,您愿意将您的第一轮公开辩论延迟到下午吗?"

"不,调停官,我的陈述很简短。"蕾莎·卡姆登为什么不告诉米兰达,让她拿下那根红头绳呢?这会给人一种幼稚的印象,太像《爱莉丝梦游仙境》里的小女孩了。但她的声音是如此的平静,不带有任何情绪。

"你们今天审议的这项专利是继抗生素以来最伟大的生命科学成就。李博士谈到,如果纳米机械有不完善之处,可能给人体带来危害,或者由于所编程序不够精确,会产生某些未知的副作用;他却没有提到,如果没有这项革新成果,有多少人会在未成年前夭折,有多少人将在痛苦中死去。你难道情愿为了避免一个人死于细胞清洁机,而让成千上万人因为没有它的治疗而死亡吗?这从道义上说是错误的。

"你们在道义上都错了——你们所有的人。这个所谓的科技法庭的用意,是以损害病人和垂死之人的利益为代价,来保护医药公司的利益。你们是精神上的法西斯主义者,利用政府的权力伤害弱小无力的人,让他们丧失所有的力量,好维持你们的权力。你们中的任何一人都不能逃脱这样的指控,包括那些科学家在内,他们同样以出卖科学来换取利益和权力。

"绿蛋用细胞清洁机给了你们大家更多生存的机会,包括那些不配活在世上的人。绿蛋提供一项产品时,并不区分哪些人配得到这项产品,哪些人不配。但你们呢,你们规定的某些条款每每扼杀遗传基因和纳米技术的研究项目,让这些研究半途夭折,实际上剥夺了一些人的生命。你们是凶手,你们所有人都是。你们在政治上、经济上唯利是图,在对真正的科学进行评判上,你们的道义比丛林野兽好不了多少。虽然如此,绿蛋公司还是会给你们提供细胞清洁机,我可以向在座各位证明它在本质上是安全的。即便我并不能确定,你们是否能够理解我所阐述的科学原理。"

说完,米兰达·沙里夫坐了下来。

讨论组的科学家们个个瞠目结舌,这是意料中的,但有意思的是,蕾莎·卡姆登也惊呆了。很显然,她没想到自己的学生会说出这番话来,她慌乱地低声和米兰达说着什么。

"我从未听过如此外行的胡说八道!"分子物理学诺贝尔奖获得者马丁·戴维斯·埃克思福特在辩论台后面站起来说道,他雄浑有力的嗓音盖过了其他所有人的声音,他的脖子上青筋暴起。

"沙里夫女士,对你这番颠倒黑白的言论,我深表愤慨。我们聚在这里,是来对科学事实作出评判,而不是发表怀有个人偏见的攻击性言论。"

一个穿着时尚黄色条纹衣服的记者在新闻记者席的前排大吼:"沙里夫女士,你是不是打算输掉这场官司?"

我把头转向他的方向。

"嘿,米兰达,看看这边!"一个生活者频道的记者叫道,一面移动他身边的自动摄像机,"来,笑一个!"

"肃静!请大家肃静!"调停官杨格思说道,她的眼镜不见了,正在敲着自己的金属水杯。她没有法庭用的小木槌,因为这里并不是真正的法庭。

"笑一个,米兰达!"

"这是对专业辩论会的粗暴亵渎——"

"请坐下,"好几张椅子同时说道,"其他人可能被你们挡住视线,请坐下——"

"请保持秩序!"

但是现场越来越混乱,一个男子从公众席上跑了出来,冲到走廊上,要冲上台去。

我很清楚地看到他的脸,可怕的仇恨使他的脸扭曲僵化,理性的思想和时光的流逝都不能使仇恨化解,但这种感情并不是米兰达·沙里夫今天这番带有污辱性的话造成的。那个男人一边朝米兰达冲过去,一边从夹克口袋里掏着什么东西,十七个机器人摄像机,还有三个安全机器人全都对准了他。

他一下子撞在会议桌前那不可见的Y能量防护罩上,传来骨头碎裂的声音,不知是撞碎了头骨还是身体别的地方。这个男人像撞上砖墙一样晕倒了,靠着防护罩倒下来。一个安全机器人过来把他拽走了。

"——恢复秩序,否则怎么进行——"

"笑一下，米兰达！就笑一下！"

"事实上，这难道不是假想中的道义优越感吗？难道不是对美国法律的藐视吗？"

"——就新闻栅格中的观众看来，似乎这场混乱是米兰达·沙里夫故意引起的，目的是掩盖绿蛋的企图，关于这点，我们只能——"

米兰达·沙里夫动都没有动一下。

最后调停官杨格思别无选择，只能宣布退庭，让大家去吃午饭。

我在混乱的法庭大厅里奋力推挤人群，走了出来，试图尾随米兰达·沙里夫，当然这是不可能办到的。Y能量防护罩将我们和她分隔开，高大强壮的保镖一路保护着她和蕾莎·卡姆登出了后门。我撞倒了四个人，冲上楼顶，正好看见他们进了一辆空中汽车，还有几辆空中汽车紧随其后。不过我相信，那些记者、基因标准事务局、FBI、故弄玄虚的基因学家，无论是谁，他们知道的都不会比我更多。

可我又知道些什么呢？

那个穿黄色条纹衣服的记者是对的。米兰达·沙里夫此举让1892-A案无法再进行下去，她侮辱的不仅是那八位科学家在科学知识和科学技术上的能力，还侮辱了他们的人格。我对那三位获得诺贝尔奖的科学家也有大致的了解，我觉得他们不是那种出卖科学的人，而是品行正直之士。米兰达肯定也知道这些，那她这么做是为什么呢？

也许，不管她曾经做过哪些调查研究，她还是从心底里认为所有睡眠者都是腐化堕落之徒。她的祖母—— 一个有才华的女人——就是这么认为的。不过不知怎么的,我不认为米兰达会这么想。

可能她认为那五个没有获诺贝尔奖的科学家都是平庸之才,他们和政客勾结,毫无疑问会击败那几个有真才实学的科学家。不过如果是这样,为什么她要同时抨击可能成为她同盟者的那三位科学家,又为什么在开始的时候同意让那五个庸才参加评审?陪审团的成员都是双方一致同意通过的。

不,米兰达·沙里夫希望输掉这次官司。她想要一个反对细胞清洁机的结果。

也许我只是在妄自揣测。米兰达·沙里夫毕竟和我是完全不同的,她的思维方式,包括目的、动机都不是我能够想象的。或许她想疏远那个专家小组,以便……干什么呢?让自己更难获得官方对这项专利的批准?或许她只喜欢赢得那种有难度的竞争;或许尽可能把一切都变得复杂困难是无眠者的荣誉法则,因为对于他们来说,一切都太容易了。我他妈的又怎么知道是不是这么一回事呢?

所有这些推理都是自相矛盾的。

尽管气候炎热,华盛顿今天的天气却很好:格外清澈的蓝天,金色的光线似乎是被风从另外一个风和日丽的城市吹来的。我沿商业购物街一路走着,模样很招人注目:一个有些疯狂的顽固者,穿得像当地的生活者一样。路边的毒贩、情侣、溜滑板的青年人都不拿正眼瞧我。不过这样也好：当时我正因为自己不着边际的揣测而窘迫不安。我偷偷混在这些穿合成材料衣服的人里面，是为了什么？难道跟随在无眠者周围就能让我的人生更有意义？难道我想与那些显然比我优越的人一较高下，做点什么事情出来，好有点个人成就感？

无眠者在各方面都比我优秀，不仅仅是在智力方面，他们见识比我广、行事目的也更明确，这些都让我羡慕，尽管我不知道他们的目的是什么。我呢，我不无恐慌，却一直不能明确自己的目标，不知道我的国家将何去何从。那只从阳台栏杆跌落的粉红色鬈毛狗是引起我惊恐的导火索。在这种时候想起这件事情，我似乎无聊得很。

我甚至不知道我的国家应该往何处去。我只能阻止，而不能推动，甚至都无法确定我要阻止的究竟是什么。

但可以肯定的是，事情远不止1892-A个案如此简单。我不知道无眠者究竟想做什么，也没有人知道。是什么让我如此确定自己要阻止他们呢？

另一方面，到目前为止，我什么也没做，在近期内也不大可能会采取什么行动，因此对米兰达·沙里夫的计划不会造成丝毫的影响。我既没有向基因标准事务局报告她的情况，也没有一直监视她，甚至在我的内心深处都还没有形成一个对她的完整印象。我似乎是全然与己无关地置身事外。没有什么可以让我懊悔的，也不用为做了什么或不做什么而苦恼，因为一切都不会改变。零，无论你用它和什么相乘，结果还是零。

但这不能让我感到振奋。

接下来的四天过得扫兴无味。人们向科技法庭的阶梯教室蜂拥而去，我也在内。坐在那里几小时，看那些看不懂的图片、表格、等式、注解、细胞和酶的全息模型之类的东西，很多时间都耗费在观察蛋白质的三级结构和四级结构上。关于沃辛顿转换等式应用在冗余 RNA 编码上的问题有着激烈的争论，但我完全听不懂，听得直犯困。不过，不止我一个人这样——每天去的人都在减少。当然，那些科学家永远都是全神贯注的样子。

这似乎并不公平，米兰达·沙里夫曾告诉我们说，我们是在观看两百年来最伟大的医学突破，对于我们许多人而言，这就像炼金术一样神秘。科学技术应该掌握在大众手里。是的，这话没错，但我们这些门外汉又怎么可能对那些我们根本不理解的东西下结论、做决定呢？

到头来，我们还是会放弃。

两个诺贝尔奖获得者写下了不同意见，他们是芭芭拉·朴卢克思和马丁·埃克思福特。他们赞成在人类志愿者身体上做 β 测试，也不排除这项专利在未来获得许可的可能性。他们追求的是这方面的科学知识，甚至从两人联合发表的意见书那简洁而正式的措辞上，也可以感受到他们的迫切心情。我注意到米兰达·沙里夫一直在观察他们。

多数派则竭其所能地反对，可以说是无所不用其极，只差没有在美国国旗上也印上他们的观点了。什么美国公民的安全啦，神圣的职责啦，保护人类基因的同一性啦，等等。事实上，所有这一切都让我把基因标准事务局和那天小狗卡特思不慎从我家阳台上跌落那件事联系在了一起。

在某种程度上，我仍然相信多数派的观点是正确的。失控的生物技术存在着不可估量的潜在威胁。而且，没有人能够真正对绿蛋的生物技术进行管理，因为没有人能够理解。无眠者的智力和美国《专利保护法》结合在一起，形成了目前这种局面——美国专利局相信，如果你不能控制某种东西，那么最好一开始就把它完全隔绝在门外。

然而，我在离开法庭时却感到非常压抑，充分意识到自己对细胞生物学一无所知，而且这并不是我唯一的或者说是最糟糕的知识缺失。我曾经觉得自己是个愤世嫉俗的人，愤世嫉俗的情绪就像财富：总有人比你拥有更多。

我坐在科学法庭的台阶上，背靠着小红杉树那么粗的圆柱，微风拂面而来。两个男人在圆柱的阴影处停下，准备点燃烟斗来吸食阳光毒品。我注意到东方人喜欢用吸食的方式来享用这种产品，而在加州，我们却喜欢采用直接饮用的方式。那两个男人的外貌都经过了基因改造，很英俊，穿着时下在国会山非常流行的无袖黑色套装。两个人都无视一旁的我。生活者可以一眼看出我和他们不是一类人，但顽固者们却很少会注意那些身穿夹克、佩戴苏打罐头饰物的家伙。

"那么你认为还得过多久？"其中一个男人说。

"或许还有三个月就能上市了吧。我猜不是在德国就是在巴西。"

"要是绿蛋不这么做呢？"

"约翰，他们为什么不呢？这可是个发大财的机会，那个叫沙里夫的女人又不是傻子。我一直都在很仔细地观察投资动向。"

"你难道不知道吗，我对做投资代理人这事本身并不怎么在乎？"约翰愁肠满腹地说道，"还不是为了简娜，还有那几个小丫头吗，简娜这几年断断续续地生下这几个丫头……我们现在是入不敷出，日子过得紧巴巴的。"

另一个男子把手放在约翰的胳膊上，"留意巴西，我猜最有可能首先在那里上市。很快，甚至比这里的许可证批准还快。那些受疾病困扰的生活者因为缺少医疗机，正不顾一切地吵嚷着要这种新技术。"

点燃烟斗以后，那两个人离开了。

我坐在那里，为自己的幼稚而惊讶。拒绝批准细胞清洁机的美国上市许可，并非为了美国的发展，而是为了节约"保护"生活者们的政治资本。不给选区选民提供细胞清洁机，就可以省下大笔钱财,这笔钱财却足以用来为自己、为自己在海外的亲人买下这项突破性的医学成果。他们理所当然会这么做的。

人类必须掌握科学技术。

也许李博士是正确的。可能细胞清洁机会失控,毁掉所有的人,所有除生活者以外的人。那个时候会有谁能站出来建立一个公平、仁慈的国家呢?

是的,非常正确。如果让苔思德蒙娜的母亲和我在火车上见到的其他生活者来控制生物科技,不知最后他们会把人类变成什么样。盲目的基因拼接。

懒惰和沮丧的情绪像一对孪生兄弟,紧紧地攫住了我。我静静地坐着,天气越来越凉,天空渐渐变暗,坚硬的大理石弄得我的屁股生疼。门廊早已空无一人。慢慢地,我从头到脚都快冻僵了。这段时间我都不走运,但就在这时,好运气似乎来了。

我看到米兰达·沙里夫顺着宽宽的台阶走下来,一直走在阴影里。看她的脸,绝认不出是刚才那个米兰达,棕色的夹克也不是她平常穿的衣服。两个小时以前,我还看见她和蕾莎·卡姆登一起上了空中汽车,后面尾随着一大群人。这个看上去像生活者的人皮肤苍白,长着个大鼻子,脏兮兮的,一头短短的金发。我为什么会如此肯定此人就是米兰达?因为那个特大的脑袋,加上从她后裤袋里露出来的那根红头绳。我就是根据这些断定眼前的这个人就是她,而那个和蕾莎·卡姆登一起走掉的"米兰达"大概只是个冒牌替身。

我在口袋里摸出了科林·科沃斯科给我的那个红外传感器,悄悄地对准了她。指针立刻偏离了正常值。显然,不管她是不是米兰达,她一定是超级无眠者,新陈代谢超过常人。周围没有基因标准事务局的人,确实没有,否则,我一定会发现他们的。不过,我也不敢太自信。

监视米兰达是我的职责。我跟着她到了引力火车站,心里异常兴奋,以前接受的特工训练这回该派上用场了。我跟随她上了一辆向北行驶的火车。我们站在臭气熏天的拥挤车厢里,这里有很多小孩,似乎生活者们就在这个肮脏的地方养育孩子似的。

火车每二十分钟就在一个落后的生活者城镇停下。我不敢睡觉,米兰达可能会在某个站台偷偷下车,甩掉我。但要是这次旅途持续好几天怎么办?

到了清晨,我开始试着在两站之间打个盹,但我的潜意识一直没放松警惕,就像敏锐的看门狗一样,每当火车减速时,我都会突然醒来。我做了些很奇怪的梦。有一次梦见自己在跟踪大卫,他边跳舞边脱衣服,离我越来越远,像个永远追不到的妖魔。还有一次,我梦见自己跟丢了米兰达,科学法庭把我送上法庭审判,因为我对这个国家已毫无用处。最可怕的是我梦见自己被注射了细胞清洁机针剂,实际上针剂内是机器人专用强力清洗剂——我在旧金山顽固者小区里的家务机器人用的就是这玩意儿——我身体的每一个细胞都在漂白剂和氨水中痛苦地溶解着。我从梦中惊醒,直喘气,车窗的深色玻璃上映出了我扭曲变形的脸。

之后，我一直没睡，我目不转睛地盯着米兰达·沙里夫。火车穿越了宾夕法尼亚的崇山峻岭，直达纽约州，其间竟然没有发生故障，真是奇迹。

第七章　德鲁·阿伦：西雅图

我的脑海里始终有个栅格，挥之不去。

栅格里的图形一直在我面前飘浮，有些像培植玫瑰的木格架。朦胧的暮色中，这些图形呈现出深紫色，但我很难看清它们真正的颜色。米丽曾告诉过我，东西本身是没有颜色的——只是因为不同的物体反射了不同波长的光波，肉眼看起来便呈现各种颜色。我无法理解她的话，我只知道，对我而言，有不同的颜色是多么重要。

那栅格弯曲成一个圆环。我能看见栅格的菱形孔眼，但看不清孔眼里面是什么。隐藏在里面的东西对我来说始终是一个谜。

我不明白这个图形意味着什么，于我而言，它没有意义，我无法用我的意志来让它们或者表达出意义，或者改变形状，或者消失。以前从未发生过这样的事情。我是清醒的梦想家，从我的潜意识里升起的图形总代表某种意义，具有普遍性和可塑性，我可以随意将它们塑造成不同的形状，将它们从潜意识里面提升出来，带到有意识的世界中,赋予它们各种含义,但它们无法改变我,因为我是清醒的梦想家。

在西雅图的旅馆里,我按原定计划,对将要在次日下午的音乐演奏会上表演的曲子《武士》进行修改。房间里的全息屏幕上,我看到了科学法庭上,决定米丽和绿蛋命运的那个时刻,机器人摄像机的镜头聚焦在蕾莎和萨拉两人身上,她们正钻进停在屋顶上的空中汽车里。萨拉太像米丽了。她的脸上戴着全息面罩,头上戴着假发,还有那根红丝带,甚至连走路都跟米丽一模一样。蕾莎眼里满是痛苦和愤怒。她发现米丽和萨拉的调包了吗?也许到了车里她就会明白。蕾莎会接受不了的,她最恨的就是被人欺骗,也许这是因为她自己是一个最讲诚信的人。庆幸的是此时我不在那里。

在我那紧张焦虑的脑海中,突然出现了一些长而尖的红色图形,绕着那个一直没有消失的紫色图形旋转起来。

扮成米丽的萨拉关上了车门。车窗当然是不透明的那种,看不到里面。我关掉新闻栅格。也许还要过好几个月我才能见到米丽。她可以自由进出东奥兰塔——事实上,她就是从东奥兰塔来到华盛顿的——但是德鲁·阿伦,坐在最先进的动力轮椅里的清醒的梦想家,无论走到哪里都会被基因标准事务局的人跟踪,无法像米丽那样来去自如。即使我到了绿蛋岛上,尼克斯·德米特里厄斯、小村俊雄或者特里·瓦卡贝也都有可能采取措施屏蔽掉我与东奥兰塔的联系,这对于我的个人通信是一个极大的威胁,我很可能好几个月都无法与米丽交谈。

那些长而尖的红色图形旋转的速度似乎有些减缓。

我给自己倒了一杯苏格兰威士忌，它有时可以缓解焦虑情绪。对于酒，我一向很少沾唇，只是偶尔尝尝。记得在那个肮脏的德耳塔镇上——那是我长大的地方——老爸常说，小子，不要沾上那个东西，你只是一个小毛孩。可我不是小毛孩，我已经七岁了！把啤酒给我，总有一天，我会有自己的庇护所。父亲想了想，拍了我一下，然后我们大笑。

我将杯中的威士忌一饮而尽；蕾莎看见我这样一定不高兴。我的通信机连着响了两下，按凯文·贝克的程序设定，这表示呼叫者不在我的通信联系人列表上，但是表示对方是我想见的某个人。我不知道他为什么要这么设定。"这是模糊逻辑。"凯文说道，他说的话在我的脑海里没有形成任何图形。

我想此时我需要和人说话，但是我没有打开视频终端。

"阿伦先生，你在吗？是我，伊莱亚斯·马雷克博士。我知道这么晚不该打搅您，但是能占用您几分钟时间吗？事情很紧急。"

他一脸疲惫，华盛顿这会儿是凌晨三点。我又倒了一杯酒，"请打开视频终端。我是阿伦，马雷克博士。"

"谢谢。我先声明，这次对话是被屏蔽的，不会录音。没人会听到我们的对话。"

我可不相信。马雷克不了解特里·瓦卡贝或者小村俊雄，他们会有办法窃听的。即使马雷克拿的是诺贝尔物理学奖,并非诺贝尔医学奖,他也不可能理解那些超乎寻常的办法。马雷克是一个六十五岁的胖老头,外表未做过基因改造:稀稀疏疏的几根白发、一双倦怠的棕色眼睛,脸上的肌肉松松垮垮,下巴处的脂肪已经堆积起来,肩膀倒还很宽阔。他给我的印象在我大脑里形成一连串海军蓝的立方体,清晰且连续不断地盘旋在一动不动的栅格上。

"阿伦先生,我不知该从哪儿说起。"他用手挠着头,海军蓝的方块微微有些发红,马雷克很紧张。我呷了一口酒。

"这会儿你一定已经知道了,我在联邦科技论坛上投了反对票,反对对绿蛋的专利进行进一步开发的许可,反对的理由我已在代表多数派意见的陈述书里讲得非常明白,但有些东西我不能写进公开文件里,我想告诉你。"

"为什么?"

马雷克顿了一下,"因为我——我们——没法与绿蛋对话。他们只单向接收信息,我们无法与之进行双向交流。关于基因研究的事情,只有通过你,我才能直接与沙里夫女士联系上。"

盘旋在我脑海里的图形剧烈地震荡、缠结在一起。

我说道:"你怎么给绿蛋留言的?要留言就必须有通信网络的登录密码才行,你怎么得到密码的?"

"我后面会告诉你的,阿伦先生。五分钟后,会有两个人要求进入你的住宅。他们会带你乘飞行车到目的地——大概需要半个小时——向你展示些东西。我打电话的意思就是请你跟他们走。"他补充道,"他们是政府派来的GSEA特工。"

"不。"

"我理解你的想法,阿伦先生。我打电话……就是想告诉你,这不是个陷阱或者绑架,也不是政府想对你不利——你我都知道,政府有这个本事随意处置你。GSEA特工会把你带离城市一个小时,一个小时后,再把你安全地送回。不会给你植入任何东西,也不会强迫你吃吐真药。我认识这些人,他们是我的私交,你绝对不会出事,而我愿以我的名誉向你保证。我能肯定,你正在把我们的通话录下来。你可以在离开之前,将备份送给任何你信得过的人。我绝不食言:你会安全返回,毫发无损。请你考虑一下,这对你算不了什么,却能帮我个大忙。"

我斟酌着。在我的脑海中,这个男人让我萌生出了从未在我脑中出现过的图形:明亮、干净,不带任何遮掩。他的图形同绿蛋上任何人的都截然不同。

当然,也许马雷克自己是真诚的,但是他被利用了。

不知不觉中,我已经喝了四杯威士忌。

马雷克说道:"如果你希望有时间给绿蛋打个电话以获取指令,那么——"

"不,不必,"我压低了声音说道,"我会去的。"

马雷克满脸的愁容一下子舒展开来,精神了许多,少了许多疲愈，就像年轻了几岁。

"谢谢你，"他说道，"你不会后悔的。我向你保证，阿伦先生。"

我打赌这个杰出优秀的顽固者没有听过我的演奏会。

我挂断了电话，把谈话录音备份，一份发给蕾莎，一份发给凯文·贝克，还给我在维赤塔的一位很信得过的顽固者朋友发了一份。这时通信终端再次尖啸起来。我还没有来得及说话，尼克斯·德米特里厄斯就出现在我眼前。他开门见山："你不要去，德鲁。"

我手里的已经是第五杯酒了，还剩一半酒，"刚才那可是受到屏蔽保护的私人电话，尼克。纯属个人隐私。"

他没理会我的话，"不管马雷克怎么说，这都可能是个陷阱。他们可能在利用他，你应该明白这一点！"

他的语气暗含着焦躁不安，这家伙总是意识不到自己的失态。在我的脑海里，他是个暗色的阴影，带着千重灰暗的色调，不停地变换成各种形状，让我永远都无法理解。

"尼克，假如——只是假如——我想和某个人私下里聊聊，但并不想让你听到——那么，那个人就非得是绿蛋的成员吗？难道他就不能是与此无关的什么人？"

尼克呆呆地看着我。我知道自己这番话是生活者才会讲的，这家伙听不明白。我的酒杯又空了。这时，旅馆系统礼貌地请示道："先生，打扰了，您有两位来访者。您想通过视频检查一下吗？"

"不用了，"我说道，"让他们进来吧。"

"德鲁——"尼克在那头叫起来。我按下开关,想切断通信联络,但不起作用——他肯定在使用超级无眠者的特权,强行呼叫。难道他们真的无所不能吗?

"德鲁!听着,你不能只——"我拔掉了通信终端的Y能源插头。

来访的这两个GSEA特工没有一点特工的样子。我猜想,这些家伙绝不会让人一眼就瞧出底细。两人都是四十多岁,像所有的顽固者一样英俊、彬彬有礼,大概也像顽固者一样聪明。如果他们也是用顽固者的思维方式来思考的话,至少他们的语言是直截了当的,而不像真正的顽固者那样拐弯抹角。

雪花静静地飘落下来,飘落在紫色栅格上,清冷洁白。

"你们想喝一杯吗?"

"好的。"其中一个立刻回答道。他跟着我过来,这是个跟马雷克一样的大块头,身体强壮,干净整洁。让我有些困惑不解的是,他们可是GSEA的密探啊,怎么能这么毫无顾忌呢?

"我改变主意了,"我说道,"我们现在就走吧——随便你们带我去哪儿。"我把动力轮椅往门口驶去,动力轮椅不小心撞在柱子上,撞疼了我的腿。

我们来到旅馆的屋顶平台上,寒意令我清醒了一些。一辆飞行车着陆了,从上面下来了几个舞会的早归者——现在刚过午夜。西雅图是一座山城,而旅馆就位于一座高山顶上。我可以俯瞰四周的一切：帕吉德·桑河向西奔涌而去，瑞尼尔山在月光下显得洁白无瑕。天上繁星闪烁，山下满是灯火，寒冷刺骨。生活者邻居们就住在山脚下，但没一家靠近河边。江岸区是个好地方，不会留给生活者们居住。

全副武装的 GSEA 飞行车起飞了，往东边开去。一会儿就看不见灯光了。没有人说话。我好像是在梦里——但愿这不是梦。

旧日的只言片语在我的脑海中萦回……"别去烦你爸爸，德鲁，他睡着了。"

"爸爸他喝醉了。"

"德鲁！"

德鲁！尼克在通信终端上叫着。绿蛋也在呼叫我。米兰达·沙里夫对我说，德鲁，行动吧，去演奏你的音乐会，将你潜意识中的念头传播开去。德鲁——

我脑子里的栅格绞成一团，就像小河中腾起的雾气一样飘荡旋转。爸爸最终淹死在小河里，那天他又喝醉了。很久之后，几个小孩发现了他的尸体。他们一开始以为是根腐烂的圆木浮在水面而已。

"我们到了，阿伦先生。快醒过来。"

我们降落在郊外一个起降台上，四周是茂密的丛林和巨大的岩石，一片漆黑；我意识到我们是在山上。我的头重重地撞了一下。一个特工拧亮一个便携式 Y 能量灯，熄掉车灯。我们从车里钻出来。我这才想起我还不知道他们的姓名。

"我们在哪儿?"

"卡斯雷德山脉。"

"这又是什么地方?"

"过几分钟再告诉你,阿伦先生。"

我坐进轮椅时,两人都转开目光望着别处。依靠引力装置,轮椅悬浮而起,距地面六英寸。我们脚下是一条狭窄肮脏的小路。特工举着灯,我跟在后面。路两旁黑黢黢的树木就像两面墙,一路上只能听到脚下的簌簌声和远处传来的猫头鹰叫声。我闻到了松针和叶子的湿腐气味。

我们在一座低矮的泡沫板建筑物前停下。它藏匿在大树间,如此矮小不起眼。房子没有窗户。一个特工将脸凑到门前,进行视网膜扫描。他对着门说了句密码,门开了。里面亮堂堂的,只有一部电梯,也需要视网膜扫描和密码。我们乘坐升降机到了地下。

电梯的门打开之后,眼前是一个很大的地下实验室,密密麻麻堆满了仪器设备,但没有一台设备在运行。灯光很暗。这个房间有很多门,一个穿白大褂的女人从一扇门后匆忙走出来,"就是他?"

"是的。"一个特工答道。我看到他下意识地瞟了我一眼,似乎是想看看我是否会为自己清醒的梦想家身份不为人知而不高兴。我笑了。

"欢迎你,阿伦先生。"她的语气很严肃,"我是卡梅拉·克莱门特·赖斯博士。感谢你肯应邀前来。"

她是我见过的最漂亮的女人，甚至比蕾莎还要漂亮。黑得发亮的头发，深邃的眼睛如海水一般蓝，还有纯净白皙、毫无瑕疵的皮肤。她看起来三十岁左右，但实际年龄可能要大得多。是顽固者接受的基因改造让她青春永驻。在我的大脑中，她的图形是一束束纤细的线条，柔婉动人。

她把双手轻轻地扣放在身前，"你一定在想我们为什么带你来这里。这里没有 GSEA 的设施，阿伦先生，这是我们发现并查禁的非法基因研究实验室。我们整整花了一年时间才通过法律手段将它查禁，审讯科学家和技术员又用了一年——他们现在都在监狱里。通常 GSEA 会彻底拆除非法实验室，但是我们由于某种原因不能对这个实验室进行拆除。接下来我会展示给你看。"

她松开双手，做了个奇怪的动作，好像是要把我拉过去，至少是要把我的意识拉过去。那双海蓝色的眼睛一直盯着我的脸。

"那些……畜生在这里为地下市场提供非法基因改造。要知道，黑市并不止一个，而像这样的非法实验室全国各地都有，幸亏大多数的实验室没有像这里一样成功。GSEA 特工花费了很大的财力和人力，用了很长时间，最终才通过法律手段将他们绳之以法。请跟我来。"

卡梅拉·克莱门特·赖斯把我们带进一扇门。接着是一条长长的白色走廊——这个地下实验室到底有多大啊？走廊两旁又有很多门。她把我领进第一道门,站到一旁。

这时,我看到房间里有一男一女,都赤裸着身体。两人看上去神情恍惚,一脸迷惘之色,就像两个过足了瘾的吸毒者。不知为什么,我觉得他们这副模样不是因为毒品的作用,倒好像生来就是如此。他们都在手淫,动作就像他们的表情一样漫不经心。

"这两个尤物都是为性交易而培育的。"站在我身后的卡梅拉·克莱门特·赖斯解释道,"采用的是秘密的胚胎基因工程技术。我们无法解救他们,也没法提高他们的智商,他们的智商大概只有60。我们能做的只有让他们舒舒服服地待在这里,免得沦落到非法市场上——他们原本的归宿就是那里。"

我启动轮椅离开那个房间,"女士,你完全没必要展示这些,我以前就知道。"我没想到自己的语气竟然这么刺耳。这些性奴隶让我感到揪心的痛,"很多年前,甚至早在绿蛋存在之前就有这样的事了。绿蛋并不反对 GSEA 颁布法令查禁这种事情。任何一个头脑正常的人都不会赞成进行这种基因工程。"

她没有回答,只是领着我穿过走廊来到另一个房间。

在这个更大的房间里有四个人,他们同样有着神情恍惚的面孔。他们倒是没有裸露身体,但衣服很古怪:蹩脚的手工缝制的夹克包裹着他们多肢畸形的身体。一个人有八只手臂,一个人有四条腿,还有一个有三对乳房。从第四个人的体形来看,他多余的器官必定堆积在身体内部。多个胰脏,多个肝脏,还是有多个心脏呢?

基因技术可以制造多个心脏吗?

"这些人是为器官移植市场准备的,"卡梅拉说道,"你可能也有所耳闻?"

我听说过,但我没有开口。

"相比之下,他们幸运多了,"她继续说道,"我们只要将多余的肢体和器官切除,就可以使他们的身体恢复正常。事实上,杰西已经被安排在星期二进行手术。"

我没有问她杰西是哪一个。威士忌酒在我的胃里翻腾,令我作呕。

接下来的一个房间里有两个看似正常的人,他们身穿睡衣,躺在铺着印花床单的床上。卡梅拉没有压低说话声音。

"他们不是在睡觉,阿伦先生,他们是被毒品麻醉了,大剂量的药物,而他们的余生几乎就只能这样躺在床上度过。清醒的时候,他们只会感到强烈持久的疼痛。这是由一种微小的基因病毒引起的,这种病毒被设计来刺激人的神经组织,使其到达无法忍受的极限。病毒被注入人体,并在人体内自我复制——有点像绿蛋的细胞清洁机,其结果是通过疼痛折磨人,但对身体组织没有实质性的伤害。从理论上讲,痛苦会持续很多年——好几十年。这种病毒是为刑讯逼供设计出来的,用于国际市场。按理说应该有相应的解毒药,或者镇痛药。但不幸的是,到目前为止,在这里工作的基因工程师只研制出了这种折磨人的纳米毒药,没有解药。"

其中一个是女孩子,刚过青春期的少女——正在痛苦地翻转着身体,同时低低地呻吟。

"她在做梦,"卡梅拉简短地说道,"我们不知道她梦到了什么,更加不知道她是谁。可能是墨西哥人,被绑架到这里,也可能是从黑市上买来的。"

"如果你认为绿蛋进行的基因研究与这里——"

"不,不是的。我们都知道这一点,但是——"

"所有在绿蛋进行的纳米技术研究和创新都是出于为公众服务的目的。所有一切都是,就像细胞清洁机。"

"我相信这一点。"克莱门特·赖斯医生说道。她尽量压低声音,控制着情绪,"绿蛋那些研究成果的用途与这里的完全不同,但他们所借助的基础科学,还有他们取得的技术突破,同这里非常相似;只不过,绿蛋走得更快、更远,但别的不法之徒会找到办法弥补差距,比如通过拆开细胞清洁机来研究学习。"

我注视着那个昏迷的小女孩。她的眼皮紧紧皱缩在一起。我想起我的母亲,她在快去世的时候也是如此;最终,骨癌夺走了她的生命。

我说道:"我看够了。"

"再看一个,就一个,阿伦先生。如果不是情况非常紧急,我是不会这么难为你的。"

我把椅子转过去,看着她。在我的头脑中,她的图形是一长串灰白色的椭圆形。她同马雷克和GSEA的特工一样清白、诚实。大概就因为这些人都具有这同一种品质,才会被挑选出来委以重任。我突然意识到卡梅拉让我想起了谁:蕾莎·卡姆登。一阵离奇的疼痛传遍了全身,就像有一根纤细的长矛刺穿了我的身体。

我跟着她,沿走廊来到最后一道门内。

这个房间里没有被基因改造的人。三面闪烁着微光的重型防护层从天花板一直到地面,这种厚实的防护罩可以抵挡除了核弹之外的所有侵袭。护罩另一边是高大茂密的草。

卡梅拉温和地说:"你说过绿蛋只以公众利益为出发点,来发展基因改造和纳米技术。那么,你眼前的成果也是如此。这是由发生严重饥荒的第三世界国家委托研制的。这些草的叶子可以食用。与大多数植物不同,这种叶子的细胞壁是一种基因工程产生的物质构成的,人类的生理系统可以将这种物质转化成单糖。这些草具有很顽强的生命力,生长相当迅速,能进行自我繁殖,能从干旱贫瘠的土地中高效地吸收养分。开发这一技术的工程师估计它提供的食物总量是现在常规种植方式所能提供的六倍。"

"食物供应,"我呆呆地念叨着,"食物……"

"在保证可控和有防护罩屏障的条件下,我们把它们试种在五十种不同生态环境的田地里。"卡梅拉把手放进实验室大褂的口袋里,继续解释道,"在三个月内,它们排挤了其他所有植物。这些生命力旺盛的草通过竞争把其他所有植物都淘汰掉。我们的电脑计算预测出,只要风势良好,十八个月之后,这种草便会成为地球上唯一的物种,此外,最多只有几棵根系极为发达的大树奄奄一息,垂死挣扎。人类和某些哺乳类动物可以食用这种草,别的动物则不能。于是,其他素食动物就会被饿死,包括相当多的昆虫幼虫,因而昆虫有一天也会绝迹。两栖动物、飞禽会跟着灭绝,最后是食肉的哺乳类动物,而人类也不能单靠这些草来维持生存。"

那些草在三层屏障后面沙沙作响。我感觉到有什么东西放在我的肩上。是卡梅拉的手。她把我的轮椅转过来面向她,然后马上抬起双手。

"你看到了,阿伦先生,我们并不认为绿蛋是罪恶的。我们绝对没有这样想。我们知道,沙里夫女士和她手下的超级无眠者不仅致力于自己的研究,而且还要为我们大家谋得利益。我们也知道,她相信美国——如宪法中所述——具有这个不完美的世界当中最趋于完美的政治体制。她之前的蕾莎·卡姆登也对此深信不疑,而我也一直是卡姆登小姐的仰慕者之一。宪法之所以能行使其职能,是因为我们通过监督和平衡来限制权力。"

她舔了一下嘴唇。这个动作并不怎么性感——她如此全然地投入和付出,我能感觉到她整个人都因为过度疲劳变得冷漠而又紧张。

"没错,通过监督和平衡来限制权力,但是绿蛋根本不受限制。没有约束,也就谈不上平衡。超级无眠者的能力是我们所无法企及的,我们只能沿着他们的方向前进。结果就是我们当中有些人会复制一些技术,并进行改造。这个地下实验室就是例子。"

我保持沉默。该死的草不断发出沙沙声。

"我不知道你在想什么,阿伦先生,我也不能告诉你该想些什么。我——我们——请你来这里了解方方面面的情况,就是希望你能有所触动,并向绿蛋反映。就是这些。特工会把你送回西雅图。"

我问道:"你们打算怎么处置这些草?"

"我们会用放射线销毁它们。明天进行。不留下一丝 DNA 残留物,也不保留任何记录。我们之所以让它们存活这么久,就是为了能让沙里夫小姐看到;如果她无法看到,至少你已经看到了。"

她领着我往电梯走去,我跟在后面,看着她——她迈着优雅的步子,穿过狭窄的白色走廊。

就在电梯门要打开的时候,我对她说道——或者是对他们三个人说道:"你们无法阻止技术进步。你们可以延缓它的进程,但是,该来的迟早都会到来。"

卡梅拉·克莱门特·赖斯说道:"真正的战争中,总共只有两颗核弹曾在地球上爆炸。尽管核武器技术已经达到了相当水平,但人们将它搁置起来,未再投入应用。这说明通过合作、限制、威慑、诉诸武力等手段,总可以使技术应用停止下来。"她伸出手和我握手告别。她的手又湿又凉,但我感到仿佛有一股电流传了过来。她那双海蓝色的深邃眼睛恳切地望着我。

似乎她所蕴含的能量比绿蛋还要巨大。

"再见,阿伦先生。"

"再见,克莱门特·赖斯博士。"

特工们信守诺言,把我安全送回了西雅图的旅馆房间。我坐下来等候,看绿蛋会派谁过来,需要多长时间。

被派来的是乔纳森·马克威茨,他在早上五点来访。到那时我已经睡了三个小时的觉。乔纳森很完美,他的谈吐彬彬有礼,饶有趣味。他询问了我的所见所闻,我都一一作答。他还问了些别的问题,比如:我是否在走廊的哪个地方感受到温度变化,哪怕是非常微小的变化;我是否闻到了赛纳蒙之类的东西的味道;光线是否呈淡绿色;是否有人接触到我的身体。他对于卡梅拉·克莱门特·赖斯请求我转达的事情未有任何质疑。他把我当成他的一个小组成员一般对待,我的忠诚毋庸置疑,只是有可能在不知情的情况下被人蒙蔽。他的言谈举止非常周到。

他给我的感觉在我的头脑中生成了这样一幅画面:一个男人,正奋力举起沉重的石块——没有头脑、没有思想的灰色石块。

乔纳森正要离开,我粗鲁地说道:"他们应该派尼克来,而不是你。尼克总是直来直去。"

乔纳森镇定地看着我,整整一分钟没有说话,我猜想着这个超级无眠者的脑子里究竟在进行怎样复杂细微的思考,然后,他无奈地微笑着回答道:"是的,我知道,但是尼克忙得脱不了身。"

"我什么时候能见到米兰达？她已经离开华盛顿去了东奥兰塔吗？"

"我不知道，德鲁。"他说道。听到这话，我头脑中的画面一下子爆裂开来，一股红色的液体喷溅在栅格上。

"你是不知道她是否离开了，还是不知道我什么时候才能见到她？你为什么不告诉我，乔？因为我现在是污点证人吗？还是因为你无法确知当卡梅拉·克莱门特·赖斯将手放在我肩膀上或是跟我握手的时候，她对我做了什么手脚？或者因为你无法支配我的思想，只能任由我对你们的计划指手画脚？"

乔纳森平静地答道："在我看来，我认为你已经接受了无法见到米丽这个事实，而你也没有太多的遗憾。"

我顿时哑口无言。

乔纳森继续说道："你扮演着一个很重要的角色，德鲁。我们需要你。我们不能……电脑显示，整个社会正在急遽地崩溃，后果将不可收拾。我们必须加快行动，加速完成克洛科方程式，线粒体RNA回归和戴拉市区工程。"

在超级无眠者的一大堆简称和术语的轰炸之下，我的怒气就这么被平息了下来。我完全搞不懂那些东西，也搞不懂它们怎么会联系到一块儿，更不明白他为什么要告诉我这些。我哑口无言，只好默不作声地傻坐着。由于睡眠不足，我的两眼惺忪蒙眬；乔纳森安静地离开了。

刚才他按照他们自己的思维方式讲出那一连串术语,大概是因为他觉得那些东西都是基本常识,像我这样的生活睡眠者也能理解。还是他只是太心烦意乱了才会顺口说出来?抑或他知道我不懂他所说的那些东西,正好让我清醒认识自己?

我将拥有庇护所。总有一天。

你只是一个小毛孩!

我得睡上一觉。还有不到五个小时,我的音乐会就要开演了。我和衣蜷缩在床上,努力想要睡着。

在开往西雅图"大穹顶"的路上,飞行车抛锚了。

我们就悬停在生活者城市上空。从车窗俯瞰下方,这座城市同许多生活者的小镇并没什么区别。吉尔伯特·托瑞·布莱德维尔参议员属下的"大穹顶"有二十年历史了。曾经有人告诉我,这个地名源自某个著名的历史遗迹。这是一座巨大的半球形建筑,坐落在顽固者的居住地之外很远的地方,配备着带有能量防护层的起降台——现在看来,我们无法抵达目的地了。

突然,汽车前后晃动起来,又向左边倾斜过去。在我的脑海中,一艘巨轮起伏摇摆,有毒的液体冒出了令人恶心的粉红色泡沫。顿时,我感到胃里翻江倒海。

"我的上帝啊!"驾驶员叫道,开始在控制面板上敲击强行控制密码。我不知道他究竟能做些什么,这可是一辆自动驾驶的飞行车。不过,也许他确实知道怎么弄,他毕竟是个顽固者啊。

汽车翻滚不止,我滑到左边的门上。撞击之下,我的动力轮椅一下子转换成旅行模式,缩小了尺寸,紧紧地挤压着我的身体。汽车仍不停地抖动,我想我就要死了。

我的脑子里充满了温暖的血红色。栅格不见了。

"上帝啊,上帝,上帝!"驾驶员一边叫着,一边继续狂乱地敲击键盘。汽车又猛地一震,然后开始往右倒去。我闭上眼睛,脑子里的栅格不见了,消失了。

"好了,好了,好了。"驾驶员换了一种口气叫道。汽车歪歪扭扭地降落在起降台上。

我们安然无恙地坐在那里,这时,几个人走出大穹顶,匆匆朝我们迎来。栅格又回到我的脑海里。我以为我快死的时候,它消失不见了,现在它又回来了,还是在老地方,这里面隐藏着什么东西。

"是该死的引力系统出了毛病。"驾驶员说道,他的语气仍旧跟刚才一样恳切,像是在祈求什么。他扭过头直直地盯着我,"公司为了控制支出,既不补充原料,也不进行机器人检测,更不要说维修了。这都是因为该死的机器人公司倒闭了。加利福尼亚州上周发生了两起坠落事件,靠新闻栅格公司赔钱才平息。我再也不会驾驶这种破烂玩意儿了。你听到了吧——我再也不干了。"他恳求似的说道,声音很小。

在我的脑海中,他成了蜷缩成一团的黑影。

"阿伦先生!"一个女人尖叫着冲过来打开车门,"你没事吧?"她带着浓重的南方口音。莎莉·伊迪丝·伽蒂尔,代表华盛顿州的新任国会议员,是她出资为自己的选民举办的这场音乐会。为什么这个来自华盛顿州的国会女议员的口音听起来像是密西西比州人?

"我很好,"我答道,"没受伤。"

"嗯,刚才可把我吓坏了。车子当真出了故障吗?难道我们连一辆像样的飞行车也造不出来了?您打算把演奏会时间推迟一点吗?"

"不,不用,我很好。"我说道。她的口音根本就不是密西西比州的,她是在模仿密西西比人说话。在我的头脑中,她的图形是一只只飘然撒落的金色圆环。我忽然想起了卡梅拉·克莱门特·赖斯,那一连串洁净苍白的椭圆形。

为什么在我以为自己要死的时候,脑子里的栅格会消失了呢?

"嗯,事实是,阿伦先生,"议员伽蒂尔女士咬着她完美的下嘴唇说道,"稍做延迟对你更好些。从南西雅图来的引力火车要晚一点才能到达。而我们的机器人保安系统又出了点小问题,我们的技师正在进行检修。请您跟我来,稍做休息……"

"我的系统昨天就安装在舞台上了,"我说道,"如果你们不能保证它安全无损——"

"噢,我们当然能保证!"她叫道,但我知道她在撒谎。驾驶员爬出汽车,斜靠在车上,小声嘟哝着。他刚才虔诚的恳求此刻已变成懊恼的抱怨。伽蒂尔议员恶狠狠地瞪了他一眼，那目光简直能将合成塑料熔化。我看到驾驶员马上畏缩起来，脸上只剩下悻悻之色——该死的社会大崩溃，这么多该死的家伙，真让他受不了。她没有询问他是否受伤。在她看来，他只是个微不足道的技师。

"您的乐器我们会妥善保管，"议员伽蒂尔女士说道，"我们都对您的精彩演出拭目以待。请跟我来。"

我启动动力轮椅跟着她。她不会听我的演出，她会将我介绍给大家，让所有镜头都聚焦在她身上，然后就离开会场。顽固者总是在出尽风头之后便马上离开。

但是事情没有如我预想的那样进展。

我在大穹顶的接待大厅坐了整整两个小时，好像又睡了一觉。人们进进出出，告诉我一切都会照常进行。我脑子里的那个栅格像缓缓前行的长蛇一样蠕动着。最后，女议员走进来。

"阿伦先生，恐怕情况变复杂了，不容乐观。发生了一起可怕的交通事故。"

"事故？"

"是一列从波特兰开来的引力火车。有……大量的生活者在事故中丧生，民众听到消息后相当不满——这很自然。"她的声音听起来非常沮丧，眼睛里满是愤恨。今天的演出是她为获得选票而发起的第一个大型活动，可现在那些生活者却丢掉了性命，这无疑毁了她的好事，"情况复杂了，不容乐观。"我打赌会有二十五万选民反对她连任。

"如果你不反对的话，我们的音乐会照常进行。我打算用五分钟时间来向大家介绍你。"

"如果你说话时不把元音拖得那么长，"我建议道，"你的密西西比口音听上去会比较可信。"

我以为我的话会激怒她，没想到我低估了她。她仍然保持着微笑，"留给你五分钟做准备，时间够吗？"

"随便。"我脑海里的栅格开始摇晃起来，好像有阵疾风刮过。

他们在舞台一头搭建了一个飘浮式的引力平台，这个平台通过一条宽阔的通道与我等候出场的房间相连。就在今晚，一列引力火车撞毁了，而我们的飞行车颤抖得快散了架。我知道，引力设备利用的并不是引力，而是磁力，但我不明白其具体的工作原理。今晚碰到的第三种磁力设备会让我送掉性命吗？这事发生的概率有多大？乔纳森·马克威茨能算出来，他那精明的脑袋能精确到小数点后第二十位。

"——我们当代最伟大的艺术家之一——"女议员伽蒂尔在舞台上大声宣布道。

当然，导致火车事故的真正原因可能不是引力设备的故障。据我所知，引力火车由成百上千的零部件组成，或者可以说是成千上万的零部件，谁能担保它们一个都不出问题呢？

"——非常荣幸能为大家介绍我们的清醒的梦想家，我——"

我、我、我，这是顽固者最爱用的字眼。尽管绿蛋那些人聪明绝顶，但是他们至少还自称"我们"——而且这个"我们"指的并不只是超级无眠者。

我脑海里的淡绿色草叶在紫色的栅格前波荡起伏。这片草地逐渐蔓延开来，将栅格围在中间，将它湮没，将整个世界湮没。

我双手相扣，用力紧握在胸前。两分钟后我就要上台表演，我必须控制住自己头脑中的意念。我是清醒的梦想家。

"——我为刚刚发生的悲剧而深感悲痛，但我们这位清醒的梦想家能将悲痛——"

"你他妈的知道什么叫悲痛?!"有人尖叫道，声音之大令我一惊:观众席里有人在使用扩音器，和我的舞台音效系统的功率不相上下。我看不到那个说话的人，只能看到国会女议员伽蒂尔。接着我听到人群中传来一阵低沉的嗡嗡声——就像我的故乡德耳塔镇陷入洪水时发出的声音。

"——非常高兴向大家介绍——"

"滚吧，你这条母狗!"还是那个扩音器发出的声音在吼叫。

我驱动动力轮椅往前台去。从伽蒂尔身边经过时，我注意到她高昂着头，嘴角挂着微笑，只是眼睛里闪耀着怒火。台下没有掌声响起。

我到了舞台中央，调整了一下眼睛的焦距，好看得更清楚。大穹顶里只坐了一半的人。人们看着我，有的愁眉不展，有的神色难辨,有的瞪大了眼睛,但是没有一个人面带笑容。我从来没有遇到过这样的场面。我想,一念之差就会让这些观众马上变成一群暴徒。

"你坐的是顽固者的轮椅吧,阿伦?"扩音器里发出的声音叫嚣道。几个人转过头去看,这让我找到了说话的人。旁边一个人正在用力推搡他;另一个在旁边怒目而视;还有一个人正站在那个质问者前面,死死地盯着舞台方向。离舞台比较近的观众席上有个微弱的声音——没有用扩音器——说道:"清醒的梦想家不是顽固者。你给我闭嘴!"

我温和地说道:"我不是顽固者。"我的声音不大,大家只得安静下来听我讲话。

观众席上又传来一阵低沉的嗡嗡声,我的脑海里又浮现出德耳塔小镇在洪水中挣扎的情景:水流并不湍急,但是它无情地、无止境地,就像绿蛋绘出的社会崩溃曲线一样不断上涨。

"人们都死了,都死在那列顽固者的破火车上!该死的顽固者根本不理会那列火车破成了什么样!"扩音器里面的声音哭喊道,"人们都死了!"

"我知道。"我仍然轻声说道,脑海里的栅格停止了摇晃。一个个巨大的图形充斥在我的头脑中,缓缓移动,庄严而优雅,带着潮湿泥土的颜色。我按下动力轮椅上的控制按钮,舞台设备令灯光黯淡下来。

我打算演奏《武士》，这首歌经过再三改编，为的就是激励人们不惧艰险，勇于行动，重拾自信。我的设备中还储存着《天堂》的录音——在每一场音乐会中，它都是最受欢迎的曲目。这首歌可以引领人们前往自己的内心深处，找到那片平静安宁之地——当我们还是孩子的时候，每个人都曾拥有那个祥和的内心世界。那里完美和谐，我们深深融入其中，温暖的阳光不仅洒在我们身上，也照耀着我们的灵魂，把我们带到一个充满和平与幸福的美妙境地。这首歌可以使人得到安抚和休憩，令人敞开心扉去接纳和领会外界事物。十分钟后，这些骚动不安的观众会变得像柔软的枕头般温顺平和。

我开始演奏《武士》。

"曾经有一个弱小者，心中充满希望。当他年轻时，他想拥有一切……"

歌词使人们渐渐安静了下来。事实上，歌词本身所起的作用是很微小的；真正起作用的因素是人们脑海里所呈现的意识形态。这些意象轻轻移动，为人们打开一扇扇心灵之门，让人们通向自我内心深处的隐秘之地——每个人的心灵秘处都与众不同。在这个世界上，只有我一个人能将自己的思维排除在外，为这些意象编制程序，通过一种奇异、不合常规的操作方式，开启一条条神经通路，将这些意象引入人们的潜意识之中。我是清醒的梦想家。

"他需要力量，使自己变得强大，好让所有人都尊敬他。"

在绿蛋没有人能像我这样——抓住百分之八十的听众的情绪

和精神,引导他们深入自己的灵魂,令他们的头脑中生出意象——属于他们自己的意象。

"你知道你对听众的头脑产生了什么影响吗?"在我和米丽相识后不久,她曾略显迟疑地问过我。我马上紧张起来,认为她又要提起什么等式、劳森换算公式和费解的图表。但她的话出乎我的意料——她接着说道:"你把人们引入了一个异界。"

"一个——"

"异界。世界的真实本质。你突破了这个充满相对性的世界,因而你的头脑能够瞥见一个更真实的绝对世界,它就隐藏在每个生命那脆弱的外表后面。当然,你也只是匆匆一瞥,并非完全了解那个世界。对于我们尚未领会的一切事物,科学能做到的也只是让我们能够匆匆一瞥。但是,你引领人们到达了前所未有的神奇之地,科学家们可做不到这一点。"

我看着她,内心开始产生了奇怪的恐惧感。米丽像变了一个人。她把挡在脸上的几缕头发拂开,我看到她黑色的眼睛温柔地望向远处。"你确实做到了,德鲁。为我们超级无眠者,也为生活者。你掀开了一层神秘的面纱,让我们发现了真实的自我。"

我更加惊骇,她一向不是如此的。

"当然,"她补充道,"与科学技术不同,你内心的璐希德梦幻完全不受任何人的控制,甚至包括你自己。你塑造的梦幻尚有欠缺,它无法重复。"

米丽看着我,意识到最后一句话很不恰当——她认为我的本领还没有达到登峰造极的地步。但是她非常诚实,而且相当固执,决不会轻易放弃自己的观点。璐希德梦幻确实尚有欠缺。她把目光移开,不再看我。

那以后,我们再没有谈论过异界。

台下的生活者仰面望着我,向我敞开了内心世界。他们当中有老人,皱纹密布,弯腰驼背;有年轻人,一个个紧咬牙关,像小孩子一样睁大了双眼;有女人,怀中抱着婴儿,脸上的倦意已消失不见,微微弯下嘴角,沉浸在梦幻之中。这些生活者,不管是面貌丑陋还是天生丽质,不管是怒气冲冲还是悲怆迷惘,他们原本都认为自己是天之骄子,真实存在于这个世界,理应享受顽固者的供奉,然而他们刚刚发现,顽固者并未将他们视为主人。

"他想要性,令他融化其中。他想要爱。"

米丽很可能已经待在东奥兰塔的地下设施中了。我太胆怯了,不愿承认自己为此感到高兴。啊,我现在可以承认了——我确实很高兴,她在那里比在绿蛋要更安全,我也不必再见到她。那里是伊甸园。此伊甸园并非生活者所讲的那个伊甸园。其实我也并不真的明白。我只知道米兰达他们有可能完成什么样的计划,但不知道这个计划最终意味着什么。我一直也不敢正视自己心中的疑问,或者说我不敢承认——即使超级无眠者充满信心,他们也可能无法保证自己的计划天衣无缝,不出半点纰漏。

在我的脑海里，一片苍白的枯草在风中摇摆。

"啊……"有个男人哀叹起来。他就坐在不远处，我能在低沉的音乐声中听到他的呻吟。

"他想要刺激。"

有一个人没有看我。他坐在第六十或是第七十排的座位上，一直在东张西望，端详着其他人的面孔。一开始他很困惑，接着不自在起来。这很自然，总会有少数人对催眠术具有免疫能力。绿蛋经过研究，已经分离提取出了人脑中能对璐希德梦幻催眠术产生回应的化学物质。这种物质不是单一的化学成分，而是被萨拉·塞瑞利称作"必要先决条件"的合成体——大脑在某些条件的刺激之下会释放出酶类物质，此时便有可能产生这种合成体……我并不真的明白。但我不必明白——我是清醒的梦想家。

那个不为所动的人烦躁不安地走来走去，然后还是坐下来继续听。我知道，当音乐会结束后，他不会把自己现在的感受讲给朋友们听，谁也不愿意被别人视为另类。

我非常了解这一点。我的音乐会之所以大受欢迎，就是因为人们有这种心理。

"他想要生命中的每一天都充满挑战。"

米丽很爱我，但我无法以她爱我的方式去爱她。她的爱火在熊熊燃烧，就像她卓越的智慧一样令我望而却步。是她的爱，而无关智商，使我无法直接问她："我们应该继续执行这个计划吗？我们有什么证据证明我们所做的是正确的?"当然,她会告诉我,不可能有证据,接着她会解释一大堆关于什么方程式、先例、条件之类的东西,我完全搞不懂。

但是,她对我的爱并不是我从不提出疑问的真正原因。我不这么做,是因为她爱我,而我无法以同样的方式去爱她。在我六岁时,我就知道我的祖父因为建造庇护所而送了命。从那时起,我就想要去庇护所。我的祖爷只是一个普通的工人,那时生活者还没受到政府的优待。也正因为如此,我才转而拥护绿蛋,而米丽的仇恨要比我强烈得多。

但是,现在,我脑海里的白色枯草疯长成一片,湮没了栅格,也淹没了整个世界。

"他想要——"

他想要重新寻回自我。

脑海里的东西围绕着我的轮椅轻轻滑动;潜意识的意象开始在听众的意识中往返运动。从他们脸上的表情可以看出,他们此刻是完全不设防的——不仅彼此之间不设防,甚至对我亦是如此;他们的心灵之门终于打开,尽管开启的时间十分短暂。这是《武士》演奏效果最好的一场音乐会,我可以感觉得到。

大概一个小时之后,演出临近尾声,我举起了双手。我感觉自己又像往常一样,将圣洁的情感全部倾注到了他们身上。"你觉得自己像教皇或是喇嘛吗?"米丽曾这样问过我,但那不对。"我就像人们的兄弟。"我答道,却发现她那黑色的双眼中刹那盈满了深深的痛苦:她的亲兄弟死在庇护所。我本该知道我的回答会伤害她——这也是一种被滥用的权力,令我感到惭愧、懊悔。

但我所说的是事实。

音乐会结束后,很快,这些生活者又会回到现实生活当中,继续同样的事情,继续抱怨、哀诉,变回从前一样无用而又无知的人。不过,至少在音乐会结束之前的此刻,我确实能感受到我们之间洋溢着一种兄弟之情,尽管我和他们并非同类。

而且,他们不会完全变回从前的样子。并非完全。绿蛋的计算机程序核实了这一点。

"……回到他的王国。"

音乐结束了。脑海中的意象也停止了。舞台灯光亮了起来。渐渐地,听众的面孔慢慢复原。他们先眨眨睁得老大的眼睛,然后开始又哭又笑,互相拥抱。接着,台下响起了一片如雷的掌声。

我在寻找那个先前用扩音器的人。他没有站在原来的地方,但我很快找到了他。

他大喊着:"走,我们去引力火车的事故现场,那儿离这儿只有半英里。那里还有很多受伤的人,医疗机肯定不够用,而且毯子也不够! 我们可以帮忙,把伤员抬到这里来……我们!"

我们。我们。我们。

人群开始骚动。

然而,令人惊讶的是,不少生活者跟随着这个新领头人,继续着刚才的亢奋,要去为受难者做些什么。真正驱动着人类的力量,那种隐蔽的强大力量,是渴望成为英雄的意志。一些人开始组织起来,在大厅里搭起了临时救护所。其他人离开了,但是透过只能从里面看到外面的防护罩,我发现那些离开的生活者正把自己多余的夹克、衬衫和毯子捐献出来援救伤员。国会女议员莎莉·伊迪丝·伽蒂尔向我匆匆走来。

"阿伦先生,您的表演真是精彩极了——"

"你根本就没有看。"

她像是没有听见一样,注视着大穹顶里来往的人群,"这是怎么回事?"

我说道:"他们正在准备去帮助火车事故中的幸存者。"

"他们?现在?"

我没有回答她。突然间,我感到很疲惫。昨天晚上我只睡了几个小时的觉,却花了更多的时间去观看人类制造的恐怖惨剧。

眼前的这个女人肯定认为,现在的纷乱也是一场惨剧。

"他们简直就是乱来,要马上停止这种胡闹!"

她急匆匆地离开了。

我又多待了一会儿,看着大家忙碌准备,然后去找我的驾驶员——当然,他发誓不再开飞行车了。那时还没传来火车失事的消息,我还以为能够不乘飞行车离开。不过,即使他真的不肯继续驾驶飞行车,我依然能找到回西雅图的办法。我可以去飞机场,前往绿蛋,再从那儿到东奥兰塔。我有重要的事情要问米兰达,非常紧急,本来很久之前我就应该问她的。现在我决定要赶去亲自问她。我,德鲁·阿伦,在遇上米兰达·沙里夫之前就已经是清醒的梦想家了。

第八章　比利·华盛顿：东奥兰塔

以州代表安尼塔·克莱拉·塔谷奇名字命名的旅馆里，地板上覆满了落叶。可现在只是八月下旬，还不到落叶的季节。这意味着，这些叶子是去年落下来的，被去年九、十月份的秋风吹进旅馆里，到处都是。没有清洁机器人来打扫。几个月来，我都在这家旅馆周围转悠。现在，我进来了。

奇怪的是，之前的几天，我一直都没有注意到那些叶子，我什么都注意不到了。我晕头转向地踏进这家旅馆，径直奔向红色服务台上的全息终端，别的什么都没注意——莉齐正病得厉害。

我走近的时候，全息终端打开了，依旧像过去四天那样问道："需要帮忙吗？"

我把双手放在柜台上，希望这样能显得更诚恳，"我需要医疗机，非常紧急！"

"很抱歉，先生，托马斯·斯科特·德林克沃特医疗机暂停服务。

我们已经通知阿尔巴尼方面了,技术人员很快就——"

"我不需要什么阿尔巴尼!我只想要个医疗机!我家的小姑娘病得很重!"

"很抱歉,先生,托马斯·斯科特·德林·克沃特医疗机暂停服务。我们已经通知阿尔巴尼方面了——"

"那你就再给我找别的医疗中心!我女儿咳得很厉害,肺都快咳出来了,她需要急诊!"

"很抱歉,先生,由于参议员沃克·万斯·莫尔的磁悬浮列车暂停使用,现在无法提供医疗机。一旦轨道修好,另一个医疗机会马上到达——"

"引力火车到不了啦,它都瘫痪了!"我对着终端吼道。我真想用拳头砸碎那玩意儿,"找个人来跟我说!"

"很抱歉,您选择的官员暂时无法接通。如果您想留言,请说明是要发送给美利坚合众国参议员马克·托德·因格思,还是美利坚合众国参议员沃克·万斯——"

"闭嘴!你这破玩意儿!"

莉齐已经病了三天,引力火车则瘫痪了五天,鬼知道这医疗机已经停用了多长时间——自从道格·凯恩的心脏病发作以来,没有别人使用过医疗机。大家早就认为,政客们都是卑鄙无耻的家伙。

莉齐病得不轻,噢,我亲爱的莉齐病得不轻。

我紧紧闭上眼睛,低下头,当我再次睁开眼睛的时候,我看见了什么？落叶，满地的落叶，从去年就堆积到现在，没有清洁机器人来清扫它们，没有一个顽固者会为这样的事费心。那些枯叶看起来就像我这把老骨头一样脆弱。

"餐馆里有个全息终端，可以启动强行呼叫，"有个声音说道，"市长能帮你直接联系县区的立法委员。"

"你以为我没有试过吗？我看起来很愚蠢吗？"我对那人吼道，我才不在乎对方是谁。这时，我发现说话的是一个顽固者女孩，衣着却像个生活者——她是一周前乘火车来到这里的。她也是唯一一个住在这家旅馆的人。自从引力列车的运行状况变得越来越糟之后，就很少有人进行长途旅行了。没人知道这个顽固者女孩为什么会来到东奥兰塔，也没人知道她为什么打扮成生活者的模样。有些人可不喜欢她这个样子。

莉齐病得很重，我才没时间跟一个顽固者疯子闲聊。我慢吞吞地踩着那些落叶走到门口。但是，我该上哪儿去呢？如果没有医疗机……

"请等一等，"那个顽固者说话了，"我听见你刚才说的话了。你说——"

"不要学着生活者的腔调对我说话！你听到了吗！"我不知道自己的火气为什么会这么大，居然对她这样的人狂喊乱叫。不，我知道为什么，因为莉齐病得很重，这个顽固者却在这里添乱。

"你说得很对。没有必要多说废话了，我叫维多利亚·特纳。"

我才不在乎她叫什么名字,尽管我想起她告诉别人她叫达拉·琼斯。我出来这么久了,莉齐一定还在难受地咳嗽,小脸烫得像火烧一样。我开始狂奔,脚下的叶子发出沙沙声,好像有鬼在跟着我一样。

"也许我能帮上忙。"那个顽固者又说道。

"你见鬼去吧!"我说道,但还是停下了脚步,看着她。可她毕竟只是个顽固者。她来到这里一定有什么目的,就像去年夏天树林里的那个女孩一样——那姑娘救了道格·凯恩的性命,可她一定是为了其他什么事才会去树林。我当然猜不出这些,我又不是顽固者。不过,有时候顽固者还真能帮上忙。

眼前这女孩站在那里。她的黄色夹克上有一条口子——就像其他人的衣服一样。仓库停止发放衣服之后,大家只能对衣着将就一点。但她的夹克很干净。夹克不会变脏或者起皱——不知为什么,污渍无法沾附在衣服上,要不然就是因为这种衣料很容易清洗。现在我发现,她不是一个小女孩。我靠近后,才看出她是个成熟的女人,差不多跟安妮一般大。是那双经过基因改造的紫色眸子,还有她的身材,让我之前误以为她是个小女孩。

我问道:"你能怎么帮我?"

"等我看到病人后才知道,可以吗?"她说道,干脆利落,没有废话。听起来还算有道理。我带着她来到安妮位于杰伊大街的公寓。

安妮打开门。我听到莉齐的咳嗽声,咳得我的心都要碎了。安妮将丰盈的身体挤出门缝,来到走廊,随手关上了门。

"这是谁?你把她带来做什么?比利·华盛顿,你昏头了吗?难道你忘了,当事情变得一团糟的时候,你这些顽固者朋友都帮了什么忙!"

我从来没见过安妮发这么大的火。她紧闭双唇,手指弯曲,像是要狠狠挠过维多利亚·特纳的脸——那张经过基因改造的顽固者的脸。维多利亚·特纳冷冷地看着她,身体纹丝不动。

"他带我来,是因为也许我能帮帮那个生病的孩子。你是她的母亲吗?那么请你让开,我试试看。"

我往后退了一步,但随后又走上前一步,因为安妮的表情刺痛了我。她看起来一副生气、恐惧、筋疲力尽的样子——安妮这两天来没离开过莉齐半步,从未睡觉和洗漱。安妮还是习惯于接受顽固者的帮助,这从她的脸上可以看得出,尽管她在嘴巴上抱怨了一番。她需要发泄和信任的对象,我想我责无旁贷地应该承担起这两个角色,但是维多利亚·特纳出现了,她比我更适合扮演后者。

安妮把手伸向背后,打开门。莉齐躺在我经常睡觉的沙发上。她烧得很厉害,可安妮还是给她盖了一床毯子。结果莉齐总是把毛毯踢开。桌上有从餐馆带回来的水和食物,可是莉齐一点都没有吃。她翻来覆去,不停地哭闹,有时候完全听不出她在哭喊什么。有一次,她还吐了,尤其是她一直咳嗽,痛苦的咳声几乎要撕裂我的心。

维多利亚·特纳把手放在莉齐的前额上，睁大了紫色的眼睛。莉齐似乎不知道有人在旁边，她又轻轻地咳嗽了一下，呻吟着。我感觉到从心底生出的绝望，那种没有任何希望的绝望，同时你又不知道该怎样去承受。十二年前，我妻子罗丝去世时，我感受过这种绝望。我从未想到自己还要承受再一次这样的折磨。

维多利亚·特纳从口袋里拿出一块手帕，在莉齐身旁跪下。她似乎一点儿也不害怕被传染。而我曾在夜里想过这个，求上帝饶恕我——天哪，这会是传染病吗？安妮会被传染吗，也会死掉吗？安妮……

"亲爱的，再咳嗽一下，"维多利亚·特纳说道，"来，咳到手帕上。"

没过多久，莉齐便咳嗽起来，但并不是因为维多利亚·特纳要她咳。大团灰绿色的黏稠物被咳出来。维多利亚·特纳用手帕接住黏痰，捧在眼前仔细地端详。我不由得把脸转向了一旁。那是从莉齐的肺里咳出来的，她的肺正在一点点烂掉。

"很好，"维多利亚·特纳说道，"绿色的，是细菌感染。这下我们知道了。莉齐，你很走运。"

走运！我注意到安妮又蜷起了手指，我知道她在想什么：这个顽固者根本就是乐在其中，对她来说，这是件刺激的事情。就像是在观赏电影。

"只是细菌感染就好，"维多利亚·特纳抬起头看着我，说道，"这样的话,用药就简单多了。如果孩子是病毒性感染,我们必须为她专门配制抗病毒药物;而现在,只需广谱抗生素就行了。"

安妮粗声问道:"莉齐得的什么病?"

"我也不太清楚,不过我有把握治好这个病。"她从另外一个口袋里拿出一张圆形的蓝色塑料薄片,揭开来,贴在莉齐的脖子上,"但是你们一定要让她多喝水,否则会有脱水的危险。"

安妮盯着莉齐脖子上的蓝色薄片。那看起来像是医疗机用的东西,但我们怎么知道那究竟是什么? 我们当真是什么都不懂。

莉齐呜咽着,渐渐安静下来。大家都不说话了。几分钟后,莉齐睡着了。

"对她来说,睡眠是再好不过的良药。"维多利亚·特纳干脆地说道。我发现她颇为自得其乐,"即便米兰达·沙里夫本人来到这里,她的治疗也不会比睡眠更有效。"

我记得自己曾听到过这个名字,但想不起是在哪里听到的。

安妮的态度像变了一个人。她看着熟睡中的莉齐,还有那块薄片,看起来气消了,也平静了许多。她低头看着脚下,说道:"谢谢你,医生。恕我有眼不识泰山。"

特纳医生显得有些惊讶,随后微笑起来,像是想到了什么有趣的事情,"不用谢。也许作为报答,你们可以帮我个忙。"

安妮转开了目光。顽固者不会请生活者帮忙。顽固者向我们付税,我们则给他们投票;但是除此之外,我们之间没有多余的话,也不会互相请求帮助。顽固者要我们帮忙,那可不寻常。

不过,顽固者医生也不会穿着件黄色的破夹克在东奥兰塔闲逛。四年前,我们这里爆发了一起瘟疫,从阿尔巴尼来了一位医生,带来了医疗机里没有的新药,为大家接种疫苗,打那以后,就再没见过顽固者医生。

"我在找人,"特纳医生说道,"我以为能在这里遇见她,但看来我们事先约定时搞错了。她是个女孩,大概这么高,黑头发,头显得有点大。"

我想起我曾在树林里碰到过这个女孩,不过我马上假装自己什么都没想起来。那个女孩来自伊甸园,我很确定——伊甸园跟顽固者从来没有干系的。那是生活者的地盘。特纳医生仔细看着我们,安妮面无表情地摇摇头,但我知道她大概也记起了那个大头女孩。她说过,她在小镇餐馆里看到了一个女人。当时,萨维克正在给地区监察官打电话,抱怨那些患狂犬病的浣熊。也许她提到的和我们看到的是同一个女孩——我以前没有想到这一点。会有多少长着大脑袋的顽固者女孩在东奥兰塔的树林附近游荡? 她们跑到这里来干什么?

安妮略有些客气地问道:"你怎么会和朋友走散了呢? 她也不知道你在哪儿吗?"

"我睡着了。"特纳医生回答道,却答非所问。她的解释显得很滑稽,"我在引力火车上睡着了。不过,我想她应该就在这附近。"

"我从没见过你描述的这个人。"安妮肯定地说道。

"你呢,比利?"特纳医生问道。她很可能在安妮叫我之前就知道我的名字了。她已经在这里待了整整一星期,在餐馆吃饭,和所有愿意和她谈话的人聊天,尽管这样的人并不多。

"我也没见过。"我说道。她死死地盯着我,不相信我的话。

"那我再跟你们打听点别的吧。你们听说过'伊甸园'这个名字吗?"

我心里一震。

安妮却若无其事地回答道:"《圣经》里有,亚当和夏娃就住在那儿。"

"对,"特纳医生说道,"那是在他们被上帝逐出之前。"她站起来,舒展了一下身体。她太瘦了,只剩下皮包骨头,至少在我看来是如此。一个女人应该柔软丰满才好。

"我明天再来看莉齐。"特纳医生说道。我看看安妮,虽然一脸的不情愿,不过她默许了,毕竟我们需要这个医生。莉齐已然平静地睡着,即便从门口这里看去,我也能感觉到她的体温降了下来。

医生走后,我和安妮互相望着对方。安妮脸色突然变得很难看,刚才因为焦虑紧绷着的面孔一下子放松下来,像是要哭的样子。我知道这跟特纳无关。她开始哭起来,我想都没想,双手把她揽入怀里。安妮用力想要挣脱,她丰满柔软的乳房紧挨着我的胸部,我有点受不了了。我脑子里一片空白,只是捧起她的脸蛋,向她的双唇吻去。

安妮·弗朗思回吻了我。

她这样做并不是因为女儿得救而心怀感激。她哭着,指了指莉齐,而后用柔软水嫩的双唇吻着我,乳房顶着我的胸膛。安妮·弗朗思。我深深地吻着她,我的思维停滞了——这些话是我后来才想到的——好像我们才刚刚相遇,而不是认识多年;好像我不是已经六十八岁,而她也不是三十五岁;我们也忘记了一切都处在崩溃的边缘,忘记了东奥兰塔正在分崩离析。安妮·弗朗思吻着我,如同吻着一个小伙子;而我,像一个年轻小伙子一样吻着她。我用手轻轻抚摸着她的身体,带她进入卧室,留下莉齐像个天使般安静地睡去。我关上门。安妮笑了,同时还在抽泣。我已经忘了,女人就是这个样子。她丰满美丽的身体躺到床上,偎依在我身旁。我觉得自己同她一样年轻,也是三十五岁。

安妮·弗朗思。

如果那个穿黄夹克的顽固者医生又回来,再问我伊甸园在哪里,我会告诉她,这里,这个卧室,这张床上就是伊甸园,和安妮·弗朗思一起。

我们一觉睡到第二天早上。我先醒来,天色还是一片淡灰。我在床边坐了好一阵子,端详着睡梦中的安妮。我知道这样的事情只会发生一次。我在昨晚她入睡前就感觉到了,就在我们事后紧紧拥抱的那一小会儿时间。从她的双臂间,从她的颈项上,从她呼吸的气息中,我能感觉到。我想告诉她,没有关系,我已经很满足了。昨夜的恩爱已经远远超出了我的期望,尽管我的梦想不止如此,但我不打算告诉她后半句话。人总是有无尽的梦想。

可是安妮一直没有醒,我只好去看看莉齐。她躺在床上,显得昏沉沉的,"比利——我饿了。"

"这可是个好兆头,莉齐。你想吃什么?"

"热的东西吧,我觉得很冷。就从餐馆带点热的东西回来吧。"她发牢骚似的说道。她身上的味道真不好闻,但我并不介意。我真高兴她觉得冷,昨天她还烧得跟火似的。那个顽固者医生还真不赖,快赶上医疗机了。

"不要吵醒你妈妈,你就坐在这里等我带吃的回来。你的就餐卡呢,莉齐?"

"我不知道,我好饿啊。"

莉齐的就餐卡一定放在安妮那里。用我的,应该能取回足够莉齐吃的东西。我本来就吃得不多,而今天早上,我觉得自己只要呼吸空气就足够了。

餐馆里没有人,只有特纳医生在。她坐在那儿,一边吃早饭,一边观看全息栅格上的顽固者频道,看起来疲倦极了。

"早上好,你起得可真早。"我说道。我给自己要了杯咖啡、一个面包,给莉齐要了几个鸡蛋和果汁,还有牛奶和面包。回去后,安妮或者我可以把这些鸡蛋放在Y能源加热器里热一热。为了表示友善,我在特纳医生旁边坐下来,或许我只是想整理一下自己,才好回去面对安妮。特纳医生盯着那些鸡蛋,好像是盯着死了三天的土拨鼠一样。

"你真的敢吃这些东西吗,比利?"

"鸡蛋吗?"

"这些只是所谓的'鸡蛋'而已。你吃过真正的、非人造的鸡蛋吗?"

奇怪的是,她这么一问,我马上想起了真正的鸡蛋是什么味道。祖母把母鸡刚刚生下来的新鲜鸡蛋煮上两分钟,端上桌,还在旁边配上几条热的吐司,上面涂了黄油,非人造的、真正的黄油。我拿起吐司往溏心蛋里一蘸,嫩嫩的蛋黄便裹在上面,然后一口咬下去,又热又香。那些年一直如此。此刻我记起来了,而从前都没有回想过。想到这里,我馋得嘴里流满了口水。

"你看这个。"特纳医生说道,我还以为她是指鸡蛋,但不是。她转身对着全息栅格。一个英俊的顽固者坐在一张大木桌旁,像平时一样讲着一些莫名其妙的话。我完全听不明白:"———如果可能,一种自我复制式分解酶技术……未核实……硬脊膜……政府应当向我们公布实情……尤其是一些分子键,无机的……很大的不同……硬脊膜……GSEA……地下设施……在目前经济情况下,人手明显不足……硬脊膜……"

我说道:"听上去还是那些千篇一律的陈词滥调。"

特纳医生从喉咙深处发出一个声音。这种声音很奇怪,我吃了一惊,送到嘴边的叉子停在了半空。我看起来一定像个白痴。她又发出了那种声音,接着笑起来,用双手蒙住脸,不停地笑。我从没见过顽固者这样。从来没有。

"不,比利——播放的东西可不是陈词滥调,绝对不是。但如果每天的新闻都是如此的话,我们真要担心了。"

"担心什么?"我加快速度吃起来,我要趁热把吃的给莉齐带回去。她觉得饿了,是个好兆头。

"这是什么破玩意儿?"一个跳顿足舞的孩子一走进餐馆门就说道,"谁看这无聊的顽固者频道?"他瞟了一眼特纳医生,便移开了目光。我打赌,他很讨厌特纳医生,不过他没有上前挑衅。这就奇怪了——跳顿足舞的家伙在这种情况下从来没有畏缩过。我放下刀叉,朝他望去。那孩子又大声说道:"17频道。"全息栅格就转到某个体育频道了。他还是不看特纳医生,接着,就从食物传送带上取下吃的,坐到一个离我们很远的角落里。

特纳医生微微一笑,"两天前,我跟那孩子发生了点过节。他得到了教训,肯定不想再被教训一次。"

"当时你随身带着武器吗?"

"那天的情景和你想象的可不一样。好了,我们去看看莉齐今天早上的情况。"

"她很好。"我说道,但是特纳医生已经站起来了,显然要跟我一起走。我想不出拒绝她的理由,也不知道该怎么向安妮解释昨晚发生的事情。我很担心。安妮多半认为我以后再也不应该去见她,因为她或者我或者我们两个人会感到尴尬。如果真是这样,我这又老又蠢的老头子可没道理拖着这把老骨头去烦她。

莉齐正坐在沙发上,玩她的洋娃娃,"妈妈去给我提水了,准备为我洗澡,"她说道,"她说我不能去浴室。你给我带了什么吃的啊,比利?"

"鸡蛋、面包,还有果汁。你不要吃得太多啊。"

"这是谁?"她黑黑的眼珠又明亮起来,不过她的脸还是显得消瘦憔悴。我又有些惧怕。

"我是特纳医生,不过你可以叫我维姬。昨晚我给你吃了些药。"

莉齐沉思起来。我猜得出她那机灵的小脑瓜在想什么,"你从阿尔巴尼来,是吗?"

"不,是旧金山。"

"太平洋边的旧金山吗?"

特纳医生惊奇地看着她,"是的。你怎么知道的?"

"莉齐经常去学校,"我抓紧时间飞快地说道,生怕安妮会随时回来听到我的话,"但她妈妈可不喜欢她去上学。"

"我学过所有的中学课程软件,不难。"

"嗯,可能确实不难,"特纳医生淡淡地说道,"那现在呢?你在学习大学的课程?了解印度洋的位置?"

我说:"她妈妈不喜欢——"

"东奥兰塔没有大学课程软件,"莉齐说,"但我早就知道印度洋在哪里了。"

"她妈妈可是真的,不喜欢——"

"你可以给我一些大学软件吗?"莉齐轻轻地问道,语气里没有丝毫惧怕,好像向顽固者求助是司空见惯的事情,而顽固者也理应帮忙。最近我有些困惑了,真不知道谁在为谁学习和工作。

"也许吧。"特纳医生说道。她的语气变了,她认真地看着莉齐,"你今天早上感觉怎么样?"

"好多了。"但是我看得出莉齐很疲倦。

我说道:"你快吃吧,吃完躺下休息。你病得可不轻,如果那药——"这时,背后的门开了,安妮走进来。

我看不到她,但我能感觉到她。她那温暖、柔软、丰满的身体曾被我拥在怀里。只是,那种美妙的事情再也不会发生了。特纳医生用顽固者独有的犀利眼神看着她。我稳住心神,转过头,"早上好,安妮,我来帮你提桶吧。"

安妮看看我,又看看莉齐,再看看特纳医生。我知道她在考虑要先和谁发脾气。最后,她选了莉齐。"快吃完躺下,莉齐。你还在生病呢。"

"我现在好多啦。"莉齐懊恼地说。

"她好多了,"安妮对特纳医生说道,"你可以走了。"安妮向来不会这么无礼;她向来认为顽固者也有生存的权利。

"我还不想走,"特纳医生说道,"我想先跟莉齐谈谈。"

"这是我的家!"安妮咬牙切齿地说道。

我想告诉特纳医生,她不是冲你发火,她针对的是我;但我不能这么做,这位身穿破夹克的顽固者医生站在不属于我的客厅里,而我自己也快要被赶出来了,就因为我那错误的示爱方式。

我不能说。

莉齐说道:"让维姬留下吧,妈妈,求你了! 她在这儿,我感觉好多了。"

安妮放下手里的两桶水,看起来真的要发火了。这时候,特纳医生开口道:"我确实需要再为她检查一下,看看昨天用的药是否得当。你知道的,就是医疗机治病,也会每天来给她做检查,有时候会改变剂量。人类医生也一样啊。"

安妮看上去像是要哭起来,但她只说了句:"她得先去洗澡。比利,你把水搬到莉齐卧室里去。"

安妮一把拽起莉齐,挟着她往卧室走去,丝毫不理睬莉齐抗议说:"我自己可以走!"我提着水跟在后面,将水放下后便转身出来。特纳医生从地上捡起莉齐的玩具。那是个从仓库领来的合成塑料娃娃,长着黑色鬈发、绿色眼睛,有一副基因改造过的面孔,安妮扯来一块碎布给它缝了件夹克,莉齐还为它戴上了汽水罐做成的饰物。

"安妮不欢迎我来。"

"呃,"我说道,"我们没什么顽固者朋友。"

"嗯,我想也是。"

我们沉默地站着。我没什么话可以对她说的,或许她也有同样的感觉。不过我想起了一件事,"特纳医生——"

"叫我维姬吧。"

我知道我不会那样叫她,"刚才你看顽固者频道的节目时,说那新闻并不是政府的陈词滥调——那么它说了些什么呢?发生了什么事?"

她的目光从玩具上移向我,比刚才还要犀利,"你觉得会是什么呢?"

"我不知道,我听不懂那些话。好像是关于经济的忧虑,再就是政府的借口,解释他们的失职。"

"也许这次不是借口。你知道分解酶是什么吗?"

"不知道。"

"分子呢?"

"也不知道。"

"原子?"

"不知道。"

特纳医生摇了摇手中莉齐的玩具,"这就是原子构成的。任何东西都是由原子构成的。原子是很微小的东西,它们聚集在一起形成分子,就像……就像很多雪花粘在一起变成了一个雪球。只是原子有很多种类,它们以不同的方式结合,构成你所看到的各种各样的东西,比如木材、动物身上的毛皮和塑料。"

她仔细地盯着我,想看看我究竟听懂了没有。我点点头。

"让分子结合在一起的是分子键,它就像是一种……呃,分解酶能够把这些黏合分子的键分解开来。不同的分解酶分解不同的分子键。比如说,你胃里的酶破坏掉食物中的分子键,你才能把食物消化吸收。"

我听见莉齐的笑声从卧室门后传来,但笑声中可以听出疲倦,令我又心生担忧了。再过几分钟,安妮就要出来了,真不知道该跟她说什么好。我知道特纳医生所说的很重要——我能从她脸上的表情看出来——我认真地听着,尽力去理解。

"我们可以制造分解酶,而且可以保存若干年,用它们来做很多事情:处理有毒的废弃物,清洁废品,让废品循环再生。我们制造的分解酶很简单,一种分解酶只能分解一类键。这些酶大多由病毒制成——也就是说,它们是基因改造的产物。"

"有没有……一种分解酶可以分解掉狂犬病毒的分子键?"

"狂犬病毒?没有,那需要在一种复杂的有机环境下——你怎么问起这个呢,比利?"她的表情又认真起来。

"没什么,随口问问。"

"真的没什么吗?"

"真的。"我也认真地看着她。

"好吧，"她说道，"分解酶的制造由 GSEA 严格控制——GSEA 指的是基因标准事务局。当然，他们对任何与物质分解有关的研究都进行控制，GSEA 始终致力于查禁各种非法的基因改造行为。有些人为了牟利或是单纯为了研究而违反了法律，在逃避监控的前提下非法制造新品种，当然也包括分解酶。许多分解酶具有自我复制能力，也就是说，它们可以通过自我复制来持续繁殖，就像某些小型生物——"

"像小型生物？无性繁殖？"我感觉到自己脸上露出惊讶的表情。

她笑了，"不，只是像……池塘里的藻类植物。不过，GSEA 已经通过决议，允许制造分解酶，但必须在其中内建一种时钟控制机制，当它们自我复制到一定数量后，就会自动停止繁殖。然而，非法制造出的分解酶往往不含这种控制机构。现在有谣传——还只是谣传——有一种分解酶的无内建时钟机制的非法复制技术被泄漏了。这种分解酶专门攻击一种合金的分子键。这种合金材料被称作硬脊膜，用于很多机器上。很多机器。它——"

我突然明白了，"是这种分解酶引起了大崩溃——引力火车、食品传送带、执勤机器人，还有医疗机，全都瘫痪了。天哪，疯狂的顽固者细菌正在毁掉一切！"

"不全是这样。现在还没人知道事实真相，连我也不能确定。"

"你们又想毁掉我们的一切!"

她呆呆地看着我。我继续说:"你们夺走了原本属于我们的一切,还美其名曰'贵族生活',现在你们还要毁掉所有剩余的东西!"

"不是我的错,"她一字一句地说道,"也不是政府的错。你们已经变得对经济发展毫无用处,可政府仍在维持着你们的生活,而不是像某些政府那样,让百分之七十的人口自动消失。顽固者的基因改造技术可以办得到,但是我们没有这么做。"

卧室门打开了,莉齐已洗得干干净净,由安妮扶着走出来。莉齐靠到沙发上,说道:"告诉我一些新鲜东西吧,维姬。"

"你想听什么呢?"特纳医生说道。她还有点生气。

"任何事,随便什么都可以。我也不知道。新鲜事吧!"

特纳医生的表情一下子变了。一时间,她看起来有些害怕。安妮说话了:"我能跟你谈谈吗,比利?"

看来安妮终于要对我下逐客令了。我跟着她到了莉齐的卧室,她关上了门。

"比利,昨晚我们之间发生的⋯⋯"她不看我。我帮不了她,即使我想帮她,我的嗓子里也像被什么东西堵满了一样。而且事实上,我并不想帮她的忙。

"比利,对不起,昨晚我像个傻瓜一样。很多年了,我都没有那么傻过。我不是故意让你⋯⋯我不能⋯⋯我们回到过去那样,好吗? 像从前一样? 做朋友,好搭档,而不是⋯⋯"她抬起目光,用那双美丽的棕色眼睛望着我。

我感觉到了光,身体里面充满了光,好像快飘离地板了。她不是要撵我走。我可以留下来,和她,还有莉齐在一起,就像从前一样。

"当然,安妮。我明白,以后我们都不再谈论这件事。"

她长长地舒了口气,好像她从昨晚就一直担心到现在。也许正是如此。"谢谢你,比利,你是个知心朋友。"

我们走出来看莉齐,她正在认真地听特纳医生讲解顽固者那一套知识。麻烦大了。

"……不是那样的,莉齐。计算机的基本运算原理是二进制。这是一种很微小的转换,人是无法感知的,转换在两个挡位之间进行:开和关。一组组挡位便构成了计算机的运算代码。"

"这就像是数学中以二为基数的运算法则。"莉齐热切地说道,然而在这热切之下隐藏着深深的疲倦,她的眼睛都快睁不开了。

安妮不客气地说道:"她该睡觉了。医生,你的检查做完了吗?"

"做完了。"特纳医生说着站了起来。她看起来有些困惑;我猜不出是什么原因,"下午我再来吧。"

"医疗机也不会一天看两次病人。"安妮说道。

"嗯,不会。"特纳医生说道,看起来仍很困惑。她看了看已经睡着的莉齐,"这孩子不同寻常。"

"再见,医生。"安妮说道。

　　特纳医生没有理会安妮。这个顽固者只是安静地站在那儿,但我看得出她的内心很紧张,好像在做出什么重要决定。"比利,你一定得听我下面跟你讲的话。你要尽量从食物传送带上多带回些食物,然后储存起来,就存在这间公寓里。要是仓库又开门了,你赶紧找几床毛毯和几件夹克,还有——噢——厕纸、肥皂,任何你能想到的东西。还有水桶,多找几个。听我的,你一定要这么做。"她说得好像除了她自己,别人都想不到这些,好像我也想不到一样。

　　安妮说道:"人们都开始囤积的话,物资很快就匮乏不够了。"

　　特纳医生冷冷地看着安妮,"我知道,安妮。"

　　"这是不对的。"

　　特纳医生温和地说道:"很多事情都不对。"

　　"那你就是想要我们错上加错?"

　　特纳医生没有回答。我有一种奇怪的感觉:她自己也没有答案,一个无法给出答案的顽固者。

　　特纳医生最后看了一眼莉齐,离开了。安妮说道:"我再也不想她来了,只求她离莉齐远一点!"

　　我真想告诉安妮,她不会如愿的。这不只是因为在听医生讲述计算机代码时,莉齐疲惫而又病恹恹的眼中闪现出的热切神情;确切地说,医生所讲的正是莉齐一直感兴趣并追寻的东西。正是为了获得这些知识,莉齐才会学习学校中的教学软件,才会在曾经的东奥兰塔图书馆里查找资料,才会在兰德议员餐馆厨房里拆卸那个切削机器人。现在终于有人肯将这些知识告诉她,满足她那聪明的小脑袋求知的渴望,即便安妮也无法阻止她探询答案。安妮无法了解这一点;我了解。莉齐已经快十二岁了,从她八岁那年开始,就没有人能阻止她追求自己想要的东西。

但我什么也没对安妮说,现在不是时候。安妮全心全意地照顾着莉齐,我还能说什么呢?我爱她们两人。

下午,我找到杰克·萨维克,跟他要终端密码。他没多问什么,直接把密码给了我。可能是因为我俩交情很好,而且他也正忙吧。一个从阿尔巴尼来修理医疗机的技师刚刚到达,晚上将在餐馆举办一个大型的街区联谊舞会。晚会由三个街区联合举办,届时将有热舞、赌博游戏、选美胸小姐比赛等节目,镇上的大部分年轻人都会参加。这样,就得检查所有的执勤机器人。而且,因为引力火车已经重新通车,举办舞会的消息可能会传到别的城镇,那就会有更多人来凑热闹。杰克太忙了,他甚至没问我为什么要密码。

我走回旅馆,特纳医生不在那里。八月,天气变凉了;或许她到树林里去寻找她的伊甸园了。她找不到的。我去过的,道格·凯恩病发的那块地方附近什么都没有,只有那些患狂犬病的浣熊。大头女孩怎么会出现在那里?

我来到旅馆的全息终端前,对它念道:“新闻栅格模式。密码:托马斯·阿尔瓦·爱迪生。”杰克不想让全城的人都知道旅馆的终端能进入新闻栅格模式,不然的话,随便哪个游手好闲的家伙都会跑到旅馆来，观看在餐馆和公寓里看不到的频道。

"新闻栅格模式，"全息终端愉快地说道，它总是很愉快，"请选择频道。"

"顽固者频道。"

"请选择频道。"

我试了不同的数字，最后，我找到了一个顽固者新闻栅格。然后，我坐下来，看了整整一个小时，努力回忆特纳医生给我作的解释：分子键、分解酶、合金、硬脊膜。只是除了"硬脊膜"，新闻栅格并没有提及其他几个词语，尽用些像"预测的发源地""复制率方程式""斯托达德能量场失效曲线方程""人工替代落后于事故的发生率"之类的词。

我硬着头皮看。一个小时后，我站起来，喃喃道："信息模式。"

我回到家，取了莉齐和安妮的就餐卡。到餐馆之后，我趁食品传送带旁边没人，便用光了就餐卡上的配额，取了所有能取的食物，全部放到一个干净的毯子里裹起来，扛回了家。莉齐还在熟睡，手里抓着她的娃娃。我又去了仓库，在引力火车运来一批新物资之后，仓库又开门了。我用我们所有的配给卡换了两个水桶、三床毛毯和三件夹克，外加一把新锁、几个花盆和一个衣箱。技师用奇怪的眼神看着我，但什么也没说。我用水桶装满清水，又一桶一桶地提到楼上安妮的公寓里。到最后，我的背开始酸痛，像个老傻瓜一样不停地喘气。

　　但我不能停下。我休息了十分钟，又借来安妮的扫帚，然后拿着它去旅馆。一路上，人们正举着塑料布旗帜往餐馆走去，为舞会装饰会场。他们大笑着，开着玩笑；一个年轻女孩胸前的乳房像湖水般荡漾，大约已为今晚的比赛做好了准备。几个外地人正在凭他们的纽约州证件在旅馆办理入住手续，一边谈论着舞会的事情。特纳医生仍旧没出现。

　　我拿着安妮的扫帚，把所有的枯叶都扫到了旅馆大厅外面。将落叶留在这里的清洁机器人永远也不会得到修理了。然而同其他陷于崩溃的事物相比，这些损坏的机器人根本就无关紧要。树叶去年就枯萎飘落了，堆积在这里，那时大崩溃还没有开始，患狂犬病的浣熊也不曾在东奥兰塔露面。

第九章　德鲁·阿伦: 佛罗里达

我从西雅图飞往绿蛋时乘坐的是凯文·贝克航空公司的飞机。凯文和蕾莎一样,当年都没有随同其他无眠者前往庇护所。与蕾莎不同的是,凯文并非出于理想主义才留下来。在庇护所和地球之间,他是一条经济纽带。我猜,在这个世界上,无眠者飞机最不可能因为硬脊膜分解酶的破坏而坠毁。他们的飞机经过了一次又一次的检查,安全保障做得很好。"这是因为我们的飞机少。"我打电话给凯文、请求雇用飞机和飞行员时,凯文严肃地回答道。我现在可没兴趣关心无眠者的社会问题。凯文从来都不喜欢我,我也从没向他寻求过帮助,但是我现在需要帮助,我得去绿蛋亮出底牌,求得答案。也许凯文知道我的想法——你永远都无法猜到他们知道多少。

密密麻麻的栅格不停地在我脑海里晃动。

"只有一个问题,德鲁。"凯文说道,我看到电子屏上他的面孔掠过一丝歉意。就像他这一代所有的无眠者一样,他看上去就像是一个三十五岁的英俊男子，"蕾莎坚持要和你同行。"

"蕾莎怎么知道我要去绿蛋？就她所知，我应该是来举行音乐会的！"

"我也不知道。"凯文回答道。他说的也许是实话，也许不是。也许蕾莎在我的旅馆房间里安装了电子窃听器，或是监听了西雅图的音乐会。不过，很难想象她和凯文能够背着绿蛋做这样的事情。或许超级无眠者知道，但却容忍蕾莎的监视行为；或许蕾莎太了解我了，所以能猜到我在想些什么；或许她有某种预测程序，能够预测普通人的行为——你无法猜到他们都知道些什么。

"如果我拒绝蕾莎呢？"我问道。

"那你就不能搭乘飞机。"凯文答道，他没抬眼看我。我看出他感觉自己亏欠蕾莎一些旧情，而那些事情发生在我出生以前。我也看到他下巴上稍稍生出些许赘肉，不如从前英俊了。他都一百一十岁了。又胖又矮的形体在我脑海里闪过，黯淡无光的银色。凯文不会改变主意的。

到达绿蛋前，飞机将在亚特兰大中转，卸下一些极为机密的工业品，我对此毫无兴趣。在此之前，飞机在芝加哥着陆，蕾莎在此登机。这里没有记者；GSEA的工作人员肯定就在附近，藏在某个地方，但我没看到他们。蕾莎提着一个律师专用公文包和一个绿色的小旅行箱爬上机舱，金发在密歇根湖吹来的大风中飞舞。她穿着很薄的黄色短袖衬衫、白色裤子和凉鞋。我两眼盯着正前方。

"我必须和你一起去,德鲁。"蕾莎没有一丝歉意。她直截了当、理直气壮的语气,让我觉得自己好像一个小孩子。当年她送我去上昂贵的顽固者学校,我因为考试不及格而退学,被她好一顿责骂——现在我又生出了同样的感觉。生活者不可能在学校混得好——也许那个时候我在心里就是这么对自己说的,"你知道,我也爱米兰达。我得知道你和她,还有其他超级无眠者,都在做些什么。因为,如果我猜得不错的话……"

蕾莎的语气变得有些愠怒。她肯定觉得自己有权发脾气——她不知道大家在做什么,谁也不告诉她任何事情。我仍然没有回应她。

米丽曾告诉过我,你如果要了解一个人的状况,只需要问四个问题:他如何打发时间? 他打发时间时感觉怎样? 他喜欢什么?他面对那些比自己优越或卑微的人时是什么反应?

"如果你令别人有低人一等的劣势感,就算是无心的,"她的眼神很认真,"别人跟你在一起也会很不舒服。这种情况下,有些人会攻击你,有些人还会把你切成碎片;不过,也有人会欣赏你、崇拜你,向你学习。如果你令别人有优越感,有些人会蔑视你,有些人会采取各种方式来支配、指使你——只是因为他们有这个能力;但也有些人会因为怜悯,转而帮助你和保护你。不管是低级的街区帮派还是政府机关,全都如此。"

当时我有些纳闷,她怎么可能知道街区帮派之类的事情,但我心怀崇敬,而且渴望求知,并没有说什么。

"德鲁,我只想保护你和米兰达,"蕾莎说道,"尽我的所能帮助你们。"

我透过飞机的舷窗向外望去,看着金属机翼反射的耀眼阳光,直到眼中所见遮盖了脑海里闪现的意象。

从西雅图起飞前,工作人员很仔细地检查了飞机,以防设备被硬脊膜分解酶感染。但飞机还是出了事——一定是在亚特兰大感染上了分解酶——我们在佐治亚州上空急速下坠。

这简直就是在重演大穹顶上空的险剧,只不过这个驾驶员没有祈求、咒骂或者哀叫,而且现在我们是在两万英尺的高空飞行。天空是茫茫的一片蓝色,浮云遮住了下面所有的景物,看不见地表。飞机先是略微向左倾斜了一下,我注意到驾驶员脖子上的皮肤由先前的浅棕色变成了深栗色。蕾莎的目光也从公文包上抬起来。然后,飞机又向右倾斜过去,我觉得自己的心一下子揪紧了,良久才放松开来。

不一会儿,飞机开始倾斜不定,同时还伴有震动。驾驶员一边低声向控制台发出紧急命令,一边敲击控制台实施手动控制。但飞机还是一个劲儿地向下俯冲。

驾驶员猛地把飞机拉高。我被甩了出去,撞到蕾莎,结果我满口都是她的头发。她的电子公文包飞向前方,撞在前排座位的椅背上。智能公文包呆板地发出声音:"为了保证本设备的合理使用,请不要抛掷。"我的脑海中出现了一道又细又长的线条,正在快速地缠绕在一起。

蕾莎抓住前排座位的靠背,竭力坐正身体,"德鲁!你还好吧?"

飞机又开始下坠。驾驶员尽力稳住机身,用单调机械的声音下达命令,双手在控制台上熟练地操作着。蕾莎的公文包又说道:"本设备开始失效。"声音异常尖利,好像经过训练的女高音。蕾莎的手摸索着,检查我的安全带有没有系好。"德鲁!"

"我没事。"我嘴上说道,心里却想:这下糟了。我脑海里的线条舒展开来,拉直后绷得越来越紧。

我们扎进云层里。空气中传来尖啸,这声音包围着我们,仿佛并非来自飞机,而是来自另外一台完全不同的机器。接着,飞机的机腹平平地擦过沼泽地。我的牙齿和骨头都在剧烈地相互撞击。这一次是蕾莎被甩过来撞到我身上,她低声地说着什么—— 一个单词,似乎是"爸爸"。

飞机撞到地面的一瞬间,两侧机壳都向外张开。但后来我回想,机舱侧壁不应该在坠机的同时张开,因为谁也不可能把防坠毁装置设计成这个样子。不过确实是在坠机的一瞬间,机舱侧壁同时敞开,乘客的安全带也松脱开来。蕾莎把我拖出机舱的时候,我闻到浓烈刺鼻的烟味。

我脸朝下扑进了沼泽地四英寸深的泥水中,蕾莎也"扑通"一声落在我身旁,双膝跪在地上。没有动力轮椅,我感觉自己就像一条绝望的鱼在拼死挣扎。我用双肘支撑身体,从水中抬起头,奋力往前爬去。我将手臂插进泥中,拖动自己的身体,拖动没用的双腿,爬离飞机残骸。

蕾莎摇摇晃晃地站起来,想要拉我。"别管我,快跑!"我尖叫道。飞机里冒出的滚滚浓烟阻挡了我的视线,让我什么也看不到。"不行,我要跟你在一起。"她说道。我觉得身后的飞机就是个炸弹,随时都有可能爆炸。我叫嚷着:"我自己爬会更快些!"也许真是这样。

她还是坚持用力拽着我的身体,但我实在太重了,她根本拖不动。烟雾越来越浓。我没有听到驾驶员从飞机里爬出来的声响——他受伤了吗?我的左手掌在稀泥里一滑,脸再次扎进了泥水中。我急忙挣扎着重新支起上身,把自己往前拖。"快跑!"我对着蕾莎大嚷,她仍旧不肯离开。没有希望了,没有希望了。她不够强壮,无法背动我,而飞机马上就要爆炸了。

突然,脑海中的那根线绷断了。就像在西雅图时一样,我头脑中的栅格也消失了。

有人从飞机另一边朝蕾莎跑来。是驾驶员吗?不是。那人上前揪住蕾莎,她一下子摔倒在我身上。我的脸又栽进了稀泥里。然后,我听到一声微弱的爆裂声。当我从眼睛上抹去泥巴时,我看到我们三人四周的空气正在闪烁着微光。这是能量防护罩。它有多坚固呢?它能抵挡得了——

飞机爆炸了，热浪袭人，烈火发出刺眼的光芒。

我又一次跌进了泥水里，被蕾莎重重地压在下面，动弹不得。地面震动着，我看到一条细细的黑色水蛇，它像是被这突如其来的侵犯吓了一跳，猛地蹿过来，在我脸上一口咬下。我的视线模糊起来：这条蛇先是像一根细绳，随后变成了一道快速移动的虚影。我不知道脑海里的那根线是否还在。

我眼前的人是GSEA特工。当我恢复知觉时，看到三个人围着我站成了一圈——多年以前，我的腿瘫痪的时候，几个医生也像现在这样在我床前围成一圈。我躺在一块比较干燥松软的地上，旁边有一个浅水坑。蕾莎坐在稍远处，背靠着一棵番荔枝树，头埋得低低的，快挨到膝盖了。沼泽地那头，凯文·贝克的飞机在燃烧，浓烟滚滚。

"蕾莎？"我听到自己发出沙哑的声音，这声音和周围的一切一样陌生。这时我才感到天气闷热潮湿，令人压抑。耳旁传来昆虫的鸣叫，身边是泛着泡沫的水塘，还有蜡白色的兰花，四处爬满了丝丝缕缕、灰色的寄生藤。我好像到了路易斯安那州。不对，应该是佐治亚州，不过这些满是沼泽地的地方看上去都是一个样。我是闯入别人地盘的外来者，陌生人。

"卡姆登女士很快会好的。"一个特工回答道，"很可能只是脑震荡。救援队正在途中。我们是GSEA的人，阿伦先生，躺着别动——你的腿断了。"

又是腿。不过这一次，我已经感觉不到痛了，腿上没有什么神经能将痛感传递给我的大脑。我微微抬起头，感觉到腹部的肌肉在抽搐。我的左腿弯曲成一个很不自然的样子。我又低下了头。

我的脑海里浮现出几个会说话的灰蒙蒙的模糊影子。你动弹不了，是吗，孩子？你以为你是谁——他妈的顽固者？

我像个小孩子似的大声嚷道："一条蛇咬了我的脸！"

另一个人弯下腰来，眯起眼睛看我的脸——我脸上满是稀泥。他温和地说道："医生就快赶来了。在她到来前，我们不能挪动你。请躺着别动，什么都不要想。"

什么都不要想。不要梦想任何事情。可我是清醒的梦想家。我就是。我必须是。

蕾莎粗声粗气的声音从我背后传来，"我们被捕了吗？因为什么罪名？"

"不，当然没有，卡姆登女士。我们很高兴能提供援助。"那眯起眼睛看我的人回答道。其他两个人面无表情地站在一旁，不过，我看到其中一个眨了眨眼睛，这种表情带着轻蔑之意：蕾莎和我是绿蛋的帮凶；人类基因的操纵者；人类基因组的毁灭者。

我脑海里又浮现出卡梅拉·克莱门特·赖斯站在栅格旁边的情景。

"你们是基因标准事务局派来的。"蕾莎问道，但语气并非提问，而是职业习惯使然——她是个律师。她等着回答。

"是的，夫人。我是特工撒克里。"

"我和阿伦先生对你们的援助深表谢意。不过，按照——"

我想不出蕾莎会发表什么样的法律观点。

突然，一群衣着褴褛的人从树丛后面、从缠缠绕绕的藤蔓间、从沼泽地里跳出来，似乎是一瞬间变出来的。他们尖叫着，吆喝着，呐喊着。撒克里和他的两个带着轻蔑神色的副手根本没有时间拔枪，我平躺在地上，看到那些衣衫褴褛的人举起手枪，朝着目标疯狂射击。

撒克里和那两个特工饮弹倒地，身体还在抽搐。我听到有人说："嘿！是她，蕾莎·卡姆登在这儿，这个可恶的巫婆。"接着是两声枪响。第一声枪响时，蕾莎发出一声尖叫。

我扬起头朝蕾莎那里望去。她依然背靠着番荔枝树坐在原地，但现在她的上身向前耷拉着，好像睡着了一般。她的前额上有两个红点，一上一下，上面的红点和一缕金发粘在一起，不知怎的，她头发上的稀泥不见了。我听到一声呻吟，我想，她还活着！但是，我很快意识到这只是徒劳的期望——呻吟声是我自己发出来的。

那个说"嘿！是她"的人俯下身子看着我。他嘴里的气吹在我脸上，夹杂着烟草味和薄荷味，"你不要担心，阿伦先生。我们知道你不是什么反自然的坏东西。你会安然无恙的。"

"吉米，"传来一个女人的尖细声音，"他们来了！"

"好了，阿比盖尔，你已经准备好对付他们了，没错吧？"吉米一板一眼地说道。我奋力朝蕾莎爬过去。她死了。

蕾莎死了。

一架飞机在头顶"嗡嗡"地盘旋，那是医疗队。他们本来能救蕾莎。可是蕾莎已经死了。但蕾莎是无眠者，无眠者是不会死的，他们会一直活着，凯文·贝克都有一百一十岁了。所以，蕾莎是不会死的——

名叫阿比盖尔的女人离开高地，往沼泽地走去。她穿着一双直到臀下的高统靴子，裤子和衬衣都破破烂烂，肩膀上扛着一具便携式火箭发射器，发射器的样式很古老，但是被擦得油光锃亮。医疗队的飞机收起机翼，降落下来。阿比盖尔举起火箭发射器，瞄准，开火，立马将飞机变成了沼泽地里的另一团火球。

"好了，"吉米兴高采烈地说，"搞定。大家撤退，做好标记，他们会马上赶到的。阿伦先生，很抱歉，接下来的旅途对你来说有点艰苦。"

"不！我不能把蕾莎丢在这儿！"我不知道我在说什么。我不知道——

"你可以的。"吉米说道，"她死了，而且你和她也绝不是同一种人。现在你跟咱们詹姆斯·弗朗西斯·马里恩·哈勃利是一伙的。坎贝尔，你在哪儿？过来扛他。"

"不！蕾莎！蕾莎！"

"给自己留点尊严吧，小伙子，你又不是跟在她屁股后头哭闹的小孩子。"

一个高大的男人，足有七英尺高，一把将我抓起来，扛到肩上。我的腿已经麻木了，但是，当我的身体碰到他的肩膀时，一团烈火顺着脊柱直冲到颈项，我痛得尖叫起来。这团火在我的脑袋里燃烧着，我向蕾莎·卡姆登看了最后一眼——她依旧优雅地靠在番荔枝树上，在我那烈火笼罩的脑海里，她好像只是平静地安眠。

我再次醒来时，发现自己躺在一个没有窗子、墙壁光滑的小屋里。墙壁太光滑了，棱线笔直，毫无瑕疵，似乎是纳米材料制品——当我注意到这一点时，并未明白其代表了什么。我的脑海里满是喷射四溅的岩浆泉流，灼热滚烫，像蕾莎额头上的两个血点一样鲜红。

她真的死了，她确实是死了。

我闭上眼睛。岩浆还在脑海里。我举起拳头，狠狠地往地上捶去，咒骂自己没用的身体。要是我当时能爬过去保护她，挡在她和那些穿得破破烂烂的枪手之间……

受过训练的GSEA特工也没能保护得了她，他们连自己都顾不了。

我忍不住泪流满面，自觉万分羞惭。脑海里，岩浆湮没了栅格，埋葬了它，也埋葬了我自己。蕾莎……

"得了，别这样，孩子。保留点尊严吧。哪有男人向女人俯首称臣的道理，不值得你这么哭哭啼啼。"声音很和蔼。

我睁开双眼，心中的仇恨代替了火红的岩浆。我很高兴这样。

在我的头脑中,仇恨生出了新的图形。仇恨不会埋葬了我。我看到詹姆斯·弗朗西斯·马里恩·哈勃利一脸的关切,正俯身盯着我。我感到冷酷的仇恨在全身蔓延;我知道自己要活下去,保持警醒,控制愤恨,否则我没法找机会杀了他。是的,我知道我要杀了他,即使会赔上自己的小命。

"这样就好多了。"哈勃利亲切地说着,在一个树桩上坐下来,双手放在膝盖上,鼓励似的点点头。

那是个真正的树桩。我眼中的墙壁突然变得格外清晰,这时我才意识到自己来到了一个什么样的地方。我同卡梅拉·克莱门特·赖斯在一起时见过同样的墙壁,在绿蛋也见过。这是一座地下碉堡,由微小精密的纳米机器挖掘而成,再由另一种微小精密的纳米机器将合金材料涂到四周的墙壁上。米丽曾经告诉我,吸掉壁上的灰土并涂上一层很薄的合金材料并非难度很高的技术,任何一位能干的纳米科学家都可以制造出无机物材质的装置来完成这个任务。尽管政府明令禁止,但各家公司都在开发这样的技术。只有基于有机物的纳米复制技术才是真正难以实现的。任何人都可以挖个洞,但只有绿蛋才能建造一座岛。

可是,不管怎么看,哈勃利也不像个科学家。他身子往前探,微笑着看我。这家伙满口的烂牙,瘦骨嶙峋的长脸两旁挂着两束灰白色的头发,深古铜色的脸,淡蓝色的眼睛,脖子右侧还长着个古怪的肿块。他大约有四十岁,也可能是六十岁,身上穿着带条纹的灰褐色破布衣,不是夹克;他的靴子很长,完好无损,肯定是从某个地方的仓库里弄来的。我以前从没见过他,不过我能看出来,他来自南方的穷乡僻壤。

在这个国家的大部分地区,不是某位地区监官员管理着货仓,就是某位议员管理着餐馆——顽固者的运作方式把原先所有独立经营的产业都排挤掉了。生活者可以免费获得任何需要的东西,所以根本不必花钱向别人购买。但是在南方乡下和西部的一些地方,人们还是能够看到一些勉强维持生计的商家、杂草丛生的汽车旅馆、养鸡场,还有妓院——四十年来这一切都日渐潦倒,但他们还在勉强硬撑下去。有什么办法呢,用他们的话讲——他妈的政府根本就不管我们的死活。这些人不在乎贫穷,他们已经习惯了贫穷的日子。即便这样,也总比听命于顽固者要强得多。他们的交易品是自己做的手工艺品、自家喂养的鸡、自己种的豆子,还有其他东西。对于夹克、医疗机,还有学校的教育软件,他们都不屑一顾。另外,只要有这些不起眼的交易进行的地方,就会有哈勃利这样的罪犯出现。反正偷窃是政府管不了的事情,盗贼们还因此颇为自豪呢。

哈勃利这伙人抢劫仓库、居民住宅区,甚至连引力火车也不放过,夺取任何他们需要的东西。他们在沼泽深处打猎、捕鱼,偶尔也种一些粮食。他们肯定有固定的驻扎地。噢,我记起吉米·哈勃利了。是的,在被蕾莎收留之前,我就听说过他。我爸爸就曾经是一个吉米·哈勃利式的人物,只不过由于缺乏自主能力,他始终无法摆脱这个被他肆意诅咒的社会,直到有一天因为喝多了威士忌而死掉。可悲的是,就连让他送命的酒也并非家酿,而是政府提供的免费饮品。

眼前这个人却杀了蕾莎·卡姆登。

在我的头脑中,仇恨形成的图形拥有强大的力量,就像机器上的刀片一样强劲锋利。

我说道:"这里是一处非法的基因改造实验室。"

哈勃利咧开嘴笑了,面孔皱缩在一起,"说得很对!你真聪明,孩子。其实这里不过是一座小小的分支基地,在这里,阿比盖尔可以照管她的仪器设备,而我们可以获取军需物资。这里不再是那些统治基因的恶人的地盘了。亲爱的阿伦先生,欢迎光临弗朗西斯·马里恩自由前哨基地。你的到来令我们深感荣幸。我们都听过你所有的音乐会。你是一个生活者,虽然和顽固者以及无眠者一起生活了很久,但丝毫没有受到他们的毒害。你的血管里流淌着真正的血液,这就是作为未经基因改造的自然人的好处,不是吗?"

他讲起话来令人感到有些不对头。我思量着,终于想出问题所在。他说话的方式既不像生活者,也不像是顽固者。他的话里有些自编自造的词。我以前听过这种讲话的方式,但记不得是在哪里了。

为了引他继续说下去,我说道:"弗朗西斯·马里恩自由前哨基地?弗朗西斯·马里恩又是谁?"

哈勃利扭过长肿块的脖子，斜着眼睛看我，"你没听说过弗朗西斯·马里恩，阿伦先生？真的吗？像你这样受过教育的人都没听说过？他可是个英雄人物，也许是这个国家史无前例的大英雄。你难道真的没有听说过他，先生？"

我摇摇头，这才发现头不痛了。我也意识到自己的腿被夹板固定了起来，而且还服用了止痛药。一定是医生来过了，或者至少是医疗机对我进行了治疗。

"哦，这样的话，恕我失礼了。"哈勃利认真地说道，瘦骨嶙峋的长脸上满是歉意，"你是我们的客人，我们不该让客人因为无知而窘迫，尤其当这种无知并非他自己的问题。一切都要归咎于学校的教育体制，简直让民主社会丢尽了脸。没错，真丢脸。所以，先生，请你不要为此感到烦恼，不知道弗朗西斯·马里恩，这并不是你的错。"

他杀害了蕾莎，杀害了GSEA的特工，还绑架了我。可他却坐在这儿安慰我，告诉我不必为不知道弗朗西斯·马里恩是谁而感到难过。

我开始意识到，自己要对付的可能是个疯子。

"弗朗西斯·马里恩是美国独立战争的英雄，孩子。敌人称他是'沼泽之狐'。他藏匿在南卡罗来纳州和佐治亚州的沼泽地带，出其不意地对那些英国佬进行袭击，然后迅速消失在沼泽地中，没有人能抓到他。他是在为自由和正义而战，他利用大自然的帮助来进行战斗。对他来说，大自然绝不是阻碍。"

我终于记起曾在哪里听到过他的这种腔调。

有一次，我和蕾莎看了一整晚的老电影，那是些反映民权运动的电影。并不是指为无眠者争取民权的运动，而是在更早的时候——大约一百多年前吧——为黑人、妇女或是亚洲人争取民权的运动。我的历史从来都学得不好，但我必须写一篇论文，这样才能在蕾莎为我找的学校里混毕业。我想不起自己写的是关于什么的历史，但还记得蕾莎帮我搜遍了所有相关的老电影，她认为我读不完那些指定的书本资料。她是对的，我讨厌无趣的教材。当时的我才十六岁，但我爱看电影，我坐在动力轮椅里观看，心中既惬意又满足。尽管已经是凌晨三点，我却一点不困，因为蕾莎和我在一起——我在十六岁时就认定，我们会相守一生。

那个晚上，我们看到驾着越野车四处驱驰的治安官，在一个个选举地维持治安，而选民都要亲自去现场登记投票——那时世界上还没有电脑呢；我们看到了坐在公共汽车后排座位上的老妇；看到了绝食抗议的黑人生活者。所有这些人说话的腔调都和詹姆斯·弗朗西斯·马里恩·哈勃利一样。或者说，其实是哈勃利在学他们说话。他有意模仿那些人的言谈，让自己扮演着旧时代的人物，缅怀被电子技术记录下来的历史。或许他一厢情愿地认为，在独立战争的年代，人们都是那样讲话的。不管怎样，他有意拿腔拿调，而且看起来颇为在行。

他是个做戏的行家。

哈勃利说道："马里恩以前是个微不足道的小人物，没有受过教育，脾气暴躁，终日闷闷不乐；而且，他的膝盖天生就有毛病。英国佬烧毁了他的种植园；他的手下只要一想家便会弃他而去；他的副官内森·格林少将也不喜欢他。但是这些都打不倒弗朗西斯·马里恩，不管遭受多么大的阻力，他都在为自己的国家恪尽职责。"

我强忍仇恨，接着问道："那你觉得自己应该为国家尽什么样的职责？"

哈勃利的目光闪烁了一下，"我说过你很聪明，孩子，你确实很聪明。你很快就会明白的。我们的职责同'沼泽之狐'一样——就是要打倒一切外来压迫者。"

"现阶段，外来压迫者就是所有那些接受了基因改造的人？"

"你说得没错，阿伦先生。生活者才是这个国家真正的主人，就像以前马里恩的军队一样。他们渴望权力，渴望能生活在一个由自己当家做主的国度，我们也是如此。我们不仅充满了渴望，而且知道这个光荣的国度应该是什么样子，尽管它现在离我们的理想还差得很远。真正的主人是我们，是生活者。真令人难以置信，哈哈，看看那些顽固者把这个伟大的国家搞成了什么鬼样子。大量的外债，人民被盟国榨干了血汗，基础设施在我们面前瘫痪崩溃，技术被滥用——就像英国佬当年滥用大炮和枪支一样。"

我的屁股开始隐隐抽搐作痛，止痛药的效力还不够。我以前听过这种论调：只不过是反科技的愤恨情绪，还打着爱国主义的幌子。他们——这些充满仇恨的人——杀死了蕾莎。我把头扭到一边去，哈勃利的面孔让我无法忍受。

"当然，"他接着说道，"我们无法制止基因工程，没有人能制止。我们对这一点很肯定，否则就不会释放硬脊膜分解酶了。"

我把头慢慢地转过来，盯着他。他咧嘴一笑，淡蓝色的眼睛在黝黑的脸上闪闪发光。

"不要这样看着我，孩子。并非我吉米·哈勃利亲自释放的分解酶，也不是这个小分队。不过，你不会以为硬脊膜分解酶的泄漏是意外事故，对吧？"

这时我又注意到四周的墙壁，太完美了，纳米技术的产品。我想起米丽曾告诉我，根本无法查到分解酶泄漏源头的一丁点儿线索。

哈勃利再次认真地说道："我们人多力量大，革命需要有很多人支持才能成功。我们有权生活在一个由自己当家做主的国度，我们知道该怎么做，而且还掌握了技术。"

我吃了一惊，"什么技术？"

"所有的技术。嗯，或许不是所有的技术，但已经不少了。比如无机物材料的纳米技术，低等有机物材料的纳米技术……"

"那硬脊膜分解酶……你们是如何……"

"时机成熟的时候，你会知道的。今天，你只需要知道我们在做什么。而其结果就是我们会推翻伪政府，就像当年独立革命推翻了英国佬的统治一样。我们夺取了自己需要的所有技术,就像当初马里恩从敌人手中夺取了枪炮。就像当初,在1781年,就在萨迪河附近——"

"但你们杀了GSEA的特工——"

"他们是基因改造的产物,"哈勃利简短地说道,"反自然的废物。哈哈,使用纳米技术为正义而战,这和当年马里恩将军使用大炮为正义而战没有什么两样。但是,如果把这种技术用到人类身上,那性质便完全不同,孩子,那是不对的。人不是物品,不应该被当作物品一样处置,不应该被改造、被翻新、被重组。人不是汽车,不是工厂,也不是机器人。在这个国家,顽固者把人当作物品来对待的时间太长了;确切地说,是把生活者当物品的时间太长了。"

"但是,你不能在赞同对微生物施行有机基因工程的同时,却反对将基因改造用于人类。既然你们同意——"

"噢,不,"哈勃利站起来,说道,"这完全是两回事。消灭微生物没错,不是吗?捕杀动物来吃也是允许的吧?但杀人就是不对的。我们的法律不就是这么定义谋杀罪的吗?为何不在法律里也对基因改造工程做类似的规定呢?"

我想也没想就说道:"你们躲不过GSEA的!"

哈勃利用他那双清澈的蓝眼睛看着我,"可以躲过绿蛋,不是吗?"

"那不一样,他们是超级无眠者——"

"他们不是上帝，连天使都算不上。"他伸直了背，"事实上，阿伦先生，我们近五年来都躲过了GSEA的追查。哦，当然不是所有人都躲过了。到目前为止，有许多优秀的战士被敌人杀害了，我们自己的失误也造成了一些伤亡，但我们仍然坚持在这里。而且，硬脊膜分解酶的泄漏正在使整个战争迅速向对我们有利的方向发展。"

"但是你们绝对逃不过绿蛋！"

"嗯，这很难说。事实上，我们不打算躲过它。我猜测绿蛋对我们的了解远远超过GSEA。这一点显而易见。"

米兰达从没说过，至少没跟我提起过。乔纳森也没说过，克里斯蒂娜没有，尼克斯也没有。他们都没有跟我说过。

"在以前，我们还不够强大，无法与绿蛋抗衡。所以，他们对我们不加理睬或许是件好事情。现在情况完全不同了，即使是绿蛋也无法扭转失控的局面，硬脊膜分解酶已经完全无法掌握了。"

"但是——"

"够了，够了，"哈勃利说道，语气仍然不失和善，"我们要出发了。那几个特工的死会招来不少注意。大家应该都已经准备好了，你也要跟我们一起走。不过，阿伦先生，你不用担心，我们会有足够的时间来慢慢交谈。我知道这一切对你来说太陌生了，毕竟你从前接受的是不完善的教育，而且你一直在同无眠者打交道，他们已经不算是真正意义上的人类了。不过，你会学得更好。一旦你身临其境地感受真实的战争，你自然而然就能学会。我们欠你的情，你可帮过我们的大忙。"

我凝视着他。一堆令人作呕的图形在我的脑海中闪过,好似一阵巨浪袭来,将我吞没。

"我曾经——"

"哦,当然,"哈勃利说道,语气里透出惊讶,"你已经猜到了吧?你的最后一场音乐会上,《武士》唤醒了人们心中独立的欲望,令他们准备好为理想而战。你确实这么做了,阿伦先生。很可能这并非你的本意,不过事实上它就这么发生了。自从你演奏了《武士》,我们招募到了三倍的新兵。"

我哑口无言。门开了,坎贝尔向我走来。

"嗨,"哈勃利说道,"两个月前我们还接收了一批基因改造科学家,他们的加入完全出于自愿,根本不需要拷打逼迫。你改变了整个世界,孩子。

"现在,我们必须出发了。坎贝尔会扛着你,如果屁股痛得太厉害,你可以大声叫出来。我们去的地方有更多的止痛药,那儿有医生。我们当然不能让你受罪,你帮了我们这么大的忙。阿伦先生,你应当站在正义的一方,有些人要比别人多花上一些时间才能认识到这点。

"搬动他的时候小心点,坎贝尔……好了,走,我们出发。"

凭我的感觉,估计坎贝尔扛着我在沼泽地里穿行了大概两个小时。很难准确地判断有多长时间,因为我不时地失去知觉。他把我扛在肩上，就像扛着一麻袋大豆。吉米·哈勃利带领我们一行十人，排成一列纵队前行。哈勃利很熟悉沼泽地的地形。有时，人们踩着半干的狭窄垄脊走过，两旁是一片片泥潭——我小时候曾看到一个人失足掉进了这样的泥沼之中，不到三分钟就被整个吸了进去。有时，我们又会蹚着泥泞的脏水跋涉，水里游动着乌龟和水蛇。每个人都穿着及至大腿的高筒靴。大家紧靠茂密的藤蔓前进，头顶的树上蔓生着灰色的苔藓。其实如此小心也没用，一旦 GSEA 使用追踪机器人——这种机器人追踪信息素的本领比最优秀的猎犬还要高超十倍——不仅可以跟踪他们的轨迹，还可以进行分析。我估计，两小时后 GSEA 便会跟上来。

我注意到走在队列最后的是一个女人，阿比盖尔，就是她用火箭发射器炸掉了救援飞机。她把发射器留在了基地，现在，她扛着一台形状弯曲的机器，颜色暗淡，样子就像一张弓。她将那玩意儿举过头顶，让它与地面保持平行。我知道那是什么——哈里森生化信息素破坏装置。它会释放出一种分子，追踪人类散发出的气息分子，并将其掩盖。这是一种机密的军事装备，我只是恰巧在绿蛋那里听说过。弗朗西斯·马里恩自由前哨基地根本不可能有这种东西——但他们确实有。

我这才第一次相信吉米·哈勃利所说的话，他的部队成员并不是零星散乱的狂热分子。

阿比盖尔怀孕了。她的双臂举过头顶，我可以清楚地看见她的夹克下隆起的肚子,可能有五个月了。她边走边哼着欢快却没有调子的歌,思绪似乎早已跑到了天涯海角。

沼泽地的泥水越来越浓稠,温度也越来越高。我无助地倒挂在坎贝尔的肩膀上,任凭路旁的树枝刮擦着我的脸。一条条手腕粗细的大蛇滑进浅浅的水塘。一段原木突然一跃而起,在黑浊的水下潜行,而后消失在嘶嘶作响的泡沫中,原来是一条鳄鱼。

我闭上眼睛。潮湿的空气里充满了蜡白色兰花朵散发出来的浓郁香味。那些花长在白蜡树的树干上,它们并非寄生植物,而是靠空气来维持生命。

四周的昆虫不停地鸣叫,叮咬着人们,天空中浮着一朵静止不动的云。

"好,我们到了。"吉米·哈勃利说道,"阿伦先生,你怎么样?"

我没有回答。每次看到他,我心里就充满了仇恨,脑海中就会现出冰冷的尖刀一样的图形,这图形不停地旋转。蕾莎死了,是吉米·哈勃利杀害了蕾莎·卡姆登。她死了。我要毁掉他。

他似乎并不介意我的沉默。我们在一棵高大的月桂树下停住脚步,那树上挂满了灰色的苔藓。其他的树木密密地长在一块儿。一棵老柏树倒在地上,一半树身溃烂成了碎屑。在昏暗中,借着一点微弱的光线,我看到一条斑纹密布的蜥蜴迅速从藤上飞蹿下来。月桂树的另一边是一大片墨绿色的苔藓地,又厚又软,看上去像是草坪。空气里弥漫着浓浓的原始丛林特有的腐烂味道。

"孩子,接下来的情况可能会让你有点不安。但真正重要的是,你一定要知道自己不会有危险。好了,做个深呼吸,闭紧嘴巴,捏住鼻子。告诉你,我先打头阵,好让你放心。通常,都是艾比打头阵,这一次由我来,至少部分原因是出于对新娘的尊重。"

他朝阿比盖尔咧嘴一笑,露出满口的烂牙。她微笑着回应他,然后垂下眼帘。但是一分钟后,我发现她偷偷地瞟了一眼另外一个男人,那目光火爆热烈而且意味深长。吉米·哈勃利没有看到,他高喊了一声叛逆的口号,便跳进了那片苔藓地。

我紧张地喘着气,竟然令左半边身体出乎意料地疼痛起来。吉米马上陷进了苔藓下如同黑色果酱一般的泥潭里,泥水没到齐腰深。现在,他唯一的希望只能是保持不动,让坎贝尔把他拉上来。但他却得意地摆动双肩,一只手捏住鼻子,另一只手满不在乎地叉在腰间,就这样一动不动地等了大概十秒钟,突然有什么力量把他吸进了泥潭。他的胸膛没下去了,接着是肩膀,最后是头颅。泥潭表面的苔藓又合拢来,掩盖了他刚陷下去的地方。

我的心"怦怦"直跳。

下面该阿比盖尔了。她把哈里森生化信息素破坏装置塞进合成塑料材质的袋子里,仔细封好,然后跳进苔藓地,不见了踪影。

"捏住你的鼻子,你。"坎贝尔说道——他终于开口说了第一句话。

"等等,等一下。我——"

"捏住你的鼻子。"他一把将我扔进了泥潭。

我的左半边身体痛得要死。我的双脚先掉在泥潭的苔藓面上，但是它们早在很多年前就麻木了，没有丝毫感觉。当我陷到齐腰深的时候，才感觉到周身是冰冷的、黏糊糊的沼泽泥，像是掉进了一个粪坑里；刚刚我还在忍受潮热的空气，现下却被冰冷的粪泥牢牢吸住。腐烂的恶臭，死尸般的味道刺激着我的嗅觉。我脑子里一片昏黑，竭力挣扎，虽然还有部分意识告诉自己不要动弹，是的，无能为力，只有一动不动。蕾莎……岸上有人在咯咯地笑。

突然，有什么东西从下面牢牢地抓住我，那是某种无形之物，但很有力，像一股旋风，把我往下吸。稀泥没过了我的双肩，接着是嘴巴，然后蒙住了双眼。这时候，我感觉整个世界好像都充满了污秽。我全身陷进了泥里。

这是第三次，当我静静等待死亡来临时，紫色的栅格又消失了。

恢复意识时，我已躺在一间地下室的地板上，一双戴着手套的手抓住我，拖拽着我满是污泥的身体。我的左侧身体在抽搐作痛。有人帮我揩去脸上的泥巴，接着，那双手把我身上的衣服脱掉，把一丝不挂的我推进一个声波浴室里，身上的污泥立马掉得干干净净，衣服也被烘干了，洗下来的碎屑末被依次吸进浴室地板上的真空吸尘器里。有人在我的脊柱上贴了一片医疗膏片，疼痛立刻消失了。

"如果你希望的话，可以洗个真正的淋浴。"吉米·哈勃利和蔼地说道，"有些人就需要，或者他们认为自己需要。"他穿着一件干净的夹克站在我跟前,同之前那个衣衫褴褛的家伙判若两人。此刻,他跟别的生活者没有什么区别,除了那满口缺乏关照的烂牙。

阿比盖尔沐浴完毕走出浴室,毫不拘谨地赤裸着身体,正在擦干自己的头发。她隆起的腹部微微来回摆动。突然铃声大作,响亮而清脆——坎贝尔被泥潭吸进来了,正落在一个着陆台上。这时,我才看到在一个悬挂物下有个大概只有几英尺宽的平台。两个人立刻过来把坎贝尔拉下平台,给他擦干净眼睛和鼻子。擦毕,坎贝尔站起来,满身是泥,迈着笨重的步子走进声波浴室。

"孩子们,脱掉你们的手套,来帮帮阿伦先生,快。琼斯,你就少打量一会儿你可爱的新娘吧。"

那两人中的一个脸微微红了。哈勃利大约是觉得很有趣,大笑起来。我能感觉到琼斯心中的怒火,但他什么都没有说。阿比盖尔继续若无其事地擦干头发,面无表情。琼斯和另一个人托住我的腋窝,把我架起来抬出声波浴室,放在屋子中央的地板上。琼斯递给我一套干净的夹克衫。

"你穿多大号的靴子?"他看起来年龄比阿比盖尔小,黑头发,蓝眼睛,是那种未经过基因工程改造的自然的帅气。

我说道:"我想要我自己的靴子。"那双靴子是意大利皮做的,是蕾莎送给我的礼物,"放在声波浴室里的。"

"你最好还是穿我们的靴子吧,先生。你穿多大的?"

"十号半。"

他离开了房间。我穿上衣服。栅格又显现在脑海里,像蕾莎那些富有异国情调的花朵一样紧密排列。她真的死了。

琼斯回来了,带来一双靴子和一架轮椅。那架轮椅不是引力驱动的;很明显,那是手动轮椅。

"一个古董。"吉米·哈勃利说道,"真抱歉,阿伦先生,这已是我们在短时间内所能提供的最好的东西了。不过,请多些耐心,我们还可以做得更好。"

他注视着我,显然是在等待我表现出惊讶,惊讶于这个地下碉堡的物资配备竟然如此完善,居然还可以为一个跛脚俘房提供一架轮椅。我毫不领情,没有任何反应。一丝失望之色从他的脸上掠过。

由此,我了解了这个人,他的图形出现在我的头脑中。他需要称赞和崇拜。詹姆斯·弗朗西斯·马里恩·哈勃利。而他甚至还不知道,至少有两个手下——阿比盖尔和琼斯——已经对他怀恨在心。

那两个人有多恨他呢?

我会知道的。

我被琼斯和另一个男人抬到轮椅上,然后穿上了生活者的靴子。此刻的我衣着整齐,坐在这里,而不是像一条无奈又无助的鱼,笨重地躺在地板上。我感到自己不像先前那么绝望了。蕾莎死了。但我要为她报仇,毁掉这些杀害她的狗杂种。

我环顾四周。这个房间很低,高度不过六英尺半,坎贝尔只能弯着腰。五条通道以这个房间为中心向外辐射出去。墙壁采用纳米技术制成，非常光滑。我从米兰达那儿知道，防卫型地下碉堡的弱点就在入口处，那儿是最有可能被 GSEA 专家探测到的地方。超级无眠者在东奥兰塔有个实验室，那个实验室的入口防护装置是由特里·姆瓦卡贝精心设计建造的，GSEA 根本无法通过它。但眼前这些生活者不是超级无眠者，他们使用的技术不会比政府先进。

这个地下隧道系统铺展到多远的地方？如果使用纳米挖掘机，随时可以继续建造，额外增加的设施能延伸出好几英里，而决不会惊动地表。哈勃利说过他的"革命"已经进行了五年多了。

这些人向外界释放硬脊膜分解酶。GSEA 从未想到，这桩阴谋竟然与绿蛋无关。

也有可能 GSEA 知道真相，但向传媒透露消息，声称超级无眠者应当为世界的崩溃负责。把罪责推给超级无眠者很简单，可如果承认无力逮捕一帮生活者和几个被绑架或是反叛的纳米科学家，这会让政府大为尴尬。

我无法确定。但我知道，这场战争中应用的技术已经相当先进，因此这些隧道里肯定设有通信终端。即便这里的通信程序并不标准，我也不用担心：乔纳森·马克威茨曾要我一遍又一遍地记下能够与绿蛋取得联系的通信接入技巧，而绿蛋监视着世上的一切事情。我总会有办法联系上绿蛋，所需要的只是一台通信终端。

如果绿蛋监视着一切，他们又怎么会不知道这个地下组织呢？

他们肯定知道。我想起来了,米兰达曾向绿蛋沮丧地汇报过——"我们无法定位硬脊膜泄漏的发源地"。但是超级无眠者必定至少已经意识到,分解酶是由全国性的、有组织的集团释放出来的。就凭他们卓越的智商,不可能不知道这一点。

米兰达却没有跟我提过。

"你饿了吗?"琼斯问阿比盖尔,此时阿比盖尔已经穿上了绿色的夹克。哈勃利抢先回答道:"嗨,是的。是该吃饭的时候了,孩子们。"

哈勃利亲自推动我的轮椅。我任由他推着前行,脑海里出现了一个个像碳纤维棒一样坚硬笔直的图形。我们大家一起走进左手边的通道,沿途经过了一扇扇紧闭的房门。最后,其他人进入了一个房间,而我和哈勃利却进了另一扇门。眼前是一个白色小房间,桌椅全部用木材制成,而非合成塑料。墙上挂着一幅巨大的全息肖像,画中人是一个大鼻子、黑眼睛的军人,身着某种老式军服。

"这就是弗朗西斯·马里恩准将本人。"哈勃利满意地说道,"阿伦先生,我总是和士兵分开独自用餐,这样有利于严明军纪。你知道吗,先生,马里恩将军有洁癖,这是千真万确的事情,在阅兵仪式上,只要他发现哪一个士兵的军容不够整洁,便会抽那个家伙的耳光。他一辈子每天都喝醋和水调成的饮料,非常注意保养身体。罗马的士兵都喝这种饮料,你知道吗,先生?"

"我不知道。"我说道。在我心中,对他的仇恨催生出一个个冷酷的图形。这个房间没有通信终端。

"早在1775年，一位英国将军就曾写道，'我们的军队总有一天会被该死的游击队打败。'——弗朗西斯·马里恩率领的军队就是最该死的游击队。同样，现在这场战争的胜者也将是我们这些该死的游击队。"哈勃利大笑起来，又露出焦黄的牙齿。他眯起眼睛，目光始终不离开我的面孔。

"意志和信念，孩子。我们一样也不缺——意志和信念。你知道宪法为什么会如此伟大？"

"不知道。"我说道。一个身穿青绿色夹克的男孩子走进来，一头长发用一根带子系在脑后。他端来几碗冒着热气的炖菜。哈勃利看也不看他一眼，好像进来的是个机器人。

"宪法之所以如此伟大，是因为它给予正常人做决定的权利。它给予我们决定国家体制的权利——我们，正常的自然人。我们的意志和信念。"

蕾莎总是说，宪法之所以如此伟大，是因为它的监督和平衡措施。

她死了，她真的死了。

"先生，正因为如此，"哈勃利继续说道，"我们才一定要从那些顽固者主子手中夺回这个伟大的国家——他们只会奴役我们。必要的话，我们要通过游击战来夺取政权。是的，我们这些散兵游勇将以上帝的名义赢得自己的权利。"他兴致勃勃地品尝着他的炖菜。

"事实上，还是打游击战更好些。"我说道，"如果你堂堂正正地作战——在法庭上争取自己的权利，那么你就不会如此喜欢这场战争了。"

我本来是想激怒他，结果他只是放下手里的汤勺，若有所思地眯起眼睛。

"是的，我相信你是对的，阿伦先生。我认同你的想法。我们各有各的性情，我的性情就是要带领游击队去打仗，就像马里恩将军。不过，你的见地很有意思。"他继续吃他的炖菜。

我尝了尝面前的食物。这是典型的生活者食用的大豆制品，但其中还掺杂着几块厚厚的肉片，有些腥味儿，而且有点硬。这是松鼠肉？兔子肉？我已经好多年没吃过这两种肉了。

"宪法本身并非没有界限，"哈勃利接着说，"就拿阿比盖尔和琼斯来说吧。他们非常清楚那些界限是什么。他们以正确的方式实现了基因的合成：通过人类正常的有性生殖来生儿育女。"他故意拖长声音，一个字一个字地说出最后一句话，"上帝的手把琼斯的某些基因和艾比的某些基因混合在一起。在这个过程中，人类做了自己该做的事情，剩下的便要留给上帝去完成，这就是宪法所规定的界限。琼斯和阿比盖尔尊重这一界限。"

我需要关于哈勃利的一切，不管那些事情有多疯狂，因为我还不知道他致命的弱点。"宪法里什么地方规定了这样的界限？"

"咳，孩子，他们那些贵族学校都教了你什么啊？嗯，这种知识

是禁止教给你们的。好了，就在宪法的导言中，白纸黑字写得清清
楚楚：我们美利坚合众国的人民书写这部宪法，是为了组建一个更
完善的联邦，树立公正和正义，保障国内的安宁，建立共同的防务
……难道一个完善的联邦就该任由顽固者对人类的基因组合为所
欲为吗？这种方式只会使人心涣散，人民相互背离。琼斯和艾比的
婴儿一来到这个世界就比顽固者的孩子低一等，这算是公正和正义
吗？这如何能保障国内的安宁？呸！只会产生嫉妒和怨恨。还有，
多少个生活者的孩子才抵得上一个基因改造的婴儿？在这样一个
社会，人民大众如何能够得到保护？还谈什么共同的防务？艾比和
琼斯是在为自己的孩子而战。无论在什么地方，无论哪个孩子的亲
生父母都会这样做。宪法在神圣的第一个篇章中便赋予了他们这
个权利。"

　　我以前从未听到过"婴儿"这个词。吉米·哈勃利坐在那儿用汤
匙舀起他的炖菜，他像我所见到的每一个人一样，显得真实而又虚
幻。

　　他的这些理论听上去颇有道理，令我头脑混乱。他们总是能够
把道理讲得头头是道。我心中油然生出一种无力感，我以前和蕾
莎、米兰达、乔纳森、特里还有克里斯蒂娜争论的时候，也总是会生
出这种感觉。现在，我已陷入了困惑和憎恨之中，只能想出一个问
题："那你又有什么权利代表一亿七千五百万人的意愿？"

　　他再次斜着眼睛看了我一眼，声音中带着歉疚："为什么不行，

孩子——你的绿蛋不也是这么做的吗?"

我凝视着他。

"没错,确实如此。只不过他们无法做出有利于平民大众的决定,因为他们根本就不是平民大众。这显而易见。他们与我们不同,与他不同——"他朝弗朗西斯·马里恩的全息肖像挥了挥汤匙,汤汁滴到了桌上。

"但是——"

"孩子,你需要仔细考虑自己讲的话的前提条件,"他温和地打断我,说道,"记住——意志和信念。"他又埋头继续吃起来。

那个男孩又过来了,拿着两大杯酒——用蒸馏法酿成的威士忌。我没有碰自己那一杯,但强迫自己吃光了那碗炖菜。我需要能量和力气。我内心的愤恨之火在熊熊燃烧。

后来,哈勃利又谈论了许多关于弗朗西斯·马里恩的事情——他的胆识、他的军事谋略、他的生活方式。"他写信给霍雷肖·盖茨将军请求提供给养,因为'我们都是一文不名的穷困的大陆人',穷困的大陆人!说得不是很棒吗? 是的,穷困的大陆人,我们也是。"他喝光了杯子里的威士忌。如果是醋和水调成的饮料的话,喝光满满一杯就显得太多了。

我忍不住说:"GSEA会阻止你,不然,绿蛋也会采取行动。"

他咧嘴一笑,"你知道英国皇家陆军的巴拉斯帝·塔里登中校是如何评价弗朗西斯·马里恩的?'就是魔鬼也抓不到那个狗娘养的老狐狸。'"

我说道:"哈勃利,你可不是弗朗西斯·马里恩。"

他立刻满脸严肃,"哦,当然,孩子。大家都明白这一点,根本不会有人质疑这一点,除非他是个疯子。很显然,我不是弗朗西斯·马里恩,我就是我,吉米·哈勃利。你怎么了,阿伦先生?感觉还好吧?"

他倚着桌子伸过头来,瘦骨嶙峋的面孔上满是关切。

我感觉到自己的心脏在"怦怦"直跳。他高深莫测,如同绿蛋一样坚不可摧。过了片刻,他拍拍我的手臂。

"没关系,阿伦先生。你只是被突然发生的这一切给吓住了,明早就会好起来的。突然发现自己一直坚信的东西都是谎言,肯定会令你非常沮丧,这再自然不过了。你不必忧虑,明早就会好起来的。好好休息吧,很抱歉我得失陪了,我还要参加一个作战会议。"

他又拍了拍我的手臂,微微一笑,然后离开了。那个男孩推着我的轮椅把我送进了一间卧室,卧室里有一张单人床,一个洗手间,卧室门上是一把只能从外面打开的锁。

第二天早上,医生过来为我做检查——就是昨天在着陆台协助过琼斯的小个子男人。琼斯跟在他身后。我能看出来,琼斯是在充当看守的角色。很显然,这个医生并不是出于自己的意志和信念才来到这里的,但是他获准在地下堡垒中四处走动,这意味着他可能知道终端在哪里。

"腿恢复得还不错，"他说道，"你的脖子痛吗?"

"不痛。"

琼斯斜倚在门边，面带微笑。他的笑容一下子变得热情洋溢——我朝门外一瞥，看到阿比盖尔正从走廊经过。琼斯转身离开，走廊里传来一阵笑闹声。

我压低了声音，飞快地说道："医生，如果你能帮我找到终端，我就能把咱们俩从这里弄出去。我有办法发出求救信号，能够强行控制他们的任何通信设备——"

他皱起面孔，向我无声地发出警告。这时我才意识到，他肯定处在别人的监视之下。不过已经太迟了，无论他说了什么或是听到了什么，哈勃利的人肯定已一字不落地监听到了。

琼斯回来了，医生慌忙离开我，站到琼斯身边，看来他只想苟且求生。

我脑海里的栅格紧紧缠绕在了一起，形成一个挤作一团的图形，将其中的某样东西藏匿起来。这些纷杂的图形表面布满了菱形图案，此刻好像正越变越小。在它四周，一个个暴怒的图形无力地挣扎跃动，就像沙滩上搁浅的鱼。

哈勃利临近中午才来找我。他推门进来时满脸都是苛责之色，"阿伦先生，我明白，你想找到终端，让你在绿蛋的那帮朋友偷袭我们。"

我坐在老式轮椅里一动不动，带着不加掩饰的憎恨死盯着他。

他叹了口气,在床边坐下,双手支在膝盖上,诚恳地朝我俯过身来,"孩子,重要的是,你也应该明白——战时与敌人联系就是犯下了叛国罪。现在我知道了,你算不上真正的战士,根本算不上,你更像个战俘。但是,同样——"

"你肯定知道,弗朗西斯·马里恩从不这样说话,对吧?"我毫不留情地说道,"这是一百五十年前的老腔调了,而且只能在电影里听到,根本就是骗人的。你发动的整个战争也是骗人的!"

他依然没被激怒,"当然,阿伦先生,马里恩将军不会这么说话,你以为我不知道吗?但我这种讲话方式同手下士兵们的腔调都不一样,只有在旧时代人们才这样讲话,这种言谈既不属于顽固者,也不属于生活者。这就够了。只要能表达真理,采取什么方式并不重要。"

他一脸平和,耐心地看着我。

我说道:"让我坐着轮椅参观一下你们的地下杰作吧。我被锁在这间屋子里,是无法了解你所谓的真理的。你可以给我配备一个警卫,像监督那位医生一样盯住我。"

哈勃利摸了摸脖子上那个肿块,"我想可以。你坐在轮椅上应该无法打倒任何人。"

我脑子里的图案突然发生了变化,变成了深红色,上面闪着银光。看来哈勃利的人对我的底细查得还不够清楚,他们不知道我上半身的本领。蕾莎尽她所能雇来最优秀的武术大师来训练我——

她当时只是想为我提供一个渠道,让我发泄青春的怒火。

还有什么他可能不知道的呢?蕾莎无法改变我的DNA基因,无法使我成为无眠者,不过她尽她所能对我进行了改造:我的眼睛里嵌入了可变焦放大的眼角膜;我双臂的肌肉经过了加强。我接受的这些改造居然违反了宪法,与大众的权利相抵触,为人民所憎恶,简直就是犯罪。

我努力让自己显得充满了渴望,说道:"我可以请阿比盖尔陪同吗?"

哈勃利笑起来,"孩子,恐怕不行。艾比两个月后就要和琼斯举行婚礼了,她肚子里的小孩总算正式有了爸爸。到时候,艾比会穿上一身婚纱,打扮得漂漂亮亮。"

我想起阿比盖尔脚蹬长靴,身穿破衬衫,举着火箭发射器向援救飞机开火的场景。我无法想象她披上婚纱的样子;我似乎也无法想象米兰达穿婚纱的模样。

米兰达。自从蕾莎死后,我几乎从未想起过她。

"不过,我告诉你,"哈勃利说道,"看你这么渴望有位女士陪伴,我会满足你的要求。但是,阿伦先生——"

"什么?"

他的双眼变成了更浅的灰白色,目光中透着冷酷,"先生,你要时刻提醒自己,这是一场战争。你的音乐会给了我们巨大的帮助,我们对此非常感激,但是你照样可以被牺牲掉。请记住这一点。"

我没有回答。一个小时后，门开了，一个女人走进来。她一定和坎贝尔是双胞胎兄妹，她差不多有七英尺高，浑身的肌肉几乎和坎贝尔的一样发达，一头棕色的短发平平地贴在阴沉的脸颊四周。她像坎贝尔一样，也长着肥厚的下巴。

"我就是陪同警卫。"她的声音尖利而乏味。

"你好，我是德鲁·阿伦。你叫……"

"叫我佩格。你要放老实点。"她瞪着我，显然对我没有任何好感。

"好吧。"我说道，"你一定不是基因改造的产物。不过，你从父母那里继承到了什么样的基因啊？"

她仍是那副表情，不为所动。在我心中，她的图形是一尊巨型石雕，由整块的花岗岩构成，就像一座墓碑。

"佩格，带我去你们这里的餐厅。"

她握住轮椅的把手，不耐烦地推着我向前走去。在她那件绿色外衣下面，隐约可见鼓起的大块肌肉。这女人生就高大壮硕的体型，她大概比我还要重三十磅，个头也比我高出许多。

我仿佛又看到了蕾莎那轻盈苗条的身体，靠在番荔枝树干上，额头上是两个鲜红的孔洞。

餐厅是一间大屋子，里面布置着桌椅，还有一台极为简陋的全息终端，只能单向接收信息。终端上正在播放摩托车比赛。这间餐厅没有食物传送带，只有几个人坐在那里吃着炖菜。当我被佩格推进屋的时候,他们抬起头,直勾勾地盯着我,至少有六七个人的脸上都露出了明显的敌意。

阿比盖尔和琼斯坐在较远处的一张桌子旁边。那位准新娘手拿针线,正把几条蕾丝花边缝起来。我很少看到有人亲自动手干活,看见她这副模样,便不由得生出新奇之感,就好像在观看工匠制作蜡烛,或是工人用铲子挖坑。阿比盖尔瞟了我一眼,然后继续飞针走线,不再理会我。

佩格把我的轮椅推到一张桌子旁,给我端来了一碗炖菜,然后就坐下来观看摩托车比赛。同她庞大的块头相比,她身下那把标准合成塑料椅子看上去小得可怜。

我一边看着比赛,一边透过我具有放大功能的眼角膜观察四周的一切。艾比手上的花边由各式各样的小长方形图案组成,没有哪两个图案完全一样。整个花样设计得很复杂,就像片片雪花。她剪下一块,笑着递给琼斯。三个男人在玩扑克牌,我能看到其中有个人拿着两个王。过了一会儿,我对佩格说道:"你们每天就这么打发时间?就这样为革命献身吗?"

"闭嘴!"

"我想参观一下别的地方。哈勃利说过,如果有你陪同,可以允许我四处看看。"

"是哈勃利上校!"

"好吧,哈勃利上校。"

她使出一股蛮力,推起我的轮椅向近旁的走廊冲去,晃得我晕头转向。"嘿,慢点儿!慢点儿!"

一听这话,她减慢了速度,转而慢吞吞地向前挪动轮椅,像是在爬行。我不再说什么了。趁这个机会,我尽力记下自己看到的每一样东西。

这可不是件容易的事。所有的隧道看起来都是一个样:千篇一律的白色,用纳米技术建造得完美无瑕,墙面覆盖着不沾污迹的合金,所有的门都是同一种白色,没有任何差别,也没有任何标记。我努力记住一些微小的痕迹:地上的食物残渣、靴子的擦痕。我注意到一扇门下面挂着一块很小的矩形花边,猜测阿比盖尔曾从这里出入过。但不一会儿,我就再也想不起自己刚刚努力记下的那些东西了。

三个小时后,我们从一个清洁机器人身边经过,它正在打扫那些被我当作记号的地面残留物。

整个参观过程中,我只看到两道门是开着的。一道门通向公共浴室,另一道门只打开了片刻,随即就关上了——我匆匆地往里瞧了一眼,看到排成几行的密封罐。硬脊膜分解酶?或是吉米·哈勃利打算向敌人释放的另一个撒手锏——另一种可以对人类以外的生物基因组起到破坏作用的东西?

"那里面是什么?"我问佩格。

"闭嘴!"

又过了一个小时，我们回到公共餐厅，正是午饭时间。佩格把我推到一张空桌旁，"砰"的一声将一碗炖菜丢在我面前。可我一点也不饿。

几分钟后，吉米·哈勃利在我身旁坐下，"孩子，怎么样，参观得还算满意吧？"

"噢，是的，很棒。"我说道，"我看到大家都各尽其职，为革命做贡献。"

他笑起来，"哈哈，你到底还是开了窍。不过在我准备好之前，你别想诱使我给你看更多的东西。时间很富裕，来日方长。"

"你不担心手下的士兵因为整天无所事事而变得不安分吗？马里恩将军在战斗间歇是如何安置他的士兵的？"我放下手中的勺子，心中的憎恨让我无法在他面前装出一副有胃口的样子。噢，上帝，我想要喝一杯。

他看上去很惊讶，"阿伦先生，他们平常可不是无所事事。今天是星期日，安息日。明天我们就会进行常规训练。马里恩将军知道一天的休息放松有多么重要，也知道每个人的精神都需要调整恢复。"

说罢，他得意洋洋地环顾了一下四周：一群人聚在一起赌博，另一些人在看摩托车比赛，这些家伙大概是过够了毒瘾，个个萎靡不振。整个房间里，只有三个人看上去还有点活力：琼斯和阿比盖尔微笑着四目相望，女方还在缝制花边；第三个人，就是佩格。

"吃吧，孩子，"哈勃利和蔼地说，"你要多吃点，才能强壮起来。"

我把勺子扔在碗里。"不，"我说道，"我不想吃。"

当然，他没听懂我的言外之意。不过，佩格凭着她动物般的机敏，听出了我话里的意味。她恨恨地盯了我一眼，转而望向吉米·哈勃利；她一看到自己的领袖，满脸愠怒便立刻换成了敬畏和尊崇——只有当一个凡人对上帝顶礼膜拜时才会现出这副神情。

第三卷

2114年10月

"评判我们在进步的标准就是：不是让富有的人更加富有，而是让那些穷人过上富足的生活。"

——富兰克林·德拉诺·罗斯福
首次连任总统时的就职演说

第十章　黛安娜·科温顿：东奥兰塔

身处东奥兰塔这样一个与世隔绝的垃圾堆中,我有一个最大的发现:GSEA不可能知道米兰达·沙里夫在哪里。那些特工都训练有素、老谋深算,但显然他们不知道我的藏身地。他们连我都找不到,何况米兰达·沙里夫呢? 我不打算使用科林·科沃斯科给我的任何假证件。在来东奥兰塔的路上,我换了三次身份。现在使用这个身份,"维多利亚·特纳",拥有很多证明文件:IRS[①]的税务证书、得克萨斯州的居民证书、居住地所在银行的开户证明、学历证书、医疗保健证书、杂货店的购物证明……我的朋友很擅长伪造这些东西,自信足以骗过绿蛋……但我可拿不准。不过我很确定,GSEA没有发现我。

第二件大事便是,我没有与GSEA联系,也不曾告诉他们我在哪里,以及我所怀疑的事情,我想这是自大感在我心中作祟。我希望

———————————
①美国国税局。

自己在必须报告的时候能够这样说："我找到了米兰达·沙里夫,地点:经度74°50′86″、纬度43°45′16″,这里是一个非法的基因改造实验室。小伙子们,来抓她吧。"而不是说——"嗯,我想她很可能在附近的某个地方,大概是吧,但我还没有充足的证据。"如果我是一名正规编制内的特工,上级绝不会容忍我这样默不作声,但我不是一名正规特工——我从来就没有扮演过任何正规的角色。我渴望在自己一事无成的一生中,凭借自己的力量成就些什么。我非常渴望。

当然,我和GSEA一样,也不知道米兰达究竟在哪里。不过我怀疑,她可能藏在东奥兰塔附近,或是长满林木的阿迪朗达克山中,或是地下的某个地方。但如何找到她,我完全没有头绪。

当我遇到莉齐·弗朗思之后,事情发生了转变。

在为莉齐·弗朗思敷上药膜后的第二天晚上,我又去看望她,为她讲了些简单的计算机操作知识。我注意到,当我问到伊甸园的时候,比利·华盛顿变了脸色。这个老家伙是我见过的最差劲的撒谎者。他一定知道某些关于伊甸园的事,而且他无可救药地陷入了对安妮的爱恋之中——同比利相比,安妮要难对付得多,更为刻板。莉齐对这个老头子更是为所欲为。可怜的比利。

莉齐穿着一件粉红色睡衣,仍旧坐在那个破旧丑陋的合成塑料沙发上。她的头发梳成了十六条小辫子,用粉红色丝带扎起来。电子器件散落在她的毯子上。是比利为我开的门,但他并不想让我进去，我只能从比利身侧瞥到莉齐。

"莉齐还在睡觉。"

"她没睡，比利，我看到她了，她就坐在那里。"

"维姬！"莉齐用那清脆的童声叫道，某种未曾预料到的东西在我胸中翻腾，"你来了！"

"她病得很重，不能打扰她。"

"我很好。"莉齐说道，"比利，让维姬进来，好吗？求你了！"

他很不高兴地打开了门。安妮不在家。我问道："你干什么呢，莉齐？"

"这是从餐馆的厨房拿回来的切削机器人。"她很快地回答道，丝毫不因为自己的偷窃行为感到愧疚。比利走开了，"它出了故障，我就把它拆开了，看看能不能修好。"

"你能吗？"

"嗯，不行。你能帮我吗？"她那双棕色的双眸带着企盼的眼神望着我。比利离开了公寓。

"恐怕我帮不上忙，"我说道，"我不是机器人技师，不过可以试试。"

"那我先试装给你看。"

她把机器人的几块零件放在一起，这个机器人装有以Y能量为能源的标准凯拉芯片。我曾和艾莉森·凯拉一起上过学；作为凯拉电子产业的继承人，她总是声称自己极为鄙视那个将要由她继承的电子帝国。莉齐不到两分钟就组装好了机器人,然后指给我看——如果没有能用的芯片,这机器便无法工作。"维姬,你看到这里了吧? 这个地方小得不起眼,现在被融化了。"

我说道:"你觉得是怎么回事呢?"

那双棕色的大眼睛望着我,"我不知道。"

"我知道。"被毁坏的连接装置正是由硬脊膜制成的,已被自我复制的分解酶破坏掉了。

"是什么东西让它融化的,维姬?"

我用手翻转着机器人,寻找其他的硬脊膜连接装置。找到了,这些硬脊膜关节位于不够坚固但更为便宜的塑料部件之中,它们未被"融化"。

"是什么东西让它融化的,维姬? 维姬?"我感到一只小手放在我的胳膊上。

为什么另外那些硬脊膜关节并未遭到袭击呢? 因为分解酶具有定时功能,每隔一段固定时间,它便开始自我解体。同样,它在自我复制出一定数量的副本之后,也会停止复制。很多——也可能是大部分——纳米技术都拥有这样的安全特性。

莉齐摇着我的胳膊,"是什么东西让它融化的,维姬? 是什么?"

"一种很微小的机器。它太小了,肉眼看不到。"

"是硬脊膜分解酶吗? 就是新闻栅格上提到的那种东西?"

这回轮到我惊讶地看着她了,"你看得懂顽固者的新闻栅格?"

她很认真地看着我，很长时间不说话。我知道她是在做一个重要的决定：是否该信任我。最后，她答非所问地说道："我已经十二岁了，我妈妈还把我当成六岁的小孩子。"

"嗯，"我说道，"可是，即便你十二岁，又怎么能看到顽固者的新闻栅格呢？餐馆里从来都没有播放过这种节目。"

"半夜的时候，餐馆里就没人了。有几个晚上我到那里去看过。"

"你悄悄溜出去的？"

她严肃地点点头。无疑，这个小女孩的举动足以震撼整个世界。她是对的，我根本无法想象一个生活者小孩竟然拥有如此强烈的求知欲和好奇心。对于莉齐·弗朗思身边的这个世界来讲，她显得格格不入。她的出现就如同硬脊膜分解酶一样，纯属意料之外，令人无法捉摸。她也是不受欢迎的异数——对于生活者和顽固者来说都是如此。

我想出了一个办法，可以利用她这个不同寻常之处。

"莉齐，我们做一个约定好吗？"

她警惕地看着我。

"如果你能把我想知道的事情告诉我，我会尽我所知教给你关于机器运作的知识。"

莉齐的表情立刻变了，满脸欣喜。

"这可是你说的，维姬。我听到了，那就说定了。你说的，你会教我所有关于机器运作的知识!"

"我说的是'尽我所知',不是'所有'。"

"可你刚刚说过的。"

"好,好,我答应。不过,作为回报,你得回答我的所有问题。"

她把头歪向一边,掂量着。她没有发现任何圈套,"好,我答应。"

"莉齐,你听说过伊甸园吗?"

"你是指《圣经》里的伊甸园吗?"

"不。就在这里,东奥兰塔附近。"

尽管我们已有约在先,但她还是迟疑了一下。我说道:"你可是答应了的。"

"我听说过,比利和妈妈谈论过这个。妈妈说伊甸园根本就不存在,它只存在于《圣经》里。比利说他也不是很肯定。他说也许它就在山里,或者是树林里;顽固者不知道那个地方,但生活者还在那里工作。他们谈论的时候以为我睡着了。"

一个不为顽固者所知的地方。这意味着,尽管政府的顽固者不知道伊甸园,但东奥兰塔这个城镇里的居民可不一定不知道。

"比利有没有一个人去过树林,在没有你妈妈陪伴的情况下?"

"噢,他经常一个人去,妈妈才不去树林呢。她太胖了,走不了那么远。"莉齐实话实说。不知为什么,我突然想起了苔丝德蒙娜,不由得握住了我那一个用苏打水罐做成的手镯。

"他多久去一次呢？每次去了待多长时间呢？"

"每两个月去一次吧，待上五六天。但是最近妈妈说他年纪大了，不让他再去了。"

"那就是说他不再去了？"

"不，他下周还要去。他跟妈妈说如果不发生什么重大的变故，他还是要去树林；但他也不放心把我们单独留在这里。不过，现在有吃的了。"她说着用手指向墙角的几个木桶，那里面是正在发霉腐烂的、让人毫无胃口的人造食物。

"他下周什么时候去？"

"星期二。"

莉齐知道所有的事情。但更重要的一点是——比利知道些什么？他是否知道米兰达·沙里夫在哪里？

"比利一般什么时候出发去树林？"

"大清早。维姬，你打算怎么给我讲所有关于机器运作的事情？我们什么时候开始呢？"

"明天。"

"今天吧。"

"你还在恢复中。你得了肺炎，你知道什么是肺炎吗？"

她摇了摇头，那些傻气的粉红色丝带也跟着来回摆动。如果她是我的小孩，我一定给她编头发。

如果她是我的小孩？天哪，我在想什么。

"肺炎是细菌感染引起的疾病,细菌本身是一个很微小的有生命的机器。它被另外一种专门搞破坏的有生命的小机器侵袭之后,便会让你生病。我们明天就从这里讲起吧。如果你有正确的密码,就可以访问旅馆的终端设备,那里几乎没有人去……"我突然意识到安妮会强烈反对我的教学计划,那我只好在午夜时分教她。

"什么密码?"她的眼睛闪着光,直勾勾地盯着我。

"我明天告诉你。"

"我改编过餐馆入口的程序,使我和妈妈都能进去。我能搞懂旅馆的终端。你就说说,怎样……"

"再见,莉齐。"

"你就告诉我怎样——"

"再见。"

我关上门的时候,看见莉齐又在拆卸那个切削机器人。

接下来的六个星期,莉齐把空余时间都花在旅馆的终端旁,在顽固者建立的庞大的公共图书系统中查阅教育软件。她不定时地出现在旅馆里——有时是一大早,刚在浴室洗完澡,头发还湿漉漉的;有时黄昏时也来。我猜,安妮准以为莉齐在同她的伙伴卡列娜和苏茜一起玩——那是两个叽叽喳喳的傻女孩。莉齐离开旅馆也总是很突然,像个逃犯似的从"犯罪现场"溜走,回家吃晚饭或是去教堂。我不知道她是否半夜还来旅馆;当然,那个时候我已经睡了。一旦她发现了自己感兴趣的知识,便会以惊人的速度学习掌握。我没有干涉她学些什么,只在她问我问题的时候提些建议。就在开始学习的第一天,她选定了自己的课业目标——计算机系统,于是开始研究计算机方面的理论和应用。

一周后,她向我展示成果:她给一个还能使用的清洁机器人重新编了程序,对它的动作排序,让它学会了跳舞。结果那个玩意儿就像犯了癫痫病一样,在破败的旅馆大厅里四处乱跳。莉齐笑得从床上滚了下来,躺在地板上不停地尖叫,双手捂着自己的小肚皮。就在这时,我胸中再次翻涌起那种不期而至的感觉,像热血一样温暖的感觉。

在一个月内,她自修完了中学前两年的计算机科学的学习软件。

六星期后,她兴高采烈地向我展示她如何侵入霍尔公司的数据库。我在她身后窥视着,担心霍尔的安全防范系统可能会跟踪这个非法侵入,一直追查到东奥兰塔——而这个地方本不该有谁具有入侵数据库的本领。GSEA的监视系统会监测到吗?

我有些多虑了。网上必定有成千上万的十几岁小鬼在霍尔公司的数据库附近窥探,而他们不过是想试试自己的手艺。

但那些小鬼都是顽固者。

“莉齐,”我说道,“不要再非法入侵了。我很遗憾,亲爱的,但你这样做很危险。”

她紧闭起双唇,俨然是个满脸疑虑的小安妮,“有多危险呢?”

"他们会跟踪你,一直跟踪到这里来,逮捕你,把你送进监狱。"

她的眼睛立刻睁得大大的。看来她还算尊重当局,至少尊重强权。胆小的小安妮。

"你要答应我。"我严肃地说道,毫不让步。

"我答应。"

"现在我告诉你,我明天要乘坐引力火车去阿尔巴尼。"——火车又开始运行了,只是暂时地——"给你买一台便携式计算机和一套晶体资料库,那上面的东西比你在这里能学到的更多。等着瞧吧,会让你大吃一惊的。"而且移动式的手持计算机也不会被追踪。我可以用"达拉·琼斯"这个账户,晶体资料库和兼容配置器件的高昂价格刚好可以把账户消费得干干净净。或许我最好到比阿尔巴尼更远一点的地方去买。或许是纽约。

莉齐凝视着我,一时间说不出话来,粉红色的嘴巴张成了一个小小的"O"形。然后她紧紧地抱住我,把小嘴贴在我的脖子上,声音含糊不清。

"维姬……晶体资料库……噢,维姬……"

这是送给你的,亲爱的小姑娘。我没有说更多的话。我不能。

安东尼——那个出现在保罗和拉塞尔之间的我的男朋友——曾经告诉我,世上根本不存在什么母性的本能,也没有父性的本能,不过是人们受到宣传教育,要求他们去承担自己并不愿承担的责任;所谓父母的舐犊之情,其实是一种强迫性行为,而非生物内在的原动力促使的。

这也就是我过去常常会愚蠢地爱上那些男人的原因。

把晶体资料库带回给莉齐后的第三天早上四点,我起床了,准备好跟踪比利进入树林深处。

这是我六个星期以来的第三次旅行。莉齐遵照协议,向我透露了比利的计划。她告诉我,比利过去都是每一两个月才去一次,但是现在他去的次数频繁了许多。也许他还有过几次短期外出,而我和莉齐都不知道。他正在加快实施自己的侦察计划。我希望他能带领我找到"伊甸园"。

早上,雪断断续续地下,不是很大,但现在只是十月中旬。在旧金山,我从没有注意过"即将到来的冰河期"之类的垃圾报道,不过,在阿迪朗达克,我真正明白了这种说法的含义。一到冬天,每个人都裹得严严实实。这里的冬装倒是真的很暖和,但不像夏天穿的彩色夹克那么雅致。防寒外套只有为数不多的几种颜色:金黄色、深红色、铁蓝色、浅绿色。另外,守旧的人们还有一种褐色外套。

早上四点四十五分,比利穿着这种灰褐色的衣服从公寓楼里走出来,还扛着一个塑料袋子。天还没亮,黑黢黢一片,他朝河边走去。四周有建筑物遮蔽的时候,我紧紧地跟在他后面。等到路两旁变成一片旷野,我只好躲在他的视线之外,沿着他留在雪地上的脚印潜踪而行。走了有一英里,脚印不见了。

我站在一棵松树下面琢磨着下面该如何行动,这棵大树的枝杈伸展了十余英尺。这时,背后传来比利平静的声音:"在树林里你可占不到什么便宜。"

我转过身,"你怎么发现我的?"

"不要管我是怎么发现的。问题是,你在这儿干吗?"

"跟踪你。这不是第一次了。"

"为什么跟踪我?"

他从未问过这个问题。前几次当他发现自己被我跟踪之后,他没跟我说话。而这一次,他一反常态,板着布满皱纹的面孔,严肃地站在那里,在荒凉寒冷的背景的烘托下,显得有些悲壮,活脱脱是一个生活者中的摩西①。我问道:"比利,伊甸园在哪里?"

"你就是为了这个才跟踪我?我不知道它在哪儿;就算我知道,我也不会带你去的。"

这说明我还有希望——当一个人因为某些原因而拒绝做某件事情的时候,这至少表明他还有可能去做那件事情。将"可能去做"变成"同意去做",并不像将"拒绝去做"变成"可能去做"那么难。"为什么呢?"

"你指什么?"

"为什么就算你知道伊甸园在哪儿,也不会带我去?"

"因为那不是顽固者的地盘。"

"那是属于生活者的地盘?"

---

①基督教传说中的人物,公元前十三世纪的犹太人先知。

看来他意识到自己说多了。他把肩上的袋子放下,扫开树桩上的积雪,坐在上面。这表示,如果我不离开,他就一直坐在那里。我必须用激将法刺激他才能有所收获。

"也不是生活者的地盘,对吗,比利?伊甸园属于无眠者。在这片树林中,你已经见到过一个来自绿蛋的超级无眠者,或许还不止一个。他们的头比常人大,说话的语速很慢。他们的思维比你我更敏捷而且更复杂,为了让我们能够理解,他们要费上半天力气才能找到几个足够简单的词汇。你遇到过一个超级无眠者,是吗,比利?男人还是女人?"

他看着我,在灰白色树林的衬托之下,爬满皱纹的面孔显得格外阴郁。

"你是什么时候遇到那个人的,比利?今年夏天?或者更久之前?"

他回答道:"我什么人也没有遇到。"显然,他在撒谎。

我向他走过去,把手重重地放在他肩上,"不,你遇到了。什么时候遇到的?"

他盯着雪地。

"好吧,比利,"我叹了口气,"如果你不想告诉我,那就别说了。你是对的——我真不应该跟着你来到树林,我真不知道自己究竟想干些什么。而且我觉得冷。"

他还是缄口不语。我一路跋涉,回到了城里,只留下了一块定位芯片。我刚才偷偷把芯片贴在比利那件合成塑料外套的后背上，只有当他脱下外套仔细检查的时候，才会发现这个跟踪装置。他所处的位置显示在我的掌上监视器上，只是一个小点。但到目前为止，在一个多小时的时间里，我发现那个小点一动不动。他不冷吗？

拉塞尔——我那个出现在安东尼和大卫之间的情人——有一套关于人体体温的理论。他说，每当我们顽固者遇到令自己不快的东西，便会立即对对方进行调整，因而我们已经失掉了忍受自己体温微小变化的能力。温室般恒久不变的环境令我们弱不禁风。拉塞尔认为这是我们的优点，因为这样我们就能更容易地分辨出成功的、接受过高等基因改造的人——当你看到某人因为温度降低了一度就赶紧穿上毛衣，你便会意识到这是一个上等人。我素来缺乏涵养，没办法对他这种论调置之不理。"你所谓的上等人不只包括娇贵的公主，温度计也具有同样的特性。"我回应道。但我这些奇怪的论调对拉塞尔根本不起作用。我指责他是在炮制更虚假的社会等级，这个世界上荒谬的等级划分已经不少了；他则嘲笑我是在嫉妒他，嫉妒他那经过基因改造的、优秀的大脑。争吵之后，我们很快便分了手。我最后听到有关他的消息是，他当上了圣地亚哥的国会代表——那里恐怕是全国气候最单调的地方。

或许比利·华盛顿点起了一堆火，这从监测器上看不出来。一个小时后，我坐在东奥兰塔温暖的旅馆房间里，看到监视器上代表比利的这个小点开始移动。他一整天只走了几英里，行程还算轻松,但变换了好几次方向。他像是在寻找什么东西。不知怎的,这个点在我的监测器上突然消失了,这可能意味着他进入了Y能量安全系统的防护罩。他消失了整整三天三夜,后来回到了家。

令人难以置信的是,他没有质问我那个芯片的事。或许他根本没有发现跟踪装置,甚至他脱掉夹克后也没发现(这让我很难相信);或许他发现了,但看不出是什么玩意儿,所以就置之不理;也可能——我后来才想到这一点——他看到了芯片,但以为是别的什么人趁他睡觉的时候放上去的:是树林里的人,他要找的人。

或者根本不是那么回事。我怎么知道一个生活者到底在想什么呢?事实上,我可曾真正了解过任何人的想法吗?如果我同别人初识便能看透对方的心思,又怎会和拉塞尔交往十八个月之久呢?

比利从树林返回两天之后,安妮说道:"引力火车又坏掉了。"她不是在对我说话。我坐在她的公寓里,来看莉齐。安妮当然知道我在,但没有看我一眼,也不和我说话,只是笨重地挪动庞大的身躯,绕过我,一直忙来忙去,仿佛我所在的位置是一个无可名状的黑洞。比利允许我进门,只是因为我给他们带来了两大包食物和一些家用物品——我以维多利亚·特纳的名义领取的。这些东西都在墙边,与那些日渐增多的储备品放在一起。那个角落隐约散发出垃圾堆的气味,嗜好腐物的微生物还没来得及将它们全部吃掉。

"在哪儿?"比利问道。他想问火车是在哪里出的事故。列车现在肯定瘫痪在某个地方,在它的磁力轨道上动弹不得。

"就在附近,"安妮说道,"城外大约四五百米远的地方,是塞林·凯恩告诉我的。人们气得发了疯,想把火车一把火给烧掉。"

莉齐饶有兴趣地抬起头来,目光暂时离开了她心爱的晶体资料库和手中的便携式计算机。我没有见到安妮看见我的礼物时的反应,但莉齐告诉我了。莉齐现在能拥有这两件宝贝,只有一个原因:她威胁妈妈——如果不允许她收下礼物,她就要坐上引力火车离家出走。她告诉妈妈,说她已经十二岁了,很多十二岁的孩子都会离家出走。我想莉齐说得没错,生活者小孩子可以凭借他们的就餐卡到处流浪。但从此,安妮不再跟我说一句话。

莉齐问道:"他们可以烧掉火车吗?"

"不,"比利简短地回答道,"那是违法的。对他们没有一点好处。"

莉齐思索着,"但如果没有人能从阿尔巴尼乘火车来惩罚这些违法的人——"

"他们可以乘飞机来,不是吗?"安妮打断莉齐,"小姐,你不要尽是想着什么违法不违法的事情!"

"我可没有老想这个,是塞林·凯恩总对这种事情念念不忘,"莉齐理直气壮地回答道,"再说了,没有人会乘飞机从阿尔巴尼赶到东奥兰塔来。那些顽固者碰到了更大的麻烦,比我们这里的麻烦要大得多。"

"小孩子说话真是口无遮拦。"我说道。没人理我。

门外大厅里传来叫嚷声。一阵脚步经过我们门前，又掉转回来，接着，是重重的敲门声。比利和安妮互相看了一眼。比利起身把门开了条缝，头伸到外面，"出什么事了？"

"仓库又关门了！都排了两个星期的队了！我们打算去拆掉那该死的仓库——我需要换一条毛毯，还有靴子！"

"噢。"比利关上了门。

"比利，"我小心地问道，"别人知道你在这里储藏了食物和日用品吗？"

"除了我们四个，没人知道。"他说道，却不敢正视我的眼睛。他有些羞愧。

"记住，不要告诉任何人，不管他们说有多么需要这些东西。"

比利无助地看着安妮。我知道他站在我这边。我已经发现，在东奥兰塔有一种颇具规模的以货易货贸易与顽固者的官方经济并存。人们把剥了皮的野兔烤熟，用来换取那些难看得要命的手工挂件或刺绣夹克。还有人用坚果换玩具，用阳光药物换食品。我猜比利肯定是拿我们的一些储备去做了交易，但没让任何人察觉到我们私藏了这些东西。他知道，也许什么时候，莉齐就需要这些储备。

安妮和比利不同。她很爱莉齐，甚至愿意为莉齐去死，但她骨子里秉承着共享一切、人人平等、天下大同的集体观念，却从未想过这些是为什么。

我舒展了一下身体，"我想我该去仓库看看——看看地区监察官亚伦·西蒙·塞缪尔森的配给中心是怎么获得解放的。"

安妮怒气冲冲地朝我这边一瞥,但并没将目光落在我身上。比利知道我带着眩晕枪和个人防护罩,却还是愁眉苦脸地说道:"小心点。"莉齐跳起来,叫着:"我也要去!"

"闭嘴,小孩子去干什么?你哪儿也不许去,外面很危险!"安妮立刻阻止道。引力火车又坏了,莉齐离家出走的恐吓暂时失去了效力。

莉齐紧紧地抿起嘴巴,我都看不到她的小嘴唇了。我还从没见过她这样。她到底还是安妮的孩子呀,这样子真像她妈妈。"我就是想去。"

"不行,你不能去,"我说道,"太危险了。我回来一定告诉你发生了什么事,好吗?"

莉齐泄了气,嘟嘟囔囔地小声抱怨。

安妮没有一丝谢意。

一小群民众聚集在仓库门口,大约有二十来人,正把一只沙发当作攻城锥,朝仓库的合成泡沫塑料门狠狠撞去。我知道那扇门顶不住进攻。如果当年的巴士底狱也是用泡沫塑料建造的,那么玛丽·安托瓦内特王后早就戴上假发逃之夭夭了[①]。我走到街对面,斜靠着一幢青绿色的公寓楼墙,静观事态发展。

门被撞开了。

---

①攻占巴士底狱是法国大革命开始的标志,玛丽·安托瓦内特是在这场革命中出逃的国王路易十六的王后。

那些人齐声欢呼着冲进去，接着又齐声发出了愤怒的吼叫。我走过去，查看大门的铰链。铰链也是硬脊膜制品，已经被分解酶彻底侵蚀掉了。

"这儿什么都没有！"

"他们欺骗了我们！"

"他妈的狗娘养的——"

我朝里面望去。仓库入口处的小房间里只有一个柜台和一部通信终端。一道门通向存货间，里面是一排排空货架和空柜子，天花板上只剩下孤零零的挂钩——原本该存放在这里的夹克、花瓶、唱片、椅子、清洁机器人和工具等等全都不见了踪影。我顿时觉得前心后背一阵发凉，不禁打了个寒战。那么，传闻确实不假：社会经济、政治体制，还有硬脊膜危机，全都到了崩溃的边缘。一百年来，自从谷贝贤三发明了廉价能源并重新改造了整个世界之后，这是第一次出现真正的供应匮乏。政客们只为居住着大量选民的城市提供充足的物资，却对选民稀少的地区置之不理。东奥兰塔就是这样一个城市，被遗忘的城市。

不会有人来修理引力火车了。

那群人一面怒吼，一面咒骂："他妈的顽固者！操他妈的！"我听到搁板从墙上掉下来的声音，大概硬脊膜螺钉都已经被分解酶腐蚀掉了。

我赶紧悄悄地退到外面来。这二十几个人在愤怒的驱使下，会变成一帮暴民。眩晕枪一次也只能对准一个目标开火,尽管个人防护罩牢不可破,但我总不能就待在里面不吃不喝。

回旅馆或是去安妮家?无论选择哪一个,我都得马上离开,暂避一时。

旅馆里有一台与网络相接的通信终端,如果我找准时机,可以用它来呼救。但我突然想到,安妮的公寓位于城边,应该比市中心安全。那里还有吃的,而且房门的锁链并非硬脊膜制品,尽管房主对我不大友善,但莉齐在那儿。

我朝安妮家快步走去。

走到半路,我忽然看见比利站在一座楼房的拐角处,手里拿着一根棒球棍,“快,医生!快到这里来!”

我不再感到寒冷,内心的恐惧感突然间消失得无影无踪,“你是来保护我的?”

“快过来!”他的呼吸非常急促,双腿不停地颤抖。我伸手搀他的胳膊肘,扶稳了他。

“比利……来,你靠着墙。你是来保护我的?”

他抓住我的手,拉着我往一条小巷里走,每当天气暖和的时候,那些跳顿足舞的家伙便在这条小巷里闲荡。这时,我听到街对面的仓库那里传来一阵叫嚣声。越来越多愤怒的人聚集在一起,尖声斥骂着顽固者政客。

比利领着我穿过小巷,经过一个垃圾场,那里堆满了废旧摩托车、合成塑料块、床垫,还有另外一些体积庞大的废弃物。来到餐馆的后门处,不知他用什么办法打开了供送货机器人进出的服务通道,然后我们爬进自动运行的厨房,里面正忙碌地将合成大豆制成各式各样的食品。

"怎么——"

"是莉齐……找到……这个地方的,"他急促地喘息着,"那时……她还……没有……跟你……学习……"尽管他现在这副模样像是突发了心脏病,但我还是能听出他话语中潜藏的骄傲之情。他靠着墙滑坐到地上,努力放慢呼吸,涨得通红的脸慢慢地恢复过来。

我环视四周,墙脚处有一小堆食品、毛毯,还有些生活必需品。我的眼睛一阵刺痛。

"比利……"

他还在不停地喘息,"没人知道这里……他们不会到……来这里找你。"

但是,他们会去安妮的公寓找我。他们见过我和莉齐在一起。他不是在保护我,而是在保护莉齐,避免我和她再有关系。

我问:"全城的人都会去攻占巴士底狱吗?"

"什么?"

我解释道:"是不是全城的人都将发起暴动,砸烂东西,找出罪魁祸首以进行惩罚?"

他被我的想法吓了一跳,"你是说城里所有的人? 不,当然不是。现在的闹事者都是因为一时头脑发热，他们不知该如何应付眼前的变故，但他们会慢慢平静下来的。而且，杰克·萨维克这样的好人会把他们组织起来，做一些有用的事情。"

"他们能做些什么有用的事情呢？"

"噢，"他挥挥手，呼吸慢慢平稳，"把毛毯分给真正需要的人；分享不会再得到补充的物资，上周刚运来一批合成大豆——厨房短时间内不会把这些原料用完，但以后没有食物了。杰克会把情况如实向大家报告。"

厨房也有可能垮掉。我们都没有说出这句话。

我轻声问道："比利，他们会去安妮家找我吗？"

他看着对面的墙，"可能会。"

"他们会看到你们储存的东西。"

"是的，很多东西曾堆放在那里。之前你在安妮家看到过很多袋子，不过现在安妮已经把那些空袋子都扔进了垃圾桶。"

我琢磨着他的话，"你们对我不信任，不想让我知道这个地方。你们希望我在事态恶化之前早早离开。"

他依旧盯着对面的墙。传送带正把一碗碗合成大豆汤送到快速加热器下面。我又看了看墙脚那堆东西，现在看来，它其实并没有刚才看起来那么多。如果厨房陷入瘫痪，这帮暴民用不了多长时间便会想起：食物传送带后面的加工室里还储藏着未经加工的合成大豆。比利肯定还藏了一些在其他地方。在树林里？大概是吧。

"会不会有人找你和安妮或是莉齐的麻烦，因为我曾跟你们有来往？"

他摇摇头，"人们不会那样。"

我对这一点保持怀疑，"把莉齐带来这里不是更安全吗？"

他满是皱纹的脸显露出固执的神情，"只有在迫不得已的情况下，我才会带她来。现在我最好是带点吃的和别的什么回去。"

"至少你要让她把我送的终端和晶体资料库藏起来。"

他点点头，站起来，双膝不再颤抖了。他拾起棒球棍，我上前跟他拥抱。可能拥抱的时间有点长，而且我太过用力，他感到非常惊讶，身体摇晃起来。我轻轻地将他推开。

"谢谢你，比利。"

"不用谢，特纳医生。"

他告诉我厨房入口的密码，然后小心翼翼地爬了出去。我用毛毯裹住身子，坐在地上，随后从夹克里掏出掌上监视器。在和他拥抱的时候，我把跟踪定位芯片牢牢贴在了他的口袋里面。监视器显示，比利正往安妮家走去。他今天应该不会去别的地方了，或许接连几天都会待在安妮家里。但如果他出去的话，我想知道他去了哪里。

雷克斯——在保罗之前、尤金之后同我交往的男友——曾给我讲过一个关于组织的有趣观点。他说，从本质上讲，世界上只有两种形式的组织团体。在第一种组织里，如果有人不遵守组织的规则或是变成了害群之马,那组织就可以把他踢出去。而被踢出去之后,他就再也回不来了。体育运动队、公司、私立学校、乡村俱乐部、宗教团体、居住区、婚姻、证券交易所都属于这样的组织。

在另一种组织里,若有人违反了规则,他们不会被淘汰出局,因为根本没有什么地方可以打发他们。不管这些讨厌的成员多么没用、多么烦人、多么危险,组织永远也别想把他们甩掉。这样的组织有重罪监狱、负责临终看护的疗养院,还有——国家。

我想自己还从未看到过:某个城市的选民全都遵纪守法,只因为这个城市本身已经毫无用处,只能惹麻烦,国家便将它淘汰出局。

大多数顽固者并非残酷无情之徒,但总有些铤而走险的人——尤其是那些铤而走险的政客——在关键时刻将采取他们平常不会采取的行动。

我靠在墙上,看着自动化厨房把合成大豆做成巧克力饼干。

第十一章　比利·华盛顿：东奥兰塔

在仓库被捣毁的第二天,食物被空运到了东奥兰塔。

就像我曾经对特纳医生说的那样,在东奥兰塔,并不是所有人都会参与暴乱。只有那些跳顿足舞的家伙,还有一些像塞林·凯恩那样终日怒气冲冲的人,再加上一些本性善良、只是因无法忍受眼前的灾难而一时冲动的人,才会搞出这么大的乱子。等到每天都有飞机为这里运来充足的食物,尽管仓库还无法分配物资,但这些人已经平静了下来。负责操控机器人分发食物的女技师面带灿烂的微笑,对大家说道:"这是议员珍妮特·凯罗·兰德夫人的心意。"但她身边却跟着三个负责保安的机器人,而且她周身还包裹着一层蓝色的微光。据特纳医生说,这就是军用个人防护罩。

就在分发食物的机器人到达前一小时,特纳医生才从厨房后面的藏身处溜了出来。她差点被人们逮到。"所有的罗马人都聚集在广场上。"她说道,但我完全不理解这句话的含义。她回到了州代表安尼塔·克莱拉·塔谷奇的旅馆。

　　紧接着,浴室里面的女用淋浴器坏了。一个执勤机器人坏了,路灯也坏了——也许是路灯控制器出了故障。我们只能眼巴巴地忍受刺骨的寒风和不绝的大雪。"该死的大雪。"每次遇见杰克·萨维克,他总是嘟囔着这同一句话,好像这场雪才是一切麻烦的根源所在。杰克比以前瘦了,我猜他肯定再也不愿意承担市长这个苦差了。

　　"都是顽固者干的好事,"塞林·凯恩尖声斥责着,"他们利用这该死的天气来折磨我们,他们想消灭我们。"

　　"塞林,"她那位通情达理的老爸说道,"现在人们还没有本事能控制天气哩。"

　　"你怎么知道他们能做什么?你只是一个蠢老头罢了!"道格·凯恩一听这话便转回身去,一边继续喝汤,一边欣赏全息终端上播放的清醒的梦想家音乐会。

　　回到家中,莉齐对我说:"比利,你知道吗,凯恩先生是对的。没有人可以控制天气。"

　　我弄不懂这句话的意思。自从莉齐跟着特纳医生学习那些软件以来,她说的好些话都令我困惑不解。她现在甚至能够像顽固者那样说话,但她从不在她妈妈面前表现出来。这说明莉齐的确是个非常聪明的孩子。我听见她对安妮说:"没有人可以控制天气。"而安妮此时正在公寓一角,忙着清点放在那里的发霉的面包和豆制汉堡,丝毫没有听进去她的话,只是点着头,说道:"该睡觉了,莉齐。"

"我正在……"

"睡觉时间到了!"

午夜时分,突然有人敲打公寓的房门。

"比利!安妮!快……让我进……进去!"

我被惊醒了,从沙发上坐起来。整个房间黑黢黢的,我还以为自己是在梦中。"快让我进去!"

是特纳医生。我跌跌撞撞地离开沙发。这时,卧室的门开了,安妮走出来,身上穿着她那件白色睡衣,莉齐像个跟屁虫似的紧紧地跟在后面。

"不要开门,比利·华盛顿。"安妮说道,"你不能开门!"

"是特纳医生。"我说。我仍然被睡梦弄得迷迷糊糊,站都站不稳,摇摇晃晃地扶着沙发一角。"她不会给我们带来危险的。"

"谁也不能进来!我们谁都不用理会。"

我发现安妮也睡得迷迷糊糊。我打开了房门。

特纳医生带着一包行李,跌跌撞撞地走进来,身上还穿着睡衣,上面沾着雪。她那张美丽的顽固者面孔一片惨白,牙齿咯咯作响,"快关……关上门!"

安妮问道:"有人在追捕你?"

"不,没有……我只是……想让自己暖和……暖和。"

她的回答让我疑惑。即使外面天寒地冻,但从旅馆到我们公寓并没多远,特纳医生绝不至于冷成这个样子。我抓住她的肩膀,"旅馆到底发生了什么事情,医生?"

"取……取暖设备坏……坏了。"

"取暖设备不会坏的,它用的是Y能源。"我说道。

"但……但循环设备用的不……不是Y能源。它……它的某些部件肯……肯定是硬脊膜制品。"她坐在取暖器旁揉搓着双手,面孔仍然灰白,就像外面街道上积雪的颜色。

突然,莉齐说道:"我听到有人在尖叫!"

"他……他们在放火烧……烧旅馆。"

"烧旅馆?"安妮说道,"合成泡沫塑料是不可燃的啊!"

特纳医生笑了,那是标准的顽固者的笑容,像是在说——生活者现在才明白那些顽固者早就知道的东西。"不管怎样,他们是想把旅馆点着。我告诉过他们,这样做是不能消灭硬脊膜分解酶的,反而会让某些人在大火中受伤。"

"你跟他们说话了,"安妮说道,她一只手叉着腰,"然后你又到这里来,引来一帮暴徒——"

"没有人跟踪我。他们正忙着放火,根本不把合成泡沫塑料无法燃烧的物理法则放在眼里。安妮,我快冻僵了,你觉得我还有其他地方可去吗?技师重新设定了进入厨房的密码,而且那里到处都是分发食物的机器人,飞机随时可能来到这里。"

安妮和特纳医生互相看着对方。我觉得特纳医生的话听上去有些不对头。特纳医生并不是在请求帮助,她想问的是:我还有哪些地方可以去？你能告诉我一些我没有考虑到的地方吗？她不是在问安妮，而是在问我。

我暂时还不打算告诉她，我知道有别的地方可以去：几经寻找之后，我已知道伊甸园在哪里。

"你可以和我们待在一起。"莉齐说道，一双棕色的大眼睛看着她的母亲。我感到背上一阵发紧。莉齐是安妮和特纳医生之间微妙关系的平衡点。也许安妮正在担心，莉齐会站在特纳医生一边。

"好吧，你可以留下来，"安妮说道，"这只是因为我不想看到有人冻死街头，或者被那些跳顿足舞的家伙撕成碎片。但你应该明白，我不愿意见到你。"

她的回答在我的意料之中。我小心地避免跟她们中任何一个对视。

安妮从墙脚下那堆储备品中拿出几条毯子，给了特纳医生。我们这里的库存应有尽有：毛毯、夹克、椅子、缎带、变质的食物以及其他一些东西。我想我应该把沙发让给特纳医生睡，但她已经在地板上铺好了毛毯。我本以为她可能和我同龄，但其实她比我小三十岁，也可能小二十岁或是四十岁——你永远也猜不出顽固者的年龄。

我们都回去继续睡觉，外面的吵闹声仍然持续了很长时间。第二天早上，州代表安尼塔·克莱拉·塔谷奇的旅馆已被破坏得残缺不全，但它还矗立在那里，特纳医生说得没错——合成泡沫塑料是无法点燃的。不过,旅馆的门窗都被拽了下来,家具也被统统砸坏了,连通信终端都被砸扁后扔到街上,成了一堆扭曲的废铁。杰克·萨维克满脸愁容,现在,他只能用餐馆的终端和阿尔巴尼通话。另外,所有这些被毁坏的东西都价格不菲,获悉这一切,塔谷奇州代表肯定会发疯的。

雪花穿过旅馆的窗口吹进来,堆积在地,眼前的一切会让你以为这个地方已经废弃了很多年。看到这些,我的胸口不禁有些发酸——我们正在失去越来越多的东西。

那天下午飞机没有来。第二天晚上,餐馆里没有食物了。

河的上游有一个地方,距离城市大约半里路,那里经常有野鹿出没。从前,那里有一个巡逻机器人,每到冬季它便会撒下一些食物小球,小球里面藏着某种药物,能令鹿失去生育能力,从而避免树林被它们啃光。自从夏天浣熊感染狂犬病之后,巡逻机器人便再也没有露面,鹿群却依然到这片旷野上寻找往昔的食物。它们已经养成了习惯,因为它们根本没有头脑。

不过,也许它们有头脑。这里的河水水流湍急,除非气温低到十度以下,一般不会完全封冻,所以在这儿总是能够喝到水;开阔地上的积雪都被风吹到了远处树木丛生的山脚下,因而在这里很容易找到可吃的植物。通常,你不用等太久便可以发现两三头鹿。

我带着道格·凯恩那杆老猎枪来到这里,发现已经有人捷足先登了——雪地上有残留的血迹,河里躺着一头鹿的遗骸。那头鹿的身体被撕扯得七零八落,大部分肉都糟蹋掉了——屠宰它的人不是懒虫,便是蠢货。那些杂种把尸骸留在了河水里。

我继续向前走去。雪仍在下,但并不大。积雪在我脚下嘎吱作响,呼出的空气在嘴边化作了雾气。我的背和膝盖都疼痛不已,使我无法顾及行走时发出的响声。"你不要一个人出去。"安妮曾经嘱咐过我,但我想让她守在莉齐身边,而不是陪我一起来。而且,我绝对不会把特纳医生带上,尽管她已经搬进来和我们一起住了。也许这是件好事,顽固者总能够制造出很多你需要但不曾想到的东西,就像夏天时她给莉齐服用的药。不过,这个从城里来的特纳医生笨手笨脚的,她穿越树丛时,肯定会像大象或是恐龙一样把猎物都吓跑的。我今天必须捕获到猎物,我们太需要食物了。

一周以来,我们把贮藏的所有食物都吃完了。回想起来,那些变质的食物真让人恶心。

这一周里,再也没有火车、飞机或者引力滑翔机从阿尔巴尼来东奥兰塔。人们纷纷冲进餐馆,冲进厨房——安妮曾经在那里烹制过苹果布丁——但终归一无所获。

我沿着河边往上游继续前行。小时候,我最喜欢在冬天来到这片树林。那时的我不会整天担惊受怕,不像现在这般年老体衰、腰酸背疼,不像现在这样什么都不想,心里只有莉齐那双黑色的、写满饥饿的大眼睛。我不能就这么看着自己心爱的小姑娘挨饿,再也不能。

莉齐正在忍受饥饿的煎熬……

我离开城里时,把猎枪藏在了外套内,当时人们都匆匆朝餐馆赶去,那里肯定发生了什么事情。我不知道究竟发生了什么,也不想知道,我只想着要让莉齐不再挨饿。

我只能想出两个办法:要么到树林里打猎,不然就把莉齐和安妮带到伊甸园去。恰巧在引力火车出故障前,我找到了那里。我先是在树林中发现了那个大头女孩,然后一路跟踪。她知道我就跟在后面,但仍然领着我走到一座山脚下。我看到那座山打开了一道门,而那里根本不可能有门。女孩走了进去,门自动合上,就像从未出现过一样。就在门合上的前一刻,那个无眠者女孩转向我,说道:"华盛顿先生,除非万不得已,请不要把其他人带到这里来。我们现在还没有为你们做好准备。"

听到这些话,我感到一种前所未有的惊恐。

他们究竟在为我们准备什么?

但是,真的不得已的话,我会把莉齐和安妮带到那里——如果她们饿得难以坚持,如果我实在找不到食物。

我来到一个地方,每年六月,犬齿紫罗兰便会在这里盛开。我跪在地上,尽管双膝的关节嘎吱作响,阵阵疼痛,但我顾不上了。我把能找到的所有犬齿紫罗兰的球茎都挖了出来,塞满身上所有的衣袋——这些球茎可以烤熟后食用。我的夹克里已经装了一些橡果,把这些橡果捣烂就能得到面粉——那可是个累人的差事;我还找了一些山胡桃树的嫩枝,把它们泡在水里煮开便可以得到食盐。

随后,我坐在一块岩石上,耐心地等待。我的膝盖依然疼得要命,但我还是忍痛尽可能不发出声响,静静地等待。

忽然间,河对岸的灌木丛中钻出一只野兔,它的四只脚爪上沾满了积雪,悠然自得地待在那里,一点也没有注意到我的存在。要想射杀它很容易,但一只瘦小的兔子确实不值得浪费一颗子弹。可是,我能感到寒气正迅速侵入身体,令我不停地发抖,如果我现在不行动,可能待会儿就再难射中什么猎物了。

留住子弹,还是射杀这只野兔? 唉,我真是个老傻瓜,快做决定吧。

此时,我仿佛又看到莉齐那双饥饿的眼睛。

慢慢地,慢慢地,我抬起枪,扣动扳机。随着一声枪响,那只野兔弹了起来,落在地上。我蹚过小溪,将它拾起来。

真不错,它刚好可以放在我的外套下面。假如我射杀的是一头鹿,那肯定不会像现在这样容易处理:我不能让那些饥饿的人看到它,也不能继续待在这里;一个老头带着食物,如果不小心,食物很容易就会被人抢走。

幸好,一路回来,没有人发现我身上藏着的猎物。

"你来剥它的皮吗?"特纳医生惊讶地问道。看到她那惶恐的表情,我忍不住想笑。没有什么比这更有趣的了。

"你想连皮带肉吃掉它吗?"我反问道。

特纳医生没再说什么。安妮苦笑着哼了一声。莉齐放下她的便携式计算机,走了过来。

安妮问道:"比利,我们怎么把这只兔子做熟呢? Y能量装置产生的热量根本不够。"

"我负责做饭,今天晚上我会到河边去生火。我生的火几乎不会冒烟,顺便还可以在炭火里把那些紫罗兰球茎烤熟。"看到安妮的愁眉舒展开,我的心里舒服多了。

莉齐说道:"但如果你——你要去哪里,维姬?"

"去餐馆。"

听了这话,我抬起头来,"医生,你干吗去餐馆?那里对你来说可不安全。"那些跳顿足舞的家伙仍然聚集在餐馆里。虽然食物传送带上面是空的,但全息终端仍然在播放节目。

她笑着说:"比利,不用担心我,没人会给我找麻烦。那里好像发生了什么事情,我想去弄清楚。"

"发生了什么事情? 饥饿呗。"安妮说道,"餐馆那儿跟这儿并没有什么不同。你难道就不能不管那些可怜虫吗?"

"如你所说,我也是可怜虫中的一个。"特纳医生脸上依然挂着古怪的微笑,"我跟他们一样饥饿,安妮。你也一样,不是吗? 我决定了,我要去餐馆。"

安妮哼了一声,她并不相信特纳医生,她觉得这个顽固者一定是要去偷偷搞些食物自己独吞。这一点没有人能够说服她。

我将野兔的皮剥去,教安妮和莉齐如何把橡子磨成面粉。在煮橡子粉的时候要加一些草木灰,这样才能去掉苦味。这时已近黄昏,天色黑了下来。我将野兔肉塞进一套夏天穿的夹克衫里,这样腥味除了会被狗闻到外,决不会被人发觉。我还将一只小型Y能源手电筒塞进口袋,向河边出发,准备生火。

不过最后,我并没有去河边。

越来越多的人拥向餐馆,不只是跳顿足舞的阿飞,还包括普通居民。在冬天的夜色下,他们行色匆匆,好像在被什么东西追赶。而我也跟他们一样,慌乱地走在路上。我用力嗅着自己周身,在确定没有人能够闻到兔肉的气味之后,走进了餐馆。

餐馆里面,人们正在观看清醒的梦想家的音乐会——《勇士》。

我觉得他们已经在这里观看了一整天。人们走进走出,但这里的总人数只增未减,已经走了的人又回来继续观看。如果不是我肚子饿得发慌,待在这里感觉一定不错。我进来的时候,音乐会刚好就要结束,那些看得头昏眼花的人揉着疲倦的双眼——这是看过清醒的梦想家表演后的正常反应。突然,我感觉这里好像要发生什么事情,特纳医生的猜测是正确的。

杰克·萨维克走到全息终端跟前,关掉电源。轮椅上那位清醒的梦想家带着阳光般温暖的微笑,从人们的视线里消失了。

"东奥兰塔的人们,"杰克说道,然后话音顿了一下,可能是意识到自己的腔调听起来好像一个顽固者政客,"大家请听我说,我们如今正陷在一条臭水沟里,必须做点什么来拯救自己。"

"能做些什么呢?"有人问道,那声音听起来并不是挖苦,而是真的想知道。我想看看这个发问的人是谁,但人群太拥挤,我没法看清。

"我们已经没有粮食了,"杰克继续道,"引力火车也坏了,阿尔巴尼那边没给我们任何答复,但我们至少还有我们自己。克甘韦利距离这里有八英里路,他们那里也许有多余的食物:他们在引力火车的另一条支线上,而且还有一条州际铁路经过,所以,我猜想他们那里或许还在通车;或者,他们的国会议员,或镇长,或其他什么人已经安排好空运食物,不像我们这里已经停止了。他们在另一个不同的选区。确切的情况我不得而知,但我们中的一些人可以走到那个镇,我们可以去求援。"

"在冬天翻山,还要走八英里的路?"塞林·凯恩大叫道,"我没看错,你是个疯子,杰克·萨维克!大家看看,我们选了一个疯子当市长!"

但没有人附和塞林。我站到墙边的一把椅子上,以便看得更清楚。刚刚看过清醒的梦想家音乐会的人们显然还没有恢复过来;也可能是因为他们盯着那个音乐会看了许久,内心已变得平和安宁。不管怎样,对于那些令他们陷入困境的顽固者政客,他们并没有显出多少愤怒,只有塞林和少数人在鼓噪。人们历来如此。但我也注意到,大多数人都开始思索,开始低声议论着这个计划。我的胸中不知什么东西在翻涌。

"我会去那里,"杰克说道,"我们可以沿着引力火车的铁路线找到那里。"

"积雪一定很厚,"鲍里·森瓦纳说道,"已经有两个星期没有车经过那条铁路了。"

"带上Y能源装置就可以,"突然传来一个女人的声音,"把它调到最高温度,用来融化积雪!"

"我跟你去。"吉姆·斯威克哈德说道。

"如果做个雪橇,"克恩托·曼迪喊道,"可以带回更多的食物。"

"如果那里真的有食物,我们可以制定一个定期补充给养的时间表——"

人们开始议论着,但并没有彼此非难。已经有十个男人走上去,和杰克站在一起,另外,还有六英尺高的朱蒂·法雷尔——她强壮得可以轻易把一个人的手臂打折。

我从椅子上下来,一个膝盖还在吱吱作响。我穿过人群,站到了杰克旁边,"杰克,我也跟你去。"

有人大笑起来,笑声刻薄而又恶毒。是塞林。但她马上止住了狂笑。

"比利……"杰克语气和善地想要劝阻,但我打断了他。我用只有他和站在他身旁的本·芮迪生能听见的低声快速地讲道:"杰克,你想要阻止我?如果你们要去,你怎么阻止我跟在你们后面?为了不让我跟着你们,你会把我打倒在地吗?莉齐现在很饿,安妮除了我以外,没有其他人可以依靠。如果从克甘韦利带回足够的食物,你能向我保证,莉齐和安妮将会公平地得到她们的一份吗?还有和我们在一起的特纳医生?"

杰克没说什么。本·芮迪生看着我,缓缓地点了点头。他是个好人,所以我不担心他听到我和杰克的谈话。

大衣下的兔子肉紧贴我的胸口。没有人闻到它的味道,也没有人注意到我衣服上鼓出来的这个包。

它毕竟只是一小块肉,像尘土一样令人不屑。莉齐正在忍受饥饿的煎熬,安妮身体太胖;只有我才能去克甘韦利。

但我不打算把自己的决定告诉安妮。如果我告诉她,没等我找到机会救她,她便会先要了我的命。

我们商量好了,第二天早上天刚亮的时候出发,一行十二人。如果人太多了,只会吓住克甘韦利的居民。我们并不想抢夺他们的食物,只是希望得到他们多余的部分。

不,事实上,我们是想得到自己必需的东西。

第二天早上,我轻手轻脚地从沙发上起来,生怕惊动卧室里的安妮和莉齐,但还是被睡在角落里那堆毛毯中的特纳医生发觉了。该死,谁也没办法在顽固者面前保留一点隐私。

"比利,你这是干什么?你要去哪里?"她低声问。

"反正不是去伊甸园。"我答道,"躺下睡你的吧,不要管我。"

"人们打算去另一个镇上搜寻食物,是吗?"

这时我记起,她好像说过昨天晚上要去餐馆的,但我并没有在那里看见她。无论如何,这些顽固者总有办法知道所有的事情。你永远无法了解他们知道多少。

"听着,比利——"她非常认真地说道,但她并没有继续下去,可能是在考虑是否应该让我听到这些话。在她犹豫时,我已经将三双袜子穿在了脚上。

"有一本很多年前的小说——"

"什么?"我话一脱口,便后悔了。我不该问她。每次谈话,她都弄得我很被动。

"那是一个故事。故事讲述了一些人,他们相信任何东西都是可以分享的。有一次,在一列抛锚的火车上发生了饥荒,人们需要到附近的小镇寻找食物。这些乘客已经两天没吃饭了,但那个镇上的人并没有足够的食物给他们,而且也不愿意将自己的食物分给别人。"她用平静的语调在黑暗中低声讲述。

我喜欢这个故事,忍不住又问了一句:"那些火车上的人后来怎么样了?"

"在关键时刻,火车被修好了。"

"他们真幸运。"我说道。不过,现在肯定没有人会来修理我们的引力火车或是餐馆,特纳医生一定也知道。

"比利,这是一个寓言故事。虽然它是一个振奋人心、结局圆满的故事,但它毕竟只是虚构的。你生活在一个现实的世界里。如果你坚持要去,请把这个东西带上吧。"

她并没有劝阻我,反而掏出一只黑色的小盒子,把那玩意儿朝我的腰带上一按,它就贴在了上边。这让我有点紧张,虽然我以前没有——也没期望过——戴这种玩意儿,但我知道它是什么。一个个人能量防护罩。"要启动它的话,就按这里。"特纳医生说道,"关闭也是同样的方法。这个防护罩可以帮你抵御周围的任何攻击,除非是核弹。"

我将它启动,只有一点点麻刺的感觉,也可能是我的心理作用,但我确确实实看到一层微光将我包裹起来。

"比利,千万不要把它弄丢了,"特纳医生说道,"我需要它,它对我非常重要。"

"那你为什么把它给我?"我看着她,其实这个问题的答案我也知道。因为莉齐,一切都是为了莉齐。似乎完全是理所当然。

特纳医生可能还有另外一个防护罩。顽固者从不把东西让给别人,除非他们自己已经有了一个。

"谢谢你。"我粗声粗气地说道。我的态度本该更友善些,但特纳医生似乎并不介意。

早晨的空气清冷而又洁净。粉红与金黄的阳光将洁白的雪地映得闪闪发光。感谢上帝,没有起风。我们拖着沉重的脚步,沿着通往克甘韦利的引力火车轨道前行。大家的话都很少。只有吉姆·

斯威克哈德看着日出赞叹了一番："真美啊!"但没有人搭话。

一开始,由于道路两旁的树木将路遮蔽起来,路上的积雪并不是很厚。但越向前走,雪就越厚。斯坦·莫德拉和鲍勃·格利森扛着从城里的公寓中拆下来的Y能量装置,不时用它们来将那些路况恶劣路段的积雪融化。那两个装置很重,他们边走边沉重地喘息着。我们走得很慢,顺坡而上,但大家都在坚持前行。我走在队伍的最后面。

大概走了两里路之后,我的心脏开始剧烈地跳动,膝盖也疼痛起来,我忍住没有说。为了莉齐,我必须忍住。

中午时分,云层遮蔽了天空,开始刮风了。我都搞不清我们是怎么走过来的。寒风直接刮在大家脸上。斯坦和鲍勃不得不反复将取暖装置翻转过来对着大家,好让我们可以享受到一丝温暖,但这一点点热量很快就被狂风吹走了。

我一边在风雪中跌跌撞撞地前行,一边思索:为什么……为什么不能……

"比利,你需要休息一下吗?"杰克问道,他的鼻毛上结满了冰晶,"你还受得了吗?"

"不,不用,我很好。"我答道,浑然没注意到自己在撒谎,既然开了头,就继续说下去,"为什么……为什么那些顽固者不能给我们多提供一些微型取暖设备,这样我们可以每人……携带几个……"

"比利,别着急,慢点说。"

"我们可以每人携带一些,冬天的时候还可以把它们放在手套里、靴子里和夹克里面。如果Y能量装置真的是……很廉价的话,为什么,顽固者……不能多给我们一些呢?"

没有人理我。我们继续前进,直到一个雪堆挡住了道路。我们打开取暖装置,将积雪一点点融化。道路终于畅通了,大家艰难地行走着,积雪仍有齐腰深。由于我们用Y能量装置融化了雪堆,这里变得更加泥泞,杰克摔倒在地,斯坦将他扶起来。朱蒂·法雷尔想要背对着风休息片刻。她的双颊冻得发红,我想当她暖和过来之后,脸肯定会疼得要命。

最后,吉姆·斯威克哈德慢慢说道:"为什么顽固者不能多给我们一些微型取暖装置——因为我们从没有向他们索要过,而且顽固者之所以给我们东西,只是为了让我们把选票投给他们。我们没有要求过的东西,他们才不会主动送来呢。"他说完之后,人们就再也没说什么了。

我不知我们最终到达克甘韦利时是几点钟,反正还没到黄昏,然而太阳已经完全被云层遮蔽了。眼前的小镇看上去寂静安宁,街上一个人都没有,所有窗户都透出灯光。我们顺着大街前往国会议员约瑟夫·尼科尔森·卡皮诺的餐馆,只听到前方传来一阵喧嚣的音乐声。不远处的屋顶上悬挂着一个闪烁蓝色和紫色光芒的全息标牌,上面写着:感谢您推选地区监察官海伦·罗斯!这里的一切看起来都很正常,只有我们这些不速之客显得不合时宜。

我再也不会相信这浮于表面的平和安宁了。

我们走进餐馆。现在肯定早已过了午餐时间,但离晚餐时间还早,不过,餐馆里已经挤满了人。他们正在悬挂合成塑料制成的小旗子和蝴蝶结,看起来是在为晚上举行的摩托车赛布置下注赌博的会场。桌子都被推到了四周,餐厅里搭起一个个小隔间,还为跳舞的人留出一片空地。室内的暖意和食物传送带那里飘来的香味令我们大家浑身一震。我发誓我看到斯坦·莫德拉的眼睛里闪动着泪光。

看到我们走进来,喧闹的屋子一下子静了下来。

杰克问道:"镇长在这儿吗?"

"我就是,"一个女人说道,"我叫珍妮特·哈罗夫。"这个镇长是位五十岁左右的妇女,面容清癯,满头白发,长着一双蓝色的大眼睛。她是那种长相很完美的生活者,但总被人开玩笑说是接受过秘密的基因改造,尽管大家知道她没有。或许人们只是随便说说。也许正因为大家都如此随意,这个女人才会当上镇长。

杰克向她解释了我们的身份和此行的目的。餐馆里的每一个人都在倾听,有人关掉了全息终端,这里安静得几乎可以听到一只耗子走动的声音。

珍妮特·哈罗夫仔细打量着我们,那双蓝色的大眼睛看起来冷酷无情,但最后她说道:"我们这里的引力火车的干线已经瘫痪了,但还有一条仍在运营的支线经过这里,明天会有另一套厨房设备运过来，而且，为我们提供食品的国会议员绝对可靠，所以我们不会缺少食物。如果你们需要，就请随便拿吧。"

杰克·萨维克低下头盯着地板，好像感到很惭愧。我们所有人都是如此。我不知道大家为什么感到惭愧。毕竟，我们都是生活者，都是老老实实的平头百姓。

镇长和另外两个人帮助我们把食物从传送带搬到两个雪橇上。珍妮特·哈罗夫还建议我们晚上留在旅馆里过夜，但我们都婉言谢绝了，因为我们脑子里都想着同一件事情——那些东奥兰塔的居民还在饥饿中痛苦地挣扎。孩子、妻子、母亲、兄弟和朋友，他们的肚子正饿得咕咕直叫，他们的眼睛投来痛苦的目光。我们不忍听到那些饥肠辘辘的声音，他们痛苦的眼神在我们的脑海中盘旋，因此即便天已经黑了，我们还是要马上回去。于是，我们把食物装上雪橇，同时又迫不及待地把它们塞进嘴里、衣服里、帽子里和袖子里，这令我们一个个臃肿得像孕妇。克甘韦利的人们安静地看着我们，有几个人离开了餐馆，全都低垂着头。

我真想告诉他们：我们也曾信任过自己的国会议员，但那已是过去的事情了。

做好的现成食物并不很多，而雪橇还有不少剩余空间，因而，当食物被搬空后，我们只能停下来，等待厨房里的机器人做出更多食物。整个过程中，除了珍妮特·哈罗夫与我们谈话外，其他人没有跟我们说一句话。

我们离开的时候,雪橇上已经装载了大量食物,但我深知这些远远不能满足东奥兰塔那些饥饿的人。我们明天还得再来,也可能要换成另外一些人来,但没人把这话告诉珍妮特·哈罗夫……我也不知道她是否能猜到。

天色越来越黑。大家商量之后,由斯坦·莫德拉和斯科狄·弗利这两个最年轻和最强壮的小伙子拉着雪橇走在前面。雪橇底部弯曲的滑板由合成泡沫塑料制成,比任何木头都更光滑,这使得雪橇可以顺畅地在雪地上滑行。而且,我们现在是顺风而行。

一个小时之后,朱蒂·法雷尔说道:"咱们没有通信终端能和周围的城镇取得联系。要是可以呼叫阿尔巴尼,或是呼叫随便哪一个顽固者政客,咱们就能很容易地打听到外面的消息。现在可好,咱们根本联系不上周围的城镇,没办法让他们知道咱们缺少食物。"

吉姆·斯威克哈德说道:"咱们从没这样要求过。顽固者更喜欢让咱们乘坐引力火车去沟通消息——生活者平常总是闲来无事,他们让咱们跑来跑去,就是为了让大家有点事情可干。"

"他们这样做是为了把我们隔离开来。"本·芮迪生说,但语气并不愤怒,好像他以前从没想到这一点,"我们真应该要求和周围的城镇建立联系。"至此,没有人再发表意见。

天黑之后,凛冽的寒风变得像刀子一样锋利,我感觉身体已经被这寒风穿透了,胸中嘶嘶作响。我们将Y能量灯打开,明亮的光线将前面的道路照得如同白昼,但是严寒犹如四周无尽的黑暗,像一头发狂的野兽围着我们打转。我感到自己的骨头被冻得像冰柱一样脆弱，轻轻一碰就会断裂。

最终，目的地越来越近了，大约只剩下一里的路程。此时，突然传来一声枪响，年轻的斯科狄·弗利应声倒下。

一分钟后，一帮歹徒围上了我们。我能认出他们中的大部分人，但只知道其中两人的名字：克立特·安德鲁斯和纳德·阿尔维吉。这些歹徒都是跳顿足舞的流氓，有十几个人，分别来自东奥兰塔、派勒城堡和卡特林区，他们是在引力火车瘫痪之前来到这里的，现在只能滞留于此。此刻，他们发出一阵阵狂呼乱叫，好像在玩游戏一样。紧接着，我看到杰克、斯坦和鲍勃也都相继倒下了——尽管斯坦非常强壮，而鲍勃是一个摔跤手，但他们都没能抵挡住歹徒的进攻。跳顿足舞的家伙没有再浪费子弹，他们用匕首。

我连忙按了一下腰带上的小黑盒子。

一阵麻刺的感觉之后，微光笼罩在我周围。一个恶棍朝我扑来，但一声脆响之后，他像撞在了坚实的金属板上一样，被防护罩弹到了一边。我在防护罩中能够清楚地听到任何声音，包括朱蒂·法雷尔的惨叫和杰克·萨维克的呻吟。这个歹徒站了起来，他戴着滑雪面具，眼睛吃惊地瞪得滚圆。

"该死！这个老头居然有防护罩！"

他们中的三个人又向我冲来，但没有撞到我，而是撞在了防护罩上。这层薄薄的护罩坚硬无比，距离我的身体只有一英寸，让我像一只海龟，得以躲在自己坚不可摧的壳中。他们没有办法碰到我，只能推动这个壳。最后，第一个向我发起进攻的那个歹徒不知喊了一句什么，他们便用尽全力将我推出轨道边缘。我沿着筑路堤，像雪球一样滚了下去——莉齐就爱这样在雪地上打滚，让自己变成雪人。我的一只膝盖发出了碎裂的声音。

当我跌跌撞撞地爬回引力火车的铁轨上时，那些歹徒已经消失在树林中，他们拖走了雪橇。

被打倒的人里只有斯科狄丧了命，但其他人的情况都很糟糕，特别是斯坦和杰克，他们身上带着刀伤，头也被打出了血，而且我不知道他们是否还受了别的什么伤。没有人能够行走。我用尽最后的力气，一摇一晃地在雪地中跋涉了最后一里路。由于害怕被暴徒发现，我没有随身带灯，只能在黑暗里摸索着铁轨前行，不断跌倒又不断站起来。当我达到极限、无法支撑下去的时候，几个从东奥兰塔赶来的人发现了我——他们听到了枪声。

于是他们继续前进，去援助杰克一行人，只留下一个我不认识的人背着我来到了安妮家中。那人看到我带着顽固者的防护装置，但并没有说什么；也可能防护罩已经被我关掉，没有让他看到——我不记得了。我只知道自己在一遍遍地重复一句话："别挤我的口袋！别挤我的口袋！"我外套的口袋里还装着六个三明治，那是给莉齐、安妮和特纳医生留的。

一切还不算太糟糕——安妮后来这样说。我的膝盖上鲜血淋漓,我真以为自己要没命了。

当然,我没有死,我还活着。第二天早上醒来,我发现膝盖的血已经止住了,我躺在安妮的床上,她睡在我的身旁。莉齐也在,睡在安妮的另一边。特纳医生弯腰照料我的膝盖。

我声音嘶哑地问道:"她们吃东西了吗?"

"吃到了,但只是暂时的。"特纳医生语调严峻,后面说出的话让我不解,"没想到在面对困境时,大家居然能如此团结。"

我说:"我给安妮和莉齐带回了食物。"这真像个奇迹——安妮和莉齐终于得到了食物,而解救她们的人竟然是我。我根本没想到,区区两块三明治不会让她们坚持太久。我现在只觉得晕头转向,肯定是服用了某种镇痛剂的缘故。

特纳医生脸色一变。她看上去非常吃惊,好像我的话恰当地回答了她心中的疑问。但这不可能。她讲的话中尽是些难以捉摸的字句,我根本没听明白。但这无所谓,只要安妮和莉齐能吃上东西就够了,是我让她们得到了食物。

"噢,比利。"特纳医生说道。她的声音低沉而又悲伤,就像在哀悼某个死人,或是在缅怀某种逝去的东西。到底是什么呢?

但那不关我的事。我睡了,所有的梦里都是莉齐和安妮的笑脸,周围是夏日山顶金色的阳光和绿草。这时我才突然意识到,不管是斯坦、斯科狄、杰克,还是特纳医生,他们心中确实有某种东西已经逝去,不复存在了。

第十二章　黛安娜·科温顿：东奥兰塔

当比利被送回安妮·弗朗思家里的时候,他可怜的心脏已经脆弱得像一间破旧的工厂。他的手不停地发抖,没办法关掉罩在周身的防护罩。看着这一切,我后悔没有早点呼叫GSEA,真是愚蠢至极。

但是,让我意识到自己愚蠢的人并不是比利,而是莉齐。始终是她。

我知道比利伤得并不很重,我觉得自己当初应该多关心一下其他生活者,尤其是那三个刚刚死去的人。但事实,我没有那样做。自从来到东奥兰塔,我对生活者有了新的认识,特别是杰克·萨维克先生,他给我的感觉是一个好人,事实也的确如此。生活者并不总是亲善友爱,那些跳顿足舞的家伙便一直攻击其他的生活者,但我并不在意。我们顽固者对他们没有奢望,生活者始终是一个潜在的威胁,我们只能通过百般抚慰才可以让他们老实下来。但现在食物短缺,加上社会混乱,抚慰的手段都已失效。

我最担心的还是莉齐,她一直被饥饿折磨着。如果我把这里的情况通知GSEA,他们肯定会蜂拥而来,那时整个东奥兰塔的宁静将被打破。他们的到来会提供生活者所需要的一切:食物、药品、交通等等,全都是生活者所期望的——从他人的劳动中无偿获得。这样一来,莉齐和安妮也将不再需要忍受饥饿的煎熬。

如果我通知了GSEA,女议员珍妮特·凯罗·兰德可能会恢复空运食物供应,引力火车也可能会得到修缮。的确,这种事情已经发生过很多次了。但是,如果这一切发生了,就意味着我不能风风光光地拘捕米兰达·沙里夫并把她移交GSEA,我会失去一次立功请赏的大好机会。因为我一旦联络GSEA,伊甸园方面肯定会检测到我发出的信号,而米兰达·沙里夫会在GSEA到来之前逃之夭夭。

良知、虚荣和眼前的现实,当我在这进退两难的处境之中挣扎犹豫的时候,莉齐的一席话像风一样把我的狐疑吹得烟消云散。

"维姬,看看这个。"

"哦?是什么?"

"你仔细看……"

此时此刻,在安妮的公寓里,我们正坐在合成塑料沙发上。卧室的门关着,安妮正在里面忙来忙去,照料比利。医疗机已经为比利治疗过伤口和瘀伤,令他的心跳平稳下来。我猜比利此时已在熟睡,应该察觉不到在他身边忙得团团转的安妮,不知他会不会讨厌安妮弄出的那些噪声。莉齐拿着她的计算机,皱起眉头盯着屏幕上一个五颜六色的全息图像——比利带回来的那几个被挤扁的三明治让她瘦削的脸颊恢复了些血色。

"很漂亮,不是吗?"

"是雷德拉概率图案。"

啊,如她所说,的确是的。我的学校生活距离现在已经有很长时间,很多东西都忘了,但为了挽回面子,我权威般地补充道:"在这个图形中,某个变量有百分之七十八的可能性会早于另一个变量发生显著的变化。"

"是的。"莉齐回答道,声音小到几乎听不见了。

"嗯,那两个变量到底是什么呢?"

莉齐没有正面回答我的这个问题,"你还记得我小时候经常玩的那个切削机器人吗?"

那只是两个月前发生的事情,而她却说"小时候"。没错,在短短的时间内,她的心智已完成了巨大的飞跃。这样看来,对她而言,去年夏天恐怕只能算作她懵懵懂懂的童年了。

"记得。"我答道,竭力忍住不笑。

"它第一次出故障是在六月份,我记得很清楚,因为那时正是'奇亚美人'苹果成熟的旺季。"

为了能在各个季节都吃到新鲜水果,苹果已经过基因改造,不同的品种在不同的时候成熟。"那又怎样?"我问道。

"而引力火车刚好在那之前坏掉。我记得火车瘫痪是在四月份。而且,很多厕所也是在那之前坏掉的。"

我还没弄懂她的意思,"你想说什么?"

莉齐皱起她那小小的脸庞,"但是,在东奥兰塔,首次故障是在一年前发生的——2113年的春天。"

我终于明白了她的意思。

顿时,我的喉咙变得干涩起来,"2113年的春天? 那时发生了很多故障,还是只有一两宗? 或者说,有没有可能只是由于机器失修、正常磨损而导致的故障?"

"很多故障。好多东西都在那个时候坏掉了。"

"莉齐,"我缓缓说道,"现在这个雷德拉图案中,两个变量是否对应着东奥兰塔爆发的两次大规模故障? 你还记得它们发生时的情形,而且晶体资料库里的新闻记录还提到其他地方也出现了类似情况,对吗?"

"是的,那两个变量确实代表了两次大规模的故障爆发。我是想,我……"她没有说下去,她已经无法组织自己的语言。她继续盯着屏幕,她知道自己看到了什么,"它是从这里开始的,不是吗? 那些硬脊膜分解酶最先从这里传播出去,因为它们是在伊甸园被制造出来的。我们被当作了试验品。而这就意味着,无论是谁操纵着伊甸园……"她再次停了下来。

绿蛋操纵着伊甸园。米兰达·沙里夫操纵着伊甸园。

想到这里，我做了一个决定，就像眼前的事实一样简单明了的决定。我不能靠破获硬脊膜分解酶案件来达到令个人飞黄腾达的目的。分解酶是一个实实在在的、迫在眉睫的、可怕的威胁。我没有权利再坐视不管，不能再继续扮演业余特工的角色。既然我怀疑附近山中的某个地方隐藏着绿蛋的秘密加工基地，就决不能听任他们传播病毒，肆意破坏，让我们饱受寒冬的折磨。每一个正义的念头都驱使我把一切都告诉给我那些倨傲的上司，虽然在他们眼里我一文不值。

每个人都有自己对道德和良知的认识。

"维姬，"莉齐低声说道，"我们该怎么办？"

"是该放弃的时候了。"我回答道。

为了避免引起安妮的怀疑，我找到河边一个僻静的地方，向GSEA发送了呼叫信号。我没让莉齐跟来，但事实上，她一直跟在我后面。虽然空气很冷，但阳光还是很明媚。我在河边的雪地里找到一片凹地，坐下之后，将发射器从腿上切除下来。

这是一个植入体内的装置，只有这样，才能确保它不被别人偷走，不过这瞒不过内行人的眼睛。在GSEA将装置植入我身上以后，我请一个可靠的人帮我将装置取了出来，并拆掉了其中向总部自动发送定位信号的部件。通常只有专家才能做到这些，但如果只是要把发射器从身上取下来使用，自己就完全可以办到。这个过程只需要一点点知识，一瓶在本地就能买到的麻醉剂和一把锋利的手术刀;如果在紧急关头,甚至连这些东西都不需要。

现在情况并非十万火急,我还可以用到手术刀和麻醉剂。我先将发射器从大腿的皮肤表层下拔出来,然后缝合了小小的伤口,将发射器外壳上的血迹擦拭干净。当我开启发射器的时候,发现莉齐已来到近前。在她瘦小的脸庞上,那双黑眼睛显得特别大。

我说:"我告诉过你不要跟来。瞧你的样子,是不是感觉要晕倒了?"

"我不晕血。"

"那就好。"我把发射器放在手上,这是一块扁平的黑色晶片。莉齐饶有兴趣地看着它。

"是马克维奇声波转换器,对吗?"接着,莉齐的口气变了,"你打算向政府求援,让他们来解救我们?"

"对。"

"先前你也可以这样做的——任何时候都可以。"

"是的。"

莉齐黑色的眼睛死死地盯着我,"那你为什么一直没有这样做?"

"那时情况还没有像现在这么糟糕。"

莉齐思忖着。虽然她很聪慧,还拥有我教给她的知识和分析能力,但她毕竟还是个孩子,而且刚刚经受了两个星期的痛苦折磨。面对眼前的这一切,她握紧冰冷的小手,不停地捶着我的膝盖,但这捶打柔弱无力,"你本可以早点为我们求援! 那比利就不会受伤,萨维克先生也不会死,而且我也不会挨饿受罪! 你本来可以的! 你可以!"

我通过指纹密码将发射器激活,一字一句地说道:"特工黛安娜·科温顿,6084A,呼叫科林·科沃斯科,代号83号,紧急呼叫,优先级:一级。密码:1642。重复一遍:1642。请派出大批救援队。"

"我好饿啊。"莉齐趴在我的膝盖上不住地抽泣。

我将发射器放进衣袋,抱起她放在膝头。她的头紧紧靠在我的脖子上,我感到她的鼻子冻得像冰一样。我漠然地看着那条被冰雪覆盖的小河、雪地上被血染红的印记和毫无生气的蓝天。GSEA从纽约出发,应该在几小时之后就能到达这里。但是,那些隐藏在伊甸园的超级无眠者已经在这里了。毋庸置疑,他们肯定截获了我发出的信息。在这方面,他们一向很擅长。我从前就听说过。

我抱着莉齐,像母亲那样轻声抚慰着她。她冰冷的鼻尖轻轻地蹭着我的脖子。

"莉齐,我给你讲过我见过的一条狗吗? 它被基因改造后,变成了粉红色,可怜的小东西⋯⋯"

但莉齐没有理我,只是不停地抽泣。她现在又冷又饿,因为被朋友辜负而满腹委屈。此时此刻,即使在我看来,斯蒂芬妮·布奈尔那条狗的故事也都显得毫无意义。我心中一度坚信的某种东西,现在变得一片模糊,再也无法清楚地出现在脑海中,尽管我仍然对其深信不疑。

许多其他的事情也是一样。

不到一个小时，GSEA的人就赶到了这里，我不得不承认，他们的效率确实令我佩服。首先来的是飞机，接着是飞行车。引力火车是在黄昏之前到的，它呼啸着驶进了东奥兰塔，随行而至的是三十名沉着冷静的特工、一些技师和大量的食物。这些政府机构的人员只要填饱了肚子，便会显示出最佳的工作效率。那些技师一到镇上，便匆匆忙忙地四处修理，排除故障。GSEA征用了国会女议员珍妮特·凯罗·兰德的餐馆，在餐厅设置了一个Y能量的护罩，将食物传送带围在当中，禁止其他任何人进入。市民们欣然接受了这条规定，因为他们急需的食物正源源不断地从仓库的废墟中分发出来。但鬼知道那些技师是怎么烹制食物的，也许大家正在吃的是合成大豆制成的生肉。

"科温顿小姐？我是夏洛特·普雷斯科特，这里的临时指挥官。科林·科沃斯科正从西海岸赶过来。请跟我来。"

说话的是一位身材高挑、令人惊艳的美女，她的头发闪闪发亮，一看就知道她接受过昂贵的基因改造。她操着东北部富贵一族特有的口音，眼睛如石化森林般死气沉沉。我跟在她后面，保持素有的固执和矜持——我尽量让自己看起来精神饱满，但还是很虚弱。

"我必须要确信我的两个朋友得到了食物和照顾，否则，我不会跟你谈。嗯，事实上是三个人——一个老人、一个女孩和她的母亲……你们不能像对待外面的那些暴民一样对待他们……"我在说什么啊？安妮·弗朗思可不是个软弱可欺的人，如果她参加了当年爆发于"卡斯特的最后一站"①的血战，肯定到死还在责骂印第安人的行为缺乏风度。

夏洛特·普雷斯科特说道："莉齐·弗朗思和比利·华盛顿已经有人照料了，公寓的警卫会给他们提供食物。"

她居然对这些情况如此熟悉，而她只不过在十分钟之前才到达东奥兰塔。

夏洛特·普雷斯科特和我面对面坐在餐馆的合成塑料椅子上，我将自己知道的一切都告诉了她。我从华盛顿一路追踪米兰达·沙里夫到了东奥兰塔，在这里失去了她的踪迹。我在树林里不停地搜寻。据一些当地人讲，他们听说过在群山之中有一个叫伊甸园的地方，那里可能是一个秘密的地下实验室，专门从事非法的基因改造，而且我认为绿蛋就是从那里散布了硬脊膜分解酶。后来，我多次跟随当地人进入树林，希望能发现伊甸园的所在，但一直没有收获。现在，我确信没有人知道那个秘密的地方到底在哪里，或者说，没人确切知道那个实验室是否真正存在过。

严格来讲，最后一条并不是事实，我仍然怀疑比利·华盛顿知道某些事情，但我想把这个情况直接汇报给科林·科沃斯科，只有他才

①1876年美国政府派兵镇压印第安人的骚扰和袭击，卡斯特上校率领第七骑兵团。卡斯特刚愎自用、顽固自负，由于轻敌分兵而导致全军覆没。此后，当年的战场便被称为"卡斯特的最后一站"。

可能值得我信任,而不是夏洛特·普雷斯科特——我一点都不信任她。她令我想起了斯蒂芬妮·布奈尔。比利是个愚蠢又令人恼怒的老头,但是他毕竟不是那条粉红色的狗,长着四只耳朵和一对巨大眼睛的狗。

普雷斯科特问:"你刚一到达东奥兰塔的时候,为什么不马上向我们报告你的行踪,而且也没有报告你所怀疑的米兰达·沙里夫的行踪?甚至没有提供任何线索?"

"如果我向你们发送信息,超级无眠者的前哨肯定会侦察到。"

这个理由很充分,即使是GSEA也不得不承认自己在这方面难以与超级无眠者相匹敌。普雷斯科特没有任何反应。

"你的做法已经违反了特工行动的每一道程序。"

"我不是常规在编的探员,我拥有科林·科沃斯科授予的秘密调查特权。假如他不告诉你,你可能现在还对我的身份一无所知。"

她仍然没有反应。这个女人拥有一种能力,可以对令人生疑的干扰不加理睬——就像某些爬行类动物,能够用眼睑挡住风吹来的尘沙。透过她的外表,我能觉察到她的弱点:思想的局限性,由于与生俱来的优越感而处处显得僵化刻板。但尽管如此,坐在她对面的我不禁自惭形秽,产生了一种我几个月来不曾体会的卑微感。看看我自己,穿着一件松绿色的皱皱巴巴的夹克,顶着一头乱糟糟的头发;而她,看起来就像是中央公园里巨幅广告上的模特,就连她的指甲看起来都是如此完美——基因改造令她的指甲泛着柔美的粉红色,从来不需要费神去涂上指甲油。

讯问继续进行。我尽量让自己诚实地回答每一个问题,除了那些和比利相关的情况,但我仍然不由自主地心生厌恶。我在做一件自己应该做的事情,一件必须去做的事情,一件正确的事情,对国家效忠,这种感觉就像是在履行职责,向上级长官致敬。不,我并不是有意嘲讽这一切——我正在做正确的事情,但为什么又感到如此厌恶和不安?

科林·科沃斯科到来的时候已经是晚上九点钟了,我仍然被软禁在餐馆里,而夏洛特·普雷斯科特显然也已经问完了所有的问题。食物传送带在不停地工作,为毫不知足的饥饿的人们提供食物。人们好奇地窥探着将他们阻隔在禁区外面的 Y 能量防护罩,但他们看不到任何东西,因为从外面看,护罩是不透明的。

"科林,我很高兴你终于来了。"

他没有掩饰自己的怒气,但还是尽力控制着情绪。我给他缓和的时间。

"黛安娜,你早该在八月份就联络我。这样的话,我们就可以早一点制止硬脊膜分解酶的散布。"

"那你现在能阻止它吗?"我问道。他没有回答,我可不吃他这套。我腾地起身,揪住他那件新式秋装上衣的翻领,缓慢但清楚地说道:"你一定已经发现了什么。科林,你必须告诉我,告诉我这段时间里你都发现了什么,你必须告诉我。我把我知道的一切都告诉了你,你没有理由向我隐瞒真相。你有那么多的手下遍布各地,事到如今,你肯定了解这一切究竟是怎么回事!"

他后退了一步,将衣领从我手中扯开。看来我同生活者们混在一起的时间太长了:比利、道格·凯恩、杰克·萨维克、安妮和克思托·曼迪,他们这些人并不把身体接触当回事。我感到有点震惊:自己居然这么快就忘记了,顽固者无法容忍被别人触摸。

但我不愿意放弃。也许没有必要把比利牵扯进来,我只需让科林知道——上个月是比利把我领进了安妮的公寓,这就够了。"你的特工都发现了什么,科林?"

"黛安娜——"

"干什么?"

他终于把一切都告诉了我,但并非由于我的执着,而是由于已经没有必要再向我隐瞒。他甚至把那个秘密基地的具体经纬度都告诉了我。但鬼知道他在此之前为什么一直向我隐瞒真相。此时,我听着他的解释,比任何时候都要认真。

"正如你所怀疑的,黛安娜,那儿确实是个地下实验室,而且处在防护罩的保护之下。一个小时前,我们攻破了防护罩。遗憾的是,里面的超级无眠者已经逃掉了,但我们发现那里的确是硬脊膜分解酶的发源地。那些家伙居然没有毁灭证据,实验室里尽是些危险的重新组合物和纳米技术产品……"

我从来没见过科林·科沃斯科说起话来这么费力。他并没有唾沫横飞,也没有肌肉抽搐,只是在讲到最后几个字的时候突然打住,好像他说出的每个词都要弄伤他的嘴唇。我的心里感到一种深深的厌恶。危险的重新组合物和纳米技术产品······"那你们还有没有发现其他东西?"

"没有了。"他答道,眼睛直视着我。他的目光十分犀利,我搞不清楚这种眼神究竟意味着什么。

但我马上就明白了这一切。

"科林,不好!如果你不仔细检查那个地方——"

我话没说完,一声爆炸的巨响震得整个餐馆摇撼起来。尽管身处数里之外,而且GSEA还在我们四周立起了防护罩,但我们还是感觉到了爆炸的可怕威力。防护罩只能隔离爆炸时飞散的瓦砾,终归无法屏蔽核弹爆炸的巨响。听到爆炸声,食物传送带旁边的人们都尖叫起来,紧紧抱着他们刚领到的合成大豆肉汤和合成大豆牛排。餐馆的全息终端正在播放全国摩托车冠军赛,上面的图像在巨震之下也突然闪烁起来。

科林语气呆板地说:"那个实验室过于危险,不可能对它仔细进行检查。任何东西都有可能从里面逃逸出来。超级无眠者制造的那些东西全都非常危险。"

我站在原地,身体不由得摇晃了一下,也不知道自己为什么突然精神恍惚。我尽量让自己的声音平和沉稳,"科林,那个实验室真的是空无一人吗?在你们到达那里之前,米兰达·沙里夫和其他那些超级无眠者真的已经逃走了吗？我想问的是，在你将那里炸毁之前，里面确实没有人了？"

"是的，他们都走了。"科林答道，他看着我的眼睛，目光沉着而又坦诚。我立刻意识到他是在撒谎。

"科林——"

"好了，黛安娜，GSEA给予你的任务已经结束了，我们很感谢你的帮助。六个月的薪水将会划拨到你的信用卡账户里，而且如果你需要的话，我们可以为你写一封言辞谨慎、内容泛泛的嘉奖信。当然，你不得以任何形式将自己知道的消息透露给媒体，如果违反了这一条禁令，你将会遭到严厉的惩罚，包括监禁。最后，感谢你的帮助，请接受政府最诚挚的谢意。"

"科林——"

只是瞬间，他的脸上闪现出一丝富有人情味的表情，"你的任务结束了，黛安娜。一切都结束了！"

但实际上，一切都还未结束。

我缓缓地走过喧哗吵闹的大街，街上挤满了记者、市民、特工，甚至还包括引力火车刚刚修好以后迎来的第一批观光客，谁也没有注意到我。我穿着皱皱巴巴的冬季夹克，用围巾遮住下半边脸，头发跟东奥兰塔的所有居民一样肮脏，看起来就是一个慌乱困惑的生活者。这种感觉令我很满意，尽管我不知道这个世界上是不是真有能让我感到满意的事情。在我的头脑中，有某种东西非常不对劲，但我不知道究竟是什么不对劲。我已经达到了目的:绿蛋释放硬脊膜分解酶的破坏行为已经得到了制止。尽管这个地方的经济仍然低迷,但至少有了复苏的机会——只要分解酶的复制数量达到设定上限,定时机构便会令复制停止。十二岁的女孩子可以不再挨饿,老人可以不用再沿着瘫痪的铁路线跋涉,在积雪中寻找食物。我已经达到了目的。

可是,有某种东西非常不对劲。

警卫们正要离开安妮的公寓,我在大厅与他们擦肩而过。他们行色匆匆,没有一个人对我看上第二眼。比利正躺在沙发上,安妮坐在他身旁的一把椅子上,紧闭着双唇。莉齐坐在地板上,嘴里嚼着的似乎是一只鸡腿。

"你给我出去!"安妮说道。

我没有理会她,顺手拉过椅子在比利旁边坐下。这把合成塑料椅同我刚才与夏洛特·普雷斯科特对峙时坐的那把一模一样——在东奥兰塔只有这一种椅子,只不过这一把是绿色的。"比利,你知道发生了什么事吗?"

他回答道:"我听到了爆炸声。他们炸掉了伊甸园。"他的声音很轻,我只有俯身凑到近前才能听清楚。

安妮说:"他们是怎么知道那个地方的? 特纳医生,是你——是你告诉了他们! 是你把政府的人带进了东奥兰塔!"

"如果我不这样做,你们都会饿死!"我大声呵斥道。安妮总是令我心生恶意,她总是把一切罪责和糟糕的事情归咎于我,她从来就没有怀疑过自己。

安妮将身子陷在椅子里,生着闷气。比利说道:"伊甸园真的就这样被毁掉了? 他们真的就这样把它给炸掉了?"

"是的。"我感觉喉咙里黏黏的,天知道为什么会这样,"比利,那里是他们制造硬脊膜分解酶的地方。分解酶就是一切灾难的罪魁祸首,所有的机器故障都是因它而起的。"

听了我的回答,他好长时间没有说话,我想他大概昏睡过去了。他布满皱纹的眼皮就像是桅杆上半垂的船帆,看到他松弛的下颌,我心中不由得一阵酸楚。

终于,他低声说道:"那个大头女孩,她曾经救了老道格·凯恩的命。她的同伴……他们也是来解救我们的……"

我高声问道:"你怎么知道?"

他的回答实实在在,语气中带着坦诚——但他的坦诚与刚才科林·科沃斯科的那种坦诚截然不同,"我,我不知道。我见过她。虽然我们跟她没有一点相似之处,但她对我们很好。她和她的朋友——他们知道很多事情。如果你坚持说是她制造了硬脊膜分解酶……好嘛,就算是这样,但这确实令人难以置信。即使是他们制造了分解酶,那也肯定是由于意外出错而造成的……"

"是吗? 你认为是这样,比利?"

"既然伊甸园被彻底炸毁了,我们怎么才能找到破解分解酶的技术呢？"

"我不知道，但那里还在进行着另外一些危险的纳米技术研究……就在伊甸园，比利。如果那些产品被释放出来，就会造成更大的灾难。"

他想了想，"但是，特纳医生——"。

我疲倦地说道："我不是什么医生，比利。我什么都不是。"

"如果违法的伊甸园全被政府炸掉，那么在消灭坏东西的同时，我们岂不是又失去了很多美好的东西？就像是处置那些患了狂犬病的浣熊——"

我不耐烦地打断了他："比利，基因和纳米技术的研究必须得到控制，否则任何疯子都可以制造出分解酶这样的东西。"

"看来我也有些像个疯子。"他答道，我从未听到他用如此尖刻的口吻讲话，"看看都发生了些什么吧。既然政府禁止人们进行这方面的实验，真正的科学家就根本不可能研究出遏制分解酶的技术！"

如果要遏制分解酶，就必须进行基因和纳米技术的研究。这种研究是不是应该被禁止——这已经不是人们争论的新话题了，我以前就听别人提起过，但绝对没想到，比利这样一个人，在这种情况下，也能说出这样的话。比利见过伊甸园，他相信里面的那些人就像上帝一样，既无所不能又仁慈宽厚，他们能研究出克星来对付自己制造出的邪恶之物。也许，我从未认真想过那些为米兰达·沙里夫制造细胞清洁机开脱的辩词,但超级无眠者从不犯错误,至少没有在这样的事情上犯过错误。如果绿蛋真的制造了硬脊膜分解酶,那就一定是有意而为之,目的便是将憎恨他们的人类文明彻底摧毁。对此,我再也找不到其他解释。而且,绿蛋差一点就成功了。

"去睡觉吧,比利。"我说道,起身准备离开,但这个老人还想接着谈下去。

"我,我知道的,他们不是坏人。那个女孩,她救过道格·凯恩的命……现在一切都过去了。伊甸园真的被摧毁了。我再也不能跟着她,走上那条山间小路,穿过那条小溪,再也不能看到山上那个门开启,再也不能跟她一起走进去……"

他絮絮叨叨地讲述着。显然,那些特工给他用了吐真药,无论问他什么问题,他都会如实相告。现在他不断地讲话,就是药力过后的副作用所致。

"再见了,比利,安妮。"我走向门口。

莉齐似乎听出了我的言外之意。她急匆匆地追过来,手里还拿着那根吃剩的骨头,眼睛睁得大大的,虽然她的小手还是那样纤瘦,但气色的确好多了。孩子们一旦吃上有营养的食物,便会很快恢复元气。

"维姬,我们早上还会继续一起上课,是吗,维姬?"

我看着她,心内一片混乱,我终于体会到了米兰达·沙里夫那时的感受。

这是一种我从未体验过、也从未想过去体验的渴望。我以前曾在书里读到过，也曾看到它发生在其他少数人身上。这种渴望是如此强烈，如此尖锐，如此特别，它深入你的身体，没有什么可以阻止它，就像你无法阻止一根直直地刺向你腹部的长矛。这根长矛在你的体内乱撞，搅动你的全身，带着巨大的惯性朝前冲去。它能令你的血液逆流，它能要了你的命。

据说，当母亲期盼自己的孩子能够免遭致命伤害的荼毒时，便会产生这种痛苦的渴望，我没有做过母亲，无从体会这种感觉；此外，据说恋人们相互之间也会生出同样的情感，但我从未经历过这种爱情，从未遇到过真正的爱人。同我交往的男人尽是些拙劣的赝品：克劳德、尤金、雷克斯、保罗、安东尼、拉塞尔，还有大卫。还有人说，艺术家和科学家在工作时也会萌生这种渴望，我想，米兰达·沙里夫就是如此。

自从离开华盛顿之后，我对米兰达·沙里夫的感觉一直可以用"妒忌"来形容，而我一直都没有意识到。

我现在终于明白了。我看着莉齐，我知道明天早上自己就要离开东奥兰塔。我用眼角的余光瞥到安妮在椅中挪动了一下身体，她看着我们俩……痛彻心扉的渴望之感当真让我的血液逆流，我用痉挛的双手捂住了自己的肚子。"当然了，莉齐。"我喘息着答道。我能听出自己的声音与科林·科沃斯科一样——装模作样，还带着一丝顽固者独有的优越感。我这是在撒谎，我们这些猪猡一直在撒谎。

黎明时分——早晨五六点钟的时候——我从噩梦中惊醒过来。比利的声音一直在我脑中不停地回响:现在一切都过去了。伊甸园真的被摧毁了。我再也不能跟着她,走上那条山间小路,穿过那条小溪,再也不能看到山上那个门开启,再也不能跟她一起走进去……

在匆忙修缮过的旅馆里,我蹑手蹑脚地离开了房间。柜台上安放着一台新终端,但是为了避免麻烦,我没有惊动它。我来到餐馆,里面的人们正在食物传送带旁排着长长的队伍,全息终端正在播放顽固者的新闻节目——生活者的频道几乎从不播放新闻,如果东奥兰塔出现在新闻报道中,那么人们只能在顽固者的频道里看到它。

我来到一个无人注意的角落,静静地观看新闻。终于,全息终端上显示出昨天的爆炸场面,记者正在报道那场惊心动魄的追踪——让这个国家备受折磨的硬脊膜分解酶终于被找到了发源地。终端上出现了两个人的特写镜头:夏洛特·普雷斯科特,还有GSEA的指挥官,肯尼思·埃米尔·科勒。随后,新闻节目再次播放了爆炸场面。我想上前将画面定格,但没有这个胆量,我所能做的只有认真地看着。

早上七点钟,我坐上一列引力火车离开了东奥兰塔。八点钟的时候,我已经在阿尔巴尼了。火车站有一台公共图书馆信息查询终端,这是为碰到问题的生活者准备的,供他们查询自己的目的地和那些地方的重要信息：如平均降雨量、公用摩托车赛场的位置或是所在的经纬度。终端上方挂着一个牌子，上面写着"安娜·内奥米·库德维尔公众图书馆"。牌子上布满了蜘蛛网。由此可见，几乎没有生活者不熟悉自己的目的地，或者至少可以说，几乎没有生活者对自己的目的地有什么特殊的兴趣。

我走到终端前，插入了一张不为GSEA所知的信用卡——我想他们也许不会知道吧。终端发出声音："工作状态中。您想查询哪一个城镇、哪一个县区、哪一个州的情况？"

"纽约州的柯林斯县。"我的声音稍稍有点发颤。

"请您继续提出要求。"

"请显示整个县区的地图，要标明自然地物和政府机关。"

当地图显示出来之后，我又将其中各个部分放大，再放大。超文本查询系统将我感兴趣的那个地方列了出来，地图上显示出那里的经纬度。

摧毁非法实验室的爆炸点并没有位于山脚下，而且根本不靠近任何一条小溪。

但比利说过："……现在一切都过去了。伊甸园真的被摧毁了。我再也不能跟着她，走上那条山间小路，穿过那条小溪，再也不能看到山上那个门开启，再也不能跟她一起走进去……"

我相信GSEA确实摧毁了一个非法的基因改造实验室，我也相信被摧毁的实验室是制造硬脊膜分解酶的地方，但无论那是个什么样的实验室,无论它属于什么人,它绝对不是比利·华盛顿所说的伊甸园,绝对不是位于山脚下、小溪边的那个伊甸园,绝对不是比利曾经进入的那个伊甸园,绝对不是曾经在树林里搭救过比利的超级无眠者所在的那个伊甸园——那个伊甸园仍然完好地待在它原来所在的地方。

这意味着,硬脊膜分解酶的散布者并不是绿蛋。

那么究竟是谁干的? 绿蛋是他们的帮凶,还是他们的敌人?

一方面,硬脊膜的破坏是从东奥兰塔开始的,恰好在伊甸园的附近。是巧合吗? 我不这么认为。而且,米兰达·沙里夫并没有采取任何措施去阻止分解酶的扩散。

另一方面,如果那些超级无眠者有意进行破坏活动,为什么还允许比利·华盛顿见到他们位于阿迪朗达克的前哨站的入口,之后还任由他离开? 他们本该杀他灭口才对。而且,为什么米兰达·沙里夫一直在设法获得研制细胞清洁机的合法许可? 据我所知,这种设备只能让普通人类从中受益,那些超级无眠者已经具有了对生物病毒的免疫能力,而且他们肯定不缺钱。

还有,比利说得没错,如果某个非法实验室制造出了比硬脊膜分解酶更可怕的东西——比方说一种能够让我们全部变成僵尸的逆转录酶病毒①,那么就只有绿蛋才有能力及时制造出抗体,使全国的百姓免于沦为行尸走肉。

----

①一种病毒,会引发含有核糖核酸和逆转录酶的肿瘤,包括艾滋病。

但是,绿蛋会这样做吗?

绿蛋到底是国家的敌人,还是我们不露行迹的朋友?

这些问题都不是我这样一个外勤特工所能解答的。身为一个外勤特工,我只应奉命行事,并且把有意义的发现报告给自己的上司。这就是说,我应该立即向GSEA报告,就像上次一样。

但如果我这样做了,这些问题将永远没有答案,因为科林·科沃斯科认为他早已知道答案——将所有搞不明白的东西全都炸掉。

我一动不动地立在安娜·内奥米·库勒维尔公众图书馆的终端前。十五分钟过去了……生活者们从我身边匆匆经过,去赶他们的火车。一台清洁机器人缓缓移动,擦洗着地面。一个兜售阳光药物的小贩看了我一眼,然后走开了。一名技师——基因改造令他十分英俊帅气—— 一边大步走过站台,一边朝他的手持终端讲着什么。

我感到从未有过的孤独。

最终,我做了一个决定。我登上引力火车,返回了东奥兰塔。

第十三章　德鲁·阿伦：佛罗里达

从九月到十月，整整两个月我都待在位于地下的弗朗西斯·马里恩自由哨所。

我不相信他们竟然能够躲避 GSEA 几天，几个星期，甚至几个月。哨所惹了许多麻烦，他们杀死了三个 GSEA 特工，谋杀了蕾莎·卡姆登，并毁掉了一个特别营救计划。在这种情况下，他们还有机会躲开政府的通缉吗？不，我相信他们一点机会都没有。

我同样不相信他们能够避开绿蛋。无时无刻，我都希望绿蛋能来找我。

我脑海中的图形十分模糊，一碰就会消失。这些图形在固定的绿格子中游动。有时我的脑海中有许多不同的人脸，这些脸很模糊，间或我还能看到自己的样子。在我到达地下哨所的第二天凌晨五点，哨所中突然响起了警报声。我非常紧张，难道他们的防御设施被政府攻破了？后来我才知道这警报只是起床号。

佩格没精打采地走进我的房间，显得闷闷不乐。她把我推进一间普通浴室，把我从轮椅上"倒"进浴缸，很快又把我从浴缸里"捞"出来。我完全可以自己洗澡，不过，我并不愿意自己来做。她把我推到了公共区，那里挤满了吃饭的人，场面显得混乱不堪。因为吃饭的人太多，有些人只能站着吞咽食物。然后，她从口袋里取出一张纸，怒气冲冲地塞给我。

"拿着，这是你的日程表。"

这是一张打印出的日程表，表上印着我的名字——"阿伦·德鲁"，我被临时编入地下哨所的五连。"我被派到五连。是你那组吗，佩格？"

佩格只是嘲笑般地哼了一声，便用力地推着我前进。她的力气很大，差点把我从轮椅上摔出去了。

五连的集合地是一个巨大的地下室，准确地说是一个简陋的阅兵场。我没看到琼斯、阿比盖尔，或者我认识的任何人。头两个小时，我们二十个人要在这里做晨操。我故意只在轮椅上做做样子。佩格累得气喘吁吁，满头大汗。

接下来的两个小时是武器教学，包括炸药、激光和生化武器的使用。我很惊奇，哈勃利竟然会让我看这些教学内容。不过，很快我便理解哈勃利这么做的原因了——他认为我根本没机会把我看到的这些告诉别人。

我们根据全息影片的讲述，在一边用真正的武器练习装弹、维护和使用。我在十英尺之外用枪指着佩格。她好像并不介意我的挑衅,不过,我看见另外几个人恶狠狠地瞪了我一眼。佩格没有发作,多半是因为哈勃利下过命令,大概这是哈勃利从弗朗西斯·马里恩那里学来的诀窍,要让我这个战俘改变心意。

午饭后是强度更大的体能训练,然后是野外生存训练。难以置信的是,这些训练内容都出自政府档案办公室。我累得睡着了。

佩格踢了踢我的轮椅,叫道:"你给我认真点!"

她将我推到靠近同伴的地方。大家面向全息舞台围坐成一个半圆,每个人都坐得笔直。我越来越紧张,气氛十分压抑。我们都在期待比政府档案办公室那些训练更有趣的事情发生。

吉米·哈勃利走进"阅兵场",和连队的队员坐在一起。没有人和他搭话。

另一部全息影片开始播放了。

这部影片的画面上带着刻意制造出来的颗粒状麻点,未经编辑的实时拍摄影片都带有这种标记。如果想对其中的任何一部分进行修改,整部影片就会被毁掉。我在自己的音乐会中也使用了同样的全息成像技术,不过,我的设备为这些难看的麻点加上了柔和的边缘,令观众感到仿佛置身梦境。尽管实时拍摄的影片有这样的缺点,但我还是认为,真正重要的是让人们看到一场真实的音乐会,而不是演出之后东拼西凑出来的编辑版本。应当让观众知道,是真实的我在为他们演出。

这部全息影片的内容是真实的。

影片讲述了詹姆斯·哈勃利带领地下组织从非法实验室夺取制造硬脊膜分解酶技术的过程。行动中抓获的发明家们随后被地下组织强迫去制造大量的分解酶。分解酶被放置在滤毒罐中,在所有的滤毒罐被地下哨所安置在全美各地之前,它们是不会被打开的。所有的定时分解酶被同时释放,这样就不会被追查到源头。我现在看到的影像是GSEA展示给其成员的内部资料。

最初的非法实验室位于纽约州北部的阿迪朗达克山中,靠近一个叫东奥兰塔的小城市。

我安静地坐着,任凭脑海中的形状淹没自己。与它们对抗毫无用处。米兰达总是说在绿蛋的计划中,"东奥兰塔"这个地点是计算机随机选出的,这样能够避开GSEA的定位程序。我想起了米兰达的话:

"德鲁,你是这个计划的一部分,你是一个重要成员。"

"好了。"吉米·哈勃利说,"现在谁能告诉我,为什么我们每天都要看这部影片?"

一个年轻的女孩激动地回答:"因为我们平等地分享知识,不像那些顽固者。"

"没错,艾达。"哈勃利朝她笑了笑。

一个男人低声说:"我们需要知道事情的真相,这样我们才能为我们的国家做出正确的决定——建立一个由真正的人类组成的美国。我们的意志会把我们带往那个目标。"

"没错,"哈勃利说,"听上去不错吧,我的士兵们?"

有人迟疑地说:"但那是不是意味着,我们要征求全国所有人的意见?难道要搞一次全国投票?"

这句话在房间里引起了小小的骚动。

"如果他们和我们知道的一样多,博比,那就确实应该像你说的那样做。"哈勃利认真地说,他苍白的双眼中仿佛有了亮光,"但是他们不了解我们知道的事情,他们没有为了争取自由而在前线战斗的资格;更重要的是,他们没有看过我们摧毁非法实验室的影片。他们不知道我们有了什么样的武器,或许会认为我们的革命是毫无希望的。但是,我们了解所有事情的真相,所以我们有替他们做决定的义务,并且以我们美国同胞最坚定的意志去执行。"

大家纷纷点头。我可以看出,艾达、博比和佩格对哈勃利的话别有感触,他们认为自己为所有美国人的最佳利益做出了这么无私的决定。他们今天做出的决定就如当年弗朗西斯·马里恩所做的一样。

我的脑子里响起了米兰达的声音:他们没法理解这项计划带来的社会后果,德鲁。而任何与谷贝贤三同时代的人都可以预见到那样便宜、随处可见的能量会招致的社会后果。人们必须掌握最广泛的知识、有一定的预见力,才能理解这项工程的意义。我们也是一样。在这项工程产生效果之前,人们是无法真正理解它的。

因为他们是普通人,和德鲁·阿伦一样。

接下来,房间里安静了很久。大家不停地改变坐姿,或者干脆极不自然地直挺挺地坐着,一动不动。他们东张西望,当彼此目光相接触时,又立刻避开。我可以感觉到自己的背挺得笔直,但我的紧张不安和他们看的这些该死的全息影片比起来,实在算不上什么。

哈勃利说:"我说过,他们不知道我们有什么。我确信,他们不知道我们有什么。但是,他们一定非常想弄明白,坎贝尔,把他带进来。"

坎贝尔从走廊里走进房间,拖着一个赤裸的、戴着手铐的生活者。这人看上去十分可怜,大概只有五英尺六英寸高,他无力地反抗着身旁七英尺高的坎贝尔——七英尺的坎贝尔让他显得更加矮小、可怜。他驼着背,裸露的脚后跟不停地敲打着地面。他没有发出一点声音。

哈勃利问:"摄影机器人准备好了吗?"

哈勃身后的一个人回答:"我已经把它打开了。"

"很好。现在,大家都知道这将是一部无法编辑的影片,因为编辑会让它自我销毁,你们这些旁观者应该也知道这点。小子,我说话的时候要看着我。"

这个俘虏抬起头,他没有试图遮盖他的生殖器。我惊讶地发现他并不是个矮小的成年次等生活者,他只是个被基因改造过的、仅十三四岁的孩子。他有一双明亮的绿色眼睛,脸部轮廓分明,还有一个好看的下巴。但他不是顽固者,而是一个技师。技师都出身于社会底层的家庭。这些家庭无法负担完整的基因改造费用,但又希望他们的后代不仅仅是生活者,于是他们就改造了孩子的外表。孩子们长大后只能做介于机器人和顽固者之间的工作——我的乐队道具管理员就是这样的技师。而在绿蛋,凯文·贝克的曾孙詹森既是无眠者,也是技师。

这个男孩看上去害怕极了。

哈勃利问:"弗朗西斯·马里恩将军手下的青年中尉怎么评价他?"

佩格急切地回答道:"丑陋的八字腿,鹰钩鼻杂种。"

"你都看到了,小子。"哈勃利温和地对那个男孩解释道,"马里恩将军没有被基因改造过,他完完全全是上帝的杰作,是这个国家有史以来最伟大的英雄。柯蒂斯,在马里恩将军的士兵不愿意发起进攻时,他使用了什么策略?"

我左边的一个男人迅速地回答道:"'我给予他们压力,让他们突破极限。'"

"完全正确。'突破极限',这正是我们现在要做的事情。这个男人是我们的敌人,他是基因改造诊所的人员。父母带着他们天真的婴儿来到这个地方,把他们的孩子改造成非人的东西。对我们来说,这他妈的简直令人难以置信地恶心。"

我想说，基因改造是在胎儿成形之前，直接作用于人造容器中的受精卵。但是，我开不了口。那个男孩无助地看着前方，就像猎人枪口下的小兔。

"现在，你们也许还认为这个男孩太小，根本无法对自己的行为负责，但其实他已经十五岁了。珠尼，弗朗西斯·马里恩的外甥，加百列·马里恩在快乐山森林的战斗中被杀时，是多大年纪？"

"十四岁。"一个女人回答。我看不到她的脸。

哈勃利的声音变得诡秘起来，身体轻轻前倾，"你们都听到了，对吗？这是战争，不是闹着玩的。我们明白自己应该在什么样的国家里生活，并且拥有实现这理想的决心，不管个人要付出多大代价。厄尔，给所有的GSEA观众说说丽贝卡·莫特夫人的事迹。"

一个身穿紫色夹克的男人笨拙地站起来，手臂松散地摇摆着，"那是在五月十一日……"

"五月十日。"哈勃利有些生气地打断他。哈勃利不容许影片中有任何不准确的信息。厄尔急忙做了一个深呼吸。

"五月十日，马里恩将军和他的士兵们准备攻击快乐山农场。英国人把农场当作总部，把农场女主人和她的孩子们赶进一个小木屋，女主人就叫丽贝卡·莫特。英国人占领的房子被特别加固过，无法直接进攻，于是，马里恩将军决定把房子点燃。但他们没有合适的弓和箭，有一位叫哈利·李的轻骑兵，他已经跟随马里恩将军多年，他告诉莫特夫人他们必须烧掉她的房子。莫特夫人走进小木屋,取出漂亮的弓和箭——这就好比顽固者拿出自己的东西——她说:'就算我的农场是一个宫殿,它也得消失。'"说完,厄尔坐下了。

哈勃利点点头,说:"这才叫真正的牺牲,丽贝卡·莫特夫人是一位真正的爱国者。你听到了吗,小子?"

这位技师好像根本没有听哈勃利说话。他是被注射过麻醉剂吗?

蕾莎一直警告我,不要相信带有过多戏剧色彩的历史故事。

"我们永远不能停止抵抗,而你们这些观众是最糟糕的,就像叛国者和间谍,永远是革命中最糟糕的人。叛国者和间谍假装支持一方,实际上却为另一方秘密工作。GSEA机构的人都是叛国者,表面上捍卫着人类的纯洁,实际却干出各种各样可憎的勾当,然后将这个伟大的国家交给那些跟他们同样可恶的顽固者。我们生活者没有意识到,如果可以的话,你们一定会让我们都饿死,好来霸占国家;而事实上,你们就是这样做的。琼斯,在进攻林奇湾的多利镇之前,马里恩将军对他的士兵们都说了些什么?"

琼斯的声音比厄尔的更洪亮、更自然,他陈述道:"'但是,我的朋友们,让我们奋起反抗而牺牲吧,何必跪地求饶呢?'"

我环顾四周,房间里站满了人,其中多数是来自其他"连"的"革命者"们。他们盯着这个技师,我甚至没察觉到他们是什么时候进入房间的。我确信这个男孩也没有意识到房间人数的变化。

哈勃利说:"这个男孩是个叛国者,在基因诊所工作。他将作为叛国者被处死。你们——在这里所有的人——都给我记住,他不是唯一一个要被处决的人,明天、后天,会有更多的叛国者被处死。艾比?"

阿比盖尔走出人群,拿来一个普通的灰色滤毒罐,这个罐子和她的拳头差不多大小。

"艾比,当军队的物资被敌人夺取后,马里恩将军是怎么做的?"哈勃利问。

艾比转过脸,对着摄影机器人说:"他将找到的所有金属都铸成了剑。"

"非常正确。这就是——"哈勃利将滤毒罐高举过头顶,"——一把剑。即便是某些非法基因实验室,也制作不出这滤毒罐里的东西。这罐子来自最大的叛国者——所谓的美国政府。"他将滤毒罐转了一面,我看见上面印着:"美国陆军财产。机密。危险"。

我不相信哈勃利的话,一定是哈勃利亲手把那些字印上去的。我甚至都不知道那个罐子里装的是什么。我尤其不相信这个所谓的革命者心中会有困惑、梦想和些许的善念……

我脑海中的栅格发出一声叹息。

"好的,艾比,"哈勃利说,"动手吧。"

艾比背对着我,我没办法看到她做了什么。只见男孩赤裸的身体四周出现了一道闪烁着微光的半球形Y能量护罩。这个护罩的半径约有六英尺,笼罩在地面上。滤毒罐位于这个护罩中。

这个男孩并没有被注射过麻醉剂,因为他立刻开始尖叫,但他的声音无法穿过护罩——大概什么都没法穿过它,即使是空气也被隔离开来。男孩一边尖叫一边敲打护罩的内壁,惊恐地四处张望。他的上嘴唇上有一些胡须,看起来就像一只初长羽毛的雏鸟。

吉米·哈勃利带着让人厌恶的表情说:"他活着时杀人如麻,现在却不能死得像个男人……动手,艾比。"

我看不到艾比做了什么。只见滤毒罐闪烁了一下,便熔化成灰色的胶土。

"这是你们制造的用来残害我们的锯子,"哈勃利说,"但我们把它做成剑。《马太福音》第26章52节说,生于剑,死于剑。你们都知道这个罐子是干什么用的。但是,对于那些不知道的人——"说这句话时,他看着我,"——我将重复一遍。罐子里的东西就是你们基因改造的可恶成果之一,它能分解人类细胞,就像你们在这个男孩身上看到的那样。"

男孩停止了敲打。他仍在尖叫,不过嘴巴却变了形。他的身体正在分解,这种分解不同于强酸的腐蚀反应——被蕾莎收留之前,我见过有人身上被浇满了强酸。酸液会腐蚀肉体,但这个男孩的血肉不是在销蚀,而是在"分解",如同春天里的冰块融化一般。他的皮肤掉落到地上,露出下面鲜红的肉,接着这些肉也掉落到地上。他不停地尖叫、尖叫、尖叫。我感到自己的胃阵阵翻涌,脑海中的各种形状也在涌动。

这个男孩将近三分钟后才死去。

哈勃利轻声说："马里恩将军在林奇湾的克里可联盟的演讲结束时说过，'如果今天上帝审判我，那我会被判一千次死刑。我宁愿接受这一千次死亡，也不愿意看到我亲爱的祖国如此堕落和悲惨。'上帝也是我的法官，观众们。"在他瘦削黝黑的脸上，那双苍白的眼睛直视着人群，目光如炬。

然后，摄影机器人被关掉了，但刚才的情形仍旧停留在我脑海中。我没有去救那个男孩，甚至一句话也没有说。我没有冲上前去，让自己也出现在影片中，从而留给观众一点线索，让他们知道这桩可恶的暴行是在哪里发生的……总之，我什么都没有做。

"片子放完了，"吉米·哈勃利说，他显然很高兴，"你们都解散吧。阿伦先生，我想最好让佩格把你带回房间，你看上去有点累了。请原谅我的无礼，对你说了这些话。"

就这样过了几个星期。

每天都是体能训练，观看关于社会现状的全息影片，（他们在哪里拍的？）还有政治教育。这简直是让我重温了一次最痛苦的学校生活。我一直在寻找阿比盖尔结婚礼服上掉落的蕾丝花边，而佩格从未推着我接近任何一台终端。

这里再没有执行过死刑。

我想喝一杯，但哈勃利说不行。他允许我享用阳光药物，因为那玩意儿不会使我反应迟钝;我想喝酒,是想让酒精麻痹我的神经。

哈勃利答应给我一个手持无声终端,里面装有标准的百科全书图书馆。小孩子用这种终端来做作业。

我对他说:"弗朗西斯·马里恩反对杀死战俘,他甚至赦免了一个保守党人杰夫·巴特勒。当时马里恩的手下正准备在营地外处死杰夫。"我的语速太快,当发现自己的话不妥时,已经没有办法收回了。

哈勃利笑了起来,高兴地摸着脖子上的肿块,"你做过功课,孩子,我真以你为荣。"

我紧咬牙关,说道:"哈勃利——"

"但马里恩不是平白无故赦免杰夫的,阿伦先生。先生,不,那是有原因的。马里恩将军同情保守党人,因为他们是他的同类,是他的邻居,和他居住在同样的地方。可他不对英国士兵抱有任何同情。顽固者就不是我们的同类,不是我们的邻居,他们傲慢地住在自己的领地里,他们的生活方式也和我们的不一样。我们缺乏教育,既没有个人财产,也没有力量。不,顽固者是英国人,阿伦先生。而杰夫·巴特勒不是英国人,指挥皇家军队的詹姆斯·刘易斯上尉才是,他最后死于一个叫奎因的十四岁叛乱者之手。孩子,保护好你自己,这是生存之道。"

"马里恩没有——"

"要叫马里恩将军!"佩格叫道。她向哈勃利望了一眼,就像小狗在乞求主人的奖励。哈勃利笑了笑,露出他满嘴的烂牙。

这些就是在全国各地释放硬脊膜分解酶,破坏文明的人。我们的文明已经被他们破坏得差不多了:公共区的全息终端收不到顽固者的新闻;城市里几乎没有一辆引力地铁能按时间表运行,城市外就更别提了;大部分技师被转移到人口密集地区,选票都集中在这些地区,而这些地区随时都可能发生暴动;大部分顽固者领地的安全级别被提高到平时的三倍,几乎没有飞机还在飞;政府主要靠远程电话会议来管理这个国家;医疗机经常出故障,停止进行诊断。

一场由病毒引起的瘟疫正在加利福尼亚南部肆虐,没有人知道这种病毒是自然突变形成的,还是生物工程的产物。

东得克萨斯的一个"弥赛亚"声称世界末日已经到来。他援引《启示录》中四个养马人的故事,不过把故事进行了一些歪曲:他认为现今的"养马人"一定是被生活者释放的。现在,州政府的安全部想要逮捕他,而他和他的信徒用墨西哥制造的违禁武器干掉了三十三个人。新闻报道说,州长由于执法不力,注定将在改选时败北。

在堪萨斯,迪亚哥经销公司所有的一家大豆合成工厂被生活者洗劫了。他们运走了加工过的和未经加工的大豆,还破坏了价值三百万美元的机器人和机器。

南达科他的地方长官在守卫严密的领地里,被人在睡梦中用刀刺死。

圣迭哥的生活者冲进这里闻名世界的动物园,杀死了一头狮子和两头大象，并且将它们吃掉了。他们称动物不会感染新的病毒。

在初冬时节，瘟疫蔓延到了东北部。许多像东奥兰塔那样的小镇被隔离起来，没有了食物供应，许多人被饿死。

米兰达在哪里？她在等待什么？难道米兰达计划的最后阶段出了问题？难道 GSEA 由生活者小镇中的谣言追查到伊甸园的位置？

难道米兰达和绿蛋还有很多事没有告诉我？

我开始怀疑她是不是根本不会来找我。

"宪法的伟大之处在于它体现了大众的意志。"吉米·哈勃利说，他那苍白的双眼变得明亮起来。

"宪法的伟大之处在于监督和平衡社会。"蕾莎总是这么说。但她已经死了。

我脑海中的栅格收缩到一起，像一把收紧的雨伞。

绿蛋的制衡作用表现在什么地方？

"再带我去看看那滤毒罐。"我对佩格说。

她正躺在公共区的一把椅子上，看着电视里播放的加利福尼亚某个非瘟疫区举行的单脚滑车比赛，"我不想去。你已经看过一次了。"

"好吧，我自己去。"我推着轮椅离开佩格。即使在晚上被关起来以后，我也不敢锻炼我的上肢。我看不到监视器，但我知道它们一定在房间里的某个地方。我决定每天在轮椅上练习几次"俯卧撑"，抬抬我那没用的双腿。我必须每天在房间里变换锻炼的位置，免得被监视器发现。

"你等等。"佩格叹了口气，从椅子里爬起来，粗暴地推开椅子。

我们穿过一条白色的走廊，两旁都是普通的门，还上了锁。

然后，又经过数条相同的走廊。最后，我们来到降落台，坎贝尔守卫在这里。这时，他已经睡着了。接着，我们又走过一条白色的走廊……

我们看到墙上挂着艾比礼服上的一块花边。

"该死!"佩格骂道，我从没见过她如此生气，"那个贱人什么都收拾不好。这该死的花边到处都是!"她野蛮地将花边从墙上扯下来，撕成碎片。她的脸因为生气变得通红，眼里甚至还有泪水。

为什么这堵墙上会突出一块，还挂着艾比礼服的一块花边?

"愚蠢的贱人!"佩格继续骂着。

"你怎么这么生气，佩格?"我说，"你是嫉妒艾比吧?"

"你闭嘴!"

我认为墙上的突起不是程序出了错误，而是后来人为添加的。

为什么墙上会挂一块蕾丝花边呢?

花边中的每个长方形图案都与众不同。艾比在老式婚纱上缝出风格独特的图案，她肯定是有意把花边做成这个样子。

花边一定是某种暗号。

佩格恢复了常态，面无表情，双眼还是红红的。她把花边装进了口袋里——她那件绿松色夹克实在太难看，而且不合身。她的嘴巴痛苦地抽搐了一下。我一点也不同情她，佩格不知道什么是痛苦，她并没见过蕾莎的尸体。蕾莎死时穿着满身泥污的黄色衬衣，前额中了两枪。

"快走吧。"佩格不耐烦地说，好像是我耽搁了她的时间。

在地下哨所里，人们的交流都被监视器记录着。那块花边就是一个暗号。只因为弗朗西斯·马里恩将军是个有洁癖的杂种，地下组织就要求哨所里的所有人必须保持个人和哨所的清洁。

有多少人参与了谋反？不用说，肯定有阿比盖尔和琼斯。他们还拉拢了谁？他们在地面上有人接应吗？

我又看到了那个灰色的滤毒罐，罐子上写着"美国陆军财产。机密。危险"。

"现在你满意了？"回到公共区后，佩格怒骂着，"和你以前看到的一样！现在我们可以休息了吧？"

"我讨厌原地不动，"我说，"我们再去看一次。"我推着轮椅离开。我可以听到她在背后咒骂我。

接下来的三天里，我迫使佩格推着轮椅带我到处走动。就在第三天，我们看到吉米·哈勃利打开私人房间的门，他和阿比盖尔走了出来。当看见佩格时，阿比盖尔笑着低下头，假装去拉自己夹克的拉链。

佩格在我身后，我看不到她的脸，但是我可以看到她的手，一双大而粗糙的手,正紧抓着我的轮椅。佩格在努力地克制自己不要发作——我看得出她已经知道阿比盖尔和哈勃利在一起的事。当然,每个人都知道,在这种地方你不可能有所隐瞒。琼斯必须得接受阿比盖尔和哈勃利在一起的事实。也许他们之间的奸情能帮助他和艾比的谋反计划;也许琼斯认为哈勃利只是在实践以正常基因组合的方式来提高人类的素质,甚至哈勃利也可能认为自己是在传播弗朗西斯·马里恩的决心和理想。

"晚上好,佩格。"哈勃利说。佩格勉强应了一声。阿比盖尔做作地笑着,她的笑容让我想到一朵布满毒牙的花。

"晚上好,哈勃利少校。"佩格说。我还不知道他被提升了。

不过,现在我知道了。

晚饭时候,公共区总是挤满了人。阿比盖尔和她的朋友们坐在一起。阿比盖尔脸色红润,她正高兴地缝补着自己的白色婚纱。我只能通过全息终端了解地面上发生的事,现在已经是十一月了,我在地下待了六十七天,而米兰达还没来找我。

琼斯和其他伙伴待在一起,他在看两个人玩恶魔骰子。十二面的骰子由一种发光的金属做成,投掷时会闪烁发光。佩格面无表情地瘫在椅子上,双手无力地搭在膝盖上。我问她要纸和笔,佩格感到很奇怪,接着厌烦地对我说:

"你要它们来干什么?你有终端啊。"

"我想写点东西。"

"你可以写在终端上。"

"我想把它写在纸上。"

她更加怀疑了,"你会写字?"

"对。"

"哈勃利少校说过,你不是顽固者。"

"我去过顽固者学校,我能写字。你识字吗?"

"我当然识字!"

我猜她多半识字,至少认识一些字。生活者在小时候通常会简单地学习认字,因为你至少得认得仓库包裹的名字、路牌和赌票等等。我真希望佩格识字。

毫无疑问,一个监视器监视着我。我把佩格给我的纸对折了一下。这张纸十分粗糙,而且已经褪色了,多半是用来包裹东西的。我不记得自己上一次写字是什么时候的事;我向来都不擅长写东西。

德鲁,像这样握笔,我对自己说。

可是,要笔和纸来做什么呢,蕾莎?我已经有终端了。

如果有一天我没有终端了,那该怎么办呢?

在地下哨所,永远不会没有终端的。

我在纸上写下"美国二次革命史"几个字。

经历了痛苦的三个小时后,我写下了满满三页纸的内容,里面描述了詹姆斯·弗朗西斯·马里恩·哈勃利的哲学、目标和他所采取的行动。哈勃利大步走入房间，走到我身旁。

"阿伦先生，我很高兴你将我们的革命用文字记录下来，我也希望能看看你写的东西。当然，我这么做是为了确保里面的内容准确无误。你能理解吧，孩子？"

"你认为有人会读我写的东西？"我说着把纸递给他。我的讥讽对哈勃利毫无作用，他那瘦削的脸看上去永远是那么憔悴。他匆匆地读完我的"革命史"。

"嗯，很好，孩子。只是你的文章需要更多地关注马里恩将军，我们常说，指示是行动的核心。"

"我没有听你们任何人说过。"

"嗯……"他显然没有听我说什么，而是心烦意乱地扫视整个房间。阿比盖尔还是和她的朋友们在一起，正在缝制结婚礼服，她笑得很开心，已经缝了整整三个小时。她现在怀有七个月身孕，只能用白色的花边掩盖凸出的小腹。琼斯离开了。坎贝尔和医生也离开了。佩格醒来，看见哈勃利，就像见到了阳光，我肯定佩格正在经历我无法理解的变化。

我脑海中的栅格收缩得更紧了。我的时间不够了。

我用手撑着轮椅，将自己抬起几英寸，然后把全身的重量移到左手上，结果轮椅翻倒了，正撞在佩格身上。她立刻用力掐我的脖子。尽管很想还手，我还是努力克制住自己，保持不动。我的瞳孔开始放大,简直快憋死了,我感到房间开始晃动,变得模糊起来。吉米·哈勃利再不把佩格推开,我就死定了。

"佩格,他没有造反,他只是摔倒了。佩格!放手!"

佩格立刻放开我。我又呼吸到空气,我的肺如被酸淋过般疼痛。

尽管佩格比哈勃利高出十英寸,也比他强壮,但哈勃利还是制止住了她。哈勃利用一只手搂着佩格,另一只手把我的轮椅扶正。不知什么时候,我们周围已经站满了围观的人。

"好啦,没什么大不了的,阿伦先生的轮椅翻倒了。看到下面这块被压弯的金属了吗?冷静,佩格。该死,他甚至没有武器。你没受伤吧,阿伦先生?"

"没……没有。"

"唉,这些事常会发生。斯图尔特,把阿伦先生扶到新轮椅上。博比在哪里?原来你在这儿。博比,这儿归你管,把阿伦先生原来的轮椅修好,免得他又摔倒,那可太危险了。好了,已经快熄灯了,你们都回自己的住处去。"

我被扶到另一张轮椅上。博比从他的口袋里取出一把曲柄钳,花了十五秒钟就把卡在轮椅下面的金属弄直了。由于没有曲柄钳,那天下午我花了半个小时才把那块金属弄弯。

哈勃利放开颤抖的佩格,离开了房间,我则从地上拾起我的"革命史"。佩格将我推到床边,将门反锁上。我看得出佩格还在为自己刚才的过度反应而担心,担心别人看到她的冲动举止。看来她真的不知道,大家都在嘲笑她那不可救药的冲动。可怜的佩格,愚蠢的佩格。不过,我还指望她的愚蠢能帮我的忙呢。

我把毛毯铺在床上,做成我在床上的假象。这可不容易,毛毯很薄。我把轮椅放在右边,只要门一打开,就能看到里面是空的。我藏在门后,靠着墙,蜷起双脚。

佩格要花多长时间卸下装备?她会检查口袋吗?她当然会,佩格是个职业杀手。但是,她是个冲动而且愚蠢的职业杀手。

她够傻吗?如果不,我就死定了;就像蕾莎一样。

我现在这个姿势几乎和蕾莎被害时一模一样。蕾莎不知道是什么击中了她,但是我知道。我脑海中的图形在不停地变化。

佩格口袋中的便条是我用要来的铅笔写的——那可能是地下哨所里唯一一支铅笔,但便条并不是写在那种厚厚的包装纸上,而是写在我捡来的一块花边上——它来自阿比盖尔的婚纱,被"不小心地"丢在了走廊上。这块花边上的网眼不多,因而还留下一些空白处可供我写字。我有意把字写得很潦草,好使花边上的笔迹看上去和"革命史"上的不同。当然,笔迹学专家肯定知道是出自同一人之手,但佩格不是笔迹学专家,她几乎不识字。佩格是个冲动而愚蠢的职业杀手,只晓得疯狂地保护她那同样疯狂的首领。

便条上写着:"她是个叛国者,和我一起商量,阿伦的房间最安全。"我是在写"革命史"的间隙写下这张便条的。对一个曾经掏过

新墨西哥州州长口袋的人来说,把便条放进佩格的口袋并不太难
——那个州长是蕾莎的客人,我掏他口袋是因为他是个重要的顽固
者,而我正在为被踢出学校而生气。那已经是蕾莎花钱替我找的第
三所学校了。

蕾莎……

佩格能知晓"叛国者"的意思吗?也许我应该用单音节词。也
许她没那么笨,不是只会犯相思病和嫉妒,也许——

突然门锁开始转动,门被打开了。在佩格走进来的那一刻,我
用尽所有力气举起轮椅砸向她的脸。佩格倒下的身体,正好将门关
上。她只昏迷了一会儿,但时间对我来说已经足够了。我又举起轮
椅,这次把之前弄弯的扶手对着她,直接砸向她的腹部——如果她
是个男人,我一定会砸她那玩意儿。我花了几天时间才从轮椅上掰
下一片参差不齐的金属,并把它藏在轮椅的扶手里。要知道,找到
不被监视器和佩格发现的时间间隙可不容易。不过,把金属刺进佩
格的腹部只需要几秒钟。

她尖叫着,抓着那片金属,跪在地上。但是她很强壮,很快就将
那片金属拔了出来。鲜血从她的腹部溅到轮椅上,可惜,她流的血
没有我期望的那么多。她把头转向我,我从没看到过比她这张脸更
凶残的面孔。

现在她跪在地上,和我差不多高度。她很强壮,受过训练,个子
也比我高大。不过,我也受过训练。我们扭打着,我用双手卡住她

的脖子,用手指用力挤压。蕾莎曾让我锻炼手指,在我身处险境时,它们能派得上用场。佩格发动反击。我的头疼得像要炸开,但我坚持着。疼痛仿佛淹没了我们两个人,淹没了一切。

紫色的珊格消失了。接着,其他的东西也消失了。

慢慢地,慢慢地,我意识到这个房间里的东西重新有了它们自己的形状。它们是立体且真实的,有明显的轮廓。我的双腿蜷在身下,头倚着轮椅,要害处痛得要命。我的双手牢牢地掐着佩格的脖子。她脸色发紫,伸出肿胀的舌头。她死了。

我费力地松开双手。

我看着她。我以前从没杀过人。我小心地检查她的尸体,最后发现,她僵直的手指还紧捏着那张写在花边上的便条。

我扶起轮椅,将衬垫放回到参差不齐的扶手上,重新坐上轮椅。我取出佩格口袋里的枪。我不知道这个房间的监视系统有多复杂,大概佩格可以随便出入。监视系统能够自动报警吗?还是需要人工报警?

哈勃利曾告诉我,弗朗西斯·马里恩对待警卫工作一丝不苟。

我打开门,推着轮椅来到走廊。轮椅的轮子在光滑的地面上留下一条细细的血线,但我对此无能为力。

在我坐着轮椅环游营地的日子里,我记下了每一个房间的住客。我曾打听过哪些是值得信任的中尉,谁能使用电脑,也曾猜测过哪些房间里有终端。

没有人来找我。从我离开房间已经过了五分钟。八分钟，九分钟，没有警报响起。一定出了什么问题。

我来到一扇门前，希望门后面会有一台终端。这门当然是锁着的，我用了乔纳森和米兰达教我的开门把戏，锁开了。

这是间储藏室，堆满了金属滤毒罐，这些罐子都没有贴标签；这里没有终端。

大厅内传来脚步声，我迅速地从储藏室里面把门锁好，脚步声变小了。我又把门打开几英寸，现在，我听到他们在远处的走廊上喊叫。

坎贝尔骂道："该死，他在哪儿？真他妈该死！"之前我没听他说过话。他们在找我。但是，他们应该可以从监视程序找出我的确切位置……

响起另外一个女人低沉的声音："试一试艾比的房间。"

"艾比！该死，她在里面！她和琼斯已经控制了终端室——"

声音渐渐消失了。我关上门，脑海中的图形突然膨胀起来，从中冒出一个新念头。原来是这样，谋反已经开始了。他们不是在找我，而是在找哈勃利。针对革命者的革命终于开始了。

我的大脑飞速运转着，蕾莎，如果蕾莎在这儿——

蕾莎不是阴谋者，不是杀手。她相信正义终能战胜邪恶，相信人们能够相互妥协、和谐共处。人类需要监督和平衡，不需要压迫、隔离以及毁灭性的报复。与米兰达不同，蕾莎相信法律——这正是她的死因。

我打开门,继续向走廊前进,衬垫从轮椅上滑落下来。我在走廊里,拔出枪,等着有人来巡视这个角落。过了许久,终于出现了一个人。是琼斯,我一枪打在他的命根上。

他尖叫着倒在墙上,流的血比佩格流的要多。我把轮椅推过去,将他的身体搁在我的大腿上,并用一只手抓着他的手腕,另一只手握着枪。又一个人来到角落,是阿比盖尔,她来找琼斯。见状,她发出一声尖叫:"噢——噢——"

"不要靠近,不然我杀了他。如果让他尽快得到治疗,他就不会死,艾比。但是,如果你不按照我说的做,我就杀了他。就算你拔枪射我,我也会先杀了他。"

另一个男人说:"你快杀了这个残废的浑蛋!"

"不。"艾比说。她很快恢复了镇定,眼睛转个不停。艾比比大多数人都更像一个天生的领袖,也许比哈勃利更优秀。不过,我手里有琼斯,艾比不敢乱来。

"你想要什么,阿伦?"她动了动嘴唇,看着从琼斯的要害处流出的鲜血。琼斯早已晕了过去,我把他移开,好腾出另一只手。

"你们在撤退,对吗? 你杀了哈勃利?"

她点了点头。她的眼睛没有离开过琼斯,而他躺在我的膝头一动不动。我脑海中浮现出的图形让我想起了几乎已被自己忘却的童年,还有那祈求声:请不要让他死去。在阿比盖尔的双眼中,我也看到了同样的图形。

"把我留下,"我说,"就这么简单。让我待在这里,最后会有人来找我的。"

"他会呼救的。"另一个男人说道。

"闭嘴。"艾比说,"除了哈勃利、卡洛斯和欧迪恩,没有人能用那些终端。他们现在都死了。"

"但是,艾比——"

"你闭嘴!"她正在努力思索。我感觉不到琼斯的心跳了。

一个女人跑进走廊,"艾比,怎么了?潜艇马上要离开海岸了——"话没说完,她就住嘴了。

潜艇。我突然明白了,地下革命组织是靠一支中立军队的帮助才躲避了 GSEA 这么久。在政府中有地下组织的卧底。我又想到滤毒罐上印的内容:美国陆军财产。机密。危险。

在很长一段时间里,我认为自己必死无疑。

"好!"艾比说,"把他给我,然后把你自己锁在那个储藏室里。"

"不要走得太近。"我说。我带着琼斯退到满是滤毒罐的房间里,并在最后关头把他扔到地上,"砰"地关上门。门可以从内锁死,但我不怀疑她可以打开它。我寄希望于第二个女人口中的紧急状况:艾比,潜艇马上要离开海岸了。但愿潜艇已做好离开的准备;但愿比起要我的命,艾比更希望琼斯能活下来;但愿我四周的滤毒罐里没有致命的病毒;但愿它们无法远程开启……

我坐着，心跳不止。我脑海里的形状变得像仙人掌一般，刺痛着我的神经。

时间一分一秒地过去。

什么事情都没有发生。

最终，我身旁的墙开始发光，我一直都没发现这堵墙原来是一个全息屏幕。艾比满是鲜血的脸出现在终端上，脸上写满了憎恨。

"你听着，阿伦，你将死在地下。那里已经被我封锁了，所有的终端已经被锁死。再过一个小时，生命供应系统会被自动切断。我可以现在就杀了你，不过，我希望你先想一想……你听到了吗？你死定了。你死——死——死定了！"她的声调越来越高，最后开始尖叫。她不停地捶打自己的脑袋。我知道琼斯死了。

有人把艾比从屏幕前拉开，终端便再没有信号。

我推开储藏室的门。我的轮椅变形得太厉害，几乎没法前进。我的视线变得模糊，很快连意识也变得模糊，看不清眼前的事物。我只意识到我脑中的栅格开始展开，每打开一英寸，我的头都更加疼痛无比。

我找到吉米·哈勃利，反叛者们一枪打穿了他的头。而从前的弗朗西斯·马里恩呢——我记得他是被注射了药物，安静地死在了床上的。

我看到坎贝尔巨大的身躯倒在走廊里，血淋淋的。他死前一定和反叛者搏斗过。坎贝尔的尸体压着被抓的医生。从医生的脸我看出,死时他一定既害怕又愤愤不平——他本与这场战争无关。医生的鲜血沿着光滑的墙壁流下来。

经过一番搜寻,我终于找到终端室。地板上躺着两具尸体,一男一女,女人名叫朱莉,但我不知道男人的名字,只听过别人叫他"鳄鱼"。他们和哈勃利一样,被子弹射穿了前额,死得干净利落。阿比盖尔对权力的追求还没有让她变得过于残酷。她只希望能控制住局势,她只想满足一亿七千三百万美国人民的需要,当然,那几百万顽固者根本不值一提。

我坐到主终端前,发出命令:"启动终端。"主终端回答:"是,长官。"

弗朗西斯·马里恩信奉军事纪律,这里的终端是按军队规则工作的。

我用了十五分钟时间来尝试乔纳森和马克威茨教给我的指令。我向终端发出各种指令,或者自己手动输入,虽然我连很多指令的含义都不清楚——就算乔纳森向我解释过,我想我也无法理解,更何况他根本没有。

"传送准备就绪,长官!"

我一动不动。

如果阿比盖尔对我说的是实话,那地下哨所的生命供应系统还能支持三十七分钟。

绿蛋位于墨西哥海岸,到这里只要十五分钟。但是,他们能赶到吗？到现在米兰达还没来找我。

"长官？发射就绪，长官！"

我脑海里黑暗的栅格终于展开完全。

它如雨伞一般，又像一朵即将绽放的蔷薇花蕾。这种改造过的花蕾可以在五分钟内完全绽放，十分漂亮，常被用于各种庆典。菱形栅格发光、膨胀，变得越来越大，直到完全展开。

栅格里有一个脏兮兮的十岁男孩，他的眼睛很明亮，看上去充满自信。

我有几十年没见过这个喜欢自作主张的男孩了。不管别人说什么，他都会执着地去追寻自己想要的东西。从他到达蕾莎·卡姆登在新墨西哥的住所起，从他在那里见到第一个无眠者后，我就再没见过他。这个男孩把他的思想交给了那些无眠者。从我变成清醒的梦想家、从我见到米兰达之后，也再没见过他。

现在，这个孤独、乐观的男孩从栅格中解脱出来，又生气勃勃地出现在我的脑海里。

"长官？你希望取消传送吗，长官？"

还剩下三十一分钟。

"不。"我发出紧急指令。我曾强迫自己牢记这个指令来应付紧急情况。像我这种普通生活者很容易忘记。

这时，屏幕里传出米兰达的声音："德鲁？你在哪里？"

我把从终端得到的精确坐标告诉她，并且告诉她怎样才能进入地下哨所。我的声音非常镇定，"这里是个非法地下实验室。革命组织释放了一部分硬脊膜分解酶。这些你早就知道了，对吗?"

她从容地回答:"是的。我很抱歉我们不能告诉你。"

"我能理解。"我确实是这么想的。我从前不理解，但从吉米·哈勃利、阿比盖尔和琼斯身上，我能理解米兰达为什么对我隐瞒了很多事。我说:"我有很多事要告诉你。"

她说:"我们二十分钟后到。我们已经有人在附近了……再等二十分钟，德鲁。"

我点点头，看着她的脸。她没有对我微笑。我很高兴她没有微笑。我的脑子里已经容不下微笑了;我脑子已经被栅格里那哭泣的男孩和全世界的人们占满了。

"只要二十分钟，"卡梅拉·克莱门特·赖斯温和地说，"同时，告诉我们——"突然，屏幕死机了，好像是绿蛋插入信号，切断了我与GSEA的通信。

第十四章　比利·华盛顿：东奥兰塔

在总统宣布战时法律的那个早上，我在河边发现了一只死兔子。一周前，政府特工炸毁了位于东奥兰塔的伊甸园。安妮终于同意让我下床活动，我努力地打听咖啡馆里流传的和爆炸地点有关的每一件事。有些人竟然大老远地跑去看，从他们的描述中，我知道政府没有炸毁真正的伊甸园。

而我是世界上唯一知道真相的人。

我仍然想亲自去看一看。我必须得去。

"你要去哪儿，比利？"安妮问我。安妮喘着粗气，她刚从河里打回一桶水，准备洗衣服。政府的技师来镇上修好了所有设备，不过，两天后，那些东西又开始出毛病。在它们坏掉前，许多人都离开了东奥兰塔。女浴室没法用了。莉齐就在我身后，也提着一只桶。我十分难过自己一点忙也帮不上，医疗机说过，我不能提任何重物。

"我要去咖啡馆。"我撒谎道。

安妮说："你并不是想去咖啡馆。你到底想去哪儿,比利?我不能让你再到树林里行走了,这太危险。你可能又会摔倒。"

"我确实是要去咖啡馆。"我再次撒谎。

"比利。"安妮说。她刚一开口,我就知道她会旧事重提。她说,"我们本可以离开这里。现在,火车上的硬脊膜被侵蚀得更厉害了。"

"我不是要离开东奥兰塔。"我说。我害怕对安妮说"不",从来都是。假如安妮走开了,不管我了,我该怎么办?我会死的。假如安妮带着莉齐离开,我又该怎么办?

不过我必须得留下。我必须留下来,因为我是唯一知道政府没有炸毁伊甸园的人。是特纳医生叫政府来炸毁伊甸园的。莉齐告诉我,安妮还不知道这件事。我必须留下,确保特纳医生没发现伊甸园还存在,以免她通知政府回来完成他们的轰炸任务。我不知道怎么阻止特纳医生,除非杀了她,但我不认为自己会杀死她……也许吧。但我至少能做到不离开,不能离开那个黑发姑娘。在我需要时,她告诉了我伊甸园在哪儿,我欠那个女孩的情。我对安妮说:"让开,我要去咖啡馆。一个人去!"

然后,我屏住呼吸,心里十分不安。

但是,安妮只是叹叹气,脱掉她的大衣,取了条毛巾。对于安妮来说,洗澡是一件令人愉快的事。她知道有些事无法改变,而除了莉齐以外,安妮不想浪费力气和任何人争论。事实上,我猜莉齐就是下一个因我惹上麻烦的人。不过,现在莉齐正坐在沙发上,用心做着功课,她的功课似乎永远也做不完。她盯着门,等待特纳医生出现,她已经准备了好多问题要问医生。

我出去散步的另一个原因正是由于莉齐在做功课。特纳医生不在,我正好可以调节一下。

于是我穿上大衣,拿起莉齐给我的手杖准备出门。这根手杖很好用,长度和硬度正合适。不过,就算这手杖不好用,我也会用它,因为它是莉齐带给我的。莉齐很有眼光。

安妮温柔地说:"你小心点,比利·华盛顿,我们不希望你发生任何意外。"好像她知道我根本不是去咖啡馆,好像她知道我没有离开东奥兰塔的勇气。她搂住我。我抱住安妮·弗朗思,她把头靠在我胸口,轻轻地闭上眼睛。

"安妮。"我傻傻地说。不过没关系,安妮笑了,她倚着我的脖子。我又叫了她一声,"安妮。"

"比利。"她把我推开,棕色的眼睛温柔地看着我。我快步走出房间,竟一点也不觉得虚弱,我的双腿恢复得比预料中要好。我一直走到河边,竟然没有心跳加速,唯一变快的是思考的速度。

我为什么不离开东奥兰塔呢?安妮很想离开这里,搬到一个更利于莉齐成长的地方。她只是因为我才留下的。

而我为什么要待在这里?因为一个大脑袋的无眠女孩(可能就是米兰达·沙里夫本人)也许会需要我的帮助。我,比利·华盛顿,是一个手无缚鸡之力之人，来自绿蛋和伊甸园的米兰达·沙里夫难道会需要比利·华盛顿的帮助吗？每每想到这里，总让我感觉很滑稽。

我把手杖戳进松软的泥土。我倚靠着手杖，在河岸边活动了一会儿我这老得不中用的身体。我到底想要什么？实际上，我需要伊甸园，却不明白这是为什么。

我踩着河边的石头继续前进。几天前，河流已经解冻，河泥很厚，而河水就像点缀着雪片的浓汤。阳光照耀大地，河流水位升高了，颜色碧绿，温度冰冷。我在雪堆里看到一个黑点，便走过去，想凑近看看。

原来是只兔子，它有一双长长的爪子。兔子侧倒在白雪上，肚子被撕裂了，内脏掉到外面，旁边有狐狸留下的足迹。它是红棕色的。

我听到身后有人爬下河堤。我用手杖把兔子翻了过来。

"啊，"特纳医生问，"被什么弄死的？"

"狐狸。"

"哦，那你为什么看上去那么悲伤？这是常有的事。你觉得它能吃吗？"

"不行，这只可不行。"

"好吧，如果你可以先不去想这只野兔，我有些消息告诉你——总统宣布了战时法律。"

她看上去很不安。我一句话也没说。

"总统有国会支持。昨天华尔街一团糟，各州财政预算都出现了赤字,州政府已经请不起陪审员。即使在没有发生食品危机的地方,也有很多州法院已经不起作用了。国防部部长邦尼宣称公民权利得不到保证——你到底有没有听懂我在说什么,比利？你知道战时法律是什么吗？"

"不知道,特纳医生。"

"总统控制了军队。政府会不惜任何代价让骚乱地区恢复和平局面。"

"是的,特纳医生。"

她看着我,我心中从来都藏不住事,"到底怎么回事,比利？这只兔子有什么不对劲吗？"

我回答道:"它是棕色的。"

"棕色又怎么了？我们见过很多棕色的兔子。莉齐告诉我她去年夏天还养过一只棕色的兔子做宠物。"

"现在不是夏天。"

她继续盯着我,看来她真的不明白我的话。有时候顽固者连最简单的事情都弄不明白。

"这是只雪兔。在这个季节,它应该已经换过毛。它们的皮毛在夏天成为红棕色,在冬天呈白色。现在是十一月初,它的皮毛应该已经换成白色的了。"

"雪兔都是这样吗,比利？"

"都是这样。"

"这么说,这只兔子被基因改造过。"特纳医生跪在雪兔旁,开始认真地研究。依我看除了红棕色的皮毛,没什么可研究的。特纳的头发从帽子里滑落出来,垂在脖子上。我现在就可以用手杖猛击她的头,把她给杀了。这个时候,谁都可以轻松地结果了她。可惜我下不了手。

"比利,你确定雪兔的皮毛在这个时候不可能还是棕色的吗?"

我甚至懒得回答她。

特纳医生盘腿坐下,认真地思考。接着,她抬起头。我从没见她如此认真过,我完全不知道她想干什么。她的表情让我想起下棋时的杰克·萨维克。杰克活着时,大家总嘲笑他喜欢下棋的习惯。象棋可不是生活者的游戏。

这时,特纳医生笑了,她说:"噢,太晚了!"我不知道她是什么意思。"比利,你必须带我去找伊甸园。"

我倚靠着我的手杖,"没有伊甸园了,特纳医生,政府把它炸毁了。"

"'这里没有兔子'①,"她笑着说,我不知道她的话是什么意思,"'兔子掉进了兔子洞'。比利,你和我都知道他们没有炸毁伊甸园。他们没找到那个地方。"

我又看了看那只死兔子,确实是狐狸干的。"你凭什么说他们没找到?"

---

①语出自《爱丽丝漫游仙境》,在本处意指超级无眠者躲过了追剿,GSEA的特工难辞其咎。

"这不重要。关键是他们确实弄错了。我还需要弄清一些事情，而我现在只剩下一条路，就是直接去伊甸园问清楚。你觉得呢？你会带我去吧？"

我盯着河水，一直盯着看。我不会和顽固者争论，因为根本没办法能说服顽固者。不过，我也不会带特纳医生去伊甸园。她曾经向政府透露过伊甸园的位置，让政府去炸毁它。有第一次就会有第二次，她从我这里什么也别想得到。

几分钟后，特纳医生站起来，擦去双膝上的泥土。她的声音又变得严肃起来，"好吧，比利，今天就这样，不过我们的谈话还没结束。我知道某件事发生时你就会带我去的，而那件事肯定会发生。超级无眠者不会毫无理由地释放出被基因改造过的野兔，任何人都能认出这些兔子，这是超级无眠者发出的一个信息。很快，其中的含义就会变得清楚起来。到那时我们再来讨论吧。"

"没什么好讨论的。"我回答。我是认真的。不管有多少被基因改造过的野兔出现，我都不和她讨论。

太阳开始下山了，气温降低，我也没什么心情散步了。我自己慢慢地爬上河岸——特纳医生知道这个时候最好不要来帮我。

莉齐洗完了澡，挥舞着她的便携式计算机，在公寓里跳舞。"哥德尔证明①！"她像唱歌似的欢叫着，"哥德尔证明，比利！"

看到莉齐这么开心，我很高兴。

---

①奥地利数学家哥德尔于1930年证明并发表的两条定理的名称。

"维姬,看,如果你套用这个公式,替换掉这些数字后会发生什么……"

"让我先脱掉外衣,哥德尔先生。"特纳医生说。她的话让我摸不着头脑,就像刚才在河边说的那些关于兔子的话一样搞不明白。不过,她在冲莉齐微笑。

莉齐几乎没法停下。她的计算机上显示的内容一定很刺激。莉齐抓过我的手杖,一会当它是舞伴,一会当它是木马,一会又当它是一面旗帜。看到莉齐又唱又跳,我知道安妮一定不在家。

"好了,让我们来看哥德尔证明。"特纳医生说,"你试过斯文约克林德差分了吗?"

"我当然试过了。"莉齐不屑地说。我的眼睛没有离开过莉齐,她就像一束阳光,她是我的太阳,我的莉齐。

到第二天早上,她已经病得没法动弹。

我从没见过这种病,这肯定不同于去年八月她发烧时得的那种病。莉齐腹泻得很厉害,排泄物中还带血。虽然安妮不断地清洗马桶,不断地替莉齐擦洗身子,但整个公寓的味道还是无比难闻。莉齐疼得无法动弹,安妮和我整夜地守着她。黎明前,她甚至无法哭喊了,只是躺在那里,睁大眼睛。我被吓坏了。她就那样躺着。

我对安妮说:"我要去找特纳医生,她在咖啡馆里看战争新闻——"

"我知道她在哪儿!"安妮打断我。安妮非常担心莉齐,照顾莉齐让她筋疲力尽,"她整晚都在那儿,没错吧?不过莉齐不需要顽固者医生来看病,我们的医疗机可以照顾她。"

我没有提醒安妮医疗机是顽固者发明的。我害怕极了。莉齐呻吟着,把屎拉在了床上。

"你先去叫醒保罗。我把她清洗干净后,马上就带她来。"

在杰克·萨维克被杀后,保罗·塞温诺当上了东奥兰塔的市长,他保管着进入诊所的密码。我抓过我的手杖,用最快的速度向保罗的公寓走去。

外面又黑又冷,但空气比公寓里好多了,这反而让我更担心莉齐。我在路上遇到了特纳医生。她看上去很劳累,而且显得烦躁。她那张改造过的脸几乎没有表情。

"比利?怎么了?"她抓住我的手臂,"你的脸色……莉齐?是莉齐出事了吗?"

"她病得很重,越来越严重……她要死了!"我脱口而出。我以为我会昏倒,莉齐……

"你让保罗去诊所开门,我去帮安妮。"说完她便跑开了。我曾经也能像特纳医生那样奔跑,可惜现在不行了。

保罗立刻就从床上翻身起来。我们到达诊所时,安妮和特纳医生已经在那儿了。特纳医生背着莉齐。莉齐哭得很厉害,她那可怜的双腿像折断的树枝般摆动着。

我感觉我的胃仿佛在燃烧,我害怕极了—— 一般小孩子得病,不应该恶化得这么迅速。

这个所谓的诊所不过是上了锁的塑料棚,没有窗户,仅能容下医疗机和四五个人。保罗说:"把她放在那儿……就那儿……"保罗有些不知所措——他和我们一样害怕。

特纳医生把莉齐放在床上,用带子缚住,然后将床滑进医疗机。透过塑料墙壁,我们可以看到莉齐。医疗机里伸出探针,探针伸进了莉齐的身体。莉齐没有哭,好像她根本没有感觉到探针进入体内。

过了几分钟,莉齐一动不动,看上去像睡着了。也许是医疗机给她注射了什么催眠药物。最终,医疗机报告说:"本设备无法进行诊断,病毒构造尚未登记在案。应当使用广谱抗病毒药物和抗生素……"后面还有更多的话。不过人们从来不关心医疗机说些什么,只要它能把人的病治好就行。

但是特纳医生吃惊地跳了起来。她把保罗拉到一边,并对医疗机发出指令:"输出病毒附加信息!病毒构造属于什么类别?"

"你的指令超出本机能力,本机只能响应治疗指令。"

"小气的政客不肯多花一分钱。"特纳医生抱怨道。她又向医疗机发出一些指令,这时,从医疗机侧面伸出一个面板——我从来没有留意到那里有面板——面板带着屏幕和键盘,特纳医生开始研究那个屏幕。

"到底是怎么回事?"安妮问,"莉齐得了什么病?"安妮的声音又细又尖,一点不像她平时。

这一次特纳医生没有露出那副深思熟虑的表情。她看上去十分害怕。

"比利……莉齐碰过你用来戳死兔子的手杖吗?"

我记起莉齐碰过我的手杖头,那时她拿着手杖在公寓里跳舞,一会儿当它是舞伴,一会儿当它是木马,一会儿当它是旗帜。莉齐挥舞着它喊着"哥德尔证明"。想到这些,我快要受不了了。

"是的。她当时是在玩,她……"

特纳医生无力地靠在墙上,"不是伊甸园干的,他们没有改造那只兔子。是别人干的。非法实验室释放了分解酶……耶稣该下地狱……"

"不要亵渎神灵。"安妮说,不过她根本没有责怪特纳医生的意思。她的眼睛睁得和莉齐的一样大。

莉齐,莉齐快要死了。

保罗说:"伊甸园?伊甸园怎么了?"

特纳医生看着我。她那改造过的紫罗兰色眼睛看上去十分不自然,就像在十一月出现棕色雪兔一样不自然。我敢说特纳医生在想别的事情,只听她口中念道:"一只粉红色狮子狗,有四只耳朵、超大的眼睛……"我不知道她的话是什么意思。

"什么?"保罗·塞温诺一脸疑惑地问,"又关狮子狗什么事?"

"一只粉红色的狮子狗。有感情,可任意使唤。"

"放松点儿,特纳医生,放松。"我说,特纳医生快失去理智了,而我刚刚才意识到还需要她来替安妮背莉齐。以安妮现在的身体状况,她根本背不动孩子。保罗已经离开了诊所,这里发生的事太奇怪了,让他感到不安;而当他感到不安时,他就会躲得远远的。保罗可不像杰克·萨维克市长那般勇敢。

另外,我想不出有什么办法能阻止特纳医生跟着我们,除非杀死她。不过我可没本事杀她,即便我有这个本事,我也不会这么干。况且,如果特纳医生背着莉齐,那么在伊甸园的大门打开时,她就没办法开枪了。

特纳医生回过神来,她看着我,点点头。

我再度透过半透明的塑料墙壁看了看。医疗机正在给莉齐吃药——这可能是它唯一能做的事情,毕竟它只是一台机器。

我想起从浣熊口中救出我和道恩·凯恩的大脑袋姑娘,她比机器强多了。

我打算做我发誓永远不会做的事:我要带特纳医生去伊甸园。

我们离开小镇时,太阳刚刚升起。我走在最前面,拄着特纳医生从一棵枫树上为我扯下的"手杖"。她背负裹着毛毯的莉齐,莉齐还在睡觉,她的皮肤变成了蜡黄色。安妮走在最后,她老是被树枝绊倒,因为她从未来过这片树林。我猜安妮正在哭泣。我不敢看她，我承受不了。不过，现在还没到绝望的时候，我们正前往伊甸园。

天空变得像火一样红。

我尽量带她们走雪浅的地方。有几次我走错了路，结果摔到齐膝深的雪坑里。每次摔倒，我都感觉到自己心跳加速，骨头更为疼痛。幸好只有我一个人摔倒。我走得尽量靠前，免得她们被我带倒。

在阳光能照射到的地方，雪融化了。多亏冰雪已经解冻，不然的话，我都不知道我们能否穿越那些山脉。

莉齐呻吟着，不过她没有醒过来。

"休息……一下，比利。"一个小时后，特纳医生说。她在有阳光的地方蹲下去，并把莉齐放在大腿上。我很纳闷，特纳医生居然能背着莉齐走这么远——莉齐可比去年重多了。尽管特纳医生外表瘦弱，但她肯定很强壮——她接受过基因改造。

"我们没有时间了！"安妮叫道。但是特纳医生不理会她，也许医生实在是太累了，没有力气去反驳安妮。特纳医生一夜没睡，一直在看关于总统战时法律的新闻。不过，我想她能理解安妮的心情，安妮是多么害怕莉齐死掉啊。

"还有……多久？"

"还有一个小时的路程。"我回答道。其实剩下的路程远不止一个小时，因为我们没法快速赶路，"你能行吗？"

"当……然。"特纳医生站了起来，艰难地背起莉齐。莉齐像个大口袋般挂在她背上。有那么一刻，我看到安妮把手放在特纳医生的手臂上。不过，也许安妮这么做只是为了不让自己摔倒。

在我眼里，树林变得比以前茂密、深远了许多。

过了一阵子，摔倒时的疼痛仿佛在我的骨头中生了根。它像只野兽，张开血盆大口吞噬掉我的双脚、膝盖和肩膀，然后，开始咀嚼我的心脏。

我不能停下来。莉齐快要死了。

我们爬得更高了，来到大山遍生林木的那一侧。树木变得更密，我们已看不到阳光。我不能带她们走我和道恩·凯恩去年秋天走的那条路——那条路的雪太深了。虽然我们现在走的这条路更远，但是，经由这条路，我们能到达伊甸园。

将近中午，特纳医生才让我们停下。我们的午餐是安妮带来的食物，吃起来就像泥巴。特纳医生看着我，直到确认我吃完了我那份食物。莉齐什么都吃不下，她还是一动不动，连眼睛也不眨，好在还有呼吸。我用特纳医生的 Y 能量灯把一些干净的雪融化成水，倒在莉齐发青的嘴唇上。

"我们的上帝啊，感谢你赐给我们每天的面包……"安妮正在祷告，特纳医生一脸疑惑地盯着她。我以为特纳医生会像其他顽固者一样，对安妮的祷告大放厥词——因为顽固者没有信仰。但是她什么也没说。

"还有多远,比利?"

"快到了。"

"两小时前你就说'快到了'!"

"快到了。"

我们又出发了。

当我们抵达通向小溪的小径时,我有点惊慌失措,以为自己走错了道路:小径和先前的不一样,这是一条腐烂的泥路;溪水流得很快,小溪里漂浮着大冰块和树枝,看起来比我记忆中的那条更宽。特纳医生一只手扶着肩膀上的莉齐,另一只手抓着树枝来支撑自己。我们小心翼翼地涉水而行,跨过小溪后,来到一片平坦的空地。这片土地上只有一棵桦树和一棵橡树,树下堆满了落叶,它们就是我的路标。我们终于到达了伊甸园,然而这里却看不到伊甸园的影子。

这里和以前没什么两样,仍旧有小溪、泥土、石头和斜坡。但是,看不到伊甸园。

"比利?"安妮轻声说,我几乎听不到她的声音,"比利?"

"现在我们该怎么办?"特纳医生问。她瘫倒在地,莉齐从她背上滑下来。特纳医生累得甚至没发觉。

我看看四周,有小溪、泥土、石头和斜坡,但没有伊甸园。

超级无眠者怎么会让两个满身是泥的生活者、一个顽固者叛徒和一个将死的小孩进入伊甸园? 他们怎么会救我们?

此时此刻我才真正明白，安妮当初提到"地狱"的时候是什么意思。

"比利？"

我一屁股坐在一块石头上，我的脚再也支撑不住身体了。我记得伊甸园的大门就在这里，但现在这里只有小溪、泥土、石头和斜坡，根本没有伊甸园的大门。

特纳医生把莉齐交给安妮，然后她跳起来，开始像个野人般发疯地尖叫，根本看不出她已经背着一个小孩在雪地里走了好几个小时。

"米兰达·沙里夫！你听得到吗？这里有个小孩快死了，她感染了由野生动物传播的非法基因改造病毒。某个实验室里的浑蛋制造了这种病毒，而这种病毒可以在几天之内消灭整个人类社会。我猜这个浑蛋就是打算消灭全人类！你听到了吗？这是一种基因改造病毒，而且是致命的！你们要为此负责。你们才是基因改造方面的专家，不是我们！不管是不是你们制造了这种病毒，你们都要为此负责。你们这帮无眠者浑蛋，你们是唯一能对付病毒的人！你们这帮聪明的家伙！你们一直都令我们崇拜而又尊敬！米兰达·沙里夫！我们需要细胞清洁机，尽管华盛顿对你们的发明肆意践踏，但我们需要！我们现在就要！你们用细胞清洁机引诱我们上当。你欠我们的，贱人！"

我无法相信，特纳医生竟然像塞林·凯恩声讨顽固者那样尖声狂叫起来。我对她小声说道："你不能指挥超级无眠者。"

她没有理会我，似乎我压根儿就不在她旁边。"米兰达·沙里夫，你听到了吗？你这个贱人！……我到底是在做什么？"

她茫然无措地站着，仿佛再也不会移动。接着她开始哭泣。

特纳医生开始哭泣。

我不知道该怎么办。安妮哭泣并不奇怪，她不过是个普通女人，但是一个顽固者哭泣，举止失常地哭泣……我不知道该怎么办。而且就算我知道，我也力不从心。我腿上的疼痛已经蔓延到胸口，即使是为了莉齐，我也没法从地上爬起来了。

"求你……"特纳医生低声说。

山中那扇神秘之门打开了。不，不应该说它"打开"——它开启的样子不应该叫作"打开"，那是一道微光闪过，好像某种防护罩突然开启，然后我们眼前的地面开始消失，接着泥土、橡树落叶、长青苔的石头也渐渐消失，最后所有东西都不见了；我们面前出现了一块正方形的透明塑料板，三英尺见方；接着，平板也消失了，出现了一段楼梯。

特纳医生先走下去，并伸手过来接莉齐。安妮把莉齐递给她，然后自己也下去了。我最后走下楼梯。即使胸口疼得厉害，两眼昏花，我还是想看看接下来会发生什么，也许这就是我这辈子能看到的最后一件事。

我看到微光再次闪现，刚才那块透明塑料板又出现在我的头顶。我伸手去摸它，感到一阵刺痛，它就像金刚石一般坚硬。在平板上面，泥土和石头开始显露出来——就像在生长一样——泥土并不松散，而是十分紧密，与平板四周的泥土结合在一起。我看得出，几分钟后，除了我们印在泥土上的足迹，这里不会留下任何痕迹。有可能连足迹都不会留下。

我们站在一间小屋里，墙面漆成白色，明亮极了。墙很完美——没有裂痕，没有涂鸦，什么都没有，我从没见过这样的墙。我感觉我们在那里站了很久，或许实际上并没那么久。我用手压住胸口，避免疼痛继续向上侵蚀。特纳医生转向我，她的脸色变了，"为什么，比利……"紧接着，门打开了——那里原本没有门。她就站在那里——我的大脑袋黑发女孩，她脸上没有一丝微笑。我的胸口犹如野兽撕咬般疼痛，我挣扎着看了她一眼，然后眼前一片漆黑……

第十五章　黛安娜·科温顿：东奥兰塔

我刚才完全丧失了理智。通向伊甸园的门开了,这让我感到不安。我和莉齐、比利站在伊甸园的门前。早在寻找伊甸园期间,我就已无可救药地对比利产生了好感。现在我面对着这个世界上最强大的女人,我开始担心伊甸园的大门是因为我刚才的尖叫才打开的。当然,不会是这个原因,我还没完全失去理智;但我仍然免不了担心,因为我身边发生的事太反常了,我已经失去了判断的标准——这都是拜米兰达·沙里夫所赐。

米兰达留着一头蓬松的黑发,穿着白色的裤子和衬衣,外套一件普通的外衣,看上去比她在华盛顿时更朴素。她太矮、太胖,不可能是顽固者,很明显也不是生活者。她脸色苍白,身上唯一一点色彩就是头上那条红色丝带。我想起我曾经在科学法庭的台阶上对她的评价:她长大了,红丝带与她并不相配。想这些让我感到有点惭愧,但我很难让自己的思维停留在严肃的事情上面。这么多严肃的事情已经让我们受够了，又或许我的本性就是如此玩世不恭。

我一句话也没有说。我只是站着，盯着那红色的丝带。

她有我没有的所有东西。

安妮蹲着，沾满泥的大衣拖在闪亮的地板上，她向上仰望，仿佛在看一个天使。也许，在她眼里，米兰达就是天使。

"米丽，你得帮我们。我的莉齐要死了，她得了某种病，比利说她快要死了。特纳医生说这种病不是普通的病，它与基因改造有关，它……比利一直对我们很好，而且不求回报——但是，莉齐，我的宝贝——"她开始哭泣。

在说到"特纳医生"时，米兰达看了看我，又看向安妮。米兰达的眼睛就像在做激光扫描，我感觉她好像突然知道了我的所有事情：我的化名，我那可怜的"秘密"GSEA特工身份，我的人生经历，我那些虚假的工作和虚假的"爱情"。在米兰达面前，我感到自己仿佛全身赤裸，毫无秘密可言。我让自己赶快停止这疯狂的想法，她不是神，她只是人，一个女人，一个掌握了高超科技、拥有高深莫测想法的女人……

生活者对顽固者的感觉就像我对米兰达的感觉。

安妮哭着说："求你了。"只是简单的几个字，却带着一种令人惊讶的尊严。

在米兰达身后出现了一扇门，而那里原本连门的轮廓都没有，一个男人探出脑袋，说："米丽，他们在路上——"

"你先走，乔恩。"这是她说的第一句话。乔恩有和米兰达一样畸形的脑袋，不过他的相貌很英俊，感觉就像有牧羊犬面孔的狮身龙尾怪兽。他紧抿着嘴唇。

"米丽，你不能——"

"以前我们就决定了！"她突然打断他。我第一次看到她这么紧张，不过她马上转身和他说了几句话，她说得太快，我听不明白她到底说了什么。除了她飞快的语速之外，那些话本身也令我生出了一种奇怪的感觉，似乎她说的每个字都有独立的意思，每个字都暗含着慎重的信息，而不只是简简单单的句子成分……当然，这只是我的瞎猜。我看到米兰达左手无名指戴着一枚戒指，纤细的金环上镶着红宝石。

乔恩撤退了，那扇"门"也消失了，仿佛从来没有出现过。

米兰达把手放在安妮肩头，她的手在颤抖，"别哭。我想我可以帮助他们，当然还有你的女儿。"

但她帮助的第一个人却是比利。她把一个小盒子放在他的心脏位置，通过盒子上的微型屏幕进行观察，然后又把盒子放在他的脖子附近，继续观察微型屏幕，最后将一个医疗胶布绑在他的脖子上。看着她，我感到很安慰。很明显，她是在治疗比利的心脏病——如果那真是心脏病的话。

比利呼吸得更容易，并能喃喃自语了。

米兰达转向莉齐。她从口袋里取出一支细长、黑色、不透明的注射器。比起药片，注射器提供的治疗方式要少得多。我感到有什么东西在我的胃里翻滚。

我说："K型医疗机已经给她用过广谱抗生素和抗病毒药了。医疗机说这是个未知病毒，不属于任何已知的微生物体结构。如果可以的话，你最好重新构造——"

我自顾自地说个不停。米兰达没有抬头，"这是细胞清洁机，特纳医生，不过我想你已经猜到了。"她的话像是早有准备，里面的每个词都是精挑细选的，不过她仍然觉得自己没能充分表达意思。在华盛顿时我没有注意到这些，现在想来，她在科学法庭的演讲一定是提前精心准备过的。瞧，她现在的语速十分缓慢，和她刚才与"乔恩"交谈时截然不同。

安妮看着米兰达把针头刺入莉齐的脖子。安妮相当镇静，一声不响地跪在她沾满泥巴的大衣上。

眼前发生的事简直令人难以置信。米兰达甚至没有一丝犹豫，便为别人注射了如此神秘的药物。我对米兰达说道："你不打算向他们解释，让他们自己选择吗……"

米兰达没有回答。她从口袋取出第二支注射器，给比利注射。

我想到了沉积在比利心脏动脉壁上厚厚的脂肪，那些可在淋巴腺里潜伏多年的致命病毒，我想到了六十八年来，在比利的骨头、肌肉和血液中，正常的DNA增生出了多少有毒物质……我一句话也说不出。

米兰达拿出第三支注射器，走向安妮。安妮举起双手表示拒绝，"不，女士，我没有病——"

"你会得病的。"米兰达说，"如果不注射这个，很快你就会得病。"她等待着安妮的决定。

安妮低下头，在我看来，她像是在祈祷，我莫名地感到很生气。米兰达给安妮注射了。

然后她转向我。

"变异的病毒会有什么影响——"

"感染者会在二十四小时内死去，而且病毒很容易传播，你会被感染的。"

"你怎么知道？这种病毒是你们制造、释放的，对吗？"

"不。"米兰达平静地回答道，就好像我只是问她外面是不是正在下雨，但是她的身体却像琴弦一样紧绷。我盯着她手里细长的黑色注射器：里面的液体是什么颜色？那种液体已经被注射进莉齐、比利和安妮的体内。

我低声说道："但我是顽固者。"

米兰达说："几个月前，我给自己注射过，这是经过测试的。"

很明显，她完全没理解我的意思，便准备给我注射药剂。我刚说完"你真是——"，接着便不知道该说什么了。

"我们没有多少时间了。请低头，特纳医生。"

米兰达说到了我的痛处，我不假思索地冲口说出："我不是真正的医生!"在这个时候,我的冲动真是愚蠢极了。

我第一次看到她笑了。"我也不是,黛安娜。"

"为什么我们没有时间了?会发生什么?我还没病。你将改变我的生理结构,至少让我考虑一下——"

墙上突然出现了一个屏幕。尽管这就像刚才那扇门一样,肯定只是很普通的技术,但我还是吓了一跳。米兰达在我面前,仿佛成了一位手握烈焰之剑的天使。这个天使在我面前痛苦地盯着屏幕,她手中的剑在颤抖。

她甚至没给我机会。屏幕里出现了一架飞机,它降落在一个普通飞机根本无法降落的地方,折叠门从机身下展开。这架飞机很像一个无回转轴的直升机,不过降落的控制精度远比任何直升机都要高。它降落在小溪和山峦之间的一小片平地上,就是我刚才尖叫着让伊甸园开门的地方,那里是同样凋零的桦树和橡树。我抬起头,盯着从政府飞机上下来的四个人。米兰达在我的脖子处进行了注射,注射时,她的另一只手扶着我的肩,让我能站稳。

米兰达很坚强。

不知何故,我的脑子变得十分清醒:我们现在的处境太可怕了。我几乎是用同谋的语气询问米兰达:"他们进不来,对吧?以前他们甚至找不到这里,他们炸错了地方。他们一定是跟着我们来的,跟着比利、安妮、莉齐和我——噢,对不起,米兰达——"

她没在听。我感到无比震惊——GSEA突然冒出来,这简直是我见过的最不可思议的事情。让我更吃惊的是，米兰达眼里含着泪水，她用右手攥住左手，遮住了那枚戒指。

第五个人在别人的帮助下走出飞机，他坐到一张电动轮椅上。我又一次震惊地发现，那是德鲁·阿伦，清醒的梦想家。

德鲁把手放到桦树上。我不知道，也从没弄明白过——他那么做是为了让自己保持稳定，还是这是进入伊甸园程序的一部分，像是某种激活按钮或者皮肤识别系统。然后，他说了几句话，我们头上的门便开了。

米兰达没有阻止他。她本可以阻止他进来，这里一定有护罩、反力场盾之类的防御系统。他们可是超级无眠者。

那四个GSEA特工从我们头顶的楼梯上走下来，好像这里不过是堪萨斯的某个地下酒窖。他们拔出枪。德鲁·阿伦留在外面，没有进来。

"米兰达·沙里夫，你被捕了，你违反了《遗传标准法》第12节第34条——"

米兰达完全不理会他们，她从那四个特工身旁走过，仿佛他们并不存在。在米兰达的周围突然燃起一道带电的护罩，一个特工伸手去捉她，结果被电得叫出声来，痛苦地摇着他那只燃烧的手。另一个特工犹豫地堵着楼梯，我看到他想了半秒钟，马上改变了主意。我几乎想象得出他的任务报告会怎么写："由于平民的出现，导致无法——"也许他们意识到，谁要是杀了米兰达·沙里夫，谁就得永远做替罪羊,于是便从楼梯上让开了。

米兰达缓慢地在楼梯上走着,泪水在她乌黑的眼睛里闪烁,另外三个特工跟在她身后。我吓得愣了一会儿,随后也跟着他们上了楼梯。

德鲁·阿伦坐在十一月寒冷的树林里,米兰达面向他,一阵风吹过,从橡树上带下些许枯叶。

"为什么,德鲁?"

"米丽,你没有权利去选择一亿七千五百万人的生活。在一个民主国家里,在没有任何相互制衡的情况下,你没有这个权利。蕾莎说过——"

"谷贝贤三做过,他选择过,他创造了廉价的能源,改造了世界。"

"你本可以阻止那个释放硬脊膜分解酶的人,但你没有。米兰达,因此死了很多人!"

"如果我们阻止他,死的人会更多,从长远来看,现在死的人并不算多。"

"那不能算理由!你只是想控制局面!你们超级无眠者永远不会死!"

我身后发出一个声响,但我没回头,现在我眼前的一切占据了我的整个大脑。德鲁和米兰达争论的问题和我的忧虑一样,也就是我在华盛顿见过细胞清洁机后一直苦苦思考的问题:谁应该控制先进的科技？不能把它当作私有武器……谁应该控制科技？

而且——控制者不能犯错——因为科技同样符合达尔文进化论，它传播，进化，改变。最危险的是，它淘汰不适应的群体。

GSEA曾希望不让先进技术落入他人之手，但绿蛋是拥有先进科技的正确人选：他们使用纳米技术增强人类的机能，而不是拿它来毁灭人类。GSEA不会承认绿蛋是正确人选，他们宣称判断不是他们的职责，他们只负责执行法律。

也许他们是对的。

但是，总要有人来作出判断，不然我们的结局就是消失在达尔文的雨林中。

绿蛋做出过判断。而我这次虽是无意中招来GSEA特工，但我的心其实是站在他们那边的。

根本没法知道谁的观点是对的。

看着德鲁·阿伦和米兰达·沙里夫在这寒冷的树林里彼此恶语相向，我突然感到无比清醒，心中的一切都变得明了起来。德鲁说："你没有权利来实现这个计划，你从来都没有这个权利。就像吉米·哈勃利——"

她说："你应该说'我们'，而不是'你'。你也有份。"

"以后不会有了。"

"就因为你落到了某些科学疯子的手里。上帝啊，德鲁，你竟然把我们和吉米·哈勃利看成一样——"

"那么,你确实知道吉米·哈勃利,而这几个月里,你一直把我留在地下哨所。"

"不!我们知道反革命的情况,但不知道你在哪里——"

"我不相信。你能找到我!你们超级无眠者可以做任何事,不是吗?"

"你认为我在向你撒谎——"

"是的,"德鲁说,"我认为你在撒谎。"

"但我没有,德鲁——"米兰达痛苦地说。我不忍去看她的脸。

"你本来也可以阻止他们释放硬脊膜分解酶,不是吗?你知道它来自地下。但是你让硬脊膜分解酶激化社会矛盾,好为你的工程做准备,为你的计划做准备。难道这不是真的吗,米兰达?"

"是的,我们本来可以阻止分解酶。"

"而你没有告诉我。"

"我们担心——"她停下来。

"担心什么?担心我告诉蕾莎、媒体,还是GSEA?"

她轻轻地说:"这不正是现在你的所作所为?我们确实找过你,德鲁,但我们并非无所不能,我们根本没办法找出你在哪一个碉堡,找出你确切的位置……而同时,你做了乔恩和尼克说过你会做的事——把工程泄露给GSEA。"

"因为我学会自己思考了。这不是超级无眠者想要的,对吧?你们想要替我们思考,而我们只需要无条件地服从,从不提出问题,就因为你们总是知道什么是最好的,不是吗?上帝,米兰达,你难道就没出过错?"

"不,我错过。"她说,"我看错了你。"

"以后你再也不用担心了。"

她哭着说:"你说过你爱我!"

"不再是了。"

他们看着彼此。我读不懂德鲁的表情。米兰达开始变得冷酷起来,她的眼泪没了,她的目光如炬。

她说:"我爱你。你无法忍受低人一等——这才是你把工程出卖给GSEA的真正原因。乔恩是对的,你没法真正理解我们的工程,无法理解任何事。"

德鲁没有回答。

这时,起风了,风中掺杂着河水的味道,橡树上落下更多的树叶,桦树在颤抖。身后的声响更大,我还是没有回头。

一个GSEA特工说道:"我要逮捕你,米兰达·沙里夫,你因为违反了——"

她完全无视特工的话,大声说道:"我知道的东西比你多,我没法改变这个事实,德鲁!我没法改变我自己!"

德鲁生气地说——他的声音在颤抖,男人们知道自己显得软弱之后都会是这个样子——"谁应该控制科技——"

"狗屁!"有人打断了他。

　　我转过身,只见比利坐在地上,他们正要把没有知觉的莉齐从地下碉堡中拉出来。原来刚才我身后的声音是比利和安妮发出的,他们一定是因为无法理解米兰达和德鲁的对话而感到害怕。安妮拉着莉齐上楼梯,那个手受了伤的特工帮助着比利。但没有什么会让比利迷惑,他坐在结冰的泥土上,此刻,他已拥有了这个星球上最有效能的身体。

　　我看着他,不知道他在看什么。比利·华盛顿,一个生活者,他的目光在德鲁和米兰达之间来回游移。"狗屁!"他又说了一次。他的话里面像有好几层意思。

　　"你们在为谁应该控制科技而争论——但是难道你们看不出,谁应该控制它根本不重要?重要的是谁能控制它。"比利用他那双粗糙的手抚摸着莉齐。莉齐平静地躺在泥土上,她的小脸变得又凉又湿,她的烧似乎消退了。

第十六章　黛安娜·科温顿：阿尔巴尼

政府没有找到任何证据。更多的飞机来到了这里；德鲁使用密码让大门显现在地堡另一端的墙上。我设法悄悄溜到门口——这里的安全警戒状况混乱不堪。不过，米兰达·沙里夫已处在严密监管之下，她被电子手铐锁在一棵桦树上，旁边负责看守她的特工如临大敌，仿佛稍不留神这个女犯连同这棵树便会升天而去——说不定真会如此。但每个人都清楚，米兰达是自愿被捕的，没有做任何反抗。

但是，没有人——包括我——知道为什么。

地堡大门外空无一物，连最简单的防御墙都没有。防御墙多半已经被建造它们的纳米技术毁灭了，眼前只有一条条积满泥土的隧道和山洞，延伸向山体之中。没有适当的设备，要在隧道和山洞中搜索是很危险的，因为泥土墙壁已经崩塌，随时会出现塌方。我不知道这些隧道和山洞伸展到多远的地方，也不知道里面被纳米技术摧毁的东西到底是什么，更不知道在隧道和洞穴倒塌之前，那些东西是否已被搬运出来。米兰达，敌人已经开始行动了——米兰达，你不能——

我在寻找米兰达给我们四个注射时用过的黑色注射器。但是我只能看到一块块融化的黑色污迹，就像闪着金属光泽的蜡油，摊在刚才比利和莉齐躺过的地板上。

还发生了很多不可思议的事情。

一个特工逮捕了我，"黛安娜·科温顿，你因为违反了《美国法典》第18章第1510、第2381和第2383款而被逮捕。"

这三项罪名分别是：妨碍犯罪调查，协助策划谋反或叛乱，还有叛国罪。我怎么说也是一个GSEA特工啊。

米兰达专心地看着我。德鲁进了飞机，我们则要等候下一架飞机。不是因为这架飞机装不下我们，而是为了安全考虑。我佯装攻击抓住我的特工。显然他被吓了一跳，我趁机从他胯下逃脱，跑向米兰达。

"嘿！"

米兰达只来得及对我说："注射器里还有些——"那名愤怒的特工便再次揪住我，把我拖进了飞机，他的手死死攥住我的双臂，令我的肌肉一阵阵疼痛。

我几乎没注意过注射器里还有一些——

她曾对德鲁·阿伦说过这个计划的全部内容。

所以注射器里不只是细胞清洁机，虽然这已经足够令人惊愕了。除此之外，还有别的东西在里面。

注射器里还使用了某种其他的生物技术——我们想象不到的技术。

里面还有更多的东西。

如果只是为了完善或测试细胞清洁机，绿蛋没有必要精心建造这个地下实验室。在科学法庭听证会之前，他们已经完成了对细胞清洁机的公开测试。

绿蛋料到会在科学法庭上输掉官司——对所有人而言，那都是显而易见的。考虑到这些因素之后，他们还要打这场官司，真是让人无法理解。我想是因为米兰达打算在东奥兰塔使用非法手段来实现计划前，能在道德上得到安抚——尽管他们百般努力，但实现这个宏大计划的所有合法途径都已关闭了。

特工对此知道多少？GSEA的头儿当然什么都知道，阿伦告诉了他们。

我的思索只持续了一会儿，立刻就觉得非常害怕，这种恐惧仿佛要拨开骨头，让我再不能移动或者呼吸。

不管绿蛋规划的生物工程计划是什么，科学法庭猜测的是什么，德鲁·阿伦在音乐会上表现的是什么；不管这个生物工程是否利用了超级无眠者所有深不可测的能量；不管硬脊膜分解酶的释放为什么没有被阻止;不管这个生物工程计划到底是什么,我已经身陷其中。现在这个生物工程计划的成果在我的身体里。它在取代我,它在变成新的我。

在一个民主国家里,在没有任何相互制衡的情况下,你没有权利去为一亿七千五百万人做出选择。

谷贝贤三做了选择。

我靠在金属舱壁上左右摇晃,而后抓住把手稳住了身体。我端详着自己的双手,手指已被冻得稍稍有些青紫,中指的指甲折断了,手上的皮肉依然光滑,只是食指上有一处小小的擦伤。我手上的泥土干了,在手背上留下了一道长长的弧形印记。这让我的手看上去很怪异。

我大声地问米兰达:"这是什么?"

米兰达转过她那畸形的头,看着我。她的眼泪还在眼睛里打转,没有掉下来。她说:"对你只有好处。"

"谁说的?"

她的表情没有变化,"我。"

我继续盯着她,然后她渐渐消失了。原来是刚才的惊吓让我产生了幻觉。米兰达不是真的在我脑子里,也不可能在我的脑子里;我的脑子太小了,容纳不下她。

飞机起飞了,我被押去阿尔巴尼等待传讯。

比利、安妮、莉齐和我被带到位于阿尔巴尼的乔纳斯·索尔克国立医学研究院。那是一座高度戒备的大厦,由机器人负责大厦的安全。我被带进另一个走廊。我伸长脖子,尽量多看一眼莉齐。

在一个没有窗户的房间里,科林·科沃斯科在等着我。房间里还有一个人,我立刻认出他是GSEA的肯尼思·埃米尔·科勒主管。科林一句话没说。我看他永远也不会讲话,他处的位置太高了。他被牵扯进来的原因,只是因为在雇用我的问题上做了一个错误的决定。我是个鲁莽的特工,本可以在德鲁·阿伦之前带GSEA找到米兰达·沙里夫,结果却成了卖国贼。当然,科林出现的另一个原因是,他失宠了——阿伦多半会被当作一个迟来的、弃暗投明的英雄,而我则因为通敌被捕,一个失败者,一个不知道游戏规则的人。

"好了,黛安娜,"肯尼思·埃米尔·科勒开口了——我像一个机器人一样被剥夺了姓氏,这可不是个好兆头,"告诉我们发生了什么。"

"所有的?"

"从头开始。"

录音设备被打开。德鲁·阿伦无疑已经和他们分享了他知道的一切。我自己想不出有什么理由不说实话——某种生物工程药剂被注射进了我的血管里,注射器里还有——

但是我不想从接受注射开始讲起。我有一种强烈的愿望,要从头开始,从斯蒂芬妮·布奈尔和她的粉红色牧羊犬开始讲我的故事。我需要把我做过的事情全部都说出来,那些为了拥护那令人厌恶的非法生物工程所做的每一个动作、决定和争论。我不仅想要把我做过的事情解释给这些人听,我还想弄明白自己为什么要这么做、我所做的一切有什么意义。

那时,我意识到 GSEA 给我服了"吐真药"。他们这么做完全是违背《第五修正案》的。不过,这是再寻常不过的事了,甚至不值一提。我没有提出抗议,相反,我看着科勒和科沃斯科以及其他突然出现的人,带着诚实的光环和无私分享的愿望,我不停地讲述着自己的故事。

第十七章　德鲁·阿伦：华盛顿

这里由人类、机器人和防护罩共同看守。不过，我只在意人类守卫。他们大部分是技师，其中至少有一个顽固者。我留意他们是因为这里的人类守卫太多了。看守米兰达的守卫比整个绿蛋的人还多，守卫里甚至还包括像凯文·贝克的曾孙这样的无眠者刽子手。米兰达在一个监狱里等待着审判，这个监狱与当年她的祖母待过的有很大不同。对米兰达祖母的审判已经是很早以前的事了，当时的守卫多半要少得多。

"请看屏幕，先生。"一个看守说，他穿着单调的蓝色监狱制服。我的视网膜被扫描了——绿蛋十年前就不用这种身份鉴别系统了。

"你也是，女士。"

卡梅拉·克莱门特·赖斯走近屏幕。当她退回来时，她把手放在了我的肩上，我一下感到安心和冷静。在我心里，她是完美和谐的化身。

这个监狱让我既激动又忧伤。

"请这边走。留心楼梯，先生。"

他们显然没有见识过动力轮椅的功能，我想知道原因。我坐在轮椅上下了楼梯。

典狱长的办公室没有任何安全措施，我猜这表示监狱内部已经有足够多的安全或者监视手段了。这是一个很大的房间，是当下流行的顽固者风格，简明的直线柚木和红木桌，配上古董椅；椅子配有布垫子和精心雕刻的扶手，我不知道它们是来自哪个时代。

米兰达一定知道。

我和卡梅拉被引进门，典狱长没有起身。他是一个顽固者，金发，个子很高，有一双蓝眼睛和一身结实的肌肉，他的父母用一大笔钱把他改造为维京首领的样子。他和卡梅拉交谈，忽略了我。

"克莱门特·赖斯医生，你不能见这个犯人。"

卡梅拉的声音还是很平静，但语气很坚决："你弄错了，卡斯勒先生，阿伦先生和我有司法部部长本人签发的通行证。我相信你已经收到了终端通知和通知的硬拷贝。我还带着通知的复印件。"

"我已经从司法部收到了通知，医生。"

卡梅拉的表情没有变化，她等待着。典狱长向后靠在他的古董椅上，头枕着双手，眼里带着敌意和嘲弄，他也等待着。

不过，卡梅拉更擅长等待。

终于，他答道："不管司法部说了什么，你们俩都不能见这个犯人。"

卡梅拉什么都没说。

渐渐地，典狱长嘲笑的神情消失了。卡梅拉没有向他乞求，而典狱长忍不住说："是犯人不愿意见你们。"

我冲口说出："所有人都不愿意见？"

"是的，阿伦先生。她拒绝见你们任何一个。"他松开双手，靠在椅子上。

也许我该预料到的，但是我没有。我把手放在他的桌子上。

"告诉她……告诉她……告诉她……"

"德鲁。"卡梅拉轻声说。

我恢复了镇定。我讨厌让对面的浑蛋看见我激动得口齿不清的样子，这个自大的浑蛋顽固者……在这个时候，我讨厌他，就像我讨厌吉米·哈勃利、讨厌佩格一样。佩格真是个可怜、无知、绝望的笨蛋，可怜地试图追求吉米·哈勃利……我想起米兰达的话："我知道的东西比你多，我没法改变这个事实，德鲁！我无法改变我自己！"

我突然转动动力轮椅，驶向门口。过了一会儿，我感觉到卡梅拉在跟着我，但典狱长卡斯勒的声音让我们停了下来。

"沙里夫小姐留了一个包裹给你，阿伦先生。"

一个包裹，一封信。一个向她解释的机会，解释我做了什么，为什么这么做。

我不想在卡斯勒面前打开这个包裹，但我可能需要给她回信，现在,在这里,而且信里可能有一些线索……卡梅拉用了三个星期时间,才从司法部部长那里弄到通行证,我们才能来到这里。卡斯勒肯定已经读过米兰达的信。该死,整个计算机专家安全组都分析过她的话,分析过她的话里是否藏有代码、隐藏的纳米技术或者有别的象征意义。我背对着卡斯勒,轻轻撕开信封。

如果米兰达用的词太难了,我读不懂怎么办——

但是信里一个字都没有,只有我十二年前给她的戒指,一个镶嵌着红宝石的金戒指。我盯着它,直到视线模糊,脑海里只剩下戒指的样子。

"有答案吗?"卡斯勒问。

"没有,"我说,"没有答案。"我继续看着戒指。

你说过你爱我!

不再是了。

卡梅拉已经转身背对着我,看来是为了对我的隐私表示尊重。卡斯勒微笑地盯着我们。

我把戒指放到口袋里,离开了联邦监狱。现在我的脑子里没有任何形状,什么都没有。那个在吉米·哈勃利地下碉堡里展开的栅格子再没有出现过。那个包围着年幼时的我的栅格,再没有出现过。我不再属于绿蛋。蕾莎死了。米兰达走了。卡梅拉在这里,但在我脑子里,我感觉不到她,我甚至看不到她。

我已是孤身一人。

我们经过安检系统返回，离开了监狱。迎接我们的，是华盛顿明媚的阳光。

第十八章 黛安娜·科温顿：阿尔巴尼

我被一堵耀眼的白墙照得睁不开眼。有一阵子，我记不得自己身在哪里，到底是谁。但很快，我便清醒过来，马上站起身。我起来得太快，有一点脑充血，感到阵阵头晕。

"你没事吧？"

说话的是一个面善的中年妇女，偏胖，她的鼻子和嘴巴之间有深深的皱纹。也许她被改造过的基因不多，但她不是生活者：她穿着安全制服，带着武器。

我说："今天几号？"

"十二月十号。你在这里有三十四天了。"然后，她对着墙上的呼叫器说道，"海维特医生，科温顿小姐醒过来了。"

醒过来了。我去过哪里？没关系，我知道的。我坐在一张白色的病床上，病房也是白色的，房间里堆满了各种药品和监视设备。我穿着白色的睡袍，手、脚和腹部都有血凝块，我身上一定被取走了很多样本。

"还有莉齐呢？比利呢？和我一起来的生活者呢，一共有三个人……"

"海维特医生马上就来。"

"莉齐，那个生病的小女孩，她——"

"海维特医生马上就来。"

他是肯尼思·埃米尔·科勒。我的脑子马上清醒了。

"好吧，海维特医生。绿蛋对我做了什么？"

我的直截了当似乎在肯尼思的意料之中。我为什么不直截了当地提问呢？我们已经打了三十四天的交道，而我什么都记不得。他说："他们给你注射了几种不同的纳米技术药物。其中有一些是生物工程有机体的提取物，主要成分是病毒。他们还把一些微型机器放进了你的体内，它们会在你的细胞里生成原子，一次一个。这些微型机器很可能可以自我复制。其中有一些，我们认为会定时复制。我们正在对你接受的每一种注射物进行研究，希望能确定它们的性质——"

"那些机器会对我做什么？我的身体发生了什么变化？"

"我们还不知道。"

"你们不知道？"我听到自己在尖叫。我不在乎仪态。

"还不完全知道。"

"莉齐·弗朗思呢? 比利·华盛顿呢? 莉齐有病——"

"正如你已经知道的,注射到你体内的药物中,有一部分是细胞清洁机。剩下的……"海维特的脸上闪过一丝奇怪的表情,愤慨中却带着渴望。我对他的表情没有兴趣,我感到一种突然而至的狂暴,就像知道自己活不过五分钟,但又不愿意接受这个事实。

"医生——你认为这该死的注射会起什么作用?"

他面无表情,"我们不知道。"

"但你总该知道点什么——"

这时,一个机器人进入房间,它的外形同餐桌一模一样,侧面装着一片毫无必要的栅格——那代表着它微笑的面孔。桌面上放着一只餐盘。"612房间的午餐。"机器人愉快地说。我闻到鸡肉、大米的香味——它们是真正的食物,而非用合成大豆做成的仿制品。我有几个月没吃过真正的食物了,立刻狼吞虎咽起来。

每个人都在看着我吃东西。他们奇怪地看着我吃东西,但我一点也不在乎,鸡肉汁从我嘴角流下,米粒满嘴都是。我吃着香嫩的鸡肉和新鲜的豌豆,还有甜美的苹果酱。我贪婪地享用着我的午餐,怎么也吃不够。

吃完后,我靠着枕头,感到十分疲惫。海维特和科勒佩戴着身份牌,我看不懂他俩的身份牌上写的是什么。接着,他们很长一段时间没有出声——我看不出他们是什么意图。

我说:"现在该干什么? 我什么时候会被传讯?"

"不需要了。"科勒说,我仍旧读不懂他的表情,"你自由了。"

我的疲惫感突然消失了:这就把我放了? 这可不是政府的处事方式。

"我因为妨碍公务、同谋造反被捕——"

"指控取消了。"海维特回答道,他们好像转换了角色。我躺在床上想到,也许谁扮演什么角色已经不重要了。

我慢慢对他们说:"给我一个全息新闻机。"

科勒重复着海维特的话:"你自由了。"

我在床边晃动着双脚,身旁放着医院的睡袍。在许多重大时刻,我们更关心小事,我问道:"我的衣服在哪里?"我想讨回自己进医院时穿的那套肮脏的夹克衫和大衣。

我的身体肯定被装上了监视器、皮下定位器和放射性血液标示器,天知道还有什么别的东西。我不知道它们藏在哪里。

一个机器人送来我的衣服。我不顾有男人在病房里,直接换好衣服——羞耻心在他们这里不适用。

"莉齐呢? 比利呢?"

"他们两天前走的。那个小孩康复了。"

"他们去哪儿了?"

科勒说:"我们不知道他们去哪儿了。"他在撒谎。科勒不会把他知道的信息告诉我,我已经不是政府人员。

我走出房间,以为自己会在走廊、电梯或者大厅被人拦住,但当我走出医院的正门,却发现周围仍然一个人也没有:停车场没有人,通道上也没有急着去探病的人,我只看到一个机器人在修剪草坪。那些草绿得刺眼,一看就知道是被基因改造过。外面的天气很温暖,春天傍晚的阳光穿过空气,在街上留下长长的影子。一棵樱桃树开满了芬芳的粉红色花朵。我身上的大衣实在是太沉了,我把它脱下,扔在了人行道上。

我沿着人行道边走边想接下来要做什么。我对自己从前的麻木和疯狂感到十分好奇。现实世界只能让我感兴趣,而不会让我惊奇——甚至连这点兴趣也不长久。我猜自己马上就要患上神经紧张症了。

我来到了街道拐角,转过去,那里停了一部绿色巴士,颜色就和我刚才看到的草地一样。门开了,我走进去。

巴士说:"请出示信用卡。"

我把手伸进夹克口袋里,里面有一张信用卡——是张顽固者信用卡,而不是什么生活者餐券。我把它放进插口,穿梭机说:"谢谢。"

"卡上是谁的名字?"

"你的要求超过了本机的能力。请问目的地是哪里? 公民广场,斯德尼尔泽德酒店,艾托酒店,中央车站,精益广场?"

"中央车站。"

巴士的门关上了。

中央车站里有不少人——不少穿着颜色亮丽的夹克的生活者，此外，还有几名在政府工作的顽固者。这里是阿尔巴尼，州首府所在地；车站里的人看上去都像在赶时间。我走进约翰·托马斯中央车站咖啡馆。三个男人站在角落里，专心地交谈着。咖啡馆的食物传送带已经停止运转了，全息电视在播足球赛，我把它换成顽固者新闻频道，咖啡馆里没有人介意。

"——继续在中西部和南部传播。由于病毒能被很多不同种类的动物和鸟类携带，疾病控制中心建议避免和任何野生动物接触。由于本次瘟疫在人类中的高度传染性——"

我换了台。

"——严格禁止所有贸易物、旅游者、信件，或者来自北美的其他任何物品进入法国。如同其他国家，法国人对污染的恐惧已经变成一种歇斯底里——"

我又换了台。

"——显然已经结束。麻省理工学院的科学家出具了一项官方声明，控制硬脊膜分解酶的纳米计时装置并未按照程序设定发挥作用，这种装置失效的原因是，时钟机对复杂指令产生了错误的理解，没有执行应做的程序。工程系主席迈伦·亚伦·怀特在他的办公室说——"

我继续换台。

"——继续储存食物，情况预期会有所好转。所谓的硬脊膜分解酶危机已经减缓,明显是由于——"

我看了一个小时的新闻,得到的信息是:"饥荒在一段时间内有所减轻,其后又开始加重。瘟疫在一些地方扩散,但在另一些地方得到控制。携带病毒的美国商品和旅游者把瘟疫传播到世界其他地方,但其他地方只出现了较轻的硬脊膜污染或者'野生动物瘟疫'。瘟疫在不同地区的暴发程度各不相同。科学家很快就能找到问题的解决方法,他们处在取得主要突破的边缘。"

阿尔巴尼果然和其他地方不一样。

不过新闻一次也没提过地下革命组织,也没提过绿蛋,超级无眠者也许没能幸存,包括米兰达·沙里夫。

我走向那三个坐在角落里的男人,他们抬起头,没有微笑,看着我那双基因改造的眼睛。我穿着紫色的夹克,甚至懒得去检查我的腰带上有没有护罩。我知道肯定会有的,因为科勒一定不想让我一命呜呼。对他而言,我就是一个昂贵的移动实验室。

"你们知道去伊甸园该怎么走吗?"

其中两个还是面无表情,第三个——最年轻的一个——眨了眨眼,似乎还动了动嘴巴。于是我对他说:"我生病了。我想我得了那种病。"

"哈利——她被基因改造过。"最年长的男人说,他的声音里听不出一丝对瘟疫的恐惧。

"她病了。"哈利说,他的声音听起来比他的表情更冷酷。

"你不知道谁——"

"你顺着12号线去阳光药物售卖机,那里有一个戴着闪光项链的女人。她会带你去伊甸园。"

他口中的"伊甸园"是众多伊甸园中的一个。里面所有的东西都是由绿蛋预先准备好的:技术、配给、通信装置,还有那些生活者保安——如果你愿意这么叫的话。那些人都是哈利的同伴,他们在执法时只会温和地加以劝阻,绝对不会施加武力。这就意味着,政府并没有干预。想到这些,我就感到头晕目眩。

在去12号线的途中,我遇见十四个人,其中有两个顽固者技师。我没看到有火车离开车站。车站里只有一个失灵的清洁机器人,但地上却看不到随意乱扔的苏打水罐、吃剩的三明治、苹果皮和合成大豆糖纸。没有这些垃圾,这里看上去更像是个顽固者的车站,而不是属于生活者的。

阳光机旁边坐了一个中年妇女。她穿着蓝色的夹克,脖子上戴了一条以汽水罐为原料做的项链——她把汽水罐的铝皮冲压成了一颗难看的星星。我走到她面前,说:"我有病。"

她仔细打量了我一番,说:"不,你没有。"

"我要去伊甸园。"

"你告诉兰德尔警长,如果他想杀了我们就动手吧。他不需要让假顽固者来装病。"妇人温和地说,不带一丝怨恨。

"掉进兔子洞。"我自言自语道,"'吃掉我''喝下我'。"①中年妇人没有理会我的自言自语。

我向一个引力火车监视器走去,想查看火车的离站信息,结果那个监视器是坏的。我又去试其他的监视器,终于在第四个监视器那里得到了答复。

第25号线在车站的另一区,那里的人更多,不过地上并没有更多的垃圾。有三个技师在修理一辆小型火车。我盘腿坐下,在他们完工前,没有和他们说一句话。他们修好了这辆火车便离开了,看上去很疲倦。科林·科沃斯科和肯尼思·科勒知道我会去哪儿。

我是站上唯一的乘客。这是一列直达车,傍晚的时候,我到达了已经被遗弃的东奥兰塔。

安妮的公寓在杰伊大街。我看到公寓的门开了一个缝,里面空无一人。公寓里的东西都没被抢走,墙上那些丑陋、俗气的装饰品,水桶,塑料枕头和莉齐的玩具,一样也没丢。我走进门,躺在莉齐的床上。过了一会儿,我走向咖啡馆。

那里也是一个人都没有。食物带停止运转,上面没有食物,全息终端也停止了运作。咖啡馆并没有被破坏的痕迹,只是人们都撤离了,就像这个镇上其他的地方一样。政府让所有非政府人员都离开,不过,并不包括我。从他们的立场来看,我是世界上最重要的五个人之一:这五个人包括四个活的"生物实验室"和一个被捕的疯狂

---

①引自《爱丽丝漫游仙境》。

科学家。我已经在政府的控制下，其他三个人多半也是。我只需要等他们三个来这里。

在灯熄灭之前，我穿过雪地来到平坦的河岸上。比利曾在这里用莉齐给他的手杖戳过一只棕色的雪兔。兔子不在那里了。我在河堤上坐了很久，望着寒冷的河水，直到太阳落山我感到寒冷才离开。

我在安妮公寓的沙发上过夜，公寓的取暖机还能工作。我在夜里断断续续醒来几次，但我想还称不上失眠。每一次，我都在黑暗中仔细地倾听，可是什么都听不到。

有一次，我下意识地用手指去摸耳朵，发现我的耳洞被堵上了。我伸手去摸我在儿时腿上留下的伤疤，发现伤疤也没有了。

第二天一上午我都在看全息终端新闻。俄亥俄州的班尼克瀑布镇被瘟疫袭击，镇上的居民在二十四小时内全部死亡。摄影机器人显示了镇上居民的尸体：他们倒在参议员埃伦·皮尔斯·笛文的餐馆外；他们都穿着厚厚的夹克，四肢摊开堆叠在一起，看上去就像十四世纪那场黑死病的受害者。

得克萨斯的木星镇发生了暴动，生活者用微型炸药炸毁了他们的城镇。他们本不允许，也不应该拥有微型炸药。镇上的居民宣称，如果四十五万份食物不能在二十四小时内运来，就全体迁移到奥斯丁。

马里兰州的雪瑞·蔡斯顽固者居住区做出强制规定：任何人都

不能离开,任何人都不能进入。

欧洲、南美和亚洲的大部分国家强行禁止任何来自北美的货运,违反者将被判死刑。半数国家宣称禁运立刻生效,并且在边境上实行宵禁。另一半国家宣称将会为他们损失的基础设施和死去的人民要求法律赔偿。非洲的多数国家同时宣布了以上两条措施。

在华盛顿特区,联邦保护区之外的地区正处于水深火热之中。不知道政府还剩下多少钱来应对其他国家的法律赔偿要求。

宾夕法尼亚州的特蒙斯维尔镇消失了,镇上的二万三千人被集体疏散。

这些都是关于巨变中被疏散人群的去向和他们携带的微生物的详细报道。

但没有人提到过东奥兰塔。

下午开始下雪,但尚未结冰。我想去山里寻找比利上个月带我们去过的地方,但天气状况让这个想法泡了汤。

我整夜没睡,听不到一点声音。

第二天早上,我在塞尔瓦托·约翰·德圣托的公共浴室洗了个澡——那里竟然还在开放——然后回到咖啡馆。东奥兰塔还是没有恢复正常。我坐在一张椅子上观看全息终端,就像一个专心的顽固者女学生。我的国家被饥饿、瘟疫、死亡和战争弄得四分五裂,而世界上的其他国家用尽他们最先进的科技把我们隔离在边境之外。即使有别的新闻,媒体也不会报道。到上午十一点,只剩三个频道有信号了。

中午，我有一种想去河边坐坐的强烈愿望。我像被某种无可争辩的宗教启示牵引着，向河边走去。

到那儿以后，我脱掉自己的衣服。今天的气温有华氏40度，而且阳光灿烂。不过就算温度在零度以下，我也不会在意的，我必须脱掉衣服。我这么做了之后，便在泥地上尽力舒展身体。

我仰面躺在松软的泥土上，颤抖了大概六七分钟。石块扎进我的肩膀、大腿和后背；河泥刺鼻；我很冷，也从来没有这么难受过。我躺在那里，一只手放在脸上，遮挡正午刺眼的阳光。我不想移动，也不能移动。过了一会儿，难受的感觉没有了，但我仍旧颤抖着。我坐起来，穿好衣服。

艾丽丝在兔子洞底找到的小瓶子仿佛在说："快把我喝掉。"

自从在阿尔巴尼的政府医院吃过鸡肉、米饭和青豆后，我已经整整两天没吃过东西了。我没感到饥饿，只感到震惊、忧虑和沮丧，所有这些感情都能抑制食欲，但我的身体终究需要养料，我体内的葡萄糖含量在下降。虽然在肝脏和肌肉中还储存着碳水化合物，但最终这些能量也会被用光。

我需要摄入新的葡萄糖。

葡萄糖只不过是一种分子，是碳、氧、氢的一种排列形式。如果换一种排列方式，它们就会构成泥土、水和空气，就像能量以一种形式存在于化合物中，同时还以另一种形式存在于阳光中。

Y能量对能量的构成方式重新进行了排列,令它永远可以被轻易取用,而且价格低廉。

纳米技术重新排列了随处可见的原子。

我感到大腿上的泥土在凝固。我试着回忆植物吸收空气的气孔名称——这些细孔位于植物的叶片和茎上——却始终想不出那个词。我的脑子里仿佛进了水。

但我的身体获得了能量。

我小心地迈着步子,慢慢地把重心从一只脚换到另一只脚。我的手悬在身体两侧,如果摔倒的话,可以抓住旁边的东西。我呆板地仰着头,在河堤上缓慢地走着,感到非常难受。不过,除了向前走,我似乎没有别的选择。我走路的样子就像抱着一个易碎的珍宝:这个饥饿的世界有救了,我找到了答案。

不,绿蛋才是答案。

心中安定下来之后,我终于可以正常地行走了。我爬上山,回到镇上。我不是唯一在这里的人,现在镇上有成百上千人。在我们眼中,伊甸园就在阿尔巴尼的引力火车站之中,就在阳光售卖机的旁边。

就在三个月之前,米兰达·沙里夫带着她的细胞清洁机在公开场合露面,细胞清洁机只是她的计划中最容易理解的部分。一个月的时间里,绿蛋制造了大量注射器,投放到整个国家,投放到有瘟疫或没有瘟疫的地方。我不是唯一一个得益的人,但我是无眠者以外第一个受益者。

　　我的身体感觉良好,没有任何不适。我的身体已不再困扰着我的意识,就好像我非常健康,而且根本没有挨饿。这个身体已经准备好做任何事情:攀登、跑步、工作或者做爱。我不再需要珍妮特·凯罗·兰德议员的餐馆,不再需要堪科公司制造的农业机器人来提供食物,不用再依靠政府食物分发系统和食品药物管理局,也不用再依靠联合收割机和储藏库,不用再依靠四十亩地和一头驴,不用再依靠打谷场和奴隶;再不受今年的雨水和蝗灾的影响;不再依靠得墨忒耳①、因陀罗②和阿芝台克玉米神。世界七千年文明的基础正是人们对食物的需要,而现在这一切我都不需要了。

　　这时,我又想起了米兰达说过的那句话——在注射器里还有一些——

　　我还可以正常进食——我在阿尔巴尼的医院里吃了鸡肉、米饭和青豆,但是,我不再需要食物。从现在开始,我的身体可以从泥土里获得养料。

　　我回想起这辈子吃过的所有美食:由薄馅饼皮包裹的半熟多汁的惠灵顿牛肉,耐嚼的椰子蛋白杏仁饼干,松脆的安娜马铃薯,又苦又甜的瑞士巧克力,用西雅图水果烹制的豆焖肉和阿拉斯加螃蟹,大盘苹果派……

　　我开始流口水。这是某种生物程序反应? 可能我永远也没法

---

①希腊神话中的十二主神之一,掌管农业、婚姻、丰饶之女神。
②印度神话中的主神,司雷雨。

知道。

我还想吃滴着黄油的饼干、拉姆·加斯顿的新鲜芝麻菜、草莓冰激凌。如果没法垄断市场,谁会去种植配料呢?

我突然感到头晕眼花。我一定是处于某种吃惊或者歇斯底里的状态。在事情脱离常规时,人们就会感到头晕目眩。米兰达·沙里夫和她的二十六个天才同伴,用与我们截然不同的思维方式和他们自己的科技构建了这个计划。在每走一步之前,他们又会想出六条新的途径。二十七个天才加入那些可能的分支中……米兰达·沙里夫、乔纳森·马克威茨和特里·姆瓦卡贝,还有其他我记不得名字的人,他们从来就与我们不一样。他们预见到在这个不属于他们的社会里会发生什么,并想出了一个对策。他们可能已经策划了多年,而现在,他们开始执行这个复杂得超出想象的计划,这个计划将彻底改变每一个人……

我曾经以为顽固者永远不会满足。

"她怎么会满足呢?"我大声地问。

我茫然地穿过车站。这时,一列火车进站了,安妮、比利和莉齐带着包裹走下车。莉齐看到我,尖叫着跑过来。我看着他们,感觉头越来越轻,就像一个膨胀的气球。莉齐抱紧我。在短短一个月里,她长高、长结实了。比利微笑着跑来,看上去年轻了许多。安妮跟在他后面。

"比利,"我说,"比利——"

他继续面带微笑。

"我们到家了,现在,"比利说,"我们都到家了。"

安妮喘着气。莉齐紧紧地抓着我,我感到大腿上的泥块掉落了。

"快点儿,"安妮说,"我想在转播开始前赶到咖啡馆。"

"什么转播?"我说。

他们三个吃惊地看着我。莉齐说:"转播,维姬。从绿蛋来的转播。这几天所有的生活者频道都在谈论这次转播。人人都不会错过的!"

"我一直在看顽固者频道。"不过,如果是来自绿蛋的转播,政府会用生活者和顽固者所有的频道来播放。十三年前,他们就干过一次。

"但是,维姬,这次是来自绿蛋的转播。"莉齐重复道。

"我不知道。"我说。

"顽固者,"安妮说,"他们什么都不知道。"

第十九章 米兰达·沙里夫：
在绿蛋庇护所的演讲录像，
由全美通信委员会的所有新闻频道同步播放

这里是米兰达·沙里夫，本次演讲在六星期前录制，未经剪辑。

你们想知道到底发生了什么，我会尽量简洁地为你们解释。如果你觉得解释不够简单明了，请保持耐心，35频道将会在几星期内不断重播这次转播内容，也许其中有些部分你再听一次就会明白了；或者一些顽固者会用更简单的词句解释给你听。同时，在不破坏科学准确性的前提下，我将用我能找到的最简单的词句来解释所发生的事情。

你的身体是由细胞组成的，任何一个细胞基本上都属于传送能量的复杂系统。所以，细胞是有机体，人本身也是有机体。

人类的身体通过氧化磷酸化①的方式,直接或间接地从摄取的食物中获得基本能量。你的身体分解掉碳分子化合物。食物中蕴藏的能量中很大比例被重新合成为三磷酸腺苷(ATP)和磷酸盐结合物。当人类细胞需要能量时,可从ATP中获取。

植物从阳光中获取基本能量,它们利用土壤中的水分和空气中的二氧化碳生成葡萄糖,葡萄糖可以被合成为ATP。大部分植物借助叶绿素进行这种光合作用。

某些细菌,如盐杆菌,既能进行氧化磷酸作用,又能进行光合作用。在适当的条件下,它们能一边吸收营养,一边通过光合作用生产ATP。换句话说,它们既能从食物中获取基本能量,又能从阳光中获取基本能量。

盐杆菌不是利用叶绿素来进行光合作用,而是利用视黄醛。视黄醛和人类眼睛中的感光色素属于同种色素,它存在于细菌性视紫红质的结合处。

你的身体已通过特殊的基因改造获得了这种细菌性视紫红质。

在你表皮的坏死细胞之间的毛细血管末端有层细胞膜,细菌性视紫红质就存在于这些细胞膜内。改造过的细菌性视紫红质在获取光子方面,比自然界任何类囊体更加有效,因为这些细菌性视紫红质的吸收能力获得了几何级的增长。

另外,毛细血管有刺激传送的能力,它也位于皮肤表面的可透

———————

①氧化磷酸化是生物体内的糖、脂肪、蛋白质氧化分解,并合成三磷酸腺苷(ATP)的主要方式。

隔膜末端,可以直接从土壤或者其他器官中有选择地吸收碳分子和额外的必要元素,被吸收的分子由基因改造酶分解。基因改造酶在人类类囊体的联合处中分解分子,并且,基因改造酶通过我们的纳米技术可以在细胞里复制。

或许你难以理解这些专业名词,但我刚才所说的内容对你们而言其实并不复杂。人类胚胎在还是细胞时,发展出称为滋养层的细胞外层,滋养层拥有消化、溶解它接触到的间质组织的特殊性质,这就是胚胎在子宫内的培育方式。现在你们重新改造过的皮肤就能够像胚胎一样溶解和吸收其他种类的物质。

组成人体的化学元素中96.6%是碳、氢、氧和氮。现在你们细胞中的微型机经过编程,能够将这四种元素和其他低含量元素进行排列组合,形成所需的分子。这些过程都由阳光提供能量。来自阳光的能量就储存在细胞的ATP中,以备在没有阳光的时候使用。每个人每二十四小时在阳光下裸露三十分钟,就能获得足够的能量。过剩的能量能够和食物一样,转化成葡萄糖或者脂肪。

细胞清洁机会杀死人体内因过度照射紫外线而诱发的各种癌细胞。同样,细胞清洁机也会杀死人体从土壤中吸收的任何有毒分子。细胞清洁机会重新排列有害分子的原子构成,将它们变为无毒形式。

即使长时间不使用微型机,它也会保持你的胃肠系统正常工作。基因改造过的酶能够利用特殊的生物化学反应来消除人体主观上的饥饿感。

在有食物时,你能通过进食和氧化磷酸作用存储能量;在没有食物时,你可以躺在土壤上,在阳光下,通过光合作用存储能量。

现在,你们应该能够明白了。

现在,你们能够自我获取能量。

现在,你们自由了。

第四卷

2115年夏

"我们的防卫不是靠武力,不是靠科技,更不是在地下进行。我们的防卫是依靠法律,是有秩序的。"

——阿尔伯特·爱因斯坦,

一封寄给拉尔夫·E.拉普的信

第二十章　比利·华盛顿：东奥兰塔

两小时后，我终于在树林深处找到了安妮——她出门时甚至没有告诉我。从去年开始，安妮变得越来越独立，就像今天这样，对此我很生气。

"安妮·弗朗思，我走遍了整个树林来找你！"

"我就在这儿。"安妮说着坐了起来。她刚才就躺在满地厚厚的落叶上。当安妮起身时，我已经忘记自己在生气了。她吃过东西，那裸露的巧克力色胸脯上下摆动，头发里有一些树叶。我能看到她臀部的轮廓，由于我离她只有两步远，我真的是有些难以控制。

但是，她把我推开。我也许已经忘了自己在生气，不过，安妮生气时，可不会忘记自己在生气。"现在不行，比利。我是认真的！"

我停止了动作，这真的很难。安妮太可爱了，对她，我似乎永远也要不够。从我们去伊甸园开始，十年以后，一百年以后我都要不够。

安妮站起来,从容不迫地把树叶从大腿和屁股上掸掉。她知道我在看她,她眼里甚至有一丝微笑。不过她还在生气。

"比利——我还是不愿意去西弗吉尼亚。我们这么做谁也帮不了。"

"莉齐想去。不管我们去不去,她都会去的。"

安妮闷闷不乐。莉齐满十三岁后,安妮和莉齐吵得更厉害了。安妮一直把莉齐当成小女孩,就像很长一段时间她都把我当成老人,希望我做些老人应该做的事一样。安妮从来不喜欢改变,这就是她不想去西弗吉尼亚的原因。

"莉齐真是这么说的?那就让她一个人去吧!"

我点了点头,莉齐也会点头。即使维姬不去,她也会去的,如今,没有什么可以阻止莉齐。你一定以为与从前相比,老人和病人改变得最多,但事实却是——改变得最多的是年轻人,再没有什么可以阻止他们做任何事。他们通常只有十二三岁,这个年纪的孩子还需要被人照顾:照顾他们吃东西,在他们生病时关心他们,保护他们不受发狂的浣熊攻击。现在一切都变了,他们不需要我们了。

就像我们不再需要顽固者。

安妮穿上裙子,她知道我正盯着她,不过一点也不介意。和大多数女孩的裙子相比,安妮的裙子更长,即便在炎炎夏日她也穿着这样的长裙——安妮之所以不愿在穿着上改变自己,只是因为得不到夹克、裤子和鞋子穿。她的裙子是纺织机器人两周前用某种没有颜色的材料做的——人们都喜欢自己的衣服看上去很自然。不过，安妮的衣服在靠近胸部和臀部的地方磨损得厉害，裙子上有些地方开了小口。我的裤子也有些磨损，但我不会为了吃东西更方便，而像年轻人那样去穿裙子。不管我的身体现在获得了什么能力，我都认为自己不是年轻人。

安妮的裙子遮住了她那美丽的臀部。

安妮穿上了凉鞋。这双鞋她从以前一直穿到现在，都快穿坏了。郑重起见，她应该穿皮鞋或者靴子去参加委员会会议——除非出现什么紧急情况，让我们今晚不用参加东奥兰塔委员会会议——毕竟我们可能再也没机会去第二次了。

回家的路上，我牵着安妮的手。我记得她曾经不愿意进入树林，但是现在，即使是安妮，也不怕待在树林里了。

不过去西弗吉尼亚——又是另外一回事。

安妮的手光滑而有力。我用手指在她的手心里画了一个圆，在里面写着她的名字：安妮·弗朗思。安妮板着脸，嘴唇紧闭。

"让十几岁的小孩在委员会投票是不对的。这是不对的！"

我非常清楚现在不应该和安妮讨论这个问题。

"如果不是因为儿童选票，我们就不用去西弗吉尼亚，不用白跑一趟。让儿童投票毫无用处，比利。对于选举，一个十三岁的小孩知道什么，莉齐知道什么？她还是个孩子，尽管她自己不这么认为！"

我什么都没有说,我不是傻瓜。

我们安静地走路,踩着从树上落下的松针。树林里,阳光能照射到的地方已经有雏菊了,它们散发着清香。

维姬曾经试着向我解释细胞清洁机和微型机的工作原理。莉齐似乎明白了,但我还是不理解。

是否理解并不重要,只要细胞清洁机和微型机能起作用就行。

"安妮,"就在我们快到镇上时,我说,"你并不能确定我们在西弗吉尼亚一定什么都做不成。也许某个人有他的计划,甚至孩子们也有计划。当我们到那儿时——"

她尖叫道:"没人有计划!"

"好吧,也许当我们到那儿时……你要考虑到三四周的步行路程——"

她转过脸,"没有人会做计划!谁知道怎么从监狱把那个女孩儿救出来?顽固者?是他们把她关进去的!指望德鲁·阿伦,她的爱人?抓捕米兰达,他也有份!指望米兰达的同类?如果他们知道怎么做的话,早就做了!我们什么都做不了,比利,我们应该把时间和精力用在我们需要做的事上。我们需要更多的纺织机器人,我们仍然只有一台小孩装配的纺织机器人,它的速度太慢了。我们的衣服不断被虫蛀,鞋子也是!我们还没有固定的住所,没有靴子,冬天来了该怎么办!"

我放弃回答。你不能和安妮争论,她说的都是对的。冬天会来临，而整个镇上只有一台纺织机器人。换作在夏天，也许一台纺织机器人就够用了，不过冬天可不一样，我们也没有冬天穿的靴子。即使无须再烹饪下厨，安妮还是顽固地坚持给我们做吃的。

有时，知道除了我们自己，没有人会照顾我们，这让我感到惊慌。

维姬在小镇偏僻处和我们碰面。她的衣服和莉齐的一样破烂，我几乎可以看到她的一只乳房——我真是又老又蠢——该死，我又勃起了。她的脸很消瘦，看上去不太高兴，这几个月里她都不高兴，她是镇上唯一不开心的人。

"快要分裂了，比利。这一次，是真的。"

"什么快要分裂了？"我说。我以为她说的是她的衣服——真是这么想的，我这个老白痴。

"国家快要分裂了。种族快要分裂了。一直以来，维系顽固者和生活者关系的纽带细归细，好歹也有个纽带的样子。现在连这最后的伪装也没有了。"

我挥手让安妮先回家，她大概会去找莉齐。我坐在一块圆木上休息，一分钟后，维姬也坐下了。她禁不住会为这个国家担心，毕竟她是个顽固者。在东奥兰塔，没有人介意她是顽固者，这里的人都习惯与维姬相处了。但是，我们在咖啡馆里还是能看到新闻频道的报道：顽固者正在经历一段困难时期，当生活者发现再也不需要顽固者时,那些曾经需要顽固者帮助的人变得狂妄暴虐。事情远不止如此。他们还杀死了许多顽固者,并将大部分顽固者关在城市的封闭区中,有些顽固者将近半年时间没有离开过封闭区。

我想找点让维姬开心的话题,"不再有警察了,不再有人靠攻击别人来惩罚违法的人。如果我们有执勤机器人——"

"噢,比利,有太多事情改变了,不再有法律了。现在只能听市镇委员会的;在人们不服从市镇委员会的地方,就是无政府状态。"

"我没看到,这里没有人受伤害。"

"不是在东奥兰塔。在东奥兰塔,'绿蛋'计划奏效了,人们转为相信政府。实话告诉你,我相信那个可怜的浑蛋,杰克·萨维克,他曾经让大家准备自食其力。其他地方的合作政府也运作正常,但是,生活者在阿尔巴尼杀害顽固者,在卡特瀑布镇互相杀戮,在宾厄姆顿大肆抢夺。在其他地方,生活者甚至让女巫来寻找'基因改造的次等人类',比GSEA的所作所为更恶劣。GSEA在哪儿?FBI在哪儿?政府的通信委员会和卫生部门在干什么?整个政府已经瘫痪了。华盛顿以外的地方根本不在意政府发布的法令!"

"没有在意的必要。"

"非常正确。作为一个实体,美国已经不存在了。它分裂成没有共同目标的两大阶层。卡尔·马克思是对的。"

"谁?"我不认识任何叫卡尔·马克思的人。

"没什么。"

"维姬——"我搜索着词语,"你不能……少关心点政府的事吗? 现在这样不好吗? 就像米兰达在全息终端转播上说的,我们第一次获得了自由。我们真的自由了。"

她看着我。我从来没有见过她这么阴冷的表情。"我们自由了以后去做什么,比利?"

"嗯……生活。"

"看看这个。"她拿出一片弯曲的金属。

"怎么,硬脊膜? 分解酶会负责处理的。尽管分解酶被封锁了,但孩子们找到了不需要金属就能制造分解酶的新方法——"

"这不是硬脊膜。"

"那是什么?"

"一种武器,一种威力巨大、极具破坏性的政府武器。按规定,这种武器只能在国家受到外敌攻击时才能使用。上个星期,我在克甘韦利附近找到这片金属,有人用它摧毁了一个被隔离的别墅。我怀疑几个月前,那里藏了一些顽固者。现在,那些人已经不在了,甚至那别墅也不在了。"

我看着她。我不知道她上周曾去过克甘韦利。

"你还不明白吗,比利? 在米兰达·沙里夫的审讯期间,德鲁·阿伦暗示的话是真的。他没有明说,我敢打赌是因为有人认定阿伦的话会危害到国家安全。'国家安全'! 我们至少得有一个真正的国家,才谈得上'国家安全'啊!"

我还是不明白。维姬看着我，她把手放在我的肩上。

"比利，有人在用政府的秘密武器武装生活者。有人准备发动内战。你真的以为所有这些暴行都意外吗？幕后的人很可能和第一个释放硬脊膜分解酶的是同一个人。他还在那里，努力消灭所有的顽固者，也许还要消灭庇护所之外所有的无眠者。有人希望这个国家继续分裂，而且他们拥有地下组织足够的支持。而我们还在拼命制造纺织机器人，还在为从旧规则中解脱而欢欣鼓舞。我们一点生存的机会都没有，没有一个强有力的政府做支持，我看不到我们有任何生存的机会。"

"但是，维姬——"

"噢，我为什么还在和你说话？你根本不知道我和你说的是什么！"

她站起身，离开了。

她只说对了一半。我的确不理解她所有的话，但其中一些我是明白的。我知道，即使是为了让米兰达·沙里夫重获自由，安妮也不想离开东奥兰塔。我们在这里过得很好，比利。这里没有什么可担心的……

维姬回来对我说："对不起，比利，我不该对你发火，只是……"

"只是什么？"我尽量温和地说。

"只是我很担心，担心莉齐，担心我们大家。"

"我知道。"我确实知道。我很清楚维姬在担心我们。

"你还记得米兰达给我们注射那天你说过什么吗？当时，她和德鲁·阿伦正在为谁应该控制科技而争吵。"

我记不太清楚了，那是我这辈子最重要的一天。那天安妮、莉齐和我的身体恢复了，但是，我记不大清楚其中的经过了。我隐约意识到自己的胸口很疼，莉齐生病了，发生了太多事情。但是我确实记得德鲁·阿伦那张僵硬的脸，愿他不得好死。他在米兰达的审讯中做了不利的证明，把自己的女人送进了监狱。我记得米兰达眼里的眼泪。谁应该控制科技……

"你说，关键是谁能控制。这句话是你脱口而出的，比利。你知道吗，我们不行，被注射的生活者和藏在领地里的顽固者也不行。我们没有成熟的科技，任何来自政府，或是疯狂的地下组织的高科技攻击都会将我们消灭。"

我不知道说什么好。我想和安妮、莉齐，还有维姬永远待在东奥兰塔。但是，我不能。我们必须要让米兰达·沙里夫重获自由。我不知道该怎么做，但是，我们必须要做。是她给了我们自由。

"也许，"我说得很慢，"是有地下组织在煽动战争。也许现在不过是一个……一个过渡阶段。一段时间以后，生活者和顽固者会重新走到一起，相互帮助。"

维姬笑了，她笑得很难看。"愿上帝保佑动物和孩子。"她说。她的话没有意义。我们既不是动物，也不是孩子。

"噢，是的。我们是，"维姬说，"两种都是。"

第二周，我们离开东奥兰塔，开始向位于西弗吉尼亚橡树山的联邦重罪监狱走去。

我们不是唯一去西弗吉尼亚的人。去西弗吉尼亚也不是东奥兰塔市镇委员会的本意，这个主意是他们从南迁队伍中的一个人那里听来的。我们在田野里吃饭，泥土散发着清香，野草却被我们踩得稀烂。我们聚到一起商量该在哪里解决大小便问题。我们用雏菊做成花环，戴在脖子上，直到雏菊褪色。我们穿着和纺织机器人一样的衣服。维姬说，到最后我们都得光着身子赶路。我告诉维姬，只要安妮·弗朗思还有一口气，我们就会有衣服穿。

上路后的第二天，我和另一个在加拿大附近加入迁徙队伍的老人交谈起来。他的孙子跟着他，带着便携式终端。赶在天气变冷以前，他们开始向南迁移。老人名叫迪安，他告诉我，以前他有骨质疏松症，连坐到椅子上都会疼得几乎哭出来。注射器是晚上空投到他们镇的，飞机向许多城镇都空投了药品。他说他们都没有听到飞机的声音。我没问他怎么知道是飞机送来的解药，而是问他是否知道顽固者政府对向橡树山行进的所有生活者都做了什么。

迪安不耐烦地说："谁管这些？我没看到过顽固者，而且最好不要让我碰见。顽固者都是可恶的怪物。"

"他们是什么？"

"可恶的怪物，非自然的。我曾对几个纽约的生活者说过，顽固者可不能算作美国人。"

我看着他。

"这是真的,美国是属于生活者的。这是华盛顿总统、林肯总统和其他所有英雄的意愿。一个服务于人民的政府,一个依靠人民的政府,而真正的人民是我们生活者。"

"但是,顽固者——"

"不是自然的,不是人民。"

"你不能——"

"我们有意志,有理想,我们能让我们的国家变'干净',让她摆脱掉'可恶的怪物'。"

我说:"米兰达·沙里夫不是生活者。"

"你的意思是你相信那些注射器来自'绿蛋'?就因为那次骗人的转播,你就相信了?那些注射器,来自上帝!"

我看着他。

"怎么回事,你爱上了那些可恶的怪物?你爱上某个顽固者了?"

我慢慢抬起头。

"就因为几个顽固者想和正派的生活者结合?我们知道怎么对付那些人!"

"谢谢你的信息。"我说。

回去找维姬的路上,我的呼吸有些困难,可以感觉到自己的胸口像从前那样跳个不停。不过,维姬没事。她坐在引力火车旁的一张坏了一半的椅子上,整个人躲在一栋废弃建筑的影子里。来自东奥兰塔的人们和往常一样,在维姬周围做着自己的事情,完全没注意到她,他们已经习惯和维姬一起生活了。

"维姬,"我说,"你要小心。不要离开我们从东奥兰塔来的人,要带着遮阳帽。向南走的人群里有人要杀死顽固者!"

她抬起头,说:"没错。我每天都在给你讲,你还不明白吗?"

"现在可不是说大话抨击政府。这是你——"

"噢,比利——"

"住口。你在听吗?你在听我说什么吗?"

"我在听,我会小心的。"她看上去快要哭了。

"很好。我们关心你。"

"不过,你们不关心政府。"她说。

我们沿着轨道走了几天。山里有些地方的路相当窄,但我们不用急着赶路。越来越多的生活者加入进来。晚上,人们围坐在Y能量堆和营火旁,或是彼此交谈,或是编织衣物。安妮喜欢教人编织衣物,她自己也织了不少东西。人们四处徘徊,在树林里进食,使用晚上挖好的"公共厕所"。我们从池塘和河溪取水,不管水是不是干净,即使它离公共厕所很近,我们也不在乎。细胞清理机会负责处理可能进入我们体内的细菌,我们再也不需要医疗机了。

年轻人带着终端,年长的人带着帐篷,大部分是用合成防水塑料布做的。帐篷很轻,不会被撕坏,也不会被弄脏,甚至不会沾上霉味。我记得，当我还是个孩子时，就从帐篷上闻到过这种霉味。我记得很清楚，还有些怀念那种发霉的味道。

下雨时，我们搭起帐篷，等到雨停后再出发。我们不急着去西弗吉尼亚。

但安妮是对的，没有人有什么计划。米兰达·沙里夫救了我们，她却被关在橡树山。而我们什么计划都没有，怎么能救她出来？

除了维姬，我没有看到其他顽固者。有几次，陌生人找她的麻烦，我、本·兰芮生和卡尔·乔恩斯就站出来替她解围，所以到现在还没有什么问题。其他很多人甚至都没意识到维姬是一个顽固者。自从被注射后，更多的妇女怀孕了，她们的胚胎似乎也能自动地接受基因改造。我让维姬把她的阔边遮阳帽拉低点，遮住那双基因改造过的紫罗兰色的眼睛。

然后，我们来到一个小镇。镇上的咖啡馆里有全息终端。维姬坚持一下午都要看顽固者新闻。莉齐陪着她。为了维姬的安全，我和本，还有卡尔也陪着她。

那天晚上，在营火旁，维姬消沉地坐着，她看上去比以前更沮丧。

维姬、我、安妮、莉齐和布兰德都在那里。布兰德是个男孩，一个星期前加入我们。他很多时候都跟着莉齐的终端。安妮不喜欢他，我也不喜欢他。莉齐的衣服比我和安妮的坏得更快，她的胸部半露在外面。我看得出她不在乎，我还看得出布兰德在乎；可恶的是,我和安妮什么都做不了。

莉齐说:"顽固者在卡内基·梅隆的居住区从没有放下过防护罩。九个月里,一次也没有。他们一定没有食物了。他们一定已经使用过注射器了,他们必须得注射。"

莉齐连说话的样子也不再像我们了,她说起话来就像她的终端。

安妮说:"那怎么了?顽固者可以使用注射器,米兰达说过。他们可以一直躲在护罩后面,把我们留在外面。"

维姬刻薄地说:"你不应该期盼他们把你留在外面,因为他们会给你提供你需要的每样东西。实际上,你正是那种最敬畏权威的人,'感谢主每天赐予我们面包……'"

"你骂我!"

"安妮,"我说,"维姬不是那个意思,她只是想——"

"她只是想让你停止替她道歉,比利。"维姬冷冷地说,"我可以为我的无礼道歉。"她起身离开,消失在夜色里。

"你就不能不去烦她吗?"莉齐粗暴地对她母亲说,"毕竟她这么做都是为了我们!"她跳起来,去追维姬。

布兰德无助地看着她。他站起来,又坐下,又站起来。我同情地说:"孩子,别过去,最好让她们单独待一会儿。"

布兰德感激地看着我,然后又开始看他那永远读不完的终端。

"安妮……"我尽量温柔地说。

"那个女的出了什么问题,她紧张得像只受到惊吓的猫。"

安妮也有些紧张,但我并没有说出来。她们紧张的原因不一样。和往常一样,安妮担心的是莉齐;但是,维姬担心的是整个国家,顽固者们总是替国家担心。

如果他们不担心,谁会去担心呢?

我想,生活者不再需要顽固者,而顽固者在他们的护罩后躲避生活者。我想到那天下午在新闻上,我们看到的所有争斗与杀戮。我想到那个称顽固者为"可恶的怪物"的人,那个称自己有意志和理想的人。

我起身去寻找维姬,好确认她没事。

第二十一章　维多利亚·特纳：西弗吉尼亚

他们全都无法理解，尽管发生了各种令人惊愕的事，生活者还是生活者。你能指望他们理解的事十分有限。

在步行前往西弗吉尼亚的路上，我便开始使用自己的这个新名字了。我身上的衣服烂得很快，但我浑身充满了力量和怒气。在当前发生的这一切事情中，绿蛋扮演了什么样的角色？米兰达·沙里夫在最严密的安全防卫下，顶着来自三十四个国家的压力接受了审讯，而这些国家正在急切地等待营救。在审讯中，米兰达没有说一个字。即使是宣誓时，在她受到了羞辱时，她也没有说一个字。在法庭外接受过注射的生活者——所有人——都叫嚷着要为十只无辜牺牲的羔羊报仇。绿蛋并未保持沉默，但他们没有采取营救行动，也没有作自我辩护。只不过，当数不清的注射器从天空撒落，从地下破土而出，出现在各个地方的每一块石头、每一片田野、每一条街道上时，人们了解到这个世界正被超级无眠者无声无息地彻底改变着。

德鲁·阿伦出庭作证。他描述了绿蛋在东奥兰塔、科罗拉多、佛罗里达进行的非法基因改造实验。他提到的后两处实验室明显只是绿蛋在东奥兰塔之外的后备地点。但是,上帝啊,只有二十七个超级无眠者,他们怎么能给四个实验室供给人员?

他们和我们不一样。

随着审讯的进行,超级无眠者和我们的区别变得越来越明显。另一件明显的事是,阿伦和我们一样——在法庭受困于自己的良心,受困于道德上的疑问,受困于有限的知识和个人感情,受困于政府的限制——法律已经规定,他在法庭上能说什么,不能说什么。

"这是机密信息。"阿伦用这同一句话,回答了米兰达的辩护律师提出的所有问题。米兰达的辩护律师无疑是这个星球上最感到灰心的人。阿伦坐在他的动力轮椅上,他那沧桑的生活者的脸没有一点表情。"从8月28日到11月3日,你在什么地方,阿伦先生?"

"这是机密信息。"

"你和谁在纽约北部谈论所谓的沙里夫小姐的活动?"

"这是机密信息。"

"请描述是什么事情让你决定将'绿蛋'的信息透露给GSEA。"

"这是机密信息。"

阿伦的回答让我觉得我们仿佛已置身于战争之中。

不过,这不是我的战争。我已经被宣布为非战斗人员,就连最普通的公共数据库也没有我的记录和视网膜档案。去年我曾三次被带到阿尔巴尼，但随后都被打发回来。当时，生物监视工程师把他们的秘密出卖给一些科学家——这些科学家现在多半自己也注射了同样的东西。生物监视工程的结果没有和我共享；我是一个被驱逐出政府的人。

那我为什么还要在乎美国是不是处在消失的边缘，政府有没有被荒废？我为什么要关心？

我不知道，但我就是关心。也许我是个笨蛋，是个空想主义者。也许我很固执，也许我不属于这个时代。

我是个爱国者。

"比利，"我对他说，"你还是个美国人吗？"当时我们正在宾夕法尼亚州起伏的群山中，沿着无尽的引力火车轨道前进。

比利像往常那样看了我一眼，回答道："是问我吗？是的，我是。"

"如果你会被守卫橡树山的狂热而绝望的顽固者杀死，你还愿意做一个美国人吗？"

他花了些时间才把我的话弄明白，"是的。"

"如果你被认定为通敌，因而被信奉纯生活者主义的地下组织杀死，你还会做一个美国人吗？"

"我不会被别的生活者杀死。"

"但如果你被别的生活者杀了，你至死都愿意做一个美国人吗？"

他没了耐性。他那苍老的眼睛里闪动着年轻人的活力,在同行的人群里寻找安妮,"是的。"

"如果没有美国了,你还会做个美国人吗？没有中央政府,没有人管理这个国家;宪法被遗忘,顽固者被一些狂热的地下革命者消灭;米兰达·沙里夫在监狱里,在专门的机器人看管下慢慢死去。"

"维姬,你想得太多了。"比利说,他的注意力重新回到我们的谈话上,"想一想我们还能不能活下去——那才有意义。你没法承担这该死的国家。"

"查尔斯·拉姆曾经说过——人类可以爱上任何东西。叫我爱国者,比利,难道你不相信爱国精神了吗,比利?"

"我——"

"而且,我曾经看到一只经过基因改造的狗从阳台上掉下来摔死了。"比利突然在人群中发现了安妮,他对我笑了笑,走到他的爱人身边。尽管安妮尽了最大努力缝缝补补,但她的衣服也已经破烂不堪了。安妮看上去就像一个女神,完全没有意识到革命已经开始,还在用编织机不停地编织衣物。

我们在7月14日到达橡树山。粗略估计,那里已经有一万人。他们围在监狱四周的平地上,人群延伸至山边。为了吃饭,人们清除掉了数英里的灌木丛,不过,树木被保留下来。没人有固定的食物供应。这里有各种颜色的帐篷:绿松色、万寿菊色、深红色和黄绿色。晚上,人们会点燃营火或者Y能量锥。

第一次世界大战中更多的士兵是死于疾病,而不是死在枪口下。他们挤在肮脏的环境里,结果得病而死。再也不要让悲剧重演了。

过去的历史还适用于现在吗?

比利是对的,我想得太多。我应该把注意力放在保命上。

"再在脸上涂些污垢。"莉齐盯着我说。这么做是多余的,每个人都脏兮兮的,大家都习惯了。我怀疑米兰达和她的同伴用神奇的技术改变了我们的嗅觉,我们似乎闻不到彼此身上的臭味。

"在你的头发里再放些树叶。"莉齐说,她斜着脑袋,认真地研究着,漂亮的脸上多了几分担心,"这里有些奇怪的人,他们不明白顽固者也是人类。"

莉齐说的可能有道理,但那道理也十分勉强。加入生活者,放弃我们在世上生存的原则,我们才能算作人类?

莉齐的嘴唇在颤抖,"如果你出了事……"

"我不会出事。"我说。我一点也不相信自己的话,毕竟,已经发生了太多的事,但我拥抱了她。她迅速地从安妮和我身边闪开。莉齐现在几乎完全裸露着身体,她的衣服只剩下一些遮羞的碎片,但她似乎并不在意。营地里有不少十三岁的女孩怀孕了,她们也毫不在意。不过没关系,她们的身体已经成熟,能够孕育胎儿。这些女孩认为分娩没有危险,她们不害怕抚养婴儿,她们指望周围的人会一直照顾这些"意外"产生的后代。这没什么大不了的。怀孕的女孩们表现得很平静。

"小心点。"莉齐说。

"你小心点。"我提醒她。不过,对我的提醒她只是付之一笑。

那天晚上,天空中第一次出现全息图像。

全息图像出现在监狱中心正上方八十英尺高的地方,至少有五十英尺长——从地面很难判断——几英里外都可以看到。天空中激光交错闪耀。此时十点左右,即使在夏天,这个全息图像发出的光也比满月更明亮。全息图像由红、蓝两色的双螺旋线组成,沐浴着圣洁的白光。在它下面闪烁着两排字母:

非人类的死期

意志与思想

人们开始尖叫。这一年里,他们显然已经忘记了政治全息影片曾经无处不在。

非人类的死期。我感到我的脊背上传出一丝寒意,并开始向上爬行。

"谁制作的全息图像?"旁边一个男人愤怒地说。我听到有人在喃喃自语:政府,军队。顽固者,顽固者,顽固者……

我没听到人说:"地下组织。"难道说这里没有地下组织的成员,就连告密者也没有吗?一定有告密者。每次战争都会有告密者。

告密者一定已经潜入进来,他们已经被注射过,那么说他们也是非人类？谁又是真正的"非人类"？

我看着莉齐努力从人群中穿过，想把我拉回我们的帐篷。就算她对我说了什么，也被嘈杂声淹没了。我挣脱她的小手，留在原地。

全息图像继续闪烁，然后人群开始拥向监狱，但并非同时一拥而上，因此不用担心会出现彼此踩踏的危险事故。人们开始沿着营火和帐篷向监狱的围墙前进。借着全息图像耀眼的光，我看到在树林的斜坡边也有人群在移动。生活者正去保护米兰达，他们的偶像。

"有谁敢杀她……"

"她是人类，和其他任何人一样。"

"让他们去接近她试试……"

他们能帮她什么？

接着口号声开始了。起初口号声来自监狱围墙附近，接着便快速地向外传播，并淹没在嘈杂的讨论声和抗议声里。当我挤到人群边时，听到强烈的抗议声，成千上万的人都在呼喊："释放米兰达！释放米兰达！释放米兰达……"

监狱寂静的灰色围墙里完全没有回应。

抗议人群持续呼喊了一小时。全息图像也持续闪烁了一小时。地下组织"意志与理想"要杀死米兰达那样的人。

还有我。

还有被注射过的生活者？

当全息图像终于消失时,呼喊也一起消失。图像似乎是从上面被切断的,人们眨着眼睛面面相觑,神情迷惑,似乎刚从德鲁·阿伦的璐希德梦境中清醒过来。

这一万人不慌不忙地离开监狱,回到他们绵延数英里的帐篷中。这花了很长的时间。人们走得很慢,轻声地交谈,或者根本不想交谈。就我知道的,没有人受伤——我曾不相信会没有人受伤。

人们待到很晚,围坐在营火旁交谈。

布兰德说:"那全息图像不是来自监狱。"

我从来都没认为它来自监狱,不过我想听他的理由,"你怎么知道?"

他得意地笑了,好比刚出师的技师教训无知的长辈。臭小子,我过的桥比他走的路还多,他只有十六岁。不过,我并没有真正的理由去轻视他,因为连我也没有注意到全息图像是从哪里开始的。

"激光全息图像有馈给信号。"他说,"要知道,那是些细小的辐射线,你只有从图像的侧面才能看到,只有当你用——"

"——当我用眼角余光去看的时候才能发现。是的,我知道,布兰德。如果不是来自监狱,那全息图像是从哪里来的?"

"莉齐和我只是在上周才开始研究激光全息图像。"他把一只手放在莉齐的膝盖上。安妮生气地瞪着他。

"那些馈给信号来自哪里,布兰德?"

"开始,我几乎没有注意到它们。然后我记得——"

"来自哪里,该死!"

他被我的吼叫吓了一跳,抬手指向远处一座我叫不出名字的山的顶端。我借着月光望着那座山。

"我不知道你为什么会朝我喊叫。"布兰德生气地说,语气中带着嘲笑。我没有理他。我希望莉齐会对布兰德失去兴趣,他一点也不如莉齐聪明。

我盯着那座黑暗的、没有名字的山。那是地下组织"意志与理想"的所在地。德鲁·阿伦曾经暗示过,比利几周前见过它的一个成员。不过,那个人已经接受了注射。这是否意味着,即便你已经接受过注射,基本生物机制已经发生了改变,但地下组织仍旧把你看作人类? 或者地下组织用他来做告密者,一旦战争结束,他就会以叛国罪被处决? 历史上从没有发生过这种事。

地下组织释放了硬脊膜分解酶;他们杀害顽固者;他们成功地把德鲁·阿伦隐藏了两个月,连绿蛋也找不到;他们用美国军队的武器来武装他们的士兵。

我直到黎明时才睡着。

第二天晚上,全息图像又出现了,不过发生了变化。

全息图像还是红蓝两色的双螺旋线,沐浴着白光,但是,上面闪烁的文字变了:

我们的信念不容侵犯

意志与思想

我们的信念不容侵犯？什么样的伪革命组织会认为一群满身是泥的抗议者在侵犯他们，或是对他们有兴趣？

我突然有了一个想法。地下组织的憎恨根源不止是因为生活者通过注射变成了非人类，光凭这一点还不足以惹起地下组织的憎恨。他们憎恨的是生活者对任何事物都漠不关心的态度。被注射过的人们不单对政府不关心，他们中的大部分人对政府将来的替代者同样也没什么兴趣。他们不需要任何政府的替代者，或者是他们认为自己不需要。而对某些人来说，他们宁愿被人憎恨，也不愿被人忽略。任何能引起回应的事，不管有多么不理性，也比被人忽略要好。即使如此，回应对他们来说是永远不够的。

我发觉的另一件事是：这些全息图像没有试着改变任何人。没有广播解释人们为什么应该加入地下组织。没有任何传单，也没有人暗中劝诱易动摇的人。放映这些全息图像的人并不打算招募成员，他们只对暴力感兴趣。

生活者对第二次全息图像的反应和昨晚完全一样。没有任何信号，他们开始有秩序地向监狱移动，没有发生任何混乱，人们并不着急。母亲们从容地包裹她们的婴儿，并给他们喂奶，嘱咐旁人照顾那些熟睡的孩子；监狱周围的空地上有成堆的营火；负责编织的人在一排狭窄沟壑的末端尽力地编织着。但十分钟内，营地里的每个成年人都开始动身，一万人开始向监狱走去。他们前进时，小心地绕开帐篷,避免踩到任何东西。当人群接踵而至后,他们开始呼喊口号:"释放米兰达!释放米兰达!释放米兰达……"

全息图像显示了十五分钟,然后内容改变了:

自由或者死亡

意志与思想

全息图像的白光背景变成了美国国旗,两色的双螺旋线上出现了白星和红条。

"释放米兰达!释放米兰达!释放米兰达……"

十五分钟后,内容又改变了:

希望

意志与思想

"释放米兰达!释放米兰达!释放米兰达……"

美国国旗变成了一条蓄势待发的响尾蛇。它看上去太逼真,一些小孩被吓哭了。

又过了十五分钟,响尾蛇又变了。这次有三行字:

杀死可恶的怪物

赐予真正的生活者力量

意志与思想

双色螺旋开始缓慢地旋转。我想知道,有多少人清楚这到底代表什么意思。

"释放米兰达……"

一小时后，全息图像消失了。人群撤离花了将近一个小时。

我回到帐篷，向莉齐借了图书馆终端。我查到，是南方殖民州首次将"不要压迫我"的字样印在旗帜上。当时美国与英国的关系恶化，而后，这句话被新英格兰大部分地区作为革命口号。在帕特里克·亨利对英国人进行劝诫后，弗吉尼亚革命军把"自由，还是死亡？"印在了革命旗帜上。"希望"这个词曾出现在殖民军武装帆船的旗帜上，这是第一面带有十三颗星的旗帜。但我找不到任何有关"意志与思想"的记录。

这些疯子以为自己是国家的主人，他们努力要消灭隐藏起来的顽固者和接受过注射的生活者，而这些生活者基本上没有任何防备能力，除非你认为口号也算一种武器。

政府存在的意义中，包括防止这种疯狂的内战发生。但我们还有政府存在吗？我们还有国家吗？

国家在本地的唯一官方代表就在我们面前——橡树山联邦重罪监狱。它无声无息地坐落于夜色之中，也许里面空无一人。

我走向监狱。这一次，我直接朝围墙走去，途中向一个愿意帮忙的露营者借了一个火把。他委婉地让我用完后将火把还给他，不过，他并没有坚持。

我沿着监狱的围墙仔细巡视。围墙上有一些凌乱的涂鸦，不是很多——没有几个生活者会写字。这些涂鸦和Y能量护罩一起发出微弱的光。河里的石头被人滚到围墙边，地上留下了一道道划痕。石头上有字:释放米兰达!我们一定会拆掉这些墙!

在一块石头上有一道可怜的凿痕,约有半英寸深。有人开始拆墙了——起码是象征性地拆除。

监狱的门正对着河,门口处没有人守卫,但这里难以进入。在高墙上方三十英尺的地方,是一排空荡荡的保安监视屏。我不知道这些监视屏是否仍在工作。

围墙上方闪烁着微光——如果不用眼角余光去看,你将很难发现那微弱的光亮。这道亮光从墙头向外延伸出几英尺,看上去就像是屋檐一样。我搞不懂这究竟是什么东西。

监狱的四个角上竖立着塔,塔上没有窗户。

我回到我的帐篷,在路上归还了火把。安妮、比利、莉齐和布兰德已经回到他们的帐篷。云从西边翻涌而来。我裹着合成塑料布在外面坐了很长时间。虽然室外的温度至少有华氏70度,我还是觉得寒冷。宏伟的监狱悄无声息地坐落在黑暗中,监狱上甚至见不到一面全息旗帜,一切都显得死气沉沉。

"莉齐,我需要你帮我做些事,一些非常重要的事。"

莉齐抬头看着我。之前的几个小时,我都在向陌生人打听这个戴着粉红色缎带、瘦瘦的黑人女孩。我终于在树林里找到了她,莉齐坐在圆木上。她哭过,一定是因为布兰德。我要杀了他。不,我不能。没有其他方法让莉齐接受教训。我不禁想起了自己交往过的那些男人:克劳德、尤金、雷克斯、保罗、安东尼、拉塞尔、大卫。

现在的时机正好,我可以在莉齐伤心的时候说服她。

我说:"我刚刚收到一条消息,我必须去查尔斯顿①。但我去不了,因为GSEA一直在远程监视着我。我告诉过你,他们知道我的一举一动。我没有其他人可以信任,安妮不会答应,而比利不会离开安妮……"

她仍旧看着我,眼睛哭肿了,鼻子红红的。

"是关于米兰达·沙里夫,"我说,"莉齐,这件事无比重要,我需要你去查尔斯顿。在你到达后,我会在你的终端里输入编码,告诉你需要做什么。实际上,我已经在你的终端里写入指令了。我知道这件事听上去很神秘,不过,这是必需的。"我把我拥有的——或是曾经拥有的——所有情感,都融入了我说出的这最后一句话里。是的,所有的情感,所有的一切,包括我那顽固者的权威、成年人的命令口吻,还有自信——我深信这个女孩爱我。

莉齐继续面无表情地看着我。

我把终端递给她,"你沿着引力火车轨道走,一直到灰烬瀑布镇的分岔口。然后你……"

"这里没有关于米兰达·沙里夫的消息。"莉齐说。

"我才告诉过你,有她的消息。"我又显露出了顽固者的权威,还有成年人的命令口吻。

①美国西弗吉尼亚州首府。

"不，没有人能伤得了米兰达。你只是想让我离开这里，因为你担心地下组织今晚会发动袭击。"

"不，不是那样。你怎么知道——"莉齐，你欠我太多。我说，"——我没有消息来源呢？你根本不明白。如果我说我有关于米兰达的重要消息，那就有关于米兰达的重要消息。"

莉齐绝望地看着我。

"莉齐——"

"他离开了我。布兰德，为了莫拉·凯西！"

不应该嘲笑年轻人的爱情。要知道，年轻人的爱情和大部分成年人的爱情没什么区别。我倚靠着她坐下。

"他说……他说……他……说我太聪明了，只关心自己。"

"生活者总这么说。"我温和地说，"布兰德只是不了解你。"

"但是，我比他聪明，"她的声音听上去就像个孩子，"聪明得多。他在许多事情上显得很无知！"

那你为什么还要他——这话我没说出口。我知道当一个人遇到他爱的那个人时，逻辑思维是没有用武之地的。我说："和你相比，大部分人看上去都比较笨，莉齐，包括你的母亲。你就是这样特别的人，你的生活也将是这样特别。"

她说："我讨厌这样！我要他们理解我！"

"好吧。不过你最好习惯这样的自己、这样的生活。"

"布兰德说我设法控制他！我没有这么做过！"

我耳边响起保罗的声音,谁应该控制科技？当时他正躺在床上,满足地教导刚才做爱的对象。保罗喜欢高高在上。莉齐大概确实曾经设法控制布兰德。比利说过:应该问谁能掌控科技？

"莉齐……在查尔斯顿……"

她跳起来,"我说了我不去。但愿他们今晚就发动进攻！我宁愿死在这里!"莉齐哭着跑进树林。

我跟着莉齐拼命地跑。不出十码,我便开始接近她。莉齐跑得很快,不过我有一双长腿,我还差一码就能抓住她了。现在离天黑还有六个小时,我可以把莉齐绑起来,这样在六个小时内,就可以把她带到尽量远离橡树山的地方。如果要把莉齐打晕才能带她离开的话,我会这么做的。

我的手指已经够到莉齐的后背。她突然加速冲刺,跳过一堆灌木丛。我也跟着跳起来,但落地时,我扭伤了脚踝。

我的脚就像被切开般疼痛,疼得我叫出声来。莉齐甚至没有减速,也许她认为我的叫声是假装的。我试着大声叫她,但是突然感到一阵恶心,便扭头呕吐。莉齐继续向前跑,很快就消失在树林里。刚开始我还能听到她的声音,接着,我什么声音也听不到了。

我慢慢坐起来。脚踝已经肿了,我不知道是扭伤还是骨折。如果是骨折,可以用米兰达的纳米技术来治疗。不过就算用纳米技术,也不可能立刻就治好我的脚。

我感到寒冷,然后开始出汗。我坚持不让自己昏迷过去,现在不行,不能在这里。莉齐……

就算我能找到莉齐,也没法背她离开这里了。

等恶心的感觉消失后,我一瘸一拐地走回营地。每走一步都很疼,而且疼痛的地方不只是脚踝。当我到达营地后,几个生活者帮助我回到我的帐篷。这时,疼痛已经减弱,莉齐不在帐篷,安妮和比利也不在。莉齐的终端和图书馆晶体都不在她的帐篷里。

我蜷缩在我的帐篷前,望着天空。今晚多云,没有星星和月亮,空气里弥漫着雨水的气味。我打了个冷战。我希望自己的话是错的,完全的、彻底的错误。没有人承认地下组织真正存在,没有人承认他们的目标,承认他们的一切。

毕竟,我才了解了多少?

"释放米兰达! 释放米兰达! 释放米兰达……"

红蓝色的螺旋出现了,被红、白、蓝三色的旗帜覆盖着。全息图像上只打出了"意志与思想",再没有其他的图形。谁的意志? 什么思想? 橡树山监狱仍旧悄无声息地坐落在全息图像下。

"释放米兰达! 释放米兰达! 释放米兰达……"

我仍坐在我的帐篷前,治疗脚踝。安妮从衣服上扯下一块布条,把我的脚踝紧紧地裹了起来。我坐的位置大概离那一万人的抗议队伍有四分之一里远,他们的口号声清晰地传到我这里。

天色阴暗,天空中布满了云朵。空气里夹杂着松树、野花和雨水的味道。我第一次意识到这些气味还是和从前一样浓烈，我那被改变了的嗅觉神经已经被尸体的臭味占据了太久时间——米兰达和她的同伴毕竟改变了我的生活。

抗议队伍拿着Y能量火把，火把发出摇曳的光。人群上方是红、蓝两色的星条螺旋。

第一架飞机从上次布兰德指的那座无名山峰飞来，它飞行的时候没有亮灯。如果你仔细观察的话，可以在飞机上看到一个闪烁的金属光亮。他们不需要出动飞机来攻击抗议者：他们有远程火炮。我猜有人想乘坐飞机近距离拍摄抗议活动的场面。我挣扎着站起来。飞机缓缓掠过监狱上空，逼近抗议人群。人们开始尖叫。它投下一颗炸弹，炸弹落在密集的人群中央，却只炸死了不到五十人。显然，飞机上的人是在寻开心。

人们开始推搡、尖叫。边上的幸运者开始向远处山坡的树林逃跑。我能看到他们后面的人群彼此践踏着四散逃窜——米兰达给了我完美的视力。

第二架飞机从相反的方向掠过我头顶。我还来不及抬头，它便消失在监狱围墙内。我没有听到第二颗炸弹爆炸的声音，炸弹一定是被扔在墙的另一边，爆炸声淹没在尖叫声里。

人们开始彼此践踏。

比利，安妮，莉齐……

第一架飞机着陆后，又返回到人群上空。我知道，这一次它不是来寻开心的。很多抗议者正在向安全的地方爬行。炸弹会落在橡树山上吗？当然。超级无眠者的首领就在那里。我不知道监狱有什么样的护罩，但是，如果攻击的是核……

监狱上的全息图像变为：

人民的意志
净化人类的理想

我以为自己看到了莉齐。真愚蠢——在这种距离根本不可能区分谁是谁。我猜，我只是想让自己在强烈的痛苦中死去，所以我才以为自己看到莉齐跑了过来，并被恐慌逃跑的人群挤倒。人们在躲避死亡——自从第一个接受基因改造的人被创造出来之后，人类就难逃灭亡的下场。

我紧闭双眼，仿佛我"死了"。然后，我又睁开眼睛。

橡树山的护罩发出的光比空中的全息图像更明亮，瞬间，监狱就被包裹在银色的光芒里。接着，从监狱围墙上那道微光形成的奇异"屋檐"射出同样的银色光芒，那个炸弹——或者不管它是什么——击中了能量盾的顶部，被引爆。那架飞机在几乎让人失明的光芒里爆炸了，不过不是核爆炸。很快传来第二声爆炸：另一架飞机。接着就是死一般的寂静。

大部分人都停止逃跑。他们抬头看着那保护他们的不透明的银色屋顶。

我大声呼喊，蹒跚地向前冲去，突然脚踝一软，跌落在地。我爬起来,盯着上空。闪光的"屋檐"向外延伸开去,一直伸展到远方的山脚下。我看不透它。不过,我听到一连串的火炮爆炸声——攻击肯定直接来自远处的山顶。

人们再次尖叫,不过没有推搡和践踏。现在最安全的做法就是蜷缩在这把高能保护伞下面。

我想,绿蛋在保护他们自己。

我浑身无力地躺在地上,脸颊贴着泥土。我没法移动,可能会有小孩踩到我。绿蛋为了保护他们自己的同胞,顺带救了一万个生活者的命,现在是绿蛋说了算。二十七个超级无眠者和他们的后代认为,他们不属于这个国家,他们不是顽固者,也不是生活者,不用受宪法约束。

那个临终时还在担心美国命运的政治家是谁?是亚当斯,还是韦伯斯特?我一直认为那只是个愚蠢的传说。为什么他临终时不关心他的妻子,或是他的遗嘱,甚至他枕头的高度——那些更具体的事?在临终时还关心整个国家命运的人得多伟大!在我看来,这是自命不凡、自我膨胀的表现,而且还很愚蠢——他没法再颁布一条法令,或是修改一项政策,因为他快要死了。

现在我明白了。虽然我还是觉得这种人很愚蠢,但是,我理解了他的做法。

我想我从没有感到如此忧伤。

我的左耳没有贴地,最后一声爆炸让它完全聋了。我吃力地转过头,向天空望去。护罩消失了,全息图像和远处那座山的整个山顶都消失了。我甚至还不知道那座山的名字。

我听到更多的尖叫。现在,轰炸结束了。生活者们大概还没意识到战争已经结束,也许他们永远意识不到他们失去了什么。生活者是过于自信的部族,他们不再需要那奇怪的实体——"美国"。

第一批逃跑的人从我身边跑过,朝黑暗的山坡跑去。我蹒跚地向前走。走了一会儿,我找到一个火把,我将它熄灭,拿它做手杖,虽然它不够长,不过还是能用。

我走得很慢。我是唯一一个朝监狱走的人。人群已经停止推搡,有些感到内疚的人开始搬运踩踏致死者的尸体。这么多人撤离,要花很长的时间。当我在人群中穿行时,听到的全是哭喊声。

我用了至少一个小时才到监狱。

我蹒跚地沿着监狱墙走,在围墙拐角处,转向河边。我惊讶地发现,河水仍旧在缓缓地流动,河里的石头仍在它们往常的位置上。突然,我看到河对岸有一只死兔子。我在黑暗中听到的低沉声音是来自哪一条河?墙的这边已经没有人留下,不过我在地上发现了尸体。我感到疼痛从脚踝扩散到整只脚上。

当我走到监狱大门时,我抬头看着墙上空白的监视屏,我对它们说:"让我进去。"

什么都没发生。

我歇斯底里地大声叫道："快让我进去！就现在!"

我听见河水低声地流淌着。监视屏似乎变亮了些,过了一会儿,门打开了。

就像伊甸园的门打开时的情形。

我一瘸一拐地走入一个小接待室。门在我身后关上了,远端墙上的一扇门开了。

很早以前我曾坐过牢。当时,坐牢也是我谍报训练的一部分内容,我知道监狱是怎么工作的。要想进入监狱,首先得穿过由计算机控制的自动门和生物侦察器,然后还得打开只能手动控制的碳合金隔离门,因为总有人能攻破电子系统和视网膜识别系统,进入第一道门,这所监狱也是采用这样的防御方式。第二道隔离门是由Y能量监视屏后的人来控制。如果没有人从监视屏后开门,任何人也没法进入,或是离开监狱。如果没有发生刚才的大爆炸,这些门是打不开的。

我站在第一扇隔离门前,透过模糊的合成塑料窗户看着警戒岗。窗户的材料没有选择Y能量,因为Y能量太容易受到电子攻击。窗户上有一个图案。绿蛋一定把他们的人带进了监狱——他们是什么时候、怎么进来的? 他们对顽固者监狱官员都做了些什么?

隔离门开了。

接着,下一扇门开了。

接着,又一扇门开了。

监狱的院子里一个人也没有。院子右边是娱乐室和饭厅,左边是管理室和健身房。我蹒跚地走向远处角落里的一组囚犯室,它们后面有一座独立的小屋。我推开它的门。

当我走到米兰达的单人房间时,我希望里面没有人,但同时又希望看到米兰达在里面玩着什么……

但是,无眠者不玩游戏。米兰达坐在那张她从来不需要的床上。房间有十米长,五米宽,有一个无盖马桶和一把椅子。椅子上堆了很多书,它们看上去已经很旧了。房间里没有终端。她抬起头,看着我,没有微笑。

如果你是我的话,你会对说她什么?

"米兰达·沙里夫?"

她只点了点头。米兰达穿着灰色的囚服,她没有绑红头绳。

"他们……你的……门是开的。"

她又点头,"我知道。"

"你……你想出来吗?"连我自己都觉得刚才的问题太愚蠢了。

"等一下。你先坐下,黛安娜。"

"维姬,"我说,"我现在叫维姬。"这句话比刚才的问题还要愚蠢。

"是的。"她仍然没有微笑。我记得她说话时总是显得有些犹豫,好像讲话并非她的交流方式。或者她是在仔细斟酌措辞,她知道的词语实在是太多了。我把书从椅子上挪开,坐了下来。

她说了一句我没想到的话:"你很困惑。"

"我……"

"你不困惑吗?"

"我被弄迷糊了。"米兰达再一次点头,对我的回答并不感到意外。我说:"你就不困惑吗? 不,你当然不会困惑,你料到这件事会发生。"

"料到哪件事会发生?"米兰达缓缓地说。当然,她问得没错——发生了太多的事,我指的可能是其中任何一件:人体生物机制的改变、"意志与思想"地下组织的攻击、营救行动。

不过我真正指的是——"祖国的分裂。"我听到我强调了"祖国"两个字,好像在暗示:这是我的国家,而不是你的。这个女人可救过我的命,救过我们所有人的命。我为我自己的话感到羞愧。

米兰达说:"分裂是暂时的。"

"暂时的? 你不知道自己做了什么吗?"

她继续盯着我,没有回答。我突然想知道日复一日被米兰达凝视会变成什么样:你知道她将彻底了解你,而你却永远无法理解她的思想;即使她解释给你听,你还是无法理解。

突然,我明白了德鲁·阿伦为什么要离开米兰达。

米兰达说:"'绿蛋'没有释放护罩。"

我吃惊地看着她。

"你以为护罩是'绿蛋'释放的。但绿蛋的人决定,在你们同类之间发生战争时,不去保护你们。我们决定最好让你们找到自己的方式来解决分歧。如果我们替你们做了每一件事,你们只会……怨恨……"这是我唯一一次觉得米兰达找不到合适的词语来表达她的意思。

"那是谁释放了护罩?"

"是橡树山联邦政府,他们是在执行总统的直接命令。虽然总统的支持率在下降,但他毕竟没有下台。"米兰达笑着说,"顽固者保护了美国公民——这才是你想听到的,对吧,维姬?"

"我想听到的是什么? 还有你说的是真的吗?"

"是真的。"

我凝视着她。然后我站起来,走出房间,甚至没有说再见。我走得太快,差点在院子里摔倒。我不必穿过整个院子就可以离开。我看到院子里有几个人聚在一起,正在商量着什么事。当他们看到我时,立刻停止了讨论,冷冷地盯着我,等着我离开。他们中有两个穿蓝制服的技师,还有一对着套装的男女。他们都是顽固者,个子很高,长得很漂亮。

美国联邦政府用高科技护罩和宪法来保护她的公民。"人们和平地聚集起来,向政府请愿,要求对他们所承受的痛苦做出赔偿。""总统应该关心法律执行的公正性,并要求美国所有的政府官员做到这一点。""美国应该保证每个州都有一个共和政府,并防止每一个州发生内战。"是的,是每一个州。顽固者凝视着我,显然因为我的存在而不高兴。

我转身走回米兰达的房间,她看上去没感到惊讶。

"顽固者为什么放我进来?我进来以后,他们又去哪里了?"

"我让他们放你进来,让你直接来问我问题。"

她让他们放我进来。我说:"那为什么'绿蛋'没有……"但是,她已经回答过我的问题。"我们决定最好让你们找到自己的方式来解决分歧。"

我轻声说:"就像神,高高在上。"

她说:"如果你愿意那么想。"

我继续盯着她。一双眼睛,一双手臂,一张嘴,两只脚,一副躯干,但不是人类。

我强迫自己说了声:"谢谢。"

米兰达笑了,她看起来就像个普通人。

"祝你好运,维姬。"

"嗯,也祝你好运。"不过米兰达·沙里夫从不需要运气。当你控制了那么多的科技,甚至控制了自己的思维时,运气已经不重要了。你已经能心想事成。

也许不是所有的愿望都能实现。她曾爱过德鲁·阿伦。

我又说了一次"谢谢",便离开了房间。

我突然知道,超级无眠者们会回庇护所。当他们认为时机成熟时，他们会用某种我们无法想象的“神技”，把米兰达从橡树山救出，带回到天空中的庇护所，他们本不该离开庇护所。不管他们想做什么，他们在庇护所里就能完成。他们属于庇护所，在那里，他们是安全的。

那个地方不在地球上。

我意识到，我没有问米兰达世界上的其他国家该怎么办。不过没关系，答案已经很清楚。在他们制造了足够数量的注射器后，超级无眠者会把注射器提供给世界上其他的国家。米兰达不会因为国籍不同而对人区别对待——不会因为他们二十七个人的脸和我们的巨大差别而区别对待我们。然后世界的其他国家会和美国一样，经历一场巨大的政治变动。他们别无选择。

在我离开那些隔离门、自动门和生物监视器时，没有人同我说话。这对我没什么影响。他们不必说话，他们只需待在那儿，拥护并保护法律，努力去理解法律，而不只是服从法律，也许只有这样做，我们才能获救。

也许。

我听到身后所有的门都关上了。

外面开始下雨。我在黑夜的雨中朝着营地的Y能量灯走去，它们发出明亮的光。我的脚踝仍然很痛，有两次几乎摔倒。差不多每个人都躲在帐篷里。走过一个帐篷时，我听到帐篷里的人因为痛失亲人而发出悲伤的哭声。雨开始变大，我脚下的土地被雨水淋得一片泥泞。

在我快要到达我的帐篷时,我看到他们向我冲来。比利带头,在雨中挥舞着火把。他后面是安妮,我不喜欢她,大概以后也不会喜欢。还有莉齐,她跳跃得像一只小瞪羚。她很快超过比利和安妮,哭着喊我的名字,向我跑来。我很高兴自己还活着,还能回到这里,回到我的亲人身边。

这就足够了。

第二十二章　德鲁·阿伦: GSEA

米兰达……对不起。

我从没打算要……

但是,我还会尝试阻止你。我不指望你能理解我。